CENTER

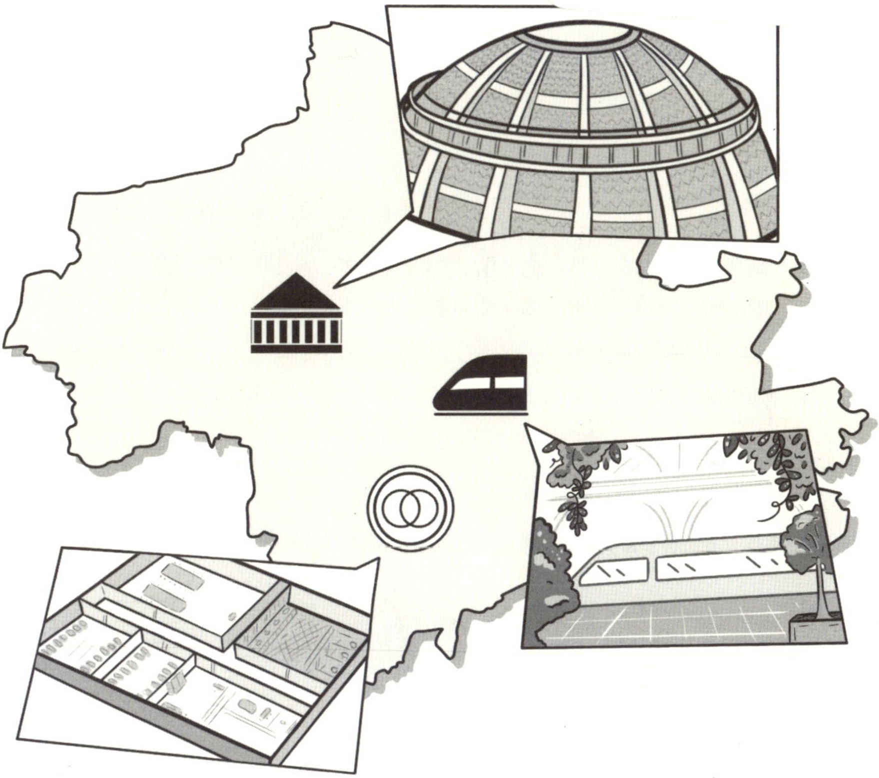

LEGENDE

- Center (Alt-München)
- Die 8 Ringe
- Parlament
- Camp 1
- Bahnhof
- Gebirge
- Sumpfland
- Verlorene Welt
- Gewässer

SAUERLÄNDER

© Michelle Maesen

Franzi Kopka wurde 1990 im bergischen Land als Tochter einer Buchhändlerin geboren. Dank der zahlreichen Romane im Haus ist sie mit der Frage »Was wäre, wenn?« aufgewachsen und hat schon früh damit angefangen, sich Geschichten für ihre drei jüngeren Geschwister auszudenken. Heute vergeht kaum ein Tag, an dem sie keine Zeilen zu Papier bringt. Wenn sie nicht gerade schreibt, tauscht sie sich auf Instagram unter *@franzikopka* mit ihrer Community über Bücher aus oder sammelt neue Inspiration.

Weitere Informationen zum Kinder- und Jugendbuchprogramm der S. Fischer Verlage finden Sie unter *www.fischerverlage.de*

FRANZI KOPKA

HONESTY

WAS DIE WAHRHEIT
VERBIRGT

BAND 1

SAUERLÄNDER

Aus Verantwortung für die Umwelt hat sich der Fischer Kinder- und Jugendbuch Verlag zu einer nachhaltigen Buchproduktion verpflichtet. Der bewusste Umgang mit unseren Ressourcen, der Schutz unseres Klimas und der Natur gehören zu unseren obersten Unternehmenszielen.

Gemeinsam mit unseren Partnern und Lieferanten setzen wir uns für eine klimaneutrale Buchproduktion ein, die den Erwerb von Klimazertifikaten zur Kompensation des CO_2-Ausstoßes einschließt.

Weitere Informationen finden Sie unter: www.klimaneutralerverlag.de

Hinweis auf potenziell belastende Themen auf Seite 479.

MIX
Papier | Fördert gute Waldnutzung
FSC® C083411

Erschienen bei FISCHER Sauerländer

Hedderichstraße 114, D-60596 Frankfurt am Main

Illustrationen im Innenteil: Charly Kopka
Lektorat: Tamara Reisinger
Dieses Werk wurde vermittelt durch die Literarische Agentur Thomas Schlück GmbH, 30161 Hannover.
Umschlaggestaltung: Emily Bähr, unter Verwendung von Bildern von Freepik und Shutterstock
Satz: Dörlemann Satz, Lemförde
Druck und Bindung: CPI books GmbH, Leck
Printed in Germany
ISBN 978-3-7373-5977-1

Für meine Schwester Karo,
die mich immer wieder daran erinnert, dass
das Leben selbst die besten Plottwists schreibt.

Erst hat das Virus 99 Prozent der Menschheit ausgelöscht. Dann haben die Lügen den Rest unserer Welt verseucht. Krieg ist entbrannt, hat sich durch jedes noch bestehende Land gefressen, bis auf den Karten nur noch Aschefleckne übrig waren. Aber es gibt ein Heilmittel, das wir Ernest Sestiby zu verdanken haben. Nur durch ihn haben wir einen Weg gefunden, Kriege für immer zu beenden und weiterzumachen. Die Schatten zu überwinden. Einen Teil der Welt wiederaufzubauen. In Frieden zu leben. Mit der Wahrheit in ihrer reinsten Form: VeriTab X02.

Die Wahrheit ist unantastbar. Sie zu achten und zu schützen, ist Verpflichtung aller Menschen und staatlichen Gewalten.

Das gute Gesetz, Art. 1, Absatz 1

KAPITEL 1

Das MedPlex ragt wie ein Fremdkörper am Rand des Platzes auf. Es ist zu groß, zu weiß, zu modern für die Häuser ringsherum, aber gleichzeitig ist es der Beweis dafür, wie gut die Regierung für uns sorgt. Auf dem Dach thronen etliche SolarPanels, die den Stadtkern von Ring Fünf mit Energie versorgen. Jetzt, um kurz vor sieben, zeigen sie Richtung Osten, warten darauf, dass die Sonne über die ergrauten Dächer kriecht. Im Inneren des Gebäudes dürfte wie jedes Jahr eine ganze Entourage Behandelnder bereitstehen, um uns zu untersuchen. Sicherzustellen, dass wir gesund sind, sowohl körperlich als auch seelisch.

Ich muss ein Gähnen unterdrücken. Normalerweise falle ich gegen sechs von selbst aus dem Bett, nur am Tag der Check-ups scheint sich mein Körper beharrlich zu weigern, wach zu werden. Und warum muss es genau heute so arschkalt sein? Am Wochenende sah alles nach Frühling aus, letzte Nacht hat es wieder gefroren. Da hilft auch das Innenfutter nichts, das ich selbst in meinen Mantel genäht habe. Vor allem, wenn man darunter nur eine hauchdünne Bluse und Stoffhose trägt. Fröstelnd schiebe ich meine Hände tiefer in die Manteltaschen, rechts stoße ich gegen mein SmartPad und die EarPods, links ertaste ich das kleine Loch, das ich noch flicken möchte. Irgendwann mal.

Die Warteschlange schiebt sich weiter Richtung MedPlex. Heute sind die Geburtszyklen J8 bis M8 dran, weshalb alle hier zwischen siebzehn und zwanzig Jahre alt sind. Die jüngeren Zyklen mussten schon letzte Woche herkommen, darunter auch meine Schwester Cara. Paps und Dad haben ihren Termin wiederum erst nächste Woche.

Ein paar der Gesichter hier kommen mir bekannt vor. Aus der Schulzeit, der Nachbarschaft oder einfach vom letzten Check-up. Wie das Mädchen, das nur ein paar Reihen weiter vor mir steht und das Gesicht in meine Richtung gewandt hat, während sie sich mit dem Typ hinter ihr unterhält. Es wäre so leicht, ihre Aufmerksamkeit zu erregen, nur ein kleines Lächeln, ein Winken, aber stattdessen weiche ich ihrem Blick aus. Tue so, als hätte ich sie nicht bemerkt. *Kein Blickkontakt, keine Gespräche. Keine Gespräche, keine Fragen. Keine Fragen, keine gefährlichen Antworten. Keine Überprüfung.*

Das Mantra hat sich so tief eingebrannt, dass ich nicht einmal mehr weiß, von wem es kam. Vielleicht von Dad? Oder meinem Bruder Nick? Wenn ich genauer darüber nachdenke, könnte es sogar noch von Grandma stammen, spät abends geflüstert am Bett, als ich zu jung war, um die Tragweite dieser Worte zu verstehen.

Keine Fragen, keine gefährlichen Antworten. Keine Überprüfung. Je öfter ich es wiederhole, desto mehr weicht meine Müdigkeit Nervosität. Ich nehme einen tiefen Atemzug, lasse die Kälte in meine Lunge strömen, während ich rüber zu Nick schaue. Eigentlich hatte ich gehofft, wir könnten uns die gemeinsame Wartezeit mit Smalltalk vertreiben, aber wir waren noch keine Minute hier, als er einen Anruf bekommen und mich gebeten hat, ihn kurz zu entschuldigen. Seitdem steht er abseits der Schlange und telefoniert. Sicher hat es etwas mit seiner Arbeit zu tun.

Wann immer er die graue Uniform der Aufsehenden trägt, strahlt er eine gewisse Ernsthaftigkeit aus. Seine Haltung wird aufrechter, sein Blick härter. Nicht auf unsympathische Weise, sondern auf eine, die Sicherheit vermittelt, Kontrolle und Stabilität. Die sagt: Solange ich in der Nähe bin, kann und wird dir nichts passieren. Ich versuche, mich daran festzuklammern, die Nervosität aus meinem Körper zu verbannen.

Als Nick meinen Blick bemerkt, zucken seine Mundwinkel nach oben. Ich hoffe kurz, er würde das Telefonat endlich beenden, aber dann dreht er sich um und entfernt sich noch weiter von der Warteschlange. Seufzend schaue ich zu dem HoloBanner, das auf meiner Höhe an einer Laterne installiert wurde. Laut Anzeige ist unser Abschnitt in etwa acht Minuten dran. Wie ich Nick kenne, wird er sich in spätestens sieben wieder neben mir eingereiht haben. Weil er nie zu spät zum Check-up kommt. Oder irgendeinem anderen Termin.

Die Anzeige der Wartezeit rutscht in die Ecke, dafür wird eine Newsmeldung eingeblendet. Sicher wieder ein Reminder für den nächsten Geburtszyklus. Ich greife schon nach meinem SmartPad, als ich sehe, wer da auf dem HoloBanner erscheint. Eine Journalist und ... Harold Green. Der vielleicht wichtigste Handelskontakt meines Arbeitgebenden Edgar Moore.

Sofort hole ich einen EarPod raus und stecke ihn ein. »AISS? Spiele Ton vom HoloBanner ab«, sage ich.

»Sehr gern, Maeander«, ertönt ihre vertraute Stimme direkt in meinem Ohr. Mit dem sanften Säuseln klingt AISS immer, als würde sie lächeln. Dabei ist sie nur eine Software, ein *Artificial Intelligent Service System*, das sowohl auf unsere Bedürfnisse als auch unsere Sicherheit achtet. Oder eben kurz: AISS.

Keine Sekunde später höre ich die Journalist: »... kam alles durch die Prüfung der Inventurliste heraus. Harold Green, können Sie schon sagen, warum es erst zwei Wochen nach dem Vorfall aufgefallen ist?«

Edgars Handelskontakt sieht geradewegs in die Kamera, die Miene ist zu einer unleserlichen Maske verzogen. »Nein. Laut meinen Mitarbeitenden wurden die Listen als fehlerfrei geprüft. Es muss sich also um ein Problem mit AISS handeln.«

»Ein Problem mit AISS?«, wiederholt die Journalist in einem Tonfall, als hätte sie *Zweifel*. Ungewöhnlich. »Dann glauben Sie nicht, dass Sie einen von *denen* in Ihren eigenen Reihen haben?«

Jetzt verändert sich Harold Greens Ausdruck doch. Es sind nur Nuancen, die auf dem gestochen scharfen Display trotzdem zu erkennen sind. Leicht zusammengekniffene Augen, tiefere Runzeln auf der Stirn. »Ich möchte nicht daran glauben«, sagt er und wendet sich seinem Gegenüber zu.

»Alle Mitarbeitenden werden nach der Vergabe der VeriTabs einem erweiterten Kontrollgespräch unterzogen. Wenn es wirklich einer dieser Liar geschafft hat, uns zu überlisten, muss es ihm gelungen sein, der Dosis zu entgehen. Und dann liegt das Problem nicht bei meiner Firma, sondern einzig und allein bei dem MedPlex, das seine Pflicht vernachlässigt hat.«

Scharfe Worte, die sogar die Journalist kurz aus dem Konzept bringen. Für einen unangenehm langen Atemzug herrscht Schweigen, bis sich die Journalist gefangen hat und Harold Green in Ruhe lässt. »Nun gut, wir danken Harold Green von Green Holding für diese erste Stellungnahme. In der außerstädtischen Fabrik wurden inzwischen alle Angestellten befragt, und es kann Entwarnung gegeben werden. Dem ersten Prüfbericht zufolge handelt es sich lediglich um die beiden Liar aus Ring Sieben.«

Eine Szene wird eingeblendet, in der zwei Frauen abgeführt werden. Die eine trägt noch eins der Hygienenetze, die dafür sorgen, dass lange Haare nicht in Maschinen geraten. Ihr Kopf und ihre Schultern hängen mutlos nach unten, sie taumelt, als würde sie ohne die Aufsehenden an ihrer Seite zusammenbrechen. Die andere hingegen hat das Netz heruntergerissen, so dass ihr die blonden Locken wild vom Kopf abstehen. Sie schreit aus voller Kehle, Speicheltröpfchen fliegen den Aufsehenden ins Gesicht, während sie trotz der gefesselten Hände versucht, Nicks Kollegschaft zu kratzen.

Laut der durchlaufenden Schlagzeile haben die Frauen Green Holding um fünf Ballen Leinen betrogen, allerdings war es nicht ihr schlimmstes Vergehen. Irgendwie ist es ihnen gelungen, gegen das höchste Gesetz unserer Welt zu verstoßen: Sie haben sich der Vergabe entzogen. Man wird sie vor Gericht stellen, aber jeder weiß, dass es für Liar nur ein Urteil geben kann: die Abschiebung nach Ring Acht und somit der endgültige Ausschluss aus der Gesellschaft.

»Sobald die Verhandlungen abgeschlossen sind, wird der volle Bericht gemäß Paragraf 5, Absatz 2 des Transparenzgesetzes online abrufbar sein«, erklärt die Journalist, während ich weiter die Liar ansehe, die sich mit Händen und Füßen gegen ihre Verhaftung wehrt.

Das passiert, wenn man seine VeriTab verweigert. Früher oder später verlieren sie alle den Verstand, weil das menschliche Gewissen nicht dafür gemacht ist, die Diskrepanz zwischen Wahrheit und Lüge zu ertragen. Jedenfalls nicht auf Dauer. Am Anfang sind die Symptome harmlos. Ein erhöhter Puls hier, gerötete Wangen da, nichts, was sofort auffallen würde. Nach spätestens zwei Tagen erleidet man die ersten emotionalen Überreaktionen, und dann ist es nur noch eine Frage der Zeit, bis es vorbei ist. Bis das Herz vor Überlastung einfach aufhört zu schlagen. Diese Liar hier hat eindeutig eine der letzten Stufen erreicht. Bleibt nur zu hoffen, dass man ihr Leben vor der Aussiedlung nach Ring Acht noch retten kann.

»Ist Harold Green nicht einer von Edgars Kontakten?«

Mein Bruder ist so unvermittelt neben mir aufgetaucht, dass ich zusammenzucke. Ich habe mich immer noch nicht daran gewöhnt, dass er sich vor ein paar Tagen den Bart abrasiert hat. Jetzt wirkt sein Gesicht noch scharfkantiger, seine hellbraune Haut so ebenmäßig, als hätte er eine Angleichung gehabt. Beneidenswert.

»Richtig«, sage ich, während ich den EarPod rausnehme. Der Bericht ist sowieso vorbei. »Was wohl heißen dürfte, dass nachher eine Menge Arbeit auf mich wartet«, füge ich hinzu. Sicher wird Edgar mich bitten, alle Akten herauszusuchen, die aus Transaktionen mit Green Holding stammen. Nur für den Fall, dass der Investigationssektor auch bei ihm anklopft.

»Wahrscheinlich«, pflichtet mir Nick bei. »Leider muss ich dich trotzdem um einen Gefallen bitten ... Du kennst meinen blauen Mantel? Den mit dem Reißverschluss?«

Das ist mal ein abrupter Themenwechsel. Nicks Frage steht noch keine Sekunde im Raum, und schon kitzelt die Wärme in meinem Rachen. Ein Reminder von Veritas, dass eine Antwort von mir erwartet wird. »Also, wenn du den meinst, mit dem du gestern Morgen so schnell aus dem Haus gelaufen bist, dann ja«, sage ich neckend und lasse den EarPod in meiner Manteltasche verschwinden. »Lass mich raten: Du hattest deine Uniform drunter und wolltest mit Paps nicht schon wieder über angemessene Kleidung diskutieren?«

Allein Nicks Augen verraten, dass ich richtigliege. Seit er vor knapp vier Jahren seinen ersten Studientag an der Silver University hatte, habe ich ihn nur einmal ohne seine Uniform gesehen: kurz vor dem Eingriff, dem sich alle zeugungsfähigen Personen unterziehen müssen, damit sie nicht versehentlich Kinder in die Welt setzen. Damals durften Paps und ich so lange bei Nick auf der Station bleiben, bis er nur mit OP-Hemd bekleidet davongeschoben wurde. Oh, und am ersten Jahrestag mit Kira hat er zumindest eine andere Hose getragen.

»Genau das«, erwidert Nick. »Und ich meine, du kennst Kiras Eltern: Edgar hat noch nie viel Wert auf Äußeres gelegt, und Gloria lässt sich sicher nicht von einem gebügelten Hemd und Chino beeindrucken.«

Bei der Erwähnung von Gloria muss ich mich zwingen, nicht die Augen zu verdrehen. Obwohl ich explizit bei ihrem Mann und nicht bei ihr angestellt bin, versaut sie mir auf der Arbeit regelmäßig die Stimmung. Keine Ahnung, wie Nick den Gedanken erträgt, sie irgendwann als Schwiegermutter zu haben. Wäre sie Aidens Mom, hätte ich längst ... *Was?* Meine Gefühle für Aiden vergessen? Aufgehört, um uns zu kämpfen? Ein Stich jagt durch mein Herz, der Vorbote eines Gefühls, das ich nicht fühlen dürfte. Reflexartig bohre ich die Fingernägel in meine Handflächen, um mich nicht darin zu verlieren.

»Um was für einen Gefallen wolltest du mich jetzt genau bitten?«, knüpfe ich schnell ans ursprüngliche Thema an. »Wenn es was mit Gloria zu tun hat, bin ich leider raus. Ich habe mir fest vorgenommen, ihr heute nicht über den Weg zu laufen.« Und trotzdem trage ich genau die Klamotten, die sie mir Freitag mit gerümpfter Nase in die Arme gedrückt hat. Nur für den Fall der Fälle.

»Keine Sorge, ich wollte dich nur bitten, meinen Mantel später mitzubringen. Er müsste noch bei den Moores an der Garderobe hängen, nicht im Hauptflur, sondern beim Hintereingang.«

»Ich wollte nach der Arbeit vielleicht zu Aiden.« Noch ein Stich. »Warum fragst du nicht einfach Kira? Ich dachte, ihr wolltet heute Abend sowieso ins Theater?«

»Wollen wir auch. Allerdings weiß ich, wie neugierig Kira ist, und falls sie die Schatulle in der Innentasche bemerkt ...«

»Nick!« Ich starre ihn fassungslos an. »Du hast den Verlobungsring in deinem *Mantel* versteckt?!«

»Schuldig.« Ungewohnt verlegen fährt er sich über das kurz geschorene Haar. »Eigentlich wollte ich den Ring direkt nach der Abholung nach Hause bringen, aber dann hat sich alles verzögert, und ich wollte auf keinen Fall zu spät zu diesem Dinner kommen, also bin ich direkt zu den Moores gefahren, der Abend wurde immer länger, dann hat mich Edgar in ein Taxi gesetzt ... Um es kurz zu machen: Mir ist es gerade erst aufgefallen.«

»Dein Ernst?!« Überflüssige Frage.

»Leider ja, und genau deshalb brauche ich deine Hilfe. Es würde schon reichen, wenn du ihn erst mal bei deinen Sachen versteckst. Hauptsache, Kira findet ihn nicht.«

Innerlich stöhne ich auf. Seit mir Nick von seinen Plänen erzählt hat, tue ich alles, um Kira auszuweichen. Denn nur eine unbedachte Frage, ein falsches Wort und ich müsste ihr jedes Detail über den Antrag erzählen. Sollte sie mitbekommen, dass ich an Nicks Mantel herumnestle ...

»Schön.« Ich lenke ein. »Aber wenn sie mich erwischt, kann ich für nichts garantieren.«

»Ich weiß. Du hast trotzdem was bei mir gut.«

Während Nick redet, geht es wieder ein Stück weiter. Jetzt

sind nur noch zwei Leute vor uns. Und schon ist die Nervosität zurück.

Im Foyer des MedPlex gibt es mehrere Terminals, um sich für den Check-up zu registrieren. AISS scannt mein Gesicht, dann erscheinen meine Basisangaben auf dem Display:

> Maeander Elking, Geburtszyklus M8, Geschlechtsidentität: Weiblich, psychologischer Fragebogen eingereicht am: 10. März 2306.

Darunter die Einwilligung zum Check-up, die ich mit einem Fingerabdruck unterzeichne. Mein Puls geht schneller, als er sollte. Um die seelische Unversehrtheit zu prüfen, müssen wir spätestens einen Tag vor dem Check-up einen Fragebogen ausfüllen, den AISS direkt ans MedPlex übermittelt. Er beinhaltet über fünfzig Fragen, die sich mit dem aktuellen Schlaf- und Essverhalten beschäftigen, mit der Einstellung zur Arbeit, dem sozialen Umfeld und Hobbys. Ich habe meinen vorgestern abgeschickt, und nur wenn alle Antworten als unbedenklich eingestuft werden, wird man für den allgemeinen Check-up zugelassen. Jetzt lädt auf dem Display ein Balken mit der Überschrift: **Daten werden analysiert.**

Obwohl es selten länger als fünf Sekunden dauert, fühlt es sich an wie eine qualvolle Ewigkeit. Ich widerstehe dem Drang, auf meiner Unterlippe herumzukauen, schließlich weiß ich, dass AISS jede noch so kleinste Regung bemerkt. In öffentlichen Einrichtungen sind ihre Augen überall, auf jedem Flur, in jedem Zimmer – an jedem Terminal.

Endlich verfärbt sich das Display grün. ***Zugelassen.***

Ich beiße mir auf die Zunge, um nicht vor Erleichterung aufzuheulen. Damit habe ich den ersten Schritt geschafft. Unter der Zulassung erscheint eine weitere Angabe: **EG, Umkleide 3.** *Keine Fragen, keine gefährlichen Antworten. Keine Überprüfung.* Hoffentlich winken mich die Behandelnden genauso schnell durch.

Zeitgleich mit Nick trete ich von den Terminals weg, und wir steuern gemeinsam den langen, steril-weißen Flur an.

»Wo musst du hin?«, frage ich.

»Erste Etage, Umkleide 11.«

Bei solchen Untersuchungen wird immer nach Geschlechtsidentität getrennt. Trotzdem habe ich gehofft, noch länger in Nicks Nähe bleiben zu können. Jetzt trennen sich unsere Wege schon nach wenigen Metern, denn kurz hinter dem Foyer führt eine Treppe nach oben. Daneben befinden sich zwei Aufzüge, an denen bereits mehrere Leute warten. Wir bleiben abseits von ihnen stehen.

Nicks Miene ist wieder ganz die eines Aufsehenden, keine Spur mehr von Verlegenheit. »Nach dem Check-up treffen wir uns genau hier wieder, okay?« Er sucht meinen Blick, und ich erkenne die Worte zwischen den Zeilen: »Solange du dich an die Regeln hältst, wird alles gut gehen. Vertrau mir.«

»Okay«, wiederhole ich eine Spur zu fahrig. Aber wenn Nick glaubt, dass alles gut wird, gibt es keinen Grund, daran zu zweifeln. Ich muss es nur schaffen, diesen einen winzigen Teil von mir für mich zu behalten. Genau wie in den letzten fünf Jahren. »Dann bis gleich.«

Ich wende mich zum Gehen, als mich Nick an der Schulter zurückhält. »Ach, und Mae?« In seinen Augen blitzt ein Necken auf. »Mal sehen, ob du meine Herzfrequenz in den CardioCases dieses Mal unterbieten kannst.«

KAPITEL 2

Meine Gruppe besteht wie in den letzten Jahren aus dreißig Frauen. Als ich die Umkleide betrete, haben sich die ersten bereits ausgezogen, andere sitzen noch auf den Plastikbänken, um ihre Schnürsenkel zu lockern.

Ich meide wie gewohnt jeden Blickkontakt, während ich die Reihe ablaufe und nach einem freien Spind suche. Ganz hinten werde ich fündig, direkt neben der Tür, über der eine Signallampe rot leuchtet. Das Zeichen dafür, dass der angrenzende Untersuchungssaal gerade desinfiziert wird. Sobald die Lampe auf Grün springt, geht es weiter.

»Guten Morgen, liebe Anwesenden«, flötet AISS aus den Lautsprechern unter der Decke. »Der jährliche Check-up beginnt in Kürze. Bitte entledigen Sie sich jetzt Ihrer Kleidung und deponieren Sie diese in den vorgesehenen Spinden. Die Unterwäsche können Sie vorerst anbehalten.«

Ich ziehe meinen Mantel aus. Irgendwie scheint hier jeder jemanden zu kennen, überall um mich herum wird geredet, gelacht, gekichert. Die beiden neben mir schmieden Pläne fürs Wochenende, andere unterhalten sich über eine Party vom letzten Samstag. Etwas in mir ballt sich zusammen. Ein Anflug von *Neid*, gegen den ich mit einem tiefen Atemzug ankämpfe. Noch etwas, das ich nicht fühlen sollte. Und genau das ist der Grund, warum das Konzept Freundschaft für mich nicht klappen würde. Weil es unmöglich wäre, es auf Dauer vor anderen zu verstecken. Weil sie mich anzeigen würden, bevor wir überhaupt die Chance hätten, es bis zu dem Punkt in unserer Beziehung zu schaffen, an dem ich mit meiner Familie oder Aiden stehe. An dem sie verstehen, dass ich keine Liar bin, keine Gefahr für den Frieden, sondern nur ... ein bisschen *kaputt*.

»Weißt du noch in der Fünften?!« Die Frau neben mir zieht ihre Schuhe aus, während sie ihre Freundin angrinst. »Die Sache mit Lehrender Pfeiffer?«

Ich versuche, nicht hinzuhören, mich ganz auf mich zu konzentrieren. Da reingehen, lächeln, mich untersuchen lassen, Nick wiedersehen, zur Arbeit fahren.

Nachdem ich Mantel und Boots in den Schrank gelegt habe, ziehe ich die Bluse aus. Paps hat sie heute Morgen extra gesteamt, damit nicht die kleinste Knitterfalte zu sehen ist. Der cremefarbene Stoff muss ein halbes Vermögen gekostet haben, weshalb ich vermute, dass sie aus Kiras Schrank stammt. Gloria würde nie auf die Idee kommen, Credits für mich zu verschwenden. Oder nette Worte. Das Einzige, was sie gesagt hat, als sie mir die Sachen gegeben hat, war: »Damit du so wenig Fünf ausstrahlst wie möglich.«

Ich würde lachen, wäre es nicht so bitter. Die Bluse verdeckt nur die Sommersprossen auf meinem Oberkörper, allerdings machen die rötlichen Sprenkel auch vor meinem

Gesicht keinen Halt. Unzählige leuchtende Punkte auf beiger Haut. Als Kind mochte ich es, weil ich es für etwas Besonderes gehalten habe, dann kam der Schulausflug nach Ring Zwei, und ich habe es verstanden. Niemand, der genug Geld hat, würde freiwillig solche Makel auf seiner Haut zurücklassen. Niemand würde sich über zerzaustes Kupferhaar freuen, wenn es glänzen könnte, und niemand würde sich das verwaschene Seegrün meiner Augen kaufen, solange es Farben wie Smaragd, Lapislazuli oder sogar Rosenquarz gibt. Ich habe Paps damals gefragt, wann ich meine erste Angleichung habe, und er hat die Wahrheit ausgesprochen, die seitdem Teil meines Lebens ist: »Niemals, Maelein. Außer du heiratest gut, mindestens eine Zwei, besser eine Eins oder einen Center.« Ich wünschte, ich hätte wie Nick etwas mehr von Dads DNA bekommen, nur ein paar Makel weniger.

Immerhin bin ich in dieser Umkleide nicht die einzige Unperfekte. Manche haben Muttermale, andere Narben, Dellen in den Oberschenkeln, blaue Flecken, Dehnungsstreifen. Das macht es leichter, auch die Hose auszuziehen, bis ich wie alle anderen in Unterwäsche dastehe. Hellblau mit rosa Blumen. Das einzige Set aus meiner Kommode, das weder kleine Löcher noch ausgeleierte Gummibänder hat.

Kaum habe ich den Spind geschlossen, springt die Signallampe auf Grün. Ich schlinge noch schnell meine Haare zu einem Knoten zusammen, dann wird der Untersuchungssaal geöffnet. Er sieht genauso aus wie alle anderen, in denen ich bisher war. Weiße Fliesen, an der Wand ein Holo-Screen, in der Mitte verteilt dreißig CardioCases. Oder wie

Dad sie vor meinem ersten Check-up damals so liebevoll beschrieben hat: Bikes in Glaskästen.

Direkt hinter dem Eingang werden wir von Behandelnden empfangen. Weiße Kittel, freundliches Lächeln. Wir müssen immer zu zweit eintreten, um uns einen VitaTrack verpassen zu lassen. Als die Behandelnde das Stanzgerät bei mir ansetzt, versuche ich, mich zu entspannen. Der Schmerz ist nicht schlimmer als bei einer Impfung. Ein kleiner Stich in den Oberarm, dann ist es schon vorbei. Jetzt prangt da ein erbsengroßes Silberplättchen zwischen meinen Sommersprossen. Aus den offiziellen Erklärungsvideos weiß ich, dass sie unsere Blutwerte messen, von Dad kenne ich die drei wichtigsten Parameter: Sauerstoffsättigung, Hormonspiegel, Blutzucker. Das sind genau die Fakten, auf die ich mich konzentriere, als ich weiter zu den Cases laufe. Fakten. Keine Gefühle. Ich weiß, dass die Bikes eigentlich Ergometer heißen. Sie bewegen sich nicht von der Stelle, aber sie geben Aufschluss darüber, ob das Herz-Kreislauf-System auch unter Belastung richtig funktioniert.

»Bitte gehen Sie immer weiter durch, bis alle CardioCases belegt sind«, weist uns eine Behandelnde an.

Ich bekomme eine der hinteren Kabinen. Kaum habe ich mich aufs Ergometer gesetzt, stellt sich der Sattel auf meine Höhe ein. Er ist bequemer, als er aussieht, an den Pedalen sorgen Halterungen dafür, dass man nicht abrutscht. Erst als alle sitzen, schließt sich die Glastür hinter uns. Es zischt.

»Die hermetische Abriegelung wurde eingeleitet«, säuselt AISS, was heißt, dass der benötigte Sauerstoff gleich nur noch aus den kleinen Löchern am Boden kommt. So kann genau gemessen werden, wie viel ich verbrauche.

Als ich die Griffe des Ergometers umfasse, fühlen sich meine Hände schwitzig an. Kein gutes Zeichen. *Also, was weißt du noch?,* versuche ich mich abzulenken. Mein Blick wandert zu der gläsernen Decke. In den Ecken sitzen schwarze Scanner. Gleich werden sie meinen gesamten Körper durchleuchten, jedes Organ überprüfen und sogar ein CT-Bild meines Gehirns machen. Laut Dad bewegt sich die Strahlenbelastung an der oberen Zulassungsgrenze, weshalb diese Art von Scan nur einmal jährlich erlaubt ist. Was reicht, um einen Großteil der körperlichen Krankheiten frühzeitig erkennen und behandeln zu können.

»Hallo, Maeander«, begrüßt mich AISS noch mal persönlich. Geräusche von außen sind nicht mehr zu hören. »Bitte halten Sie in der nächsten Minute so still wie möglich. Der BodyScan beginnt in drei ... zwei ... eins ...«

Ein Piepton signalisiert den Start. Ich sitze stocksteif auf dem Ergometer und wage es kaum zu atmen. Bewegt man sich zu viel, verwackeln die Scans und man wird zu einer manuellen Nachuntersuchung geschickt, die deutlich länger dauert.

»Erledigt«, verkündet AISS schließlich. »Sie können jetzt anfangen, in die Pedale zu treten. Ich werde die Widerstände im Laufe der Sitzung variieren, um verschiedene Belastungsstufen zu simulieren.«

Am Anfang ist es immer leicht. Wie manuelles Biken im ersten Gang – ohne jede Steigung. Irgendwann klickt der erste Widerstand ein, dann wird er Stück für Stück stärker.

Schweiß rinnt mir über den Rücken. Allein die Vorstellung, ich könnte so Nicks Herzfrequenz unterbieten, lässt mich auflachen. Ein Fehler. Jetzt fällt mir das Atmen noch schwerer. Ich bin nicht völlig untrainiert, aber Nick ist mindestens fünf Mal pro Woche in dem Fitnessstudio, das Aufsehenden vorbehalten ist. Wahrscheinlich sitzt er immer noch total entspannt auf dem Ergometer, während ich nur darauf warte, dass der Widerstand endlich geringer wird. Der einzige Trost? Ich habe keine Kraft mehr, nervös zu sein. Oder irgendetwas anderes zu spüren als brennende Muskeln und das Verlangen nach mehr Sauerstoff.

Am Ende japse ich förmlich nach Luft. Zum Glück geht es den meisten ähnlich, als wir gleichzeitig aus den Kabinen heraustreten. Wir kriegen alle eine Flasche Wasser und ein Handtuch, ehe wir einen Flur weitergeschickt werden. Er ist deutlich schmaler als der Hauptflur, und wenn man genau hinsieht, merkt man, dass wir in Ring Fünf sind. Da sind ein paar feine Risse in den Fliesen, an einer Deckenplatte schimmert ein gelblicher Fleck. Außerdem sind die Stühle, die den Flur zur linken Seite flankieren, alle aus Plastik. Ich bleibe lieber stehen, denn ich habe keine Lust, mit der nackten Haut an der Sitzfläche kleben zu bleiben.

Gegenüber gibt es eine lange Reihe von Türen, hinter denen die nächsten Untersuchungszimmer liegen. Keine Minute später werde ich aufgerufen.

Im Vergleich zum Saal ist das Untersuchungszimmer winzig. Die vordere Ecke wird von einem Vorhang abgetrennt, in den restlichen Raum quetschen sich ein Tisch mit mehreren Gerätschaften, die Dad sicher alle benennen könnte, ein

Rollhocker und der Untersuchungsstuhl, bei dessen Anblick ich den Mund verziehe. Diesen Part hasse ich am meisten. Aber leider lässt sich nicht jede Art von Vorsorge mit ein paar Scans und VitaTrack abdecken.

»Maeander!« Eine Behandelnde tritt aus dem Schatten des Vorhangs. »Ich wusste doch, dass ich mich bei dem Namen nicht verlesen habe. Oliver und ich haben noch letzte Woche von dir gesprochen, aber ich hätte nicht gedacht, dass wir uns so schnell persönlich wiedersehen.«

Von mir gesprochen? Wiedersehen? Ich bemühe mich um ein höfliches Lächeln, während es in meinem Kopf rattert. Mit Oliver meint sie Paps, aber Paps kennt viele Leute. Und für gewöhnlich halte ich mich von seinen Kontakten genauso fern wie von allen anderen. Vor allem, wenn sie mich mit solch großem Interesse mustern wie diese Behandelnde. *Keine Fragen, keine gefährlichen Antworten. Keine Überprüfung.* Warum habe ich das Gefühl, es könnte heute schwieriger werden als sonst?

»Oh.« Die Behandelnde zieht die ergrauten Augenbrauen hoch. »Du kannst dich nicht mehr an mich erinnern, natürlich, ich meine, das ist jetzt wie viele Jahre her? Sechs? Sieben? Ja, ich bin sicher, es waren sieben.« Mit eifrigem Nicken geht sie rüber zu dem Tisch. »Margret Wieler«, wirft sie mir über die Schulter hinweg weitere, wenig hilfreiche Infos hin. »Dein Vater und ich sind zusammen im Planungskomitee für die Ringfeste. Wir haben das letzte Winterspektakel am Rathaus geplant, und das Kürbisschnitzen ... Immer noch nichts?« Die Hand auf einer Schublade hält sie inne und schaut mich erwartungsvoll an.

»Nein. Tut mir leid«, erwidere ich entschuldigend.

»Na, wie dem auch sei.« Mit einem Handwink wischt Margret meine Worte weg. »Ich weiß noch genau, wie Oliver euch damals alle mitgebracht hat, dich und deine Geschwister. Ach, wie geht es deiner großen Schwester eigentlich? Hat sie nicht vor ein paar Jahren in Ring Zwei eingeheiratet? Was für eine überaus gute Partie.«

Und jetzt möchte ich nur noch wegrennen. Vain ist eins der letzten Themen, über die ich gern spreche. Was Veritas nicht davon abhält, die Wärme zurück in meinen Rachen zu treiben. »Vain ist jetzt eine Zwei, richtig«, antworte ich und fliehe hinter den Vorhang, um Margrets Musterung zu entkommen. »Aber ich weiß nicht, wie es ihr geht. Wir haben schon ... länger nicht mehr gesprochen.« In meinem Hals bildet sich ein Kloß, den ich zu schlucken versuche. Erfolglos. Warum konnte mich nicht jemand anderes aufrufen? Irgendeine fremde Person, die sich allein für meine Gesundheit interessiert?

»Aah, verstehe«, plaudert Margret weiter. Es klingt, als würde sie die Schublade öffnen. »Vervain hat jetzt Kinder, richtig? Da wird die Zeit immer ein bisschen knapper. Wie viele waren es noch gleich? Ich glaube, Oliver hat ihre Namen mal erwähnt ... Der Junge war irgendwas mit L... Leonardo? Louis?«

»Es sind drei Kinder«, bringe ich hervor, während ich Handtuch und Flasche auf einen Hocker lege. An einem Haken hängt ein foliertes OP-Hemd, das man überziehen kann, falls man sich ohne unwohl fühlt. *Unwohl* ist gar kein Ausdruck. Ohne zu zögern, reiße ich die Folie auf, während mich Veritas daran erinnert, dass ich noch nicht alle Fragen beantwortet habe. »Und sie heißen Leopold, Georgina und Martha«, füge ich widerwillig hinzu.

Erst nachdem ich das Hemd übergezogen habe, streife ich den Slip von meinen Hüften. Ob der VitaTrack erhöhtes Adrenalin registriert? Und was ist mit meinem Puls? Hier gibt es zwar keine Scanner, aber ich weiß, dass AISS ihn unter gewissen Voraussetzungen von der Halsschlagader ablesen kann. Reflexartig löse ich den Haarknoten und streiche die zerzausten Locken nach vorne. Ein schwacher Versuch, aber was bleibt mir anderes übrig?

»Drei!«, wiederholt Margret enthusiastisch. »Bitte grüß Vervain, wenn du mit ihr sprichst, ja? Vielleicht kann sie sich ja noch an mich erinnern.«

Bezweifle ich. Seit Vain unter die Zweier gegangen ist, habe ich das Gefühl, dass sie sich nicht einmal an ihre eigene Schwester erinnert. Sonst würde sie sicher öfter anrufen. Oder wenigstens schreiben. »Mache ich«, sage ich trotzdem. »Also, falls ich daran denke.« Jede Faser meines Körpers sträubt sich dagegen, den Vorhang zurückzuziehen. Ich ringe meinen Widerstand nieder. Draußen lasse ich mich auf die Kante des Untersuchungsstuhls sinken, während ich die gepolsterten Beinstützen mustere. *Nur noch ein paar Minuten, Mae, dann ist es vorbei.*

»Also schön, meine Liebe, werfen wir doch einen kurzen Blick in deine Akte.« Margret nimmt ein HoloPad vom Tisch und rollt mit dem Hocker zu mir. »Aktuell ist hier nur ein offener Vermerk, ansonsten hat die Analyse deines Fragebogens nichts Auffälliges gezeigt.« Sie scrollt über das Display.

»Und hier haben wir es auch schon. Beim Punkt Schlafverhalten hast du angegeben, du würdest in letzter Zeit öfter hochschrecken. Als Grund hast du Albträume aufgeführt.« Sie schaut fragend zu mir hoch. »Kannst du dich an den Inhalt dieser Albträume erinnern?«

Scheiße. Ich habe geahnt, dass das Thema zur Sprache kommt, aber da war diese winzige Hoffnung, ich könnte mich irren. Schon ist die Wärme zurück, und ich weiß, dass ich keine Chance habe. Gebe ich nicht binnen weniger Sekunden eine Antwort, wird aus Wärme Hitze. Ein Brennen, das sich schmerzhaft ausbreitet, erst im Gaumen, dann auf der Zunge. Wenn ich noch länger warte, wird es den ganzen Hals erfassen und schließlich das Herz. Bisher habe ich es nur einmal so weit kommen lassen, dass mein Herz einen Schlag ausgesetzt hat, allerdings weiß ich, dass es diese Antwort nicht wert ist.

»Teilweise«, sage ich in dem Versuch, ruhig zu bleiben. Gleichmäßig weiterzuatmen.

Margret macht sich Notizen. »Sind es verschiedene Albträume, oder ist es immer derselbe?«

»Weder noch. Manche Elemente bleiben gleich, andere variieren jedes Mal.«

»Was sind das für Elemente?«

Wie gern würde ich fragen, ob dieses Nachhaken beruflich oder persönlich motiviert ist, aber das würde mir die Antwort auch nicht ersparen. »Früher oder später werde ich immer ... *verlassen*«, murmle ich eine Spur zu heiser.

»Verlassen?« Margrets Blick zuckt zu meinen Händen. Ich weiß genau, wonach sie sucht: einem Verlobungs- oder gar

Ehering. Allerdings wird sie nur Sommersprossen und eine kleine Narbe am Zeigefinger finden.

»Richtig.« Ganz egal, wie tief ich ein- und ausatme, wie sehr ich versuche, mir irgendwelche Fakten ins Gedächtnis zu rufen, das Stechen in meinem Herz lässt sich nicht mehr ignorieren. Diese brandgefährliche Mischung aus Eifersucht und Angst, die Woche für Woche schwerer auf mir lastet.

Margret sieht wieder auf. Jetzt mustert sie mich so durchdringend, dass ich mich am liebsten in Luft auflösen würde. Wie tief wird sie wohl bohren? Und was, wenn sie auf den Kern der Sache trifft?

Auf einmal wird Margrets Blick weich. »Nun, Oliver hat erzählt, es wäre gerade nicht ganz einfach.« Ein Seufzer. »Glaubst du, ein therapeutisches Gespräch könnte für ein besseres Schlafverhalten sorgen?«

Paps hat mit einer Fremden über Aiden und mich geredet? Ich glaube, mir wird schlecht. »Nein.« Immerhin ist Veritas da ganz meiner Meinung. »Waren das dann alle Fragen?«

»Sekunde«, Margret scrollt am HoloPad hoch und runter, »ja, das waren vorerst alle. Dann machen wir jetzt nur noch schnell die Abstriche, ich entferne den VitaTrack, und du bist für heute fertig.« Sie schenkt mir ein mitfühlendes Lächeln, das an meinen inneren Mauern rüttelt. *Bitte lass es einfach schnell vorbei sein.* Margret rollt rüber zum Tisch und zieht ein Paar Latexhandschuhe über.

Der Abstrich aus dem Mundraum ist schnell erledigt, dann kommt der unangenehme Part. Widerwillig lege ich die Beine hoch in die vorgesehenen Stützen. *Nur noch ein paar Minuten.* Nur noch einmal durchatmen, so tun, als wäre

Margret eine andere Behandelnde, und ich kann verschwinden.

Ich starre an die Decke, während ich das Rascheln von Plastik höre. Wahrscheinlich packt sie gerade das kleine Bürstchen aus.

»Jetzt wird es einmal kurz piksen …«

Autsch.

»Uuund erledigt. Siehst du, das ging doch ganz schnell.«

Nicht schnell genug, widerspreche ich lautlos. Kaum dass Margret ein Stück nach hinten gerollt ist, nehme ich die Beine runter, ziehe das Hemd so weit wie möglich über die Schenkel und rutsche zurück an die Kante.

»Also, du kennst das Prozedere ja bereits. Ende der Woche wird der volle Gesundheitsbericht am HoloTerminal abrufbar sein«, fasst Margret zusammen, während sie das Stäbchen in eins der Geräte auf dem Tisch steckt und ihre Handschuhe wegschmeißt. »Sollte es Auffälligkeiten oder weiteren Behandlungsbedarf geben, sendet AISS einen Termin in der entsprechenden Fachabteilung mit, eine Verschiebung ist nur aus triftigen Gründen möglich.« Es ist die übliche Abschlussrede. Dabei wischt Margret wieder über ihr HoloPad – und stockt. »Ach, ganz vergessen. Bevor du gehst, brauchen wir noch eine Blutprobe. Neuer Standard bei allen unter einundzwanzig.«

Dad hat nichts von einem neuen Standard erwähnt. Ich schlucke trotzdem jede Nachfrage hinunter. Nicht, dass sich Margret ermutigt fühlt, weitere Anekdoten auszugraben. Jetzt konzentriert sie sich ganz darauf, meine Vene beim ersten Versuch zu treffen und das Röhrchen mit Blut zu füllen. Vain wird bei solchen Entnahmen immer übel, ich habe kein Problem damit, hinzusehen. Vielleicht ist das der Teil, den ich von Dad geerbt habe.

Als Margret fertig ist, entfernt sie geübt den VitaTrack und rollt einen HealFix-Stick über beide Einstichstellen. Es hört sofort auf zu bluten, zurück bleibt nur das Schimmern des transparenten Pflasterfilms. Jetzt nur noch einmal die Mundwinkel heben, eine Abschiedsfloskel sagen und …

»Weißt du, Maeander«, grätscht Margret in meine Gedanken. »Nach allem, was ich von Oliver gehört habe, bist du ein wirklich tolles Mädchen. Also egal, wie sich dein Aiden entscheidet: Ich bin sicher, du wirst nicht in Ring Sieben enden.«

Das war's. Alles, was ich bisher so mühsam zusammengehalten habe, droht, über mir zusammenzubrechen. »Ich …« Es ist nur ein Krächzen. »Danke.« Dann forme ich mit Zeige- und Mittelfinger ein V, berühre die Stelle über meinem Herzen und fasle halb im Gehen: »Für die Wahrheit.«

Keine Ahnung, ob Margret mit dem üblichen »Für den Frieden« antwortet, ich weiß nur, dass ich hier wegmuss. So schnell wie möglich. Ich schlüpfe hastig in meinen Slip und laufe raus. Hinter meinen Augen ein verräterisches Brennen.

Mit der Beseitigung von Unwahrheiten konnten die Menschen von jenen Gefühlen geheilt werden, die ihre Wahrnehmung verzerren und zu unbedachten Handlungen führen: Wut. Hass. Panik. Missgunst. Neid. Trauer. Eifersucht.
Eine Äußerung dieser destruktiven Gefühle wird ab sofort als »emotionale Überreaktion« klassifiziert und gilt als Symptom eines Liar. Weitere Überprüfungen sind Voraussetzung zur tatsächlichen Feststellung der Schuld.

Auszug aus »Erweiterung der guten Gesetze«,
veröffentlicht von Ernest Sestiby, 04. 04. 2096

KAPITEL 3

AISS sieht mich. AISS hört mich. AISS wird wissen, dass etwas nicht ... *Jetzt reiß dich zusammen!*, ermahne ich mich innerlich. Meine Schritte sind vielleicht etwas schneller als sonst, und ich habe sowohl Handtuch als auch Wasserflasche im Untersuchungsraum liegen lassen. Aber noch schaffe ich es, gegen die Tränen anzukämpfen. Noch gibt es nichts, was mich verraten würde.

Ich folge der Beschilderung zurück zur Umkleide, dieses Mal sind nur zwei andere Frauen da. Wortlos gehe ich an ihnen vorbei und öffne die Tür des Spinds. Zittern meine Fingerspitzen? Ich balle die Hände zu Fäusten, dann lasse ich wieder locker. Eigentlich wollte ich noch kurz duschen, aber es ist besser, wenn ich so schnell wie möglich verschwinde. Hoffentlich ist Nick schon durch. Bei den Männern geht es meist etwas schneller, allein, weil dieser eine Abstrich fehlt.

Meine Bluse ist vom Haken gerutscht und zerknittert. Egal. An der schwarzen Stoffhose klebt Staub. Egal. Mit betont ruhigen Bewegungen ziehe ich mich an, das bemühte Lächeln brennt auf meinem Gesicht. Es gibt nicht gerade viele Ratgeber dazu, wie man eine Panikattacke abwendet, schließlich sollten sie gar nicht erst existieren. Aber irgendwie ist Dad trotzdem mal an einen Artikel für mich rangekommen. Neben den darin erklärten Atemtechniken hat mir bisher eine Empfehlung am besten geholfen: »Spielen Sie das Worst-Case-Szenario bis zum Ende durch, fragen Sie sich, was die Konsequenz wäre, und Sie werden erkennen, dass es weniger gravierend ist, als Ihnen die Angst gerade einreden möchte.«

Okay. Worst-Case-Szenario: Im schlimmsten Fall hat AISS meine emotionale Überreaktion längst bemerkt. Im schlimmsten Fall warten vor der Umkleide bereits ein paar Aufsehende aus Nicks Kollegium und fordern mich auf, ihnen zum Zwecke einer Überprüfung zu folgen. Ob sie meine Hände genauso fesseln würden wie bei der Liar in den News? Bei meiner ersten und bisher einzigen Überprüfung haben sie mich einfach mit nettem Lächeln gebeten, sie zu begleiten. Allerdings war ich auch gerade mal zwölf Jahre alt. Aber egal, ob Handschellen oder nicht: Im schlimmsten Fall bringen sie mich in ein Verhörzimmer und injizieren mir eine hochkonzentrierte Dosis Veritas. Dann stellen sie mir all die Fragen, die man potenziellen Liar stellt, und am Ende werden sie erkennen, dass ich keine Liar bin. Dass ich die VeriTabs wie vorgeschrieben nehme und sie bei mir genauso wirken wie bei allen anderen – abgesehen von der Sache mit den geheilten Emotionen.

Falsch. Das ist nicht der Ausgang des Worst-Case-Szenarios. Es ist nur das, was beim letzten Mal passiert ist. Allerdings sind Überreaktionen zu Beginn der Pubertät nicht unüblich. Bei manchen macht die Hormonumstellung einfach eine häufigere Anpassung der VeriTab-Dosierung notwendig als bei anderen. Aber jetzt bin ich fast achtzehn, also was, wenn sie mir dieses Mal nicht *glauben*? Die Vorstellung ist absurd. Denn ich *bin* keine Liar. Aber warum schlägt mein Herz dann nur noch heftiger gegen meine Rippen? Und warum möchte ich auf gar keinen Fall noch mal in einem dieser Verhörzimmer sitzen? Vielleicht, weil es keine richtigen Präzedenzfälle für die Diagnose *kaputt* gibt. Weil ich nicht weiß, was sie mit mir machen würden. Ob sie einfach nur meine Dosis anpassen würden, ob sie mich von einer Forschungsabteilung zur anderen jagen, um herauszufinden, wo mein Defekt liegt, ob sie mich trotzdem als Liar klassifizieren, mich nach Acht schicken, mich von allen trennen, die ich … *Stopp!*

Ich schlüpfe in die Schuhe, werfe den Mantel über und knalle den Spind heftiger zu, als beabsichtigt. »Sorry«, murmle ich an die Frauen gewandt, die sich erschrocken nach mir umsehen.

Und weg hier. Die Tür gleitet auf – keine Aufsehenden. Nur ein Behandelnder, der mit wehendem Kittel und einem HoloPad unter dem Arm über den Flur eilt. Ich laufe in die entgegengesetzte Richtung, den Blick zu Boden gerichtet, damit AISS so wenig wie möglich von meinem Gesicht sieht. Ob meine Augen gerötet sind? Das Brennen ist jedenfalls immer noch da, vielleicht sogar stärker als vor meinem Gedankenexperiment.

Nick sitzt auf den Stufen. Als er mich sieht, nimmt er seine Wasserflasche und steht sofort auf. »Und, wie …?« Er unterbricht sich. »Komm mit.« Nach all den Jahren erkennt er die Warnsignale sofort. Deshalb verzichtet er auch darauf, mir seine Hand anzubieten oder mich sonst irgendwie zu berühren. Weil er genau weiß, dass jede Form von Mitgefühl nur dafür sorgt, dass ich tiefer in meine Emotionen rutsche. Stattdessen mimt er Normalität. »Ich weiß nicht, ob du es schon gesehen hast, aber Paps hat vorhin in der Familiengruppe geschrieben. Dad und er wollen jetzt heute Abend doch rüber zu den Caivanos«, sagt er im beiläufigen Plauderton. »Noch mal ein paar Sachen für die Geburtstagsfeier besprechen, auch wenn wohl wieder nur die üblichen paar Leute kommen.«

Seine Worte schwappen einfach über mich hinweg, während ich stoisch weiterlächle. Wir verlassen das MedPlex, aber noch bin ich nicht aus der Gefahrenzone raus. Der Vorplatz wird ebenfalls von AISS überwacht, und dann sind da noch unsere SmartPads und EarPods, die immer mithören. Normalerweise finde ich diese Funktion praktisch, denn ein Satz reicht, und AISS schreibt für mich mit, spielt die gewünschte Musik ab oder erinnert mich an offene To-dos. Nur jetzt würde ich sie am liebsten einfach abschalten.

Wir schlagen den Weg Richtung Bahnhof ein. Zwischen zwei Häuserreihen tauchen wir ab, Nick läuft einen halben Schritt vor mir. Dabei textet er mich weiter mit Smalltalk zu, von dem ich kaum etwas mitkriege. Denn Margrets letzte Sätze hallen viel zu laut in mir nach: *Also egal, wie sich dein Aiden entscheidet: Ich bin sicher, du wirst nicht in Ring Sieben enden.* Keine Ahnung, in welcher Detailschärfe Paps von meiner Situation erzählt hat, aber wie schön, dass *sie* sich sicher ist.

Nick bleibt so unvermittelt stehen, dass ich beinahe in ihn hineinlaufe. Wir stehen genau zwischen zwei Häusern, auf Höhe eines Spalts, der kaum einen Meter breit und dafür sicher acht tief ist. An die Fassade des linken Hauses presst sich eins der Abfallsysteme, aus denen der Müll sofort unterirdisch abtransportiert wird. Nick schaut sich flüchtig um, dann schiebt er sich in die Nische, holt SmartPad und EarPods raus und … wirft einfach alles durch die Klappe des Müllbehälters.

Ich starre meinen Bruder entsetzt an, aber er bedeutet mir nur mit einem Nicken, das Gleiche zu tun. Keine Ahnung, wie er *das* später erklären möchte, ohne von Veritas verbrannt zu werden. Trotzdem schiebe ich die Hand in meine Manteltasche, hole alles raus, auf dem AISS installiert ist, und zwänge mich zu Nick in die Nische. Meine Hände zittern, als ich meine vielleicht teuersten Besitztümer einfach wegschmeiße. Ohne weiter darüber nachzudenken, drücke ich mich an Nick vorbei, laufe so tief in die Sackgasse, bis mich der Hausschatten verschlingt. Erst als ich ganz hinten bin, wage ich es, mich gegen die Wand zu lehnen – meine Beine fühlen sich an wie Gummi. Mit einem lautlosen Schluchzer auf den Lippen lasse ich mich auf den Boden sinken, ringe um Luft, um freien Atem, um Klarheit für meine Gedanken.

»Was ist passiert?« Nick geht vor mir in die Hocke, seine Stimme ist nur ein Raunen.

Selbst in solchen Situationen ist auf Veritas Verlass. »Meine Behandelnde«, bringe ich zwischen zwei zu kurzen Atemzügen heraus. »Sie ist eine von Paps' ... Freundinnen. Und sie wusste von Aiden.« Jetzt rollt wirklich eins dieser Mistdinger über meine Wange. Schnell wische ich die Träne weg.

Nick verzieht keine Miene. »Hat sie jemanden informiert?«, fragt er.

»Nicht in meinem Beisein, nein.« Ich ziehe die Knie enger an den Körper, um gegen den Druck in meiner Brust anzupressen. »Aber ich bin relativ überstürzt gegangen.«

»Gegangen oder gerannt?«

»Gegangen«, wiederhole ich. »Und ich habe versucht zu lächeln.«

»Hat AISS dich darauf angesprochen?«

»Nein.«

»Okay. Ich werde dir gleich noch eine Frage stellen, und du antwortest erst, wenn aus Wärme Hitze wird.« Er sieht mir in die Augen, und ich weiß, dass er gleich die Sekunden zählen wird. »Was war dein erster Gedanke, als ich euch damals Kira vorgestellt habe?«

Natürlich wählt er eine möglichst unangenehme Frage. Nach zu kurzer Zeit fängt mein Rachen Feuer und treibt die Wahrheit über meine Lippen: »Dass sie viel zu hübsch ist, um sich in eine Fünf wie dich zu verlieben.« Das Brennen im Hals ebbt sofort ab, nur meine Wangen glühen weiter.

Nicks Mundwinkel zucken nach oben. »Stimmt ja auch.« Seine Miene entspannt sich. »Das waren nur zwei Sekunden. Deine Dosis scheint entsprechend richtig eingestellt zu sein.« In anderen Worten: Es gibt für ihn keinen Grund, mich zu melden oder gar selbst in Gewahrsam zu nehmen. Denn er weiß, dass ich meine VeriTab regelmäßig nehme, schließlich sitzt er bei der Vergabe in der Regel daneben.

Ich presse die Lippen zusammen. Ein Teil von mir würde gern wissen, was in seinem Kopf vor sich geht, für wie kaputt er mich wirklich hält. Aber ich traue mich nicht, zu fragen. Es gibt Wahrheiten, die muss man einfach nicht provozieren.

»Hier.« Nick greift in seine Innentasche und holt ein Blister Tabletten raus.

Eine Welle der Erleichterung brandet in meinem Magen auf. Dads Beruhigungsmittel. Sofort strecke ich die Hand aus und lasse mir eine der weißen Tabletten in die Handfläche drücken. Mir ist bewusst, dass ich sie nur in absoluten Ausnahmesituationen nehmen darf, aber das hier ist eine. Denn in spätestens zehn Minuten muss ich aus dieser Ecke kriechen und zum Bahnhof laufen, ansonsten verpasse ich den Zug nach Ring Zwei. Und falls auf der Arbeit jemand fragt, warum ich zu spät bin ... Ich lege die Tablette auf meine Zunge.

Nick gibt mir sein Wasser. Als ich die Flasche ansetze, erregt etwas hinter Nick meine Aufmerksamkeit. Am Ende der Gasse steht jemand. Eine Silhouette, die vor der Morgensonne nicht mehr ist als ein diffuser Schatten, eine gesichtslose Person, die sich abrupt abwendet. Ob sie mich erkannt hat? Nein, vielleicht hat sie *jemanden* gesehen, aber es ist unmöglich, dass sie auf diese Entfernung tatsächlich ein Gesicht erkennen konnte. *Und wenn doch?* Dann sollte ich erst recht hier wegkommen.

Ich spüle die Tablette hinunter. Da ich nüchtern bin, müsste sie schnell wirken. »Danke.« Ich gebe Nick die Flasche zurück, dann lasse ich mich von ihm auf die Beine ziehen. Sie fühlen sich immer noch wackelig an, aber wenigstens hat sich mein Puls beruhigt.

»Meinst du, es geht wieder?« Nick mustert mich prüfend.

Ich horche in mich hinein. Irgendwo in mir sticht weiter diese Eifersucht, irgendwo nagt weiter die Angst vor einer erneuten Überprüfung. Aber es fühlt sich bereits jetzt dumpfer an, eher wie ein fernes Echo als ein realer Teil von mir. »Ich denke schon, ja. Und jetzt lass uns von hier verschwinden.«

»Nichts lieber als das. Aber vorher müssen wir da noch ein paar Sachen aus dem Müll bergen.«

»Was?!«

Nick hat sich bereits umgedreht und steuert auf das Abfallsystem zu. Ich stolpere hinter ihm her.

»Wie gesagt: Wir müssen da noch etwas bergen«, wiederholt er. »Oder dachtest du, ich würde zulassen, dass wir unsere SmartPads wirklich wegschmeißen?«

»Ich dachte ... ja.« Irritiert sehe ich dabei zu, wie Nick durch die Klappe greift. »Und dass wir eine verdammt gute Erklärung brauchen werden, warum unsere SmartPads zeitgleich im RecycleCenter landen.«

»Was sie nicht tun werden.« Tatsächlich muss Nick nicht einmal tief in den Behälter greifen, um unsere Sachen herauszuholen. Er gibt mir SmartPad und EarPods zurück – beides ist frei von Schmutz und scheint auch sonst unversehrt.

Wie zur Hölle ...?

Nick schüttelt nur den Kopf. Da ich weiß, dass uns AISS ab jetzt wieder zuhört, verkneife ich mir alle Fragen, und Nick wechselt zurück zu Smalltalk: »Ach ja, Paps wollte übrigens wissen, ob du heute Abend auch mitmöchtest«, sagt er. »Ich habe geschrieben, du hättest vermutlich schon etwas vor.«

»Vermutlich«, plappere ich nach, und dieses Mal ist da kein Stechen in meiner Brust. Nur eine angenehme Watteschicht, die noch eine Weile anhalten wird.

Obwohl wir in dieselbe Richtung müssen, trennen sich unsere Wege am Bahnhof. Während Nick und ein paar andere Wartende RapidTrain 05 nehmen dürfen, steige ich zusammen mit dem Rest in Linie 106. Es ist der einzige CityTrain, der von hier bis zu Ring Zwei durchfährt, auch wenn er dafür gute anderthalb Stunden braucht. Bis dahin sind Nick und die anderen sogar mit einmal Umsteigen fast im Center.

Ich erkämpfe mir einen Fensterplatz auf einem Vierer. Dann raffe ich meine Haare im Nacken zusammen, binde sie zu einem tiefen Zopf und stecke beide EarPods ein. Gut sichtbar für mein Umfeld, damit niemand auf die Idee kommt, mich anzusprechen. »AISS? Spiele das neue Album von Secret Sirens«, murmle ich gerade laut genug, damit sie mich hören kann. Auch wenn ich weiß, dass mich die Songs heute nicht so berühren werden wie sonst. Die Kehrseite von Dads Tabletten. Sie unterdrücken zwar alle gefährlichen Gefühle, aber auch die guten, die Freude, das Kribbeln und die Gänsehaut, wenn ein Akkord besonders gelungen ist.

Eine Weile lausche ich den Songs, ehe ich mein SmartPad rausziehe. Drei neue Nachrichten in der Familiengruppe, sonst nichts. Kein Lebenszeichen von Aiden, kein »Ich vermisse dich« oder wenigstens ein »Guten Morgen«. *Hatte er heute nicht Frühschicht?*, versuche ich, sein Schweigen vor mir selbst zu rechtfertigen. Vielleicht. Ich meine, er hätte so etwas erwähnt, aber ich bin nicht sicher. Ich weiß nur, dass er heute nicht zum Check-up musste. Er stammt zwar aus demselben Geburtszyklus wie Nick, aber da er in Ring Vier lebt, war sein MedPlex mit den Terminen früher dran als unseres.

Wie von selbst klicke ich durch die Apps. Als ich GoSocial öffne, versteife ich mich auf dem Sitz. Ann hat ihr Profilbild heute Morgen geändert. Wo sie vorher allein in die Kamera gegrinst hat, steht sie jetzt hinter Aiden und hat ihren Kopf auf seine Schulter gelegt. Ich wünschte, sie würden nicht zusammenpassen, aber das Foto könnte der

Werbung für eine Dating-App entsprungen sein. Ann hat seidig glänzendes, schulterlanges Haar, dessen Schwarz perfekt mit Aidens zerzauster Mähne harmoniert. Ihre Haut hat den gleichen warmen Braunton wie seine, sie haben beide dunkle Augen, und das Schlimmste: Sie sehen glücklich aus. Ann hat die Arme um Aidens trainierte Brust geschlungen, hinter der sein Herz fast zehn Jahre nur für mich geschlagen hat. Ich habe gelernt, mich anzupassen, und mich an vieles gewöhnt. Aber es gibt Dinge, die zerreißen einen jedes Mal aufs Neue, die fühlen sich an wie ein giftiger Stachel, der sich immer tiefer in die Seele gräbt. Bis jede gute Erinnerung von einem Schatten getrübt wird, über den nicht einmal Dads Tabletten hinwegtäuschen können.

Ich presse die Lippen so fest zusammen, dass es schmerzt. Mein Blick zuckt zu dem Pärchen, das mir gegenüber sitzt. Oder vielmehr zu ihren verschränkten Händen, an denen Eheringe glänzen. Feines Kupfer, nicht teuer, aber wertvoller als jeder Credit. Bis vor drei Wochen dachte ich noch, Aiden und ich hätten dasselbe, etwas, das nichts und niemand auf der Welt trennen kann. Aber dann hat er Ann getroffen, und irgendein Funke in ihm war sofort entflammt. Jetzt klammere ich mich an der Hoffnung fest, dass unsere Liebe älter ist, beständiger, *logischer*. Dass der Funke wieder erlischt, wenn wir genug Zeit miteinander verbringen und er sich an sein Versprechen erinnert: Ich war gerade mal sieben, er neun, als er mir den Verschluss einer alten Plastikflasche an den Finger gesteckt und geschworen hat, mich zu heiraten, wenn wir alt genug sind. Wir waren zwar jung, aber Veritas hat die Worte zugelassen, und das heißt, Aiden hat damals daran geglaubt.

Ohne darüber nachzudenken, wechsle ich zurück in unseren Chat und lasse meine Finger über das Display fliegen.

> Guten Morgen. ❤ Check-up überstanden. Wie geht's dir?

Abschicken. Aiden wird zwar als offline angezeigt, aber sobald er die Nachricht sieht, wird er antworten müssen. Beim Schreiben ist Veritas zwar gnädiger als beim Reden, aber nach spätestens dreißig Sekunden schickt es erste Krämpfe durch die Finger.

Ich schließe den Messenger wieder. Direkt daneben prangt seit einem Monat das Logo der Partnerschafts-App Eternity: zwei ineinander verhakte Ringe. Der Notfallplan, über den ich nicht einmal nachdenken möchte. Also packe ich das SmartPad weg und schaue nach draußen, konzentriere mich ganz auf die Landschaft, an der wir mit zweihundert Stundenkilometern vorbeirasen, und auf die Musik.

Obwohl es keine echten Grenzen gibt, bilde ich mir ein, den Übergang von Ring Fünf zu Vier sehen zu können. Die Häuser werden etwas hübscher, manche Fassaden wurden im Fachwerkstil bemalt, auch wenn natürlich kein echtes Holz in ihnen verbaut ist. Viel zu teuer. In Ring Drei weichen die kargen Kiesvorgärten Gestrüpp, das auf die wärmeren Monate wartet. Dazwischen das immer gleiche Bild: weite Flächen vertrockneter Erde. Früher sollen an genau diesen Stellen riesige Felder gewachsen sein, im Museum habe ich Fotos gesehen, von knallgelbem Raps und Blumen und Mais. Aber dann kam der Krieg und mit ihm die Chemiewaffen, die einen Großteil des Bodens verseucht haben, so dass innerhalb der Ringe kaum noch etwas wächst – außer man hat genug Credits, um sich entsprechenden Dünger und die Bewässerung leisten zu können. Wie die Menschen in Ring Zwei.

Je näher wir dem Ziel kommen, desto mehr grüne Flecken gibt es: Gräser, Frühblüher, hin und wieder zieht sogar eine Baumgruppe an uns vorbei, vielleicht der private Forst von jemandem, bei dem die Geschäfte besonders gut laufen. Edgar hat mal darüber nachgedacht, einen zu erwerben, allerdings weiß ich, dass er seine Credits für etwas anderes spart. Denn sollten Kira und Nick wirklich heiraten, bekommen beide den Status des Älteren, was bedeutet, Kira müsste nach Ring Fünf ziehen – außer jemand legt eine beachtliche Summe auf den Tisch. Und ich weiß, dass Edgar gedenkt, dieser Jemand zu sein.

Kurz darauf hält der Zug an. Endstation. Mit dem Quietschen der Türen stehlen sich die Gedanken zurück, die ich gerade verdrängt hatte. Mein Puls nimmt Anlauf, wird jedoch von Dads Tablette gedrosselt. *Was, wenn AISS doch jemanden informiert hat? Oder wenn mich diese Person am Ende der Gasse erkannt hat? Wenn die Aufsehenden da draußen auf mich warten?*

Ich schiebe die Hände in meine Manteltaschen, bevor mein Körper auf die Idee kommt, mich mit einem Zittern zu verraten. Mit gestrafften Schultern verlasse ich den Zug, betrete den Bahnsteig. Mein Blick huscht von links nach rechts, scannt jede Person, die auf den nächsten Zug wartet. Keine graue Uniform weit und breit. Niemand, der mich auffordert, mitzukommen. Wie es aussieht, bin ich ein weiteres Mal davongekommen.

»Verlobungsring für Kira«, von M. E.

KAPITEL 4

Das Haus der Moores liegt nur fünfzehn Minuten von der Station entfernt, direkt an der Kreuzung zweier Straßen. Es ist bedeutend größer als unseres, hat drei Stockwerke, und die Fassade ist schneeweiß, was daran liegt, dass Gloria sie regelmäßig reinigen lässt. Auf der zweiten Etage gibt es sogar einen kleinen Balkon, der an Kiras Zimmer angrenzt, gleich darüber schält sich ein Erkerfenster aus den schwarzen Dachschindeln. Es gehört zu Edgars Büro und ist mein Lieblingsplatz für die Pause. Wobei ich bezweifle, dass ich heute sonderlich viel Pause bekommen werde.

Ich gehe an den Stufen vorbei, die zur offiziellen Eingangstür hochführen, und steuere den Hintereingang an. Die schmale dunkelgrüne Tür an der Seite des Hauses, die nicht ganz so regelmäßig aufpoliert wird. Selbst Glorias Hang zur Perfektion hat irgendwo seine Grenzen - und zwar meist an dem Punkt, an dem es um ihre Angestellten geht.

Ich tippe den Code in das Display neben der Tür, ein Klicken ertönt, und schon kann ich den Knauf aufdrehen.

Theoretisch könnten sich die Moores auch Gleittüren leisten, aber irgendwie stehen sie auf diese altmodische Optik.

Im Flur springt direkt das Licht an. Er ist leer. Perfekt. Sofort laufe ich zur Garderobe – falls man die paar Kupferhaken an der Betonwand so nennen kann. Dort hängen nur drei Jacken. Die knallrote gehört Luisa, die in der Küche arbeitet, der dunkelgrüne Mantel muss von Brigit sein (wahrscheinlich selbst genäht), und der letzte ist Nicks. Ohne zu zögern, schiebe ich die Hand in die Innentasche. Gefunden. Jeder Triumph wird von meinem dumpfen Inneren erstickt. Da mir Nick den Ring genaustens beschrieben hat, widerstehe ich dem Drang, die Schatulle zu öffnen, und lasse sie nahtlos weiter in meine eigene Innentasche wandern. Oder sollte ich sie lieber …?

»Mae?!«, überlagert eine Stimme die Musik in meinen Ohren. »Hast du schon die News gesehen? Über Harold Green?« Es ist Luisa, die gemerkt haben muss, dass sich meine EarPods ins Angestelltensystem der Moores eingeloggt haben.

»Ja, schon mitbekommen«, erwidere ich. »Und, AISS? Musik aus.« Sofort bricht der Song ab, stattdessen höre ich über meine EarPods das Klirren und Scheppern von Kochgeschirr.

»Eine ganz schön ernste Sache«, sagt Luisa über den Krach hinweg. »Meinst du, sie schicken den Investigationssektor auch zu uns?«

»Vielleicht.« Ein lautes Klirren jagt Schmerz durch meine Ohren. »Und warum klingt es so, als würdest du gerade ein ganzes Festmahl zubereiten?«, frage ich zischend.

»Weil es genau das wird – hoffentlich. Die Eisenhauers

kommen heute kurzfristig zum Dinner, und Gloria will, dass alles perfekt wird.«

»Die Eisenhauers?« Ich hänge meinen Mantel neben Nicks und nehme die Schatulle doch wieder aus der Tasche. »Sind das nicht die mit diesem versnobten Sohn?«

»Genau die. Gloria hofft wohl immer noch, ihn mit Kira verkuppeln zu können.«

Ich verdrehe die Augen, während ich die Schatulle unschlüssig in den Fingern drehe. Wenn ich sie in meine Hosentasche stecke, zeichnet sie sich auf jeden Fall ab. »Aber sie weiß schon, dass Kira heute Abend mit meinem Bruder ins Theater geht?«, hake ich nach, obwohl ich bezweifle, dass Luisa überhaupt von diesem Date weiß.

»Keine Ahnung, was geplant war, aber Gloria meinte, ich solle mit acht Personen rechnen.«

Soweit ich weiß, sind die Eisenhauers zu dritt, die Moores zu fünft. In anderen Worten: Gloria hat Kira fest eingeplant. Nicht, dass es mich überraschen würde. Es wäre nicht das erste Date, das sie mit ihren Plänen durchkreuzt, und wie ich Nick kenne, wird er es hinnehmen. Weil er genau weiß, dass alles andere einen Diskurs zufolge hätte, in dem er sich bei Gloria nur weitere Sympathiepunkte verspielt.

»Okay.« Ich lasse die Schatulle testweise in meinem Dekolleté verschwinden. Auf gar keinen Fall. Mir fehlt eindeutig Oberweite, um das zu einem sinnvollen Versteck zu machen. »Hast du Edgar heute schon gesehen? Und weißt du, wie er die Sache mit Harold Green aufgenommen hat?«

»Nein und nein.« Das Scheppern ist einem schmatzenden Geräusch gewichen, als würde Luisa Teig kneten. »Aber ich habe Gloria eben schimpfen hören, er habe die dritte Etage seit den News nicht einmal verlassen.«

Und das um gerade mal elf Uhr, was für ein Verbrechen. Die Ironie schmeckt süß, auch wenn ich weiß, dass Veritas mich so etwas nie laut aussprechen lassen würde. »Ich werde gleich mal sehen, was ich tun kann«, sage ich, während ich doch wieder zum Mantel schiele, aber wenn ich ihn mit hochnehme und Edgar fragt ...

Ein Klingeln an der Tür reißt mich aus den Gedanken. Da es an meine EarPods übertragen wird, muss es vom Hintereingang kommen.

»Ah, Mae, kannst du eben aufmachen?«, fragt Luisa. »Meine Hände sind voller Teig, und Brigit muss dringend die Kleider für heute Abend fertig umnähen.«

»Klar, ich bin sowieso noch unten.« Eigentlich ist es nicht mein Job, Liefernden zu öffnen, aber die paar Minuten fallen jetzt auch nicht mehr ins Gewicht. Ich lasse die Schatulle zurück in meine Manteltasche gleiten und nehme einen der beiden EarPods raus, ehe ich aufmache.

Vor der Tür steht ein Typ mit altmodischer Umhängetasche. Ein Mailer. Er kann kaum älter sein als ich, und trotzdem ist er dem Kupferring nach bereits verheiratet.

»Du bist weder Luisa noch eine Moore«, stellt er fest.

»Stimmt. Ich bin Mae, Edgar Moores Archivierende.« Mein Blick gleitet zu dem Umschlag, den er fest umklammert hält. Es ist ein teures Exemplar, beiges Pergament, goldene Tinte, Siegelwachs. Die geschwungenen Lettern sehen handgeschrieben aus, und obwohl sie zur Hälfte verdeckt sind, weiß ich, was dort steht: *Familie Moore, Rouge Place 14,*

Ring Zwei. »Ich will dich nicht hetzen, allerdings muss ich gleich hoch, also ...« Auffordernd strecke ich die Hand aus.

Der Mailer schüttelt den Kopf. »Diese Sendung darf nur persönlich an die Moores übergeben werden.«

»Warum klingelst du dann an der Hintertür?«

»Weil die Dame des Hauses gerade in einem Gespräch mit einer Nachbarin war, und ... sie mag es nicht, gestört zu werden. Aber weißt du was? Vergiss es einfach. Ich versuche es später ...«

»Nein, warte.« Seufzend lehne ich mich gegen den Rahmen, die Arme vor der Brust verschränkt. »Du meidest also Gloria, klingelst an der Hintertür und dann ... was? Wie genau sah der Plan aus?«

Seine Finger krallen sich fester um das Pergament, während er mich mit weit aufgerissenen Augen anstarrt. Das Entsetzen in seinen hellgrünen Iriden weckt in mir eine unangenehme Vorahnung. Wieder zieht es meinen Blick zu seinem Kupferring, aber es ist zu spät.

»Lu... Luisa ist meine Frau«, stammelt er, seine Wangen sind rot erhitzt von Veritas. »Normalerweise öffnet sie die Tür, und wenn sie hier gewesen wäre, hätte ich ihr den Brief gegeben. Und sie ... sie hätte ihn zugestellt. So wie immer.«

Verdammt. Ich wusste, dass Luisa mit einem Mailer verheiratet ist. Warum ist mir nicht früher aufgefallen, dass sein Ehering die gleiche Musterung hat wie ihrer?

»Bitte, Mae ... Ich vertraue meiner Frau bedingungslos. Wir kennen uns schon seit dem Kindergarten, und es gab noch nie einen Brief, der die Moores nicht erreicht hätte.«

Das Flehen in seiner Stimme lässt einen Teil von mir frösteln. Er könnte auf die Knie gehen, mir Tausende Bons für die Essensausgabe anbieten, aber es würde nichts ändern. Einmal ausgesprochen, kann er die Wahrheit nicht mehr zurücknehmen, und ich kann sie nicht vergessen.

»Könntest du einfach ... Luisa holen?«

»Nein.« Ich schürze bedauernd die Lippen. Es grenzt an ein Wunder, dass die beiden noch nicht aufgeflogen sind. »Aber ich kann Edgar Moore bitten ...«

»Ist das etwa der Mailer?!«, ruft jemand hinter mir. Kira. So viel zum Thema *Kira aus dem Weg gehen*. Immerhin bezweifle ich, dass sie an meinen Mantel gehen wird.

Kira kommt mit wehenden Röcken herbeigeilt, auf ihrem Gesicht liegt ein Strahlen, als hätte sie nur auf diese Post gewartet. Sie sieht wie immer blendend aus. Das blaue Kleid sitzt zart auf den hellbraunen Schultern und spiegelt ihre gekaufte Augenfarbe wider, ein intensiver Saphirton, und damit die perfekte Ergänzung zu dem nussbraunen Haar, das mit Goldklammern an ihrem Kopf festgesteckt wurde. Vermutlich die Testfrisur für heute Abend.

»Ist er«, sage ich, obwohl es offensichtlich ist. Ohne Dads Tablette wäre mein Puls schon wieder am Anschlag. Hoffentlich kann ich mich schnell aus der Affäre ziehen.

»Vielen Dank, mein Guter.« Kira zupft dem Mailer das Schreiben aus der Hand. »Bitte richte den van Steegens unsere besten Grüße aus.« Dann formt sie aus Zeige- und Mittelfinger das übliche V. »Für die Wahrheit.«

»Für den Frieden«, krächzt Luisas Mann und ahmt die Geste nach. Seine Wangen sind immer noch knallrot. Wenn er in dem Zustand den Aufsehenden in die Arme läuft, hat er keine Chance.

Ich drücke die Tür ins Schloss. »Kira, ich …«

»Weißt du, was das ist?«, unterbricht sie mich und macht damit jeden Versuch zunichte, abzuhauen.

»Nein, aber ich habe eine leise Ahnung«, antworte ich gezwungenermaßen. »Es hat etwas mit der Geburtstagsgala der van Steegens zu tun.«

»Bingo!« Grinsend bricht Kira das Siegel auf und zieht die Karte aus dem Umschlag.

Wenn man hier arbeitet, kommt man nicht um die Geschichten über die Geburtstagsgala der van Steegens herum. Sie findet auf einem Anwesen in Ring Eins statt und soll ähnlich opulent sein wie die Galas im Center: Champagner, Canapés mit Kaviar aus der Zucht einer außerstädtischen Farm, zuckersüße Erdbeeren und frischer Orangensaft. Dank Edgars Beziehungen stehen die Moores seit letztem Jahr auch auf der Gästeliste.

»Allein diese Einladung ist ein Kunstwerk.« Mit einem Seufzer lehnt sich Kira gegen die Wand und hält mir die Karte hin. »Letztes Jahr hatten sie überall diese kleinen Schmetterlinge aus Seidenpapier. Und einen riesigen Brunnen mit weißer Schokolade. Es wäre perfekt gewesen, wenn nicht … jemand gefehlt hätte.«

Das Pergament fühlt sich seidenzart an unter meinen Fingern. Genau wie der Umschlag wurde es mit goldener Tinte beschrieben, die bei jeder Bewegung schimmert. Oben prangt das Wort *Einladung*, darunter stehen alle Details zu Ort, Zeit und Dresscode. Als ich den letzten Satz lese, zieht sich unter der Watteschicht in mir etwas zusammen. *Diese Einladung gilt nur für die Familie Moore, offiziell Verlobte eingeschlossen.* Scheiße. Scheiße, Scheiße, Scheiße! Ich weiß sofort, worauf Kira anspielt.

»Mae? Du kennst deinen Bruder besser als jeder andere Mensch. Bisher hat er noch keine Andeutungen gemacht, aber denkst du, ich kann ihn dieses Jahr als Begleitung an-«

»Halt!«, unterbreche ich sie und drücke ihr die Karte zurück in die Hand. »Wenn du mich das fragst, weiß ich nicht, wie viel ich für mich behalten kann.«

Kira dreht die Karte nachdenklich zwischen ihren Fingerspitzen. »Ich ...« Sie hält inne. »Ich möchte keine Details wissen, deshalb nur eine einzige Frage: Wird Nicholas mir noch vor der Gala einen Antrag machen?«

Nicht einmal Hunderte von Dads Tabletten würden reichen, um das Ziehen in meinem Magen zu überdecken. Einen absurden Moment lang überlege ich, es einfach drauf ankommen zu lassen. So lange meine Klappe zu halten, bis mein Herzschlag aussetzt, bis mir die Sicht verschwimmt und ich ohnmächtig werde. Aber ich weiß, dass Nick es nicht wollen würde.

»Natürlich wird er dir einen Antrag machen.« Die Wärme verebbt, das schlechte Gewissen jault auf.

»Danke.« Kiras zufriedenes Lächeln beweist, dass sich mein Bruder keine Sorgen um ihre Antwort machen muss. »Dann werde ich den van Steegens gleich mit Begleitung zusagen. Ich bin sicher, Nicholas wird beeindruckt sein.«

»Kann gut sein. Aber ich muss jetzt echt hoch zu Edgar. Diese Sache mit Harold Green ...«

»Oh, natürlich.« Kira weicht einen Schritt zurück. »Und bitte sag deinem Bruder, dass es mir wegen heute Abend wirklich leidtut. Ich wäre viel lieber mit ihm ins Theater gegangen.«

»Ich bin sicher, er wird es verstehen. Bis dann, Kira.« Mit einem erzwungenen Lächeln haue ich ab. Hoffentlich steckt ihr Nick diesen Ring so schnell wie möglich an den Finger, damit dieses Versteckspiel endlich ein Ende hat.

Der Flur auf der dritten Etage ist an Kitsch kaum zu übertreffen. Es ist Glorias persönliche Deponie für alle Gemälde und Skulpturen, an denen sie sich entweder sattgesehen hat, für die sie noch Kundschaft sucht oder die irgendjemand anderes aus ihrer Familie angeschleppt hat. Direkt neben Edgars Büro steht zum Beispiel eine grottenhässliche Büste, auf deren Sockel nur noch drei Buchstaben erkennbar sind: J. I. M. Kiras ältester Bruder Connor hat sie vor rund einem halben Jahr von einem Freund erworben, und seitdem fristet sie hier oben ihr Dasein. Die Einzigen, die sie regelmäßig zu Gesicht bekommen, sind Edgar und ich.

Die Tür zum Büro steht offen. Edgar sitzt wie erwartet an seinem Schreibtisch, tief versunken in papierne Akten, die er vor sich ausgebreitet hat. Dazwischen liegen ein paar leere Tintenpatronen, Reste von Siegelwachs und sein goldener Füller. Ich habe die Devise »Je reicher, desto antiker« noch nie verstanden. Aber in den gehobenen Ringen gehört es zum guten Ton, möglichst viele überteuerte Ressourcen zu verschwenden. Einmal saß ich daneben, als Edgar einen Handelskontakt zu Gast hatte, der sich über einen vermeintlichen *Freund* echauffiert hat. Da dieser ausschließlich digitale Rechnungen versenden würde. Ob er denn nicht genug Credits habe oder ob er ihn lediglich beleidigen wolle. Edgar hatte darauf keine Antwort, denn es ist genau wie Nick meinte: Edgar hat noch nie viel Wert auf Äußeres gelegt. Was nicht heißt, dass er sich keine Mühe geben würde, in den gehobenen Ringen geachtet zu werden.

Ich klopfe gegen den Türrahmen. »Hallo, Edgar.«

»Ah, Maeander.« Er sieht zu mir auf. Seine Augen haben eine eigenwillige Farbe, ein helles Grau, das im scharfen Kontrast zu seiner ebenmäßig schwarzen Haut steht. Nur an seinem Haar hat er nichts verändern lassen, und warum sollte er auch? Edgar ist einer dieser Männer, denen das Alter gut steht, mit weißem Kinnbart und ebenso hellen Strähnen, die das dichte schwarze Haar durchwirken. »Bedauerlicherweise habe ich heute keine Zeit für unsere Frühstücksrunde. Ich bin gerade dabei, alle Transaktionen aus meinen Geschäften mit Harold durchzugehen.«

»Dachte ich mir. Wie kann ich am besten helfen?« Ich betrete das Büro und gehe zu meinem Schreibtisch, hinter dem sich etliche Aktenordner stapeln. Es sieht aus wie vor zweihundert Jahren.

»Indem du dir das letzte Geschäftsjahr vornimmst«, antwortet Edgar, dessen Blick schon wieder zurück zu seinen Akten geglitten ist. »Vor allem in den letzten beiden Quartalen müssten einige Transaktionen erfolgt sein.«

Ich ziehe den Ordner aus dem Jahr 2305 aus dem Regal. Innerlich stöhne ich auf. Das könnte ein echt langer Tag werden. Wobei ich nichts gegen ein paar Überstunden habe.

Denn wenn ich den letzten Direktzug nach Hause verpasse, müsste ich den nach Ring Vier nehmen, und dann wäre es ein Leichtes, Aiden zu fragen, ob ich nicht bei ihm schlafen könnte. Schließlich hat er in einer solchen Situation noch nie Nein gesagt. Und ich hoffe, es wird heute genauso sein.

(…) konnte nachgewiesen werden, dass die Hormone, die in einer stabilen, langfristigen Partnerschaft ausgeschüttet werden, den Bedarf an Veritas drastisch senken. Die Dosis der VeriTabs kann bei glücklich verheirateten Paaren entsprechend verringert werden, was zu einer immensen Kostenreduktion führen könnte. Eine weitere Kontrollstudie wird empfohlen.

Auszug aus »Studie zur Auswirkung von Partnerschaftshormonen auf Veritas«, veröffentlicht von Forschungsteam 3, Center-MedPlex, 07.09.2221

KAPITEL 5

Draußen zieht es sich immer weiter zu, Regen peitscht gegen das Erkerfenster. Irgendwann schaltet Edgar die grüne Bankerlampe ein, schließlich müssen wir auch das große Deckenlicht anmachen. Gegen Nachmittag verschwindet Edgar kurz Richtung Küche und bringt trotz der vielen Arbeit ein Tablett mit Kaffee und Kuchen hoch. Genau das ist der Grund, warum mir nicht einmal Gloria diesen Job richtig verderben kann: Edgar gehört zu den Guten. Zu den Zweien, die trotz ihres Standes keinen Unterschied zwischen den Menschen machen und alle behandeln, als wären sie Centers. Deshalb verfalle ich auch nicht in Panik, als mein Inneres nach der Pause wieder anfängt, zu *fühlen*. Zu stechen. Zu zwicken. Hin und wieder driften meine Gedanken zurück zu heute Morgen, aber selbst als mir ein paar Akten aus der zitternden Hand gleiten, stellt Edgar keine gefährlichen Fragen. Er hebt sie auf, gibt sie mir mit einem Lächeln. Danach arbeiten wir weiter wie gehabt. Jeder für sich, konzentriert, schweigend. Hin und wieder stehe ich auf, strecke mich, hole weitere Ordner. Langsam tut mein Hintern trotzdem weh.

»Edgar!« Glorias Stimme schrillt in unverkennbarer Frequenz durch den Flur. »Edgar! Ich hoffe, du bist nicht immer noch am Arbeiten!« Selbst der Regen schreckt vor ihr zurück und verkommt zu einem Nieseln.

Laut SmartPad ist es schon halb acht. Oder in anderen Worten: Der letzte Direktzug ist gerade weg. *Wie schade.*

»Ich schätze, das heißt, wir sollten Feierabend machen«, sagt Edgar und erhebt sich. »Am besten verschwindest du über den Hinterausgang.«

»Gute Idee. Danke, Edgar.« Mein Lächeln ist aufrichtig, als ich ebenfalls aufstehe. Vielleicht hat er gespürt, dass mein Nervenkostüm immer noch zu dünn ist, um eine Konfrontation mit Gloria unbeschadet zu überstehen.

Das Klackern ihrer Absätze kommt näher. Ich nicke Edgar noch einmal zum Abschied, ehe ich zum mittleren Regal gehe und den kleinen Hebel in der Innenseite betätige. Es fühlt sich jedes Mal ein bisschen verboten an, obwohl mir Edgar die Geheimtür selbst gezeigt hat. Kaum dass die Lücke groß genug ist, husche ich hindurch. Ich sehe gerade noch, wie Gloria ins Büro stakst. Sie trägt ein wadenlanges Wickelkleid in einem dunklen Rotton, der ihre Porzellanhaut noch heller wirken lässt, ihr Gesicht ist säuerlich verzogen.

»Du bist ja immer noch hier«, sagt sie tadelnd. »Ist dir klar, dass die Eisenhauers jeden Moment …«

Lautlos drücke ich das Regal zurück an seinen Platz und wende mich dem schmalen Gang zu. Laut Edgar wurde er damals errichtet, um die Affäre des Hausherren hereinzuschleusen, lange bevor es VeriTabs gab. Jetzt wird er nur noch von mir verwendet. Nach wenigen Metern führt eine Treppe nach unten bis ins Erdgeschoss, wo sie mich auf dem Flur zum Hintereingang ausspuckt. Brigit scheint bereits Feierabend gemacht zu haben, nur Luisas Mantel hängt noch neben Nicks und meinem. Da ich nicht vorhabe, heute nach Hause zu fahren, nehme ich nur meinen vom Haken, gehe sicher, dass die Schatulle noch da ist, stecke mir den zweiten EarPod ins Ohr und bitte AISS, meinen Song von heute Morgen fortzusetzen. Bei den ersten Tönen stiehlt sich wohlige Gänsehaut auf meinen Körper. *Endlich.* Ich stürze mich raus in die nieselnde Kälte und renne zum Bahnhof.

Der letzte Direktzug ist wie erwartet weg, dafür steht bereits Linie 108 am Gleis, der CityTrain, der direkt zu Aiden fährt. Ohne zu zögern, steige ich ein. Um diese Uhrzeit habe ich freie Platzwahl, denn in den meisten Waggons sitzen nur vereinzelt Menschen. Manche haben das Kinn auf die Brust gelegt, andere schauen geistesabwesend raus oder haben ihre EarPods drin. Mich zieht es wie immer zu einem Fensterplatz.

Als sich der Zug quietschend in Bewegung setzt, sehe ich

noch, wie drei Gleise weiter der CenterTrain einfährt. Es ist einer der hochmodernen Züge, aerodynamisch geschnitten mit silbrig glänzendem Lack, der unter dem Regen wirkt wie mit Abertausenden Diamanten besetzt. Wenn man nicht gerade im Center wohnt, studiert oder arbeitet, hat man keine Chance, ein Ticket für diesen Zug zu ergattern. Dank Nick und Dad war ich früher der festen Überzeugung, es auch schaffen zu können. Ich hatte sogar einen Plan: erst die Ausbildung bei Edgar, dann ein tadelloses Empfehlungsschreiben von ihm, um ein Stipendium für die Golden University zu bekommen, ein Studium in Archiv und Historie, gefolgt von einem Job bei einem Centerkonzern oder – noch besser – direkt im Zentralarchiv des Parlaments. Unter der Anleitung von Professierter Adelaine persönlich. Inzwischen weiß ich, wie utopisch dieser Plan ist. Ein Empfehlungsschreiben von Edgar: kein Problem. Alles danach: unmöglich. Abgesehen davon, dass man allein für dieses Stipendium verdammt gute Kontakte braucht, wäre es dank meiner Überreaktionen viel zu riskant. Nur ein winziger Rest Optimismus klammert sich weiterhin an der Hoffnung fest, dass ich diese Gefühle irgendwann in den Griff kriege.

Der CenterTrain verschwindet aus meinem Sichtfeld, und übrig bleibt die Schwärze der Nacht, die hin und wieder von einem Blitz erhellt wird. Ich hole mein SmartPad raus. Zuletzt haben Aiden und ich heute Nachmittag geschrieben. Nicht mehr als ein paar Zeilen Smalltalk, bevor meine Kaffeepause mit Edgar vorbei war. Am Ende habe ich zwar angedeutet, dass ich vermutlich den letzten Direktzug verpasse, allerdings konnte ich das Thema nicht vertiefen.

Bist du heute Abend eigentlich allein?

Ich tippe die Frage und lösche sie sofort wieder. Zu eifersüchtig. Noch ein Versuch:

Rate mal, wer den letzten Direktzug wirklich verpasst hat. Ist es in Ordnung, wenn ich heute bei dir schlafe? Wir sind gerade in Ring Zwei losgefahren.

Senden. Bevor ich es mir wieder anders überlegen kann. Und wenn Ann wirklich bei ihm ist? Ich versuche, den Gedanken zu verdrängen. Selbst wenn es so wäre, könnte er sie noch nach Hause schicken. Denn anders als ich wohnt sie keinen Ring weiter, sondern nur zwei Stationen mit der Straßenbahn entfernt. Sie geht gern tanzen, hat keine Geschwister, und ihre Eltern arbeiten beide in einer der vielen Fabriken. Ich wollte das alles gar nicht wissen, aber ich habe Aiden trotzdem gefragt. Und er musste antworten.

Mein SmartPad vibriert.

Natürlich. Du bist jederzeit willkommen. Mom freut sich schon auf dich. Couch, Film, Essen?

Ich atme so tief aus, als hätte ich tagelang die Luft angehalten. Die Erleichterung kribbelt in meinen Fingerspitzen, zusammen mit Veritas, das darauf drängt, die Antwort zu formulieren.

Klingt perfekt. Bis gleich.

Danach stecke ich mein SmartPad weg, mache meinen Lieblingssong an und höre auf, mir vorzustellen, wie Ann in seinen Armen liegt. Heute Nacht werde ich neben ihm einschlafen, und vielleicht erlischt der Funke für sie wieder ein kleines bisschen mehr.

Als die Station Emperors End durchgesagt wird, stehe ich auf und gehe ein paar Waggons weiter. Die Türen öffnen sich unter einem erbärmlichen Quietschen. Immerhin hat es aufgehört zu regnen. Mit gesenktem Kopf laufe ich gegen den Wind an. Ich bin so darauf konzentriert, nicht in die tiefen Pfützen zu treten, die sich auf dem maroden Bahnsteig gesammelt haben, dass ich in jemanden reinrenne. Mir liegt eine Entschuldigung auf der Zunge, als ich in vertraute Augen sehe.

»Aiden?!« Sofort reiße ich einen EarPod raus und falle ihm um den Hals. »Was machst du denn hier?«

»Dich abholen.« Ich höre das Lächeln in seiner Stimme, während er mich an sich drückt.

Jede Kälte ist vergessen. Ich vergrabe die Finger in Aidens Jacke und halte mich an ihm fest, als könnte ich so jedes Gefühl für Ann ersticken. Dann lehne ich den Kopf zurück, um ihn zu küssen. Seit Jahren spielen wir dasselbe Spiel, so routiniert, dass ich es mir nicht mehr anders vorstellen kann. Ich halte die Lippen geschlossen, er neckt mich mit seiner Zungenspitze. Schließlich gebe ich nach und verliere mich in dem Kuss, bis Aiden sich nach einem endlos langen Atemzug von mir löst. Zurück bleibt ein Lächeln, während er mir eine Strähne unter die Kapuze kämmt.

»Du siehst müde aus«, sagt er.

»Du auch.« Ich strecke meine Hand nach seiner Wange aus, auf der zwei Muttermale die Haut zieren. Unter seinen Augen liegen Schatten, die im Licht der Laternen noch tiefer wirken. »Anstrengender Tag in der Fabrik?«

»Sehr anstrengend.« Seufzend nimmt er mir die Tasche ab und bietet mir seinen Arm an. »Wie war es heute mit Edgar Moore?«

»Du weißt, dass du ihn einfach Edgar nennen kannst«, necke ich. »Aber es war gut. Wir haben gerade viel zu tun, wegen dieses Zwischenfalls in der Fabrik von Green Holding ... Vielleicht können wir über etwas anderes reden? Mir dröhnt immer noch der Kopf von den ganzen Akten.«

»Auf jeden Fall.« Aiden zieht mich im Gehen zu sich, um mir einen Kuss auf das Haar zu drücken. Dann wechselt er das Thema. »Ist das neue Album von Secret Sirens eigentlich echt so gut?«

»Ja! Und heißt das, du hast es immer noch nicht gehört?«

Er grinst mich schief an. »Schuldig.«

Wir verlassen das Gleis und gehen rüber zur Straßenbahn.

»Okay, dann hast du echt was verpasst. *Summertimes* ist die perfekte Mischung aus Rock und Ballade, und der Text ist superpoetisch.« Ich beschreibe Aiden den Song mit allen Worten, die Veritas zulässt.

Das meiste aus dem Song hat der Frontsänger selbst erlebt, ein paar Details konnte er nur einbauen, indem man Veritas vor der Aufnahme gehemmt hat. Unter der strengen Beobachtung von Aufsehenden sowie medizinischem Fachpersonal, das jederzeit einschreiten kann, falls er den Verstand verlieren sollte. Bei Filmproduktionen oder Theatervorstellungen läuft es ähnlich, und manchmal bedauere ich es, dass mir keiner so ein Talent vererbt hat. Nur einmal fremde Worte schmecken. Singen. Dichten. Geschichten erfinden. Jemand anderes sein.

»Gut, du hast mich ja schon überzeugt«, sagt Aiden und streckt seine Hand aus. »Her mit dem EarPod.«

Ich gebe Aiden einen der Ohrstöpsel und lasse den Song von vorne laufen. Als die Straßenbahn vor uns hält, verschränkt er seine Hand mit meiner und trommelt mit den Fingern im Takt gegen meine Knöchel. Anders als der Zug ist die Straßenbahn brechend voll. Die meisten Fahrgäste tragen die dunkelblaue Arbeitskleidung der Fabriken, die nie stillstehen. Früher wollte Aiden immer an die Silver University, um Quantenphysik zu studieren, allerdings waren die Hürden für ein Stipendium zu hoch. Also ist er zu einer Ameise unter vielen geworden. Und ich weiß nicht, ob er dort jemals rauskommen wird.

Da kein Platz mehr frei ist, lehnen wir uns gegen die gläserne Wand zwischen Tür und Sitzgruppen. Ich lege das freie Ohr gegen Aidens Brust. Auch wenn seine Jacke viel zu dick ist, um es hören zu können, bilde ich mir ein, dass sich sein Herzschlag unter die Musik mischt. Der Song geht zum nächsten über. Da Aiden keine Anstalten macht, mir den EarPod zurückzugeben, lasse ich das Album einfach weiterlaufen und genieße es, wie er mit meinen Haaren spielt.

An jeder Haltestelle quetschen sich ein paar Fahrgäste nach draußen, doch dafür steigen mindestens genauso viele ein. Irgendjemand hatte Knoblauch, weshalb ich mein Gesicht an Aidens Schulter vergrabe und den Duft inhaliere, der mir vertrauter ist als mein eigener. Das billige Aftershave, Schweiß und die Schärfe von Bleiche, die ihm seit der Arbeit in der Fabrik anhaftet. Immerhin arbeitet er nicht in der von Harold Green, denn dann wäre sein Tag sicher noch länger gewesen.

»Ich hoffe übrigens, du hast Hunger«, murmelt er, seinen Kopf neben meinen gesenkt.

»Wenn du mir sagst, dass deine Mom noch etwas von ihrem Haferpudding aufgehoben hat, läuft der Abend besser, als ich dachte.«

»Natürlich. Was wäre ich für ein Freund, wenn ich nicht mindestens eine Portion für dich aufheben würde?« In seinen Augen glänzt ein Schatten von seinem früheren Feixen, das in der Ausbildung immer mehr verblasst ist.

»Da du nicht wissen konntest, dass ich vorbeikomme, schätze ich, du wärst immer noch ein guter Freund«, stichle ich zurück und versuche, die Wahrheit weniger ernst klingen zu lassen.

»Nein. Aber ich habe es gehofft.« Er zieht mich näher an sich, bis kaum noch Luft zwischen uns ist.

Obwohl es genau die Worte sind, die ich hören will, ballt sich etwas in mir zusammen. Und wenn er es nur sagt, weil ich seine beste Freundin bin? Wenn er sich trotzdem für Ann entscheidet? Ich schlucke schwer, während ich über seine Schulter hinweg zur Decke schiele. Nur noch eine Haltestelle, bis wir den wachsamen Blicken von AISS endlich entkommen.

Da die meisten am Marktplatz aussteigen wollen, versuchen Aiden und ich, dem Strom zuvorzukommen. Doch kaum ist die Tür aufgegangen, werden wir auseinandergerissen. Ich bin noch nicht einmal zur Hälfte draußen, da stürmen die Leute hinter uns los, als hätten sie Angst, in der Bahn hängen zu bleiben. Gleichzeitig wartet draußen eine sichtlich angetrunkene Gruppe darauf, der Kälte zu entkommen, und kümmert sich unter ausgelassenem Gelächter einen Scheißdreck darum, dass man die Leute erst mal aussteigen lassen sollte. Wie ein Spielball werde ich im dichten Gedränge umhergeschoben, bis mir jemand seinen Ellenbogen so unsanft in die Seite rammt, dass ich stolpere.

Sofort schießt mir Hitze in die Wangen, Wut brandet in meinem Magen auf. Vielleicht könnte ich sie einfach wegatmen, aber nach dem heutigen Tag …

»Pass doch auf!«, fauche ich über die Schulter hinweg, als ich merke, dass mein EarPod rausgefallen ist. »Verfluchte Scheiße!«

Der Ohrstöpsel liegt keinen Schritt weit entfernt – zu spät. Der Typ, der mich gerade noch mit seinem Ellenbogen erwischt hat, tritt darauf. Obwohl das Gelächter um uns herum laut ist, bilde ich mir ein, das Knacken zu hören, mit dem mein EarPod dem Erdboden gleichgemacht wird.

»Das war mein verdammtes Monatsgehalt, Arschloch!«, brülle ich dem Typ hinterher, der ungerührt weitergelaufen ist und nun doch stehen bleibt. Genau wie ein paar andere, die mich flüchtig mustern. Zum Glück scheinen sie alle zu müde, zu angetrunken oder abgelenkt, um meinen Ausbruch richtig zu interpretieren, und gehen weiter.

Anders als der Typ. Ich warte, dass er zurückkommt und

sich wie jeder vernünftige Mensch entschuldigt, aber er macht keine Anstalten, umzukehren. Stattdessen schaut er mir direkt in die Augen. Seine glänzen wie Frost, so hell, dass ich nicht weiß, ob überhaupt Blau in ihnen ist. Dann zucken seine Mundwinkel nach oben und zeichnen das wohl attraktivste und zugleich falscheste Lächeln, das ich je gesehen habe.

Etliche Beschimpfungen schießen mir durch den Kopf, und keine schafft es über meine Lippen. Ich bin wie gebannt von so viel Dreistigkeit, die ihren Höhepunkt in einem Nicken findet. Er tut so, als würde er einen imaginären Hut vor mir ziehen, dann springt er in die Bahn und drängt sich tiefer ins Innere. Die Tür geht zu.

»Mae!« Aiden bricht den Bann, als er auf mich zuläuft. »Ist alles in Ordnung?«

»Nein«, erwidere ich und knie mich vor den EarPod. »Irgendein Mistkerl ist einfach draufgetreten.« Ich hebe die zertrümmerten Reste auf, die nicht einmal Paps reparieren könnte. »Ein ganzer Monatslohn für die Tonne.«

»Und was ist mit seiner Versicherung? Er hat dir doch seinen Namen gegeben, oder?«

»Kein Name, keine Adresse, keine Versicherung.«

»Okay.« Aidens nächster Atemzug ist tief genug, um kleine Wolken in die Nacht zu zeichnen. »Drüben im Pub sind meistens ein paar Aufsehende unterwegs. Wir könnten den Fall melden.«

Ich schaue zu dem Irish Pub, in dem zu jeder Tag- und Nachtzeit Licht brennt. Selbst jetzt dröhnt die Musik aus jeder Ritze des alten Gebäudes, das ähnlich windschief ist wie die restlichen Häuser in diesem Viertel. Wir waren schon ein paarmal da, und Aiden hat recht: Ein paar Aufsehende verschlägt es immer dorthin. Meist für ein günstiges Pint und ein paar Wahrheiten, die durch Alkohol noch leichter über die Zunge gehen.

Veritas und ich wägen unsere Möglichkeiten ab. Der einzige Aufsehende, mit dem wir über den Fall reden könnten, ist Nick, und da er sicher nicht in diesem Pub sitzen wird, gibt es nur eine Antwort: »Nein, ehrlich gesagt würde ich lieber gehen.« Frustriert nehme ich Aiden meinen heilen Ear-Pod ab und verstaue ihn zusammen mit den Überresten des anderen in meiner Manteltasche. »Ich bin hungrig, mir ist kalt, und ich könnte nicht einmal sagen, wie groß der Typ war, welche Haarfarbe er hatte oder was er getragen hat.«

»Aber du hast ihn schon gesehen, oder?«

»Ja.«

»Und du kannst dich an kein Detail erinnern?«

Dieses Mal hat die Hitze weder etwas mit Veritas zu tun noch mit meiner Wut. Ich sehe Aiden nicht an, als ich meinen Arm unter seinen schiebe und die Antwort murmle: »Doch. An die Augen. Die Augen waren so kalt wie der erste Frost.«

KAPITEL 6

Der nächste Wolkenbruch kommt auf halber Strecke. Da keiner von uns einen Schirm dabeihat, rennen wir Hand in Hand los. Vorbei an den windschiefen Häusern, an dem Friseursalon, in dem Aidens Mom arbeitet, am MedPlex und gefühlt hundert Pfützen, die erst vom Regen zerwühlt werden, dann von unseren Schuhen. Ich bin triefend nass, als wir das Haus der Goodales erreichen. Es quetscht sich in eine lange Reihe von Bauten und sieht aus, als wollte es nach oben fliehen. Vier schmale Stockwerke mit einer dieser im Fachwerkstil bemalten Fassaden.

Kaum hat Aiden die Tür aufgeschlossen, kommt seine Mom Petra aus der Wohnküche geeilt, dem einzigen Raum in dem kleinen Erdgeschoss.

»Maeander!« Mit strahlender Miene wirft sie das Geschirrtuch über das Treppengeländer und stürmt auf mich zu. Erst als sie meine Schultern umfasst, scheint sie das Wasser zu registrieren, das auf den dunkelbraunen Linoleumboden tropft. »Herrje, Aiden! Du solltest doch den Regenschirm mitnehmen. Also gut, ihr geht jetzt hoch und zieht euch was Trockenes an, bevor ihr euch noch eine Erkältung einfangt. Ich koche euch solange einen schönen Tee und mache das Kartoffelgratin warm. Du hast doch Hunger, Maeander?«

»Auf jeden Fall. Danke, Petra.« Ich widerstehe dem Drang, sie zu umarmen und schenke ihr nur ein Lächeln. Einen Atemzug lang sehen wir einander an, und ich glaube, Sorge in ihren goldbraunen Augen zu erkennen. Die Angst durchzuckt mich wie ein greller Blitz. Wenn sich Aiden falsch entscheidet, verliere ich nicht nur ihn. Ich verliere auch die Frau, die nach all den Jahren für mich wie eine Mom ist.

»Na kommt, jetzt geht schon nach oben.« Petra klopft mir auf die Schulter, als wollte sie jede Angst vertreiben. »Das Gratin ist in fünfzehn Minuten fertig.« Sie schnappt sich wieder das Geschirrtuch und läuft zurück in die Küche.

Wir lassen Mäntel und Schuhe an der Garderobe, bevor wir die schmalen Stufen zu Aidens Zimmer hochsteigen. Seit ich bei Edgar arbeite, habe ich hier eine eigene Schublade, in der immer ein paar Ersatzklamotten und meine liebste Jogginghose liegen.

Nachdem ich mich mit den wichtigsten Sachen eingedeckt habe, husche ich hinter Aiden ins Bad und versuche, die Knopfleiste in meinem Nacken zu öffnen. Wenn mich Gloria jetzt sehen könnte, würde sie einen Nervenzusammenbruch kriegen. Ihre Bluse klebt transparent an meinen Armen, so dass sich das Meer aus Sommersprossen glühend darunter abzeichnet.

»Warte, ich helfe dir.« Aiden, der gerade den Gürtel aus seiner Hose gezogen hat, stellt sich hinter mich.

Ich schließe die Augen und konzentriere mich ganz auf seinen heißen Atem, der in meinem Nacken kitzelt. Leider sind es nur fünf Knöpfe, und Aiden ist so geschickt, dass er sie innerhalb von Sekunden geöffnet hat. Dann streift er den Stoff von meinen Schultern und verharrt mit den Lippen direkt über meiner nackten Haut.

»Wir haben noch fünf Minuten, bis das heiße Wasser abgestellt wird«, murmelt er rau genug, um ein Kribbeln durch meinen ganzen Körper zu jagen.

Anstatt etwas zu sagen, kämme ich meine nassen Haare über die Schulter und neige den Kopf zur Seite, gerade so weit, dass Aiden die Einladung unmöglich ausschlagen kann. Er legt eine Hand an meine Taille und überwindet die letzten Zentimeter zwischen seinen Lippen und meiner Haut – dicht gefolgt von einem Zwicken.

»Autsch!« Reflexartig fliehe ich einen Schritt nach vorne und fasse mir in den Nacken. »Was war das denn?!«

»Ich ... Keine Ahnung. Lass mal sehen.« Aiden kommt näher und betastet die Stelle, die bei jeder Berührung wehtut. »Ich weiß es nicht. Sieht fast aus wie ein Mückenstich.«

»Wir haben Mitte März.«

»Bettwanzen?«

Ich erschaudere. »Auf keinen Fall. Seit wir welche in der alten Matratze hatten, waschen wir nichts mehr ohne Gegenmittel.«

»Teure Angelegenheit.«

»Nicht so teuer wie eine zusätzliche Einheit Warmwasser«, erinnere ich an den knappen Zeitplan und drehe mich zu ihm um. »Willst du zuerst oder darf ich?« Ich nicke zu der kleinen Duschkabine, in die unmöglich mehr als eine Person passt. Außer man steht auf Verrenkungen, Flüche und viele blaue Flecken.

»Du, vorausgesetzt, du versprichst mir, dass du noch warmes Wasser übrig lässt«, sagt Aiden, während er über meinen Rücken streicht und den Verschluss meines BHs öffnet.

Mit einem vielsagenden Lächeln trete ich zurück und halte den BH dabei fest. »Du kennst mich ja.« Dann wende ich mich der Dusche zu und lasse meine Wäsche zu Boden fallen.

Kurz nach drei. Ich sitze hellwach im Bett, während kalte Nachtluft über meine schweißnasse Haut streicht. Fröstelnd lege ich mein SmartPad beiseite und stehe auf, um das Fenster zu schließen. Es hat aufgehört zu regnen, dafür hört man umso besser das Rattern der Konservenfabrik, die ein paar Kilometer weiter von der Nachtschicht am Laufen gehalten wird. Geräusche, mit denen sich Leute wie die Moores nicht herumschlagen müssen. Ab Ring Zwei gibt es nur noch Firmen, die nachts keinen Lärm machen. Werbeagenturen, Architekturbüros, Forschungszentren oder besondere Manufakturen, in denen nur tagsüber gearbeitet wird.

Aiden liegt mit nacktem Oberkörper auf dem Bauch und schnarcht leise vor sich hin, er hat also nichts von meinem Albtraum mitbekommen. Ich überlege kurz, ihn zu wecken, aber dann fallen mir wieder die Schatten unter seinen Augen ein und dass sein Wecker sowieso in zwei Stunden klingelt. Außerdem kann ich mich eh an kaum etwas erinnern.

Ich weiß nur, dass es ausnahmsweise nicht um Aiden ging, sondern um eine gigantische Mücke, die von meinem Bruder todesmutig in die Flucht geschlagen wurde. Unwillkürlich streiche ich über meinen Nacken, aber da ist nichts, was nicht dorthin gehören würde. Kein Stich, kein dumpfer Schmerz. Vermutlich hat Aiden mich bei dem Kuss einfach ungünstig erwischt.

Da meine Müdigkeit verschwunden ist, schnappe ich mir mein SmartPad und drehe die Helligkeit runter. Ich kuschle mich zurück unter die Decke, die nach Petras Lavendelöl duftet, und öffne den Messenger. Paps hat sich heute Nacht noch gemeldet, um uns ein Selfie mit Dad und unseren Nachbarn zu schicken. Er selbst grinst wie immer breit in die Kamera, so dass sich die Sommersprossen auf seiner Nase kräuseln, und wenn er nicht bald zum Friseur geht, verdecken die roten Löckchen noch komplett seine Augen. Dad hingegen hat das schwarze Haar sorgsam zurückgekämmt, sein dichter Bart ist wie immer getrimmt, und er hat eine seiner Augenbrauen hochgezogen. Paps und Dad tragen beide den grässlichen Pullover, den ich ihnen zum letzten Geburtstag genäht habe ... Shit! Dank der Sache mit Ann habe ich mir noch keine Gedanken gemacht, was ich meiner Familie dieses Jahr schenken könnte. Wie haben die Leute das nur geschafft, als alle an verschiedenen Tagen Geburtstag hatten?

Eine neue Nachricht blinkt auf. Überrascht wechsle ich zum Chat mit Nick.

Du bist noch wach?

Ja, ich hatte wieder einen Albtraum. Und was ist mit dir?

Bin nervös wegen des Antrags.

Keine Sorge, Kira wird den Ring lieben.

Ich schaue flüchtig zur Seite. Die Schatulle liegt auf dem Nachttisch, und am Ende konnte ich es mir doch nicht nehmen lassen, einen Blick reinzuwerfen.

Weißt du inzwischen, wann du ihn machen wirst?

Mittwoch. Wir haben beide frei und wollten es noch mal mit einer Theatervorstellung versuchen.

Perfekt.

Neben mir gibt Aiden ein wohliges Schmatzen von sich, bevor er sich auf die Seite dreht und einen Arm über meinen Bauch legt.

Der Ring ist jedenfalls erst mal in Sicherheit. Ich bringe ihn dann morgen direkt mit.

Danke, Mae. Willst du mir von deinem Traum erzählen?

Ich schreibe die paar Fetzen zusammen, die mir durch den Kopf geistern.

Wow, eine riesige Mücke? Mitten im März?

Ja, klingt unrealistisch, oder?

Absolut. Aber ich fühle mich geschmeichelt, dass ich sie in die Flucht schlagen durfte. Hast du eine Ahnung, woher der Traum kam?

Nur eine Vermutung. Ich dachte gestern, mich hätte etwas gestochen. Direkt in den Nacken.

Dieses Mal lässt Nick sich mit der Antwort Zeit. Hin und wieder sehe ich, dass er tippt, dann hört er wieder auf. Die Minuten verstreichen. Irgendwann murmelt Aiden ein paar unverständliche Worte, und ich lasse mich gähnend tiefer in das harte Kissen sinken, ehe ich nachhake.

Bist du eingeschlafen?

Keinen Atemzug später leuchtet das Fenster wieder auf.

Nein. Ich dachte nur, ich hätte Cara gehört. Hast du mitbekommen, dass sie im Übungstest für Regierungskunde wieder durchgefallen ist?

Ich seufze.

Nein. Worum ging es dieses Mal?

Um den Aufbau des heutigen Parlaments und warum es nichts mit dem aus der alten Welt gemeinsam hat.

O nein.

O doch. Es gab sogar Multiple-Choice-Fragen. Abgesehen davon, dass sie dachte, es würde immer noch Wahlen geben, hat sie unser Parlament in acht statt zwölf Sektoren aufgeteilt und die Abgeordneten als Anführende bezeichnet.

Wie viele Punkte hat sie erreicht?

Fünf von fünfzig. Sie wusste immerhin, dass die aktuelle Präsidierende Deliah Fallon ist, und den Namen eines Abgeordneten.

Lass mich raten: Reid Kane?

Klar. In dieser Sache kommt sie ganz nach Paps. Also, denkst du, du kannst noch mal einschlafen?

Während ich den letzten Satz lese, entschlüpft mir ein weiteres Gähnen. Keine Ahnung, wo sich die Müdigkeit versteckt hatte, aber jetzt ist sie wieder da.

Ich glaube schon. Und was ist mit dir?

Bestimmt. Mittwoch darfst du übrigens keine Überstunden machen. Wenn Kira Ja sagt, plane ich eine kleine Feier bei uns zu Hause, nur die Familie und natürlich Aiden.

Mein Blick zuckt zu Aiden, der wieder zu einem monotonen Schnarchen übergegangen ist. Vielleicht habe ich es geschafft, den Funken für Ann ein bisschen zu löschen, aber vielleicht brennt er noch genauso hell wie gestern. Ich schlucke den Schmerz hinunter und tippe eine Antwort:

Okay. Ich werde ihm Bescheid sagen.

Vielen Dank. Schlaf gut.

Du auch.

Ab dem 01.01.2223 tritt das viel diskutierte Ehegesetz in Kraft. Personen, die bis zur Vollendung des 21. Lebensjahres nicht verheiratet sind, verlieren das Recht auf freie Berufswahl und werden dort eingesetzt, wo ihre Arbeitskraft am dringendsten benötigt wird. Dafür erhalten sie Anspruch auf eine Einzelunterbringung in Ring Sieben. Aromantische Personen sind von dem neuen Gesetz nicht betroffen.

Newsmeldung vom 29.12.2222

KAPITEL 7

Kira sieht aus, als hätte sie jahrelang für diesen Moment geprobt. Irgendwie schafft sie es, bei jeder Geste ihren Ring zu präsentieren. Sie streicht sich das Haar hinters Ohr? Funkeln. Sie stößt mit jemandem an? Funkeln. Sie blättert eine Seite in dem Hochzeitsmagazin um, das sie mitgebracht hat? Funkeln.

»Er steht dir wirklich ausgezeichnet, meine Liebe«, schmeichelt Paps ihr, aber das Glänzen in seinen seegrünen Augen sagt mehr als alle Worte. Es sind die einzigen Tränen, wegen denen man nicht zur Überprüfung geschickt wird, eine Mischung aus Rührung und unaussprechlicher Freude. Ich habe mir immer gewünscht, genau diesen Blick von Paps zu kriegen, wenn ich meine Verlobung mit Aiden bekannt gebe. Jetzt gilt er einer anderen, und Kira weiß nicht einmal, dass diese Tränen die Welt für mich bedeuten. Als würde sie es gar nicht merken, drückt sie Paps das Magazin in die Hand, um ihm etwas zu zeigen.

Dad lehnt sich neben mir gegen das Sofa. »Hm, sieht nicht so aus, als würde deine Schwester noch kommen«, sagt er und lässt sein Glas gegen meins klirren. »Ich verstehe, dass sie mit den Kindern viel um die Ohren hat, aber ich habe gehofft, sie würde in den Zug steigen. Nur ein einziges Mal.«

»Ach, Dad.« Ein bitteres Lächeln huscht über meine Lippen. Wahrscheinlich sind Paps und er die Einzigen, die echt dachten, Vain würde sich heute hier blicken lassen. »Du weißt doch, wie sie ist. Spätestens bei der offiziellen Verlobungsfeier werden sie und Keith in ihren besten Kleidern auf der Matte stehen.« Aber auch nur, weil die Feier bei den Moores in Ring Zwei stattfinden wird.

»Wahrscheinlich.« Dad nickt. »Ich bin übrigens beeindruckt, wie viel Mühe dein Bruder sich gegeben hat. Diese Girlanden sind außergewöhnlich kitschig.«

Dieses Mal ist mein Lachen echt. Ich folge Dads Blick zu den kupfernen Girlanden, die Nick vom Wohnzimmer bis in die Küche gespannt hat und an denen unzählige Herzen aus rotem Stoff hängen. Auf dem Esstisch steht ein kleines Buffet mit alkoholfreiem Sekt und Red Velvet Cake, für das er zu viele Credits geopfert hat. Kira hat eine Obstplatte von den Ringplantagen mitgebracht, Äpfel, Trauben und ein paar Birnen, dazu eine sündhaft leckere Quarkcreme.

Aus dem Radio dröhnt Musik, die Cara dazu veranlasst

hat, Nick zum Tanzen aufzufordern. Wobei man das, was die beiden hinter uns machen, nicht wirklich als Tanzen bezeichnen kann. Cara steht auf Nicks Füßen und lässt sich in plumpen Bewegungen um den Couchtisch herumwirbeln. Ihre schulterlangen kupferfarbenen Haare sind zerzaust, die Sommersprossen auf ihrer Nase hüpfen bei jedem Lachen auf und ab.

»Für euren Hochzeitstanz musst du echt noch üben«, stichelt sie grinsend. »Vorsicht, Sessel!«

Nick legt ein geschicktes Ausweichmanöver hin, so dass sie weder mit dem Sessel kollidieren noch mit unserem HoloTerminal, das direkt daneben steht.

»Ach, bevor ich es vergesse.« Dad leert sein Glas in einem Zug. »Sandro hat gestern Abend erwähnt, dass Ruben eine Menge Malutensilien dagelassen hat. Sie würden sich freuen, wenn du am Wochenende vorbeikommst und schaust, ob du etwas davon gebrauchen kannst.«

»Was?!« Dad weiß genau, wie er mich auf andere Gedanken bringt. »Ruben will seine Malsachen loswerden?«

»*Wollen* ist das falsche Wort. Seine Frau kann den Geruch von Farbe nicht ausstehen, geschweige denn seine Art von Kunst.«

»Wow.« Die Vorstellung, dass Ruben Caivanos nicht mehr malt, ist absurd. Seit ich denken kann, hat er die kreativsten Wege gefunden, unser Viertel mit seiner Kunst zu bereichern – oder zu entstellen, je nachdem, wen man fragt. Und mir fällt nur ein Grund ein, warum er diese Überzeugung verraten haben könnte. »Ruben ist aus Zyklus J8, oder?«, frage ich Dad, und in meinem Magen bildet sich ein Knoten, den nicht einmal eine ganze Flasche echter Sekt lösen könnte.

Dad nickt. »Ja. Sie war seine beste Chance.«

Das erklärt alles. In zwei Wochen wird Ruben einundzwanzig, und ohne diese Hochzeit hätte er seinen Traum, es mit seiner Kunst bis ins Center zu schaffen, begraben müssen. Wobei ich mich frage, wie er es jetzt schaffen möchte, wenn er nicht einmal Farben mit nach Hause bringen darf.

»Mach nicht so ein verkniffenes Gesicht, Mae.« Dad knufft mich in die Seite. »Das ist eine gute Sache. Carmen hat erzählt, dass die beiden viel gemeinsam haben und Ruben seit der Hochzeit regelrecht aufgeblüht ist. Vielleicht ist Eternity doch nicht so übel.«

Ich stöhne auf. »Nicht du auch noch, Dad.« Seit ich meinen Eltern von Ann erzählt habe, hat mich Paps etwa hundert Mal gebeten, mein Profil in der App auszufüllen. Nur zur Sicherheit.

»Entschuldige, Mae, ich wollte nicht …« Dad unterbricht sich, als würden ihm die richtigen Worte fehlen. »Ich möchte nur, dass du glücklich bist.« Er streicht mir über die Wange. »Wenn ich Sonntag frei bekomme, begleite ich dich. Ruben wird sich sicher freuen, dass seine Sachen in solch gute Hände kommen.«

Ich schürze die Lippen. »Und was ist mit Mariella?«

»Was soll mit ihr sein? Soweit ich weiß, malt sie nicht.«

»Vielleicht möchte sie seine Sachen trotzdem haben. Er ist immerhin ihr Bruder.« Unauffällig spähe ich über die Schulter. Meine Geschwister haben ihren kleinen Tanz beendet und sich auf die Couch fallen lassen, auf der Nick Cara gerade erklärt, warum eine Hochzeitstorte aus Pizza schwierig werden könnte. Sollte Nick irgendetwas in diesem Haus zurücklassen, werde ich es besser hüten als jeden Schatz.

»Du kannst Mariella fragen, aber ich denke, sie wird nichts dagegen haben.« Dad schwingt sich auf und hebt fragend sein leeres Glas. »Ich besorge mir noch etwas Nachschub, bevor alles weg ist. Soll ich dir was mitbringen?«

»Ich hab noch genug. Aber danke.«

Kaum ist er Richtung Küche verschwunden, klingelt es. Ich raffe mich auf und gehe zur Tür, wobei ich Paps' hoffnungsvollen Blick im Nacken spüre. Es tut weh, ihn enttäuschen zu müssen, aber Vain würde sich niemals freiwillig in den Nachtzug setzen, in Ring Vier umsteigen und den Rest zu Fuß gehen. Anders als ...

»Aiden!« Erleichtert lasse ich mich in eine Umarmung ziehen und mir einen Kuss auf die Wange hauchen. »Du hast es noch geschafft.«

Seine Augenringe sind noch dunkler als vorgestern, und trotzdem sieht er unverschämt gut aus. Die Fabrikkleidung hat er gegen schwarze Jeans, ein beiges Hemd und Jacke getauscht. Nur die derben Lederboots hat er anbehalten.

»Es war echt knapp«, sagt er mit einem müden Lächeln. »Hannigan war wie immer ein mieses Arschloch, und auf dem Weg bin ich fast dreimal eingeschlafen. Aber ich kann mir doch nicht die Verlobungsfeier von meinem Kumpel entgehen lassen.«

Sobald wir das Wohnzimmer betreten, legt Paps das Magazin beiseite und stürmt auf uns zu. »Aiden, mein Junge!« Als hätte er Aiden ewig nicht gesehen, zieht er ihn in eine kräftige Umarmung. »Wie schön, dass du hier bist. Und du hast bestimmt Hunger. Wir haben dir extra Kuchen und Quarkcreme aufbewahrt.«

In der Hinsicht sind sich Paps und Petra sehr ähnlich. Beide sind immer besorgt, dass wir zu wenig essen.

»Das klingt super. Danke, Oliver«, erwidert Aiden, bevor er die anderen begrüßt. Er ist noch keine zwei Minuten hier, und schon ist er mittendrin.

Nick erzählt ein weiteres Mal von dem Antrag, Kira präsentiert strahlend ihren Ring, und Cara holt die Tonfigur, die sie Aiden seit einer halben Ewigkeit zeigen wollte. Wenn ich genauer darüber nachdenke, war Aiden echt lange nicht mehr hier.

Cara ist schließlich die Erste, die müde wird. Sie gibt sich zwar sichtlich Mühe, die Augen offen zu halten, allerdings sind die Pupillen längst winzig klein. Als sie auf der Couch fast einschläft, stelle ich mein Glas weg.

»Hey, Cara.« Ich setze mich zu ihr auf die Kante. »Was hältst du davon, wenn ich dich hoch in unser Zimmer bringe?«

»Okay.« Sie gähnt so herzhaft, dass es ansteckend ist. »Liest du mir dann noch was vor?«

»Klar. Aber nur, wenn du versprichst, dass du deine Denta-Tab nicht wieder vergisst.«

Cara rümpft die Nase. »Die ist widerlich.«

»Aber sinnvoll. Außer du möchtest wie die Leute früher Karies kriegen. Also los, ab ins Bad. Ich komme dann gleich nach.« Mit einem mahnenden Lächeln ziehe ich sie auf die Beine und schließe ihre Hand fester um die Tonfigur, damit sie sie nicht fallen lässt. So langsam, wie Cara nach oben läuft, hole ich sie wahrscheinlich noch auf der Treppe ein.

Seufzend gehe ich zu den anderen, klaue mir ein Stück von Aidens Kuchen und höre dabei zu, wie Nick Kira überzeugen möchte, im Grau der Aufsehenden heiraten zu dürfen.

»Ich lege die Uniform nur zum Schlafen ab«, erklärt mein Bruder und streicht das graue Hemd glatt, auf dessen Brusttasche ein schwarzes V eingestickt ist.

»Und zum Heiraten«, kontert Kira. »Oliver, in einem der Magazine haben wir doch diesen schicken Anzug gesehen. Weißt du noch, welches es war?«

»Natürlich.« Paps greift hinter sich und zieht zielsicher ein Exemplar aus dem Stapel, während Dad die Lippen schürzt. Er sagt nichts, aber ich ahne, was ihm durch den Kopf geht. Anzüge sind kein Bestandteil unserer Kleiderbons, und selbst die billigsten Modelle sind teuer genug, um uns einen Monat lang von Kuchen ernähren zu können.

Während Paps die richtige Seite aufschlägt, beuge ich mich zu Aiden. »Ich bringe Cara eben ins Bett«, wispere ich. »Vielleicht kannst du die anderen ja überzeugen, dass Grau gar nicht so mies ist.«

»Du denkst, ich habe gegen die beiden eine Chance?«, raunt er zurück, während Paps und Kira einen Anzug nach dem anderen präsentieren.

»Wahrscheinlich nicht«, gebe ich zu und drücke ihm einen Kuss auf die Wange. »Bis gleich.«

Cara liegt bereits im Bett. Auf dem Nachttisch brennt die kleine Glühbirne, die ich so bemalt habe, dass sie Sternenmuster an die Decke unseres gemeinsamen Zimmers wirft.

Ich setze mich neben ihr auf die Matratze. »Anstrengender Schultag?«, frage ich leise, um ihre Müdigkeit nicht zu verjagen.

»Total«, erwidert Cara und dreht sich zu mir. Im Arm hält sie das Stofftier, das ich vor zwei Jahren genäht habe. Eigentlich sollte es ein Hund werden, aber es hat eher was von einem Bären mit überlangen Ohren. »Liest du mir die Geschichte von Seveilla vor?«

Schon wieder. »Okay.« Ich hole mein SmartPad raus und öffne die digitale Bibliothek. Die wenigen Exemplare, die sich trotz Veritas zum Vorlesen eignen, sind mit einer Sprechblase gekennzeichnet. Es sind echte Ereignisse wie die Geschichte der Forschenden Seveilla Perez, die während des Kriegs von Spanien nach Alt-München geflohen ist, um Ernest Sestiby bei der Entwicklung der ersten VeriTab zu helfen. Ich weiß, dass Cara die Geschichte nur so gern mag, weil Seveilla drei Katzen hatte, die hin und wieder eine Rolle spielen. Auf der dritten Seite fallen Cara die Augen zu, und nach dem nächsten Absatz hat sich ihr Atem vertieft.

Ich höre auf zu lesen. Vorsichtig ziehe ich die Decke über ihre Schultern. Als ich aufstehe, zucke ich zusammen. Aiden lehnt mit verschränkten Armen in der Tür und mustert mich durch das Halbdunkel. Ich lösche das Licht und schleiche zu ihm.

»Bist du auch müde?«, frage ich im Flüsterton, während

ich die Tür hinter mir ins Schloss ziehe. »Wenn du willst, können wir auf dem Dachboden …«

»Ja, ich bin müde, aber deshalb bin ich nicht hier«, unterbricht er mich. »Können wir irgendwo ungestört reden?«

Mein Puls schnellt nach oben. Etwas an seiner Stimme klingt anders als sonst, gepresster. Es gibt kein Flirten, kein Necken, nur eine Ernsthaftigkeit, die einem Aufsehenden Konkurrenz macht.

Ich schlucke schwer. »Klar. Komm mit.«

Wir gehen zu Nicks Zimmer. Nachdem Vain ausgezogen ist, hat mein Bruder die beiden Betten aneinandergeschoben, auf denen jetzt ein Herz aus Rosenblättern liegt. *Außergewöhnlich kitschig* trifft es.

Anstatt mich zu setzen, lehne ich mich gegen den metallenen Schreibtisch. »Okay. Worum geht's?«

Aiden sieht aus, als hätte ich ihm eine Ohrfeige verpasst. Sekunden vergehen, in denen er die Stille so lange ausreizt, bis Veritas ihm ein Räuspern entringt.

»Es geht um Ann.«

Ann. Der Name, der alles in mir zu einer Eisschicht gefrieren lässt. Meine Gedanken, meine Worte, meine Geduld.

Aiden kommt näher. »Es tut mir leid, Mae, ich wollte anders anfangen, aber das ist die Wahrheit. Es geht um Ann und um das, was ich heute Mittag mit ihr besprochen habe.«

Unter der Eisschicht regen sich ein paar lose Gedankenfetzen. Ein Was-Wenn, das mein Herz zum Leuchten bringen könnte, ein Was-Wenn, das es zerstören würde. Und Aiden steht einfach da und ringt mit den Händen, als würden ihn die nächsten Worte mehr Kraft kosten als der Kampf gegen die VeriTab.

»Wusstest du, dass Ann aus Zyklus J8 ist?«

Immerhin ist mein Inneres so frostig, dass mich das vertraute Brennen in meinen Augen kaum stört. »Nein«, sage ich.

»In zwei Wochen wird sie einundzwanzig, und sie hat gerade ein Jobangebot in Ring Eins bekommen.« Aiden tritt einen weiteren Schritt vor. »Sie würde genug verdienen, um ihrem Bruder eine längere Schulzeit zu ermöglichen, und ... wir wissen beide, dass sie den Job nur annehmen kann, wenn man sie nicht nach Ring Sieben schickt. Und nein, Mae, ich habe nicht vergessen, was ich dir damals versprochen habe, aber die Umstände haben sich geändert. Deshalb bin ich hergekommen, um es dir persönlich zu sagen.«

Die Eisschicht in mir bekommt erste Risse. »Sag es«, wispere ich, ohne meinen Blick von Aiden abzuwenden.

Er presst die Lippen zusammen, als könnte er meiner Aufforderung widerstehen. Sechs Sekunden. Jede Einzelne davon wird untermalt von einem schmerzenden Herzschlag, bis er es endlich ausspricht: »Ich habe Ann einen Antrag gemacht. Und sie hat angenommen.«

Leise klirrend fällt alles auseinander, woran ich je geglaubt habe. Und ich sehe, dass es Aiden genauso geht.

Heute ist sich die Forschung sicher, dass die Menschheit untergegangen wäre, hätte es Ernest Sestiby nicht gegeben. Den Leitenden des britischen Pharmakonzerns Sestiby Inc., der klug genug war, die deutsche Zweigstelle unterirdisch zu errichten. Als Seveilla hörte, dass Ernest nicht nur einen Impfstoff gegen das Virus entwickelt hat, sondern es sich zur Aufgabe machte, die Lügen ein für alle Mal zu beenden, wusste sie sofort, dass sie nach München muss. Und so beginnt diese Geschichte.

Auszug aus »Die unglaubliche Reise der Seveilla Perez«, erschienen am 30.05.2101

KAPITEL 8

Jedes Mal, wenn ich mein SmartPad aktiviere, verziehe ich das Gesicht. Eternity strahlt mich grell mit seinen zwei ineinander verhakten Ringen an, die bald an Anns und Aidens Finger sitzen werden. Nicht an seinem und meinem. Sofort schicke ich das SmartPad zurück in den Ruhemodus und versuche, mich auf mein Frühstück zu konzentrieren. Keine Chance. Es ist inzwischen anderthalb Wochen her, seit Aiden mich abserviert hat, und es gab keinen Tag, an dem ich nicht mindestens dreißig Mal daran gedacht habe. Oder gebeten wurde, es mit Eternity zu versuchen.

»Maelein.« Paps sitzt neben mir und bedenkt mich mit einem Blick, der mir sofort die Tränen in die Augen treiben würde, wären da nicht Dads Tabletten. Drei pro Tag, mehr als ich je zuvor genommen habe. Und viel mehr, als ich nehmen sollte – oder möchte. Aber was habe ich für eine Wahl?

»Fürs Erste musst du nur deine Angaben bestätigen«, sagt Paps aufmunternd. »Die anderen Felder kannst du später ausfüllen, aber dann könnten wir uns die Profile der möglichen Kandidaten schon mal ansehen.«

»O ja!« Cara schmiert sich begeistert einen riesigen Löffel Marmelade aufs Brot. So reicht das Glas nie bis zur nächsten Ausgabe. »Wusstest du schon, dass Loyd Jones wieder Single ist? Bestimmt hat er auch ein Profil!«

Bei der Erwähnung von Loyd Jones zuckt Nicks Augenbraue nach oben. Loyd Jones ist seit ein paar Monaten das neue Aushängeschild der Aufsehenden. Ein glatt geleckter Schönling aus demselben Zyklus wie Nick und Aiden, allerdings wohnt er im Center und hat eine nette Familiengeschichte. Seine Vorfahren waren Verwandte von Ernest Sestiby und somit die ersten Menschen, die gegen das Virus geimpft wurden. Als hätten sie schon damals gewusst, dass die Welt untergehen wird, sind sie in Alt-München geblieben und haben nach vielen Generationen den Star-Aufsehenden unserer Nation hervorgebracht.

»Nein, wusste ich nicht«, gebe ich zerknirscht zu. »Euch ist schon klar, dass ich noch drei Jahre Zeit habe, um jemanden zu finden?«

»Natürlich.« Paps schenkt mir ein bedauerndes Lächeln.

»Ich denke nur, dass es nicht schaden könnte, dir frühzeitig einen Überblick zu verschaffen.«

»Biiiiitte!«, quengelt Cara von der Seite. »Paps und ich suchen dir auch die besten Profile aus, natürlich nur Einsen und Centers!«

Mir entfährt ein Schnauben. Als ob sich irgendjemand aus den höheren Ringen in eine sommersprossige Fünf verlieben würde. Vain hatte Glück, dass ihre ehemalige Schulfreundin im Fachbereich für Angleichungen arbeitet und sie als Testperson für ein Verfahren vorgeschlagen hat, das sämtliche Pigmentflecken in einer Behandlung verschwinden lässt. Im Aufwachraum hat Vain dann Keith kennengelernt, der – welch Wunder – sofort von ihrer makellosen Haut hingerissen war. Ein verruchter Augenaufschlag, ein gleißender Funke, und schon war Vains glorreiche Zukunft geboren. Zumindest stelle ich es mir so vor.

»Es ist nur ein Angebot«, unterbricht Paps mein Selbstmitleid. »Du bestätigst deine Angaben, und wir treffen eine geeignete Vorauswahl.«

Mein Blick wandert zu dem SmartPad, das neben meinem Teller liegt. Wie hoch stehen wohl meine Chancen, ohne Eternity jemanden zu finden, der weder vergeben noch ein völliges Arschloch ist? Ich schätze ... mies. Die meiste Zeit verbringe ich schließlich mit einem verheirateten Mann jenseits der fünfzig in einem Büro, sitze übermüdet im Zug oder zeichne auf meinem SmartPad. Dank Rubens alten Malsachen könnte ich meine Kunst nach draußen verlagern und hoffen, dort Gleichgesinnte zu treffen, die nicht zu Aufsehenden rennen, um mich wegen Belästigung der Öffentlichkeit anzuzeigen. Oder ich überwinde meinen Stolz und rufe Vain an. Vielleicht findet sie in ihrem erkalteten Herz genug Mitleid, um mich zum nächsten Dinner mit ein paar Singlefreunden einzuladen. Nein. Wahrscheinlich würde sie mich eher bei einem dieser grässlichen Speed-Datings für die unteren Ringe anmelden.

Dad, der sein Frühstück schweigend gegessen hat, stellt sein Geschirr zusammen und steht auf. Als er an mir vorbeigeht, legt er eine Hand auf meine Schulter. »Es ist deine Entscheidung«, sagt er. »Und wir werden sie akzeptieren, egal, wie sie ausfällt.«

Cara verdreht nur die Augen und beißt in ihr Brot. Dafür, dass sie keine elf ist, mischt sie sich echt gern in mein Liebesleben ein.

»Du hast recht, Arthur«, sagt Paps seufzend. »Wir sollten unsere Tochter zu nichts überreden. Es tut mir leid, Liebes, ich mache mir nur Sorgen um dich. Drei Jahre sind schneller vorbei, als man denkt.«

»Da kann ich leider nicht widersprechen.« Dad drückt meine Schulter, bevor er im Flur verschwindet.

In den nächsten Minuten sagt keiner etwas. Das Klappern von Besteck ist das einzige Geräusch, das meinen verletzten Herzschlag übertönt. Keiner glaubt, dass ich ohne Eternity jemanden finde. Nicht einmal mein Bruder. Das wird mir in dem Moment klar, in dem ich zur Marmelade greife und seinen Blick auffange. Es ist nur ein winziger Riss in seiner Strenge, so voller Sorge, als wäre die Sache bereits entschieden. Maeander Elking wird nach Ring Sieben ziehen. Unverheiratet und mit einem Koffer voll zerstörter Träume.

»Okay.« Ich lasse das Marmeladenglas sinken. »Nur die Basisangaben und meine Interessen. Und ihr müsst mir versprechen, Loyd Jones nicht zu speichern, falls er ein Profil haben sollte.«

»Juhu!« Cara grinst über das ganze Gesicht, Paps zieht mich in eine überschwängliche Umarmung, und Nick hat seinen Riss wieder verschlossen. *Worauf lasse ich mich da bloß ein?*

Ich höre Schritte auf der Treppe, und kurz darauf taucht Dad im Türrahmen auf. Er hat sich für die Arbeit umgezogen. Jetzt trägt er seine weiße Uniform mit dem roten V auf der Brusttasche, die ihn als Vergabeleitung ausweist. Und er hat den Koffer dabei, der es mir erspart, alle sechs Wochen zum MedPlex zu müssen, um meine Veritas-Dosis aufzufrischen.

»Warum habe ich das Gefühl, als hätte ich etwas verpasst?«, fragt er.

»Weil es stimmt!«, ruft Cara. »Mae meldet sich bei Eternity an.«

»Wow.« Dads Erleichterung ist nicht zu übersehen. »Das sind gute Neuigkeiten. Ich wünschte, wir hätten Zeit zu feiern, aber ich muss gleich nach der Vergabe los. Also fangen wir am besten sofort an.« Er schiebt den Stapel Hochzeitsmagazine auf der Theke beiseite und legt seinen Koffer darauf. Die metallenen Spangen springen lautlos auf. »Nick, du zuerst.« Er tritt vor meinen Bruder.

Nick öffnet den Mund und streckt die Zunge heraus. Kaum hat Dad die mintgrüne VeriTab in den Applikator gelegt, schaltet sich der kleine VisionScreen ein. Pünktlich auf die Minute. Auf dem Parlamentsplatz im Center haben sich bereits mehrere Schlangen von Aufsehenden und anderen Amtstragenden vor dem MedPlex gebildet. Sie alle lassen sich ihre Dosis öffentlich verabreichen, um uns daran zu erinnern, dass es für Veritas keine Ausnahmen gibt. Die Kamera fährt eine Reihe entlang, in der zwei unserer Abgeordneten stehen, dann wechselt das Bild ins Innere des MedPlex. Es ist immer derselbe Ablauf: Mund öffnen, Applikator in den Rachen schieben, VeriTab schlucken, weitergehen. In den grauen Uniformen sehen sie alle gleich aus. Aufrechte Haltung, hochgewachsen, attraktiv. Die einzigen Farbkleckse sind die Amtstragenden in ihrer leuchtenden Kleidung. Rot, gelb, violett, je greller, desto besser. Wobei es nur eine Frage der Zeit ist, bis ein neuer Trend um die Ecke kommt.

»Mae, du bist die Nächste«, sagt Dad und desinfiziert dabei den Applikator. Er soll sicherstellen, dass man seine VeriTab wirklich schluckt. Und irgendwie ist es diesen Liar aus Ring Sieben trotzdem gelungen, sich der Vergabe zu entziehen. Es ist mir ein Rätsel, wie sie es angestellt haben – ein Rätsel, das man eindeutig nicht entschlüsseln sollte. Ich beiße mir auf die Wange, um den Gedanken mit Schmerz zu vertreiben.

Während Dad meine VeriTab einlegt, geht Nick rüber zum HoloTerminal, um sich der üblichen Gefährdungsanalyse zu unterziehen. »Guten Morgen, Nicholas«, höre ich AISS säuseln und versuche, ihre Stimme auszublenden.

Dann ist Dad so weit. »Bist du bereit?« Es ist jedes Mal dieselbe Frage.

»Natürlich.« Und dieselbe Antwort. Ich öffne den Mund, und keine Sekunde später schießt die VeriTab auch meinen Rachen hinunter, weckt das dringende Bedürfnis, etwas zu trinken. Immerhin habe ich meinen Würgereflex nach all den Jahren im Griff.

Nachdem Dad den Applikator beiseitegelegt hat, holt er einen anderen Blister aus seinem Kittel und reicht mir eine Tablette. Schweigend. Dabei sagt sein Blick mehr als tausend Worte: Früher oder später werden wir die Dosis ausschleichen müssen, um einen Gewöhnungseffekt zu verhindern. Ich hoffe nur, dass bis dahin eine Kruste über die Wunde gewachsen ist, die Aiden in mein Herz geschnitten hat. Falls nicht ... Noch ein Biss auf die Wange.

Paps ist an der Reihe. Passend zum Vergabetag trägt er sein bestes Hemd, die Locken hat er nach hinten gekämmt, und auf seinem Gesicht liegt dieses selige Lächeln, als würde ihm eine riesige Last von den Schultern fallen. Tatsächlich habe ich Paps noch nie dabei erwischt, Veritas auszureizen. Er gehört zu denen, die ihre Antworten binnen einer Sekunde geben, die nie unter dem Brennen leiden, die sich wahrscheinlich noch nie gewünscht haben, einfach mal fremde Worte zu schmecken. Schade, dass er mir genau *diesen* Teil nicht mitvererbt hat. Es würde so vieles erleichtern.

Ich stehe auf und gehe rüber ins Wohnzimmer. Nick ist gerade fertig mit der Analyse, so dass er mir den Platz vorm HoloTerminal bereitwillig überlässt. Kaum habe ich mich gesetzt, wird mein Gesicht gescannt.

»Maeander, wie schön, Sie zu sehen.« AISS schafft es wie

immer, ein Lächeln in ihre Stimme zu legen, obwohl sie nur eine blaue Resonanzlinie auf weißem Hintergrund ist.

»Guten Morgen«, antworte ich und bemühe mich, das Lächeln zu erwidern. Ich weiß, dass die kleine Kamera jeden Mikroausdruck in meinem Gesicht aufzeichnet, um die Fakten richtig zu ergänzen.

AISS fährt fort: »Wir haben Sonntag, den 25. März 2306. Wenn Sie kein anderes Anliegen haben, beginne ich in zehn Sekunden mit der Gefährdungsanalyse.«

Der Countdown zählt in blauen Ziffern herunter, die sich aus AISS Resonanzlinie formen. *Luisa und ihr Mann*, schießt es mir unvermittelt durch den Kopf. *Ich werde sie verraten.* Einen absurden Moment lang überlege ich, den Countdown abzubrechen und einfach wegzulaufen, aber damit würde ich noch weniger erreichen. Mit einem schweren Schlucken lasse ich den Countdown ablaufen.

»Bitte nehmen Sie Ihre Haare zurück.«

Ich drehe meine Haare zu einem Knoten zusammen, so dass AISS meine Halsschlagader sehen kann.

»Sie sind Maeander Elking?«

»Ja.«

»Wie fühlen Sie sich heute?«

»Gefasst.«

»Führen Sie das bitte näher aus.«

»Aiden Goodale hat mir vor anderthalb Wochen mitgeteilt, dass er eine andere Frau heiraten wird. Es hat mich ... verletzt und irritiert, aber jetzt trage ich es mit Fassung.« Veritas lässt meine Worte genauso stumpf klingen, wie mein Inneres aussieht.

»Es ist immer bedauerlich, wenn man sich in der Liebe getäuscht hat, doch es besteht kein Grund zur emotionalen Überreaktion. Haben Sie das Gefühl, demnächst einer Überreaktion zu erliegen?«

»Nein«, antworte ich dank Dads Beruhigungstablette.

»Wunderbar.« AISS Stimme wird eine Spur wärmer. »Haben Sie seit der letzten Vergabe ein Verbrechen begangen?« Der Themenwechsel käme abrupt, würde ich den Ablauf dieser Befragung nicht in- und auswendig kennen.

»Nein.«

»Planen Sie derzeit ein Verbrechen?«

»Nein.«

»Haben Sie ein Verbrechen bezeugt?«

Kann man es als Verbrechen bezeichnen, wenn ein Mailer einen Brief nicht persönlich zustellt? Es ist ja nicht so, als hätten Luisa und er jemanden bestohlen, im Gegensatz zu diesen beiden Liar aus den News. Leider gibt sich Veritas nicht so leicht zufrieden.

»Ich bin mir nicht sicher«, erwidere ich.

»Bitte beschreiben Sie den Vorfall, damit ich eine passende Einordnung vornehmen kann.«

Irgendwo in mir zischt ein leises Stimmchen: *Miese Verräterin*, während ich AISS von der Begegnung berichte.

»Gut.« AISS Resonanzlinie scheint zu nicken. »Ich werde den Vorfall zur Überprüfung weitergeben.«

»Okay.« Irgendwie ist mir flau, als hätte ich die Vergabe heute nicht vertragen. »Darf ich noch eine Sache hinzufügen?«

»Natürlich.«

»Der Mailer meinte, Luisa hätte bisher jeden Brief zugestellt. Ich finde, das sollten die Prüfenden wissen.«

AISS schweigt kurz, als müsste sie die zusätzliche Info verarbeiten. »Danke für die wertvolle Information. Gibt es einen weiteren Vorfall, den Sie melden sollten?«

»Nein.«

»Wissen Sie von jemandem, der ein Verbrechen plant?«

»Nein.«

Ich spiele die Befragung mit AISS bis zum Schluss durch. Obwohl es nur zehn Minuten sind, fühle ich mich danach gerädert und bin froh, dass ich sonntags frei habe.

Nach mir setzt sich Paps vor das HoloTerminal. Er hält immer gut gelaunten Smalltalk mit AISS, die seine Worte mit einem hellen Lachen honoriert. Manchmal frage ich mich, ob Paps einer von denen ist, die in AISS eine echte Freundin sehen, aber nicht einmal Veritas traut sich, diese unangenehme Frage zu stellen.

Cara springt von ihrem Stuhl auf. »Los jetzt, Mae!« Sie angelt nach meinem SmartPad und drückt es mir in die Hand. »Du hast es versprochen.« Mit großen Augen sieht sie zu mir auf. Im Hintergrund räumt Nick den Tisch ab, und ich erwische ihn dabei, wie er mit unterdrücktem Schmunzeln zu uns sieht.

Es ist unmöglich, Caras Blick zu widerstehen. »Na schön.« Seufzend lasse ich mich zusammen mit Cara auf die Couch fallen und entsperre das Display. Die zwei ineinander verhakten Ringe pulsieren golden, als würden sie ahnen, dass ich endlich bereit bin, mich den Profilen von irgendwelchen fremden Typen zu stellen.

Die Hälfte meines Profils wurde bereits von AISS ausgefüllt. Bei der sexuellen Orientierung trage ich *hetero* ein, gleich darunter fragt ein Feld nach besonderen Talenten oder Geschichten.

»Oh, vielleicht solltest du schreiben, dass du Stofftiere nähen kannst!« Cara hat sich an meine Schulter gekuschelt und liest jede meiner Eingaben mit. »Wir könnten auch ein Foto von Hasi machen.«

Klasse. Meine Schwester nennt den Hund, der aussieht wie ein Bär, Hasi. Wie genau definiert Eternity eigentlich Talent?

»Ich glaube nicht, dass es das Richtige ist, aber danke.« Ich drücke Cara einen Kuss auf die Stirn und überfliege noch einmal mein Profil. Alles drin, was ich meiner Familie versprochen habe. Die anderen Felder kann ich auch in einer Woche noch ausfüllen. Oder einem Jahr. Oder einfach nie.

»Ich bestätige meine Angaben jetzt!«, rufe ich laut genug, damit es jeder im Haus hören kann.

Paps verabschiedet sich gerade von AISS und kommt sofort angelaufen. »Oh, Maelein, das ist so aufregend!« Er reibt sich die Hände, als hätten wir Geburtstag.

Dad, der sich gerade die Schuhe angezogen hat, kommt noch einmal ins Wohnzimmer. Und auch Nick lässt sich den Moment nicht entgehen. Er nickt mir aufmunternd zu.

»Okay.« Ich nehme einen tiefen Atemzug und drücke auf den kleinen Button mit dem unheilvollen Wort **Bestätigen**. Und es passiert: nichts. Mein Formular bleibt geöffnet, als hätte ich Pflichtangaben vergessen. Ich überprüfe alle Felder, aber es sieht korrekt aus. Auch der zweite Versuch scheitert.

Paps lässt sich in den Sessel sinken. Er atmet in seine gefalteten Hände, die Stirn nervös gerunzelt. »Versuch es noch mal«, bittet er mich, und ich tue ihm den Gefallen.

Endlich passiert etwas. Das Display wird schwarz, und ein Ladesymbol in Form von zwei Ringen dreht sich in gefühlter Endlosigkeit. Dann ploppt das Wort auf, das ich im System noch nie gesehen habe: **Error**. Keine fremden Profile, kein Button zurück. Selbst nach einem Neustart der App werde ich nur von dem unheilvollen Wort begrüßt, als wollte es die Ängste meines Bruders bestätigen. Es gibt für mich kein passendes Gegenstück, nicht einmal bei Eternity.

»Nein«, haucht Paps kopfschüttelnd. »Ich ... Ich verstehe das nicht. Sandro und Carmen haben uns doch erst letztens diesen Artikel gezeigt, ein Interview mit der CEO von Eternity, die meinte, sie hätten im letzten Jahr die höchste Registrierungsrate seit Gründung verzeichnet! Weißt du noch, Schatz? Es stand ganz oben im Newsportal.«

»Natürlich, Liebling, und ich bin sicher, dass es für den Fehler eine einfache Erklärung gibt.« Dad legt Paps eine Hand auf die Schulter. »Sobald ich im Center bin, frage ich Johanna, ob sie was gehört hat.«

»Danke, Arthur. Ich weiß nicht, was ich ohne dich machen würde.« Paps steht auf, um Dad einen Kuss zu geben.

»Und das wirst du nie herausfinden müssen. Also, meine Lieben, ich muss los. Heute Abend Familiendinner?«

»Klar«, entgegnen wir einstimmig.

Als ich aufstehe, um Dad zu verabschieden, schaltet sich

der Ton unseres VisionScreens ein. Zeitgleich sehen wir zum Bildschirm, der nicht länger den Parlamentsplatz zeigt. Stattdessen wird ein vertrautes Studio eingeblendet, und mit ihm wächst die Gewissheit, dass der Fehler von Eternity heute nicht das Ungewöhnlichste war.

KAPITEL 9

»Guten Morgen, Sestiby!«, begrüßt Irony James uns mit sprühendem Charme. Sie trägt ein grässlich schrilles Kostüm, das ihre Hüften mit asymmetrischen Dreiecken aus gelbem Stoff betont. Obwohl sie bald sechzig wird, ist ihre dunkelbraune Haut glatt wie ein Babypopo, das Dekolleté so straff, dass die Kette darauf wie gezeichnet wirkt. Feingliedriges Gold mit einem Anhänger in der Farbe ihrer Augen: Flieder, definitiv gekauft.

»Es freut mich, dass Sie alle drangeblieben sind, und keine Sorge: Sie haben sich nicht in der Zeit vertan.« Irony lacht über ihren kleinen Witz. »Der CenterTalk findet wie gewohnt um zwanzig Uhr statt. Heute Morgen haben wir jedoch eine kleine Sondersendung für Sie, initiiert von dem Mann, dem nachgesagt wird, das charmanteste Lächeln Sestibys zu haben. Seine Anzüge sitzen immer perfekt, seine Haare haben Preise gewonnen, aber vor allem vertritt er die Themen, die unsere Welt bewegen. Bitte begrüßen Sie mit mir unseren Abgeordneten Reid Kane!«

Paps und Cara klatschen begeistert in die Hände, während

Nick und ich einen fragenden Blick wechseln. Eine Sondersendung mit Abgeordnetem Kane? Am Vergabetag? Seit ich denken kann, gab es nur eine einzige Unterbrechung des Programms, und damals wurde der Präsidierende ermordet. Es sollte nur eine routinemäßige Begehung der Grenzen von Ring Acht werden, aber irgendwie ist es einem Liar gelungen, Präsidierenden Wilmar zu erschießen. Obwohl ich erst acht war, hat sich das Bild dieses Liars tief in meine Erinnerung eingebrannt. Das wutverzerrte Gesicht, die Augen, in denen nur noch Chaos war.

In diesem Moment betritt Kane die Bühne. Neben Irony sieht er sogar noch größer aus. Er ist attraktiv, gerade einmal Mitte dreißig mit kurzen schwarzen Haaren, gepflegtem Bart, seine Haut ist gebräunt, und das Nachtblau seiner Augen findet sich in seiner Krawatte wieder. Dazu trägt er einen hellen Maßanzug, der seine breiten Schultern gekonnt in Szene setzt und nicht besser passen könnte.

Während Kane Ironys Hand schüttelt, flüstert er ihr etwas ins Ohr. Spätestens als sie verlegen kichert, weiß ich, dass es dieses Mal keine schlechten Nachrichten sein können.

»Vielen Dank, Irony«, sagt Kane, dem es gelingt, gleichzeitig zu ihr und zur Kamera zu sprechen. »Ich freue mich, heute hier sein zu dürfen. Wollen wir uns setzen?«

»Natürlich. Nach dir.«

Die Kamera folgt ihnen zu der Sitzecke, deren Design sich wie immer an Ironys Kleidung orientiert. Die Wand hinter den gelben Sesseln sieht aus wie jede gewöhnliche Wand, dabei ist es ein riesiger HoloScreen, auf dem digital der

Schriftzug **CenterTalk** prangt. Darunter der geschwungene Zusatz: **Sondersendung**.

»Also, Abgeordneter Kane«, Irony kehrt zur förmlichen Anrede zurück, »ich denke, ich übertreibe nicht, wenn ich sage, dass die heutige Sondersendung das Leben vieler unserer Zuschauenden verändern wird.«

»Absolut.« Kane lächelt, während er sich zurücklehnt. »Um genau zu sein, sehe ich es als eine der größten Errungenschaften unserer modernen Gesellschaft.«

Mein Interesse ist geweckt, und ich bin nicht die Einzige. Paps hat sich mit verschränkten Armen vorgelehnt, mein Bruder schaut gebannt auf den VisionScreen, und selbst Dad ist stehen geblieben, obwohl er längst zur Arbeit hätte aufbrechen sollen. Cara ist ausnahmsweise still.

»Bitte, Abgeordneter, das Wort gehört Ihnen.«

»Nun, viele von Ihnen da draußen dürften bereits bemerkt haben, dass Eternity den Zugriff auf die Datenbank verweigert.« Der Schriftzug hinter Kane weicht genau der Fehlermeldung, die mein SmartPad angezeigt hat. »Lassen Sie mich Ihnen zunächst versichern, dass kein Grund zur Beunruhigung besteht. Die Abschaltung der Datenbank war eine bewusste Entscheidung, die von Eternity Inc. und meinem Sektor getroffen wurde. Seit der Einführung des Ehegesetzes war Eternity ein maßgeblicher Bestandteil für die positive Entwicklung unserer Gesellschaft. In jedem Zyklus konnten mehr als sechzig Prozent der geschlossenen Ehen auf Eternity zurückgeführt werden – doch für Entwicklung bedarf es stetiger Überprüfung und Veränderung. Denn trotz Eternity steht jeder dritten geschlossenen Ehe eine Person gegenüber, die keine fristgerechte Partnerschaft eingehen konnte. In den unteren Ringen sehen die Zahlen noch dramatischer aus.«

Jedes von Kanes Worten wird auf dem HoloScreen des Studios mit Diagrammen und Zahlen untermalt. Darunter stehen die Quoten derer, die jedes Jahr nach Ring Sieben ziehen müssen. In unserem Ring sind es durchschnittlich sogar dreißig Prozent.

»Studien der Eternity Inc. haben gezeigt, dass die Ursachen vielfältig sind. Insbesondere in den unteren Ringen zeichnen sich jedoch zwei Gründe ab, die wir nicht ignorieren können: der Mangel an Zeit und an finanziellen Mitteln. Als Sektor für Partnerschaftsmanagement liegt es in unserer Verantwortung, für alle dieselben Voraussetzungen für ein stabiles Leben zu schaffen. Deshalb freue ich mich, Ihnen heute das Ergebnis jahrelanger Forschungen vorstellen zu können. Das Ergebnis einer Kooperation zwischen meinem Sektor, Eternity Inc. sowie einem Spitzengremium der Wissenschaft. Stellvertretend für alle Beteiligten darf ich sagen: Willkommen zum Partner Evaluation Program, einer neuen Ära der Partnerschaftsvermittlung!« Aus Kanes Lächeln wird ein zufriedenes Grinsen, das in mir gedämpfte Euphorie weckt.

Zeitgleich kommt Bewegung in den HoloScreen. Wo gerade noch die frustrierenden Zahlen standen, prangt nun ein großes Logo. Zwei sich überkreuzende Ringe, golden, viel schlichter als die aus der Eternity-App, eher geometrisch als fotorealistisch. Darüber stehen drei große samtrote Buchstaben: *PEP*. Sowie der Slogan: *Für eine glückliche Zukunft.*

»Künftig wird sich niemand mehr mit der Frage beschäftigen müssen, wie er, sie oder they neben Arbeit und anderen Verpflichtungen die perfekte Beziehung finden soll. Oder wo man die finanziellen Mittel hernehmen soll, um an einem Singledinner teilzunehmen, in höhere Ringe zu reisen oder gar Geschenke für eine Umwerbung zu kaufen. PEP schafft für alle jungen Menschen dieselben Voraussetzungen, denn dank modernster Algorithmen ermittelt es für alle genau die Person, die Stabilität, Ausgeglichenheit und nicht zuletzt eine glückliche Ehe verspricht. Mit einer Erfolgschance von mehr als neunundneunzig Prozent!«

»Ist das nicht unglaublich?!« Irony stimmt einen kräftigen Applaus an, während sich das Logo von PEP an den oberen Rand des Screens zurückzieht und Platz für neue Fakten macht:

Geringer Zeitaufwand.

Null Kosten für die Teilnehmenden.

Hohe Erfolgschance.

Gleiche Voraussetzungen für alle.

Ungeachtet ihrer Herkunft.

Ich kann nicht anders, als in den Beifall einzustimmen. Null Kosten. Gleiche Voraussetzungen für *alle*. Damit kann meine Familie aufhören, sich Sorgen zu machen. Ich will Nick ein Lächeln entlocken, aber ich komme nicht gegen sein stoisches Starren an. Wahrscheinlich hat er noch nicht realisiert, was das für mich bedeutet.

Irony lässt den Applaus mit einer eleganten Geste enden und wendet sich wieder dem Abgeordneten zu. »Ich wette, unsere Zuschauenden haben viele Fragen. Deshalb lassen

Sie uns doch gleich mit einer der wichtigsten beginnen: Wie funktioniert PEP?«

»Um diese Frage im Detail beantworten zu können, müssten wir das ganze Gremium einladen«, erwidert Kane, gefolgt von einem Lachen. »Es stecken etliche Forschungen dahinter, die alle ihren Teil zu dem vollständigen Programm beitragen. Um die idealen Paare zu ermitteln, müssen wir uns alle Komponenten ansehen, die eine gute Ehe ausmachen. Beginnend bei genetischer Kompatibilität, über verhaltensspezifische Muster, Zukunftsvorstellungen, optische Vorlieben, ja, selbst der Duft, den wir bei den meisten Menschen kaum wahrnehmen, spielt eine Rolle, wenn es um langfristige Anziehung geht. All diese Aspekte werden im Rahmen des Partner Evaluation Programs untersucht, damit AISS genügend Informationen hat, um mit Hilfe neuer Algorithmen die idealen Verbindungen zu berechnen.«

»Eine neue Ära der Partnerschaftsvermittlung«, wiederholt Irony Kanes Eingangsrede und strahlt in die Kamera. »Sie hören es selbst, liebe Zuschauende, und wissen Sie, was mich besonders freut? PEP feiert schon bald Premiere!«

»Das ist wahr.« Kane macht eine Geste, als wäre er dafür verantwortlich, dass sich der HoloScreen ein weiteres Mal verändert. Jetzt ist das Logo in groß zurück. »Bereits zum Ende des aktuellen Zyklus werden alle heiratsfähigen Personen der Geburtszyklen J8 bis M8 eine Einladung in unsere brandneuen Camps erhalten, aromantische Menschen ausgeschlossen. Vor Ort haben die Teilnehmenden acht Wochen Zeit, sich ganz auf das Programm zu konzentrieren, ohne Ablenkung von Arbeit und Alltagspflichten. Um jene

Personen in das System einlesen zu können, haben wir beim letzten Check-up von allen eine Blutprobe entnommen.«

Neuer Standard, erinnere ich mich an Margrets Kommentar zu besagter Blutprobe. Aber hat Kane gerade etwas von Camps gesagt? Irgendwo unter der Watteschicht in mir rebelliert mein Magen. Hin und wieder eine von Dads Tabletten nehmen: kein Problem. Ein paar Wochen überbrücken, um einen Zusammenbruch zu verhindern: grenzwertig, aber machbar. Acht Wochen dafür sorgen, dass ich unter Fremden nicht auffalle: absolut unmöglich. Acht Wochen ohne Nick. Ohne Paps, Dad und Cara. Acht Wochen, um mich in jemand anderen zu verlieben als Aiden.

Jemand berührt mich am Handgelenk. Nick ist neben mich getreten, auf seinem Gesicht der beruhigende Ausdruck eines Aufsehenden. Mein Anker, meine Sicherheit.

»Es wird alles gut«, höre ich ihn flüstern. »Wir finden immer einen Weg.« Er verschränkt seine Finger mit meinen.

Ich drücke Nicks Hand und konzentriere mich wieder auf Kane und Irony, die über die Vorteile von PEP reden. Dann stehen sie auf und schütteln einander die Hände.

»Vielen Dank, Abgeordneter, das war wirklich sehr aufschlussreich.« Ein Zwinkern seitens Irony.

»Jederzeit gern.« Ein gewinnendes Lächeln seitens Kane. »Und Sie, verehrte Zuschauende: Bitte denken Sie daran, dass PEP eine Chance für *alle* heiratsfähigen Personen ist. Verlobungen sind deshalb ab sofort unwirksam, sofern ihnen bislang kein rechtsgültiger Ehevertrag gefolgt ist.«

Nicks Finger verkrampfen sich in meinen.

»Mit dieser Entscheidung möchten wir jenen Verbindungen vorbeugen, die lediglich aus Zeitdruck oder gar *Angst* geschlossen wurden. Persönliche Präferenzen werden selbstverständlich mit einer angemessenen Gewichtung in die Berechnungen einbezogen, so dass kein Grund zur Sorge besteht. Denn wie sagen wir bei PEP so schön? *Für eine glückliche Zukunft.*«

Kane formt das vertraute V aus Zeige- und Mittelfinger, legt es an seine Brust und lächelt. Ein letzter Applaus brandet auf. Nur in unserem Wohnzimmer klatscht keiner. Alle sehen zu Nick. Sein Griff ist so fest, dass ich mich zischend daraus entwinden muss, während durch seine Strenge ein Ausdruck schimmert, den ich noch nie an ihm gesehen habe. Vielleicht ist es Wut, vielleicht Verzweiflung. Aber egal, was es ist: Er dürfte es nicht fühlen.

Abrupt dreht er auf dem Absatz um und stürmt zur Haustür.

»Nick …!« Bevor ich ihn aufhalten kann, kracht die Tür ins Schloss, und damit kommt die Erkenntnis, was Kanes Worte bedeuten. Für Nick, für Kira, für mich und nicht zuletzt für Aiden und Ann.

Nick meldet sich nur am Nachmittag kurz im Familienchat.

> Muss nach der Arbeit noch ein paar Dinge klären.
> Komme erst spät nach Hause.

Ein Lebenszeichen. Das war's. Es ist das erste Mal, dass er unser gemeinsames Familiendinner verpasst. Also sind wir nur zu viert. Dad, der noch eine Spur ernster als sonst seine

Kartoffeln auf dem Teller umherschiebt, Cara, die über den morgen anstehenden Test jammert, und Paps. Er ist der Einzige, der sich Mühe gibt, die Laune am Tisch oben zu halten und uns mit beschwingtem Smalltalk zu unterhalten.

Ich bin trotzdem froh, als wir fertig sind und ich mich mit gemütlichen Klamotten auf den Dachboden zurückziehen kann. Im Schein der flackernden Glühbirne übermale ich eine alte Leinwand mit weißer Farbe, um sie für das nächste Experiment vorzubereiten. Will ich wissen, wie viele Credits Ruben in all das investiert hat? Wahrscheinlich nicht.

Irgendwann höre ich, wie sich die anderen im Bad fertig machen und mir eine gute Nacht wünschen. Da Paps Cara heute ins Bett bringt, bleibe ich einfach hier oben. Und male. Und male. Mein Geist ist sowieso zu wach, um jetzt schlafen zu können. Meine Gedanken huschen von der Sondersendung zum Dinner, bei dem Cara geschworen hat, sich nicht zu verlieben, bis sie alt genug ist, um selbst an dem Programm teilzunehmen. Ich glaube, ihr ist noch nicht klar, dass sich bald alles verändern wird. Erst ist Vain gegangen, jetzt gehen Nick und ich. Wenn wir nach den Camps noch einmal nach Hause kommen, dann nur, um die Hochzeit vorzubereiten.

Nahtlos schweifen meine Gedanken weiter zu der neuen App, die AISS heute Nachmittag auf unserem HoloTerminal installiert hat. In ihr werden künftig alle Informationen rund um das neue Programm zur Verfügung gestellt. Außerdem musste ich einen Fragebogen ausfüllen, der mich an den von Eternity erinnert hat. Nur ganz am Ende standen zwei zusätzliche Hinweise: Erstens dienen die Camps allein zur Bildung von überschaubaren Untersuchungsgruppen, was heißt, dass man am Ende auch mit jemandem aus einem anderen Camp verpartnert werden kann. Und zweitens werde ich mir während des Aufenthalts einen Schlafsaal mit mehreren Leuten derselben Geschlechtsidentität teilen. Hoffentlich halten sich die anderen Frauen einfach von mir fern.

Ein entferntes Klappern lässt mich aufschrecken. Ich habe extra die Dachbodenluke offen gelassen, um zu hören, wann Nick nach Hause kommt. Mein Blick zuckt zum SmartPad. Kurz nach zwei. Ob er noch mal bei Kira war? Wer die beiden kennt, weiß, dass ihre Verlobung keine leichtfertige Entscheidung war und sicher nicht aus *Angst* geschlossen wurde. Aber wenn PEP so gut ist, wie Kane verspricht, wird es Kira und Nick sicher zusammenführen – aber was ist mit Aiden und mir? *Nichts*, wispert ein zynisches Stimmchen. Weil es genau weiß, dass sich gewisse Entscheidungen nicht einfach … rückgängig machen lassen. Dass die Wunde vielleicht mit der Zeit verkrustet, aber dass immer eine Narbe zurückbleiben wird.

Ich stecke den Pinsel ins Wasserglas und stehe ächzend auf. Meine Glieder fühlen sich steif an, meine Beine sind eiskalt. Da meine Jogginghose in der Wäsche ist und die andere bei Aiden liegt, trage ich nur eine alte Shorts von Vain.

Leise klettere ich nach unten. Aus dem Erdgeschoss kommen Geräusche. Ein Rascheln, ein Klappern, und dann höre ich AISS. Ihre Stimme ist gedämpft, als hätte jemand die Lautstärke heruntergeregelt. Instinktiv verzichte ich darauf, das Licht einzuschalten, und taste mich am Geländer entlang durch die Dunkelheit. Nick sitzt vor dem HoloTerminal und starrt die vertraute Resonanzlinie an. Mitten in der Nacht. Er hat sich nicht einmal die Mühe gemacht, das Licht anzuschalten, geschweige denn seine Schuhe auszuziehen.

»Meinen Aufzeichnungen entnehme ich, dass es für Sie eine äußerst ungewöhnliche Uhrzeit ist, Nicholas«, säuselt AISS. »Schlafprobleme können auf eine Dysfunktion des Hormonhaushaltes hinweisen. Haben Sie Schlafprobleme?«

Nick antwortet nicht.

Unwillkürlich zähle ich die Sekunden. Mein Bruder hält verdammt lange durch. Als ich bei neun ankomme, verlagere ich das Gewicht aufs andere Bein, das gerade dabei ist, einzuschlafen, und stoße mich am Geländer. Mir entweicht ein Zischen. *Verdammt.*

»Nein«, sagt Nick, bevor er zu mir herumfährt. »Mae? Warum bist du noch wach?«

Allein der Gedanke, Veritas neun Sekunden zu widerstehen, lässt mich innerlich auflachen. »Ich habe gemalt«, erwidere ich. »Wo warst du noch so lange?«

»Kira und ich haben uns darum gekümmert, dass nicht noch mehr Kosten für eine Hochzeit entstehen, die nicht stattfinden wird.« Seine Stimme klingt noch härter als sonst. »Sie hat sich um die Blumen und Kleider gekümmert, ich war beim Konditor.«

»Um diese Uhrzeit?«

»Ein Kontakt von Gloria.«

»Klar.« Ein Teil von mir weiß, dass ich ihn einfach allein

lassen sollte, aber etwas hält mich zurück. »Dann hast du Kira also gesehen?«

»Nein, wir haben geschrieben.«

»Ach so.« *Ach so?* Sonst können Nick und ich stundenlang reden, nur jetzt fällt mir nichts Passendes ein.

Dafür meldet sich AISS: »Wenn Sie keine weiteren Anliegen haben, schalte ich in einer Minute den Stromsparmodus ein.« Ihre Resonanzlinie formt einen Countdown.

»Stromsparmodus abbrechen, AISS. Ich muss gleich noch den Fragebogen ausfüllen.« Nick steht auf. »Hör zu, Mae. Mein überstürzter Aufbruch heute Morgen hat vielleicht den Eindruck vermittelt, ich könnte gegen das Programm sein. Aber sowohl Kira als auch ich halten es für eine äußerst sinnvolle Entscheidung, die Sestiby weiterbringen wird.« Er bleibt vor mir stehen und umfasst liebevoll meine Schultern. »Du weißt, dass dieses Programm deine beste Chance ist, oder?«

»Vielleicht.« Ich nicke, als mein Blick an seinem Ärmel hängen bleibt. Es ist nur ein winziger Fleck, der im Licht des HoloTerminals matt schimmert, dunkelrot, fast schwarz. »Ist das etwa ... Blut?« Die Frage rutscht mir einfach so raus. *Shit.* Es gehört zum guten Gesetz, Aufsehende nie nach ihrer Arbeit zu fragen. Geschweige denn nach Spuren an der Uniform. »Nick, ich ...«

Stirnrunzelnd zieht er seinen Ärmel ein Stück nach vorne. »Du meinst das hier?«

»Ja.«

Anstatt mich zu ermahnen, entfährt ihm ein Lachen. »Kein Blut, Pflaumenmus. Eine der Aushilfen hat das Glas fallen lassen, als ich in der Konditorei war. Das sollte die Zwischenschicht für unsere Torte werden, du erinnerst dich?«

»Natürlich.« Innerlich tadle ich mich, dass ich nicht selbst daran gedacht habe. »Also geht es dir gut?«

»Ja.« Er lächelt. »Allerdings werde ich morgen todmüde sein, wenn ich nicht gleich ins Bett komme. Und du solltest auch langsam schlafen gehen.«

»Entschuldige, ich wollte dich nicht aufhalten. Gute Nacht, Nick.« Ich stelle mich auf die Zehenspitzen, um ihn zu umarmen.

»Schlaf gut, Mae.« Er drückt mich flüchtig an sich, und in diesem Moment glaube ich, den Fleck an seinem Ärmel riechen zu können. Pflaumenmus mit einer seltsam metallischen Note.

Jede Person hat ungeachtet ihres Wohnortes ein Anrecht auf Grundversorgung durch den Staat. Die Ausgabe der Lebensmittel findet einmal wöchentlich an allen Ausgabestellen in Sestiby statt. Kleiderbons können nach Bedarf angefordert werden.

Das gute Gesetz, Art. 18, Absatz 1

KAPITEL 10

Sechs Tage nach der großen Nachricht sind alle Hochzeitsmagazine verschwunden. Keiner wagt es, darüber zu reden oder Kiras Namen auch nur zu erwähnen. Es ist seltsam. Wir stehen auf, gehen zur Arbeit, essen gemeinsam, tun so, als wäre nichts gewesen. Aber es sind die kleinen Dinge, die beweisen, dass sich etwas verändert hat. Nick bleibt jeden Tag länger weg, und wenn ich Kira über den Weg laufe, wirkt das Leuchten in ihren Augen fahler. Vielleicht findet sie es heute Abend auf der Geburtstagsgala der van Steegens wieder, wenn es fließende Schokolade und Schmetterlinge aus Seidenpapier gibt. Nick wird sie nicht begleiten. Stattdessen kommt er mit uns zu den Caivanos, die wie jedes Jahr die ganze Nachbarschaft eingeladen haben, den Geburtstag gemeinsam zu feiern. Und wie jedes Jahr wird es auf dieselben Gäste hinauslaufen: wir, die Caivanos und drei andere Familien, die alle ihren Teil zur Feier beitragen. Aber vorher haben wir noch einen anderen Job.

»Wollen wir los?« Nick hat bereits Schuhe an und steht mit einem Jutebeutel hinter mir.

»Auf jeden Fall. Wahrscheinlich ist schon jetzt die Hölle los.« Augenrollend schlüpfe ich in meine Stiefel und ziehe mir neben dem Mantel Schal und Mütze über. »Hast du die Bons schon runtergeladen?«

»Klar.« Nick klopft auf seine Hosentasche mit dem Smart-Pad und öffnet die Haustür. »Nach dir.«

Ich schnappe mir den geflochtenen Korb aus der Ecke und empfange die Kälte mit einem angemessenen Zittern. Es ist gerade mal kurz nach fünf, die anderen schlafen vermutlich noch. Eigentlich wären heute Paps und Cara dran gewesen, allerdings wollten Nick und ich es uns nicht nehmen lassen, den Gang zur Ausgabe noch mal zusammen zu machen, bevor wir in die Camps müssen.

»Wow, ich wäre langsam echt bereit für Frühling«, bemerkt Nick, während wir im Schein der Laternen über die gefrorenen Pflastersteine laufen. »Erinnerst du dich noch an den Geburtstag, an dem wir zwanzig Grad hatten?«

Ich zucke zusammen. Besagten Nachmittag haben wir bei einem Picknick im Park von Ring Zwei verbracht – mit Kira und *Aiden*. In meiner Brust zieht es, das Zwicken setzt sich langsam, aber sicher gegen Dads Tabletten durch. So viel zum Thema Gewöhnungseffekt. »Ja«, murmle ich rau. »Vielleicht ein bisschen zu gut.«

»Entschuldige, Mae. Ich habe kurz vergessen, dass wir …«

»Schon okay«, unterbreche ich Nick, bevor er noch weiter an der Wunde herumkratzen kann. Stattdessen nicke ich zu einem HoloBanner am Straßenrand. »Hast du mitbekommen, dass sie im Theater am Markt schon wieder dasselbe Stück zeigen?«, wechsle ich elegant das Thema.

»Was?« Nick folgt meinem Blick und stöhnt auf. »*The Rise and Fall of Liar Whistle?*«, liest er die leuchtende Schrift vor. »Nein. Das ist jetzt das wievielte Mal in dieser Saison?«

»Ich meine, das dritte.«

Jeder kennt die Geschichte des Mannes, dem es vor knapp fünfzig Jahren gelungen ist, sich in die Servernetze einzuhacken und AISS Fehlinformationen über die Ausgabe zu übermitteln. Wer das Theaterstück gesehen hat, weiß, dass so etwas nie wieder passieren kann.

»Und ich habe echt gehofft, sie würden mal wieder was von Guliana Campi spielen. Gehen wir trotzdem rein?«, fragt Nick.

»Natürlich.« Ein Schmunzeln zupft an meinen Mundwinkeln. Bisher haben Nick und ich in unserem Ringtheater jede Vorstellung gesehen, und schon haben wir ein Thema, das das Ziehen in meiner Brust zu einem dumpfen Stechen mildert.

Als wir zwei Blocks weiter um die Ecke biegen, bleibe ich abrupt stehen. »Schöne Scheiße«, rutscht mir der Fluch raus, der angesichts der Menschenmenge mehr als berechtigt ist. »Vielleicht hätten wir doch um vier Uhr losgehen sollen.«

Wir reihen uns in die endlose Schlange ein. Als die Sonne über die ersten Dächer klettert, können wir endlich einen

Blick auf das große Gebäude vor uns erhaschen. Es ist ein rechteckiger Glaspalast, in dem die Mitarbeitenden wie Ameisen umherwuseln, um die Nahrungsmittel unter das Volk zu bringen. Jeder kann sehen, wie viele Kisten, Körbe und Schachteln sich noch unter dem gläsernen Dach stapeln, jeder kann sehen, dass genug für alle da ist. Und dass zur Feier des Tages sogar wieder die knallroten Kisten geliefert wurden, in denen für alle eine Tafel Schokolade liegt. Allein bei dem Gedanken an die zart schmelzende Süße läuft mir das Wasser im Mund zusammen.

Es ist weit nach sieben, als wir eine der drei Stationen erreichen. Die Mitarbeitende, die gerade den Korb einer anderen Familie packt, heißt Hilda und arbeitet hier, seit ich denken kann. Und in all den Jahren hat sie sich kaum verändert. Ein grauer Dutt, etliche Mimikfältchen in dem blassen Gesicht, freundliche Augen. Irgendwie war Hilda schon immer alt, und trotzdem ist sie eine der schnellsten Mitarbeitenden.

»Ah, die Elking-Kinder«, begrüßt sie uns, ohne ihre Arbeit zu unterbrechen. In Windeseile lagert sie die Waren aus der Kiste in den Korb der Familie um. »Ich bin gleich für euch da.«

»Danke, Hilda.« Ich bemühe mich um ein Lächeln, während Nick sein SmartPad herausholt. In der Wand neben der Ausgabe leuchtet das Terminal, an dem Nick einen Essensbon nach dem anderen einscannt. Insgesamt sind es fünf, einer für jeden aus unserer Familie.

Kaum hat Nick die Bestellung abgeschickt, wird irgendeine der Ameisen dadrinnen von AISS informiert, was unserer Familie zusteht. Ich versuche zu erkennen, welche Lieferung unsere sein könnte, aber es ist unmöglich. Obwohl es nur diese drei Schalter gibt, wuseln mindestens fünfzehn Menschen durcheinander, ohne sich im Weg zu stehen.

Hilda verabschiedet sich von der Familie und verschwindet in dem gläsernen Bau. Kurz darauf kehrt sie mit einer riesigen Kiste zurück. *Wow!* Es ist so viel, dass ich zum ersten Mal bezweifle, ob unser Korb und die Tasche reichen.

»Ich liebe diesen Blick«, sagt Hilda lachend. »Und ja, es ist mehr als im letzten Jahr. Ein Geschenk der Eternity Inc. für alle, die am PEP teilnehmen. Ach, herzlichen Glückwunsch übrigens. Mein Enkel ist auch mit dabei und sehr aufgeregt.«

In diesem Moment fällt mir auf, dass die Schokolade nicht wie sonst mit dem kleinen V unserer Regierung bedruckt ist, sondern mit dem Logo von PEP und darunter der Aufdruck: *Ein Vorgeschmack auf deine süße Zukunft.*

»Unglaublich.« Ich klinge, als hätte ich noch nie so viel Essen gesehen. »Warte, sind das echte Erdbeeren?!« Nicht einmal Dads kompletter Tablettenvorrat käme gegen die Euphorie an, die mein Herz überschwemmt.

»Sind es.« Hilda holt die Schale aus der Kiste, in der etwa zwei Handvoll von dem wertvollen Obst liegen. »Frisch angeliefert von der Ringplantage in Sieben. Wir durften zum Frühstück ein paar probieren, und sie sind wirklich köstlich.«

Am liebsten würde ich mir sofort welche in den Mund schieben, aber ich halte mich zurück. Stattdessen stelle ich den Korb auf den Tresen, und wir fangen an, die Waren zu verstauen. Hin und wieder halte ich inne, um mir bewusst zu machen, dass es *unsere* Sachen sind. Als sich abzeichnet, dass wirklich nicht alles reinpasst, holt Hilda zwei weitere Beutel unter dem Tresen hervor. Noch ein Geschenk der Eternity Inc., wieder mit dem Logo von PEP und einem weiteren Spruch: *Weil wir dich nicht fallen lassen*. Sechs Worte, die beruhigen. Durch die Taschen sieht man genau, welche Familien heiratsfähige Kinder haben und welche nicht.

Wir bedanken uns noch mal bei Hilda, wünschen ihr einen schönen Geburtstag und wenden uns zum Gehen. Nach wenigen Metern vibriert mein SmartPad. Ich würde es ignorieren, wäre da nicht diese seltsame Dynamik, die das Vibrieren in der Menge auslöst. Zeitgleich bleiben mehrere Leute stehen und holen ihr SmartPad aus der Tasche. Es ist eine dieser Situationen, in denen das eigene Denken innehält und man das tut, was alle tun. Nick und ich stellen die schweren Taschen ab und zücken ebenfalls unser SmartPad. Eine neue App fordert uns mit einer rot leuchtenden Eins auf, sie zu öffnen. Erst mit Verspätung macht es bei mir Klick. *Die Camps!* Als ich auf die App drücke, entfaltet sich vor meinen Augen ein Brief mit dunkelroten Lettern:

Sehr geehrte Maeander Elking,

herzlich willkommen beim Partner Evaluation Program.
Es freut uns, Ihnen mitteilen zu dürfen, dass Sie die besten genetischen Eigenschaften für eine erfolgreiche Partnerschaftsvermittlung mitbringen. Deshalb wird man Sie für die Dauer der Untersuchungen in Camp Eins unterbringen.

Wir erwarten Sie am 7. April im Center. Informationsmaterial rund um Ihren Aufenthalt in Camp Eins finden Sie ab sofort in dieser App und an Ihrem häuslichen HoloTerminal.

Wir wünschen Ihnen und Ihrer Familie einen angenehmen Geburtstag.

Mit besten Grüßen
Abgeordneter Reid Kane (Partnerschaftssektor) und
Bh. Liv Evans (CEO Eternity Inc.)

Nick und ich sehen einander an. In unseren Augen liegt dieselbe Frage, die wir spätestens dann aussprechen müssen, wenn wir zu Hause sind. Warum bringen wir es also nicht direkt hinter uns? Ich nehme einen tiefen Atemzug, als könnte der zusätzliche Sauerstoff die Angst vertreiben, von Nick getrennt zu werden.

»In welchem Camp bist du?«, frage ich.

»Camp Eins.«

Mein Camp. Mein Anker, meine Sicherheit. Nichts auf der Welt käme gegen die Erleichterung an, mit der ich Nick um den Hals falle. Und schon ist meine Chance um ein Vielfaches gewachsen, acht Wochen unter Fremden ohne Überprüfung schaffen zu können.

Seit drei Jahren bin ich die Dessertbeauftragte. Heute habe ich zum ersten Mal das Gefühl, es könnte etwas werden. Ich schiebe das Erdbeertiramisu nach einem Rezept von AISS in den Kühlschrank. Den *vollen* Kühlschrank. Es standen noch nie so viele Sachen dicht an dicht: Mandeljoghurt, eine Flasche synthetisches Rührei, zwei Marmeladen. Ich denke, das ist einer der Gründe, warum ich nach dem Mittagessen auf Dads Tablette verzichten konnte und mein Herz trotzdem nicht zerspringt. Das und die Tatsache, dass ich nicht allein in dieses Camp muss.

»Oh, Cara-Schatz, war das etwa deine ganze Schokolade?!«, höre ich Paps im Wohnzimmer rufen und muss grinsen.

»Nein, ich habe noch zwei Stücke übrig. Siehst du?«, erwidert Cara, was heißt, dass mein Rekord im Geburtstagsschokoladen-Schnellessen ein weiteres Jahr ungebrochen bleibt.

Paps kommt in die Küche. »Deine Schwester ist manchmal echt unmöglich.« Seufzend öffnet er den Schrank und verstaut dort Caras restliche Schokolade. »Hast du dir eigentlich schon die Liste deiner Mitbewohnenden angesehen?«

Mein Grinsen verschwindet. »Nein«, sage ich, während ich den Kühlschrank schließe und anfange, die Spülmaschine einzuräumen. »Kira hat Nick schon geschrieben, dass sie in einem anderen Camp ist. Aber was, wenn …?« Da ist der Schmerz wieder, den ich dank Dad so super unterdrücken konnte. Ich beiße mir auf die Zunge, um ihn zu überspielen, aber es bringt nichts.

»Du machst dir Sorgen, Ann könnte auf der Liste stehen.« Paps interpretiert meinen Ausdruck richtig.

»Ja. Der Gedanke, mir acht Wochen ein Zimmer mit Ann Rivers teilen zu müssen, ist … gelinde gesagt … scheiße.«

»Willst du meinen Rat hören?« Paps reicht mir das dreckige Geschirr aus dem Schlachtfeld, das ich in der Küche hinterlassen habe.

»Weiß ich nicht. Hat es etwas damit zu tun, dass ich es einfach hinter mich bringen soll?«

»Hat es.« Paps hält den Schneebesen fest, an dem Mascarpone klebt, und sieht mich an. »Ich weiß nicht, wie hoch die Chancen stehen, dass Ann in deinem Camp ist, aber falls es so sein sollte, ist es besser, du erfährst es, solange du zu Hause bist.«

Ich entreiße ihm den Schneebesen gröber als beabsichtigt. »Sorry, Paps.« Leider hat er recht.

»Schon gut.« Ein verständnisvolles Lächeln huscht über sein Gesicht. »Was hältst du davon, wenn ich hier übernehme und du dich solange am Terminal einloggst? Dein Dad und Nick müssten auch bald wieder hier sein.«

Für den Fall, dass du dich nicht mehr einkriegst und doch wieder eine Beruhigungstablette brauchst, ergänze ich lautlos, obwohl ich weiß, wie unfair es ist. Alle hier wollen nur mein Bestes.

»Okay.« Ich wende mich ab und laufe in Richtung Wohnzimmer. Klebt da etwa Mascarpone am Türbogen? Upps. Im Vorbeigehen wische ich sie weg und mustere den Vision-Screen, auf dem Caras liebste Quizshow läuft: *Top Two.* Zwei der Besten auf einem bestimmten Forschungsgebiet gegen fünf Promis. Da Cara EarPods trägt, habe ich keine Ahnung, was der Moderierende sagt, der eingeblendeten Frage zufolge geht es um Mode.

AISS begrüßt mich in bester Laune. »Herzlichen Glückwunsch zum Geburtstag, Maeander!«, flötet sie. »Das ist wirklich ein aufregender Tag, finden Sie nicht?«

»Aufregend, ja«, erwidere ich und versuche, das Zwicken in meiner Magengegend zu ignorieren.

»Wenn ich einen Tipp abgeben müsste, würde ich sagen, Sie sind hier, um sich die Unterlagen für das Partner Evaluation Program anzusehen. Liege ich richtig?« Die Resonanzlinie schmunzelt.

»Ja.« Mein Hals ist mit einem Mal staubtrocken.

Kein Blinzeln später hat AISS die App geöffnet, in der zahlreiche neue Menüpunkte zur Verfügung stehen. *Treffpunkt, Karte, Packliste, Mitbewohnende …*

»Wenn ich Ihnen eine Empfehlung geben dürfte, fangen Sie mit der Karte an. Es ist wissenschaftlich bewiesen, dass es leichter ist, sich in ein neues Umfeld zu integrieren, wenn man sich orientieren kann. Soll ich die Karte jetzt öffnen?«

»Okay.« Ich weiß, dass ich damit nur Zeit schinde.

Animiert wie eine Karte aus Papier entfaltet sich ein neues Fenster, in dem der Grundriss des Camps abgebildet ist. Ein Gewirr aus zahlreichen Gängen, Etagen und Sälen, die mit *Sporthalle, Fitnessraum, Aufenthaltsraum* oder *Labor* beschriftet sind. Keine Sekunde später zeichnet eine unsichtbare Hand einige Linien in roter Farbe ein. Es ist der Weg von der Ankunftshalle zum Schlafsaal der Frauen, an den ein Waschraum anschließt. Beides befindet sich im linken Flügel des Camps, zusammen mit ein paar Einzelzimmern. Im rechten Flügel werden die Männer untergebracht, in der Mitte liegt der Speisesaal.

Ich bitte AISS, mir die wichtigsten Routen zu erklären, und versuche, mir jede Linie einzuprägen. Am liebsten würde ich bis heute Abend die Gänge studieren, aber es wird nicht besser, wenn ich es noch länger hinauszögere.

»Danke, AISS. Kann ich jetzt meine Mitbewohnenden sehen?«

»Gern.« Die Karte faltet sich wieder zusammen, und AISS öffnet eine neue Datei. »Im gesamten Camp Eins werden für die Dauer des Programms sechzig Personen untergebracht. Ich habe Ihre direkten Mitbewohnenden alphabetisch sortiert.«

R wie Rivers. Die Liste kommt mir ewig lang vor, dabei beinhaltet sie nur die Frauen. Ich scrolle und scrolle. Neben jedem Namen gibt es ein Foto und darunter die wichtigsten Infos. *Petrovski, Quist, Schneider.* Kein R wie Rivers. Keine Ann! Der Stein, der mir vom Herzen fällt, muss locker bis nach Ring Vier zu hören sein.

»Paps, hast du mein SmartPad gesehen?«, rufe ich Richtung Küche, während ich das HoloTerminal runterfahre.

»Ich glaube, ich habe es irgendwo ... Hier!« Triumphierend winkt Paps mit meinem SmartPad.

»Es gibt übrigens Entwarnung«, sage ich, als ich Paps das Ding abnehme. »Keine Ann in Camp Eins.«

»Da du grinst, als hättest du deine Geschenke bereits bekommen, habe ich es mir fast gedacht.« Paps knufft mir gegen die Schulter, bevor er sich weiter um mein Massaker kümmert. »Wenn du deinem Dad schreiben solltest, erinnere ihn bitte daran, dass er meinen Pullover von drüben mitbringt.«

»Klar.«

Ich entsperre das Display und öffne den Messenger. Beim

Anblick der neuen Nachricht gerät mein Freudentaumel ins Stocken. *Aiden.* Obwohl ich seinen Kontakt auf Nicks Rat hin gelöscht habe, erkenne ich die Nummer, die ganz oben prangt. Mit einer fahrigen Bewegung öffne ich den ungewohnt leeren Chat.

Hi, Mae. In welchem Camp bist du?

Keine Glückwünsche zum Geburtstag, nicht einmal die Frage, wie es mir geht. Dafür eine Formulierung, die ich dank Veritas nicht ignorieren kann.

Angespannt tippe ich eine Antwort:

Camp Eins.

Es sind die ersten Worte, die wir seit der Trennung wechseln. Wir haben uns noch nie so lange angeschwiegen, und trotzdem kann ich mich nicht überwinden, ihm eine der hundert Fragen zu stellen, die mir auf der Zunge liegen. Ob er noch Kontakt zu Ann hat, ob er sich jetzt anders entscheiden würde oder ob er sich bei der Sache genauso sicher ist wie Nick bei Kira ...

Das Display leuchtet wieder auf.

Schade. Ich bin in Camp Fünfundachtzig. Zusammen mit Jake und ein paar anderen aus der Fabrik.

Schade. Hat er das gerade wirklich geschrieben? Aiden findet es *schade*, in einem anderen Camp zu sein, nachdem er bereit war, mich für immer zu verlassen?! Ich lege das Smart-Pad weg, bevor ich etwas Unüberlegtes schreiben kann. Oder AISS auf die Idee kommt, meinen Gesichtsausdruck durch die kleine Kamera zu analysieren.

Einatmen und ausatmen.

Vielleicht hätte ich nach dem Mittagessen doch eine Tablette nehmen sollen. Ich warte fast darauf, dass mich der Schmerz überrollt, dass alles über mir zusammenbricht, was Dads Medikament bisher von mir ferngehalten hat. Aber da ist ... nichts. Nur eine dumpfe Resignation, neben der sich eine Erkenntnis regt: Selbst wenn sich das Programm für uns entscheiden sollte, wird es mit Aiden nie wieder so sein wie früher. Weil ich nie vergessen werde, dass er bereit war, alles aufzugeben, was wir uns über Jahre aufgebaut haben. Und vielleicht wird es Zeit, dass ich auch ... *aufgebe*. Mich von der Vorstellung löse, PEP könnte reparieren, was zerbrochen ist. Mich auf das fokussiere, was vor mir liegt. Angefangen mit einer gewissen Geburtstagsparty.

Mein Erdbeertiramisu ist der Renner. Ich musste schon sieben Mal den Rezeptcode von AISS teilen, wobei ich nicht einmal die Hälfte der Leute kenne. Zum ersten Mal, seit ich denken kann, ist die halbe Nachbarschaft der Einladung der Caivanos gefolgt, weshalb das kleine Haus brechend voll ist. Eine gute Generalprobe für das Camp, und bisher schlage ich mich sogar ganz ordentlich.

»Ah, hier bist du ja!« Mariella quetscht sich, bewaffnet mit zwei Bierflaschen, durch die Menge. »Ich höre, dein Erdbeertiramisu ist schon jetzt eine Legende«, witzelt sie und bietet mir eine der Flaschen an. Alkoholfrei. »Cheers.«

Beim Anstoßen lasse ich den Blick über die Anwesenden schweifen. Cara ist irgendwo mit zwei aus ihrer Klasse verschwunden, Nick habe ich vorhin an der Treppe gesehen, und unsere Eltern ... Keine Ahnung, aber Paps' Lachen übertönt selbst die lauteste Partymusik.

»Echt unglaublich, wie viele gekommen sind«, sage ich und nehme den ersten Schluck.

»Total! Aber Papa hat auch schon eine Erklärung dafür.« Mariella beugt sich zu mir, als wäre es ein Geheimnis. »Du weißt ja, dass alle etwas zum Essen mitbringen müssen, und ist dir mal aufgefallen, was unsere neuen Gäste alle gemeinsam haben?«

Stirnrunzelnd betrachte ich diejenigen, die dieses Jahr zum ersten Mal dabei sind. »Ich weiß nicht«, gebe ich zu. »Verrätst du es mir?«

»Klar. Mindestens eins ihrer Kinder nimmt am PEP teil.«

Es ist nicht schwer, die Botschaft zwischen den Zeilen zu verstehen. Diese Leute sind nie gekommen, weil sie dachten, nicht gut genug zu sein. Für uns. *Autsch.* Dabei hat Paps selbst vor ein paar Jahren überlegt, die Party sausen zu lassen, weil wir nur ein halbes Brot mitbringen konnten.

Bevor ich etwas sagen muss, schlängelt sich Cara durch die Menge. »Komm mal kurz mit«, begrüßt sie mich mit einem Grinsen, das selten etwas Gutes bedeutet.

»Bitte sag nicht, dass ihr wieder eine wilde Katze angefüttert habt«, erwidere ich und leere das Bier in einem Zug. Dann stelle ich die Flasche beiseite.

»Neee. Und jetzt frag nicht, sondern komm einfach mit.« Cara greift nach meinem Handgelenk und zieht mich von Mariella weg, die mir nur noch mal amüsiert zuprostet.

Irgendwo auf der Treppe sammeln wir Nick ein, und keinen Atemzug später sind wir draußen.

Fröstelnd schlinge ich die Arme um meinen Oberkörper. »Wow, hätte ich gewusst, dass wir rausgehen, hätte ich meinen Mantel geholt.« Jede Silbe zeichnet Wölkchen in die Nacht.

»Dauert nicht lange«, verspricht Cara, während sie uns in den Lichtkegel einer Laterne zerrt. »Ich hab ein Geschenk für euch. Macht die Augen zu.«

»Du hast … Was?« Irritiert blinzle ich meine Schwester an, die viel zu jung ist, als dass wir Geschenke von ihr erwarten würden.

»Ein Geschenk«, wiederholt sie hörbar ungeduldig. »Jetzt macht endlich die Augen zu.«

Nick und ich tauschen einen überraschten Blick, bevor wir Caras Aufforderung nachkommen.

»Arm ausstrecken und nicht schummeln!«, fährt sie fort. Dem Tonfall nach könnte sie auch eine super Aufsehende werden.

Kurz darauf spüre ich raue Fingerspitzen an meinem Handgelenk und noch etwas anderes: Garn. Wie von einem selbst gemachten … Armband. Sofort schießen mir Tränen in die geschlossenen Augen. Welche von der Sorte, für die mich keiner verurteilen kann.

Cara nestelt an meinem Handgelenk herum, kurz darauf dürfen Nick und ich wieder hinsehen. Es sind drei geknüpfte Bänder aus dunkelbraunem Garn: eins für Nick, eins für mich und eins für Cara. Ich weiß nicht, wer ihr geholfen hat, ihres anzulegen und seit wann sie es trägt, aber es ist das vielleicht schönste Geschenk, das mir jemals jemand gemacht hat.

Als ich den Kopf hebe, ist Caras Grinsen verschwunden.

»Damit ihr mich nicht vergesst«, erklärt sie wispernd. »Nicht so wie Vain.«

Ihre Worte treffen den wunden Punkt, den ich so gern ignoriere. »Wir sind nicht Vain«, erwidere ich und muss gegen den Kloß in meinem Hals anschlucken.

»Wir würden dich nie vergessen«, fügt Nick hinzu.

»Dann feiern wir nächstes Jahr auch zusammen?« Ihre Hoffnung strahlt so hell, dass es beinahe wehtut.

Nick und ich sehen einander an. Keiner von uns weiß, wo wir in zwei Monaten oder gar einem Jahr sein werden. Aber wofür gibt es Züge und Straßenbahnen?

»Ich wüsste nicht, mit wem ich den Geburtstag lieber verbringen würde als mit euch«, sage ich und nehme Caras Hand.

Jetzt liegt es nur noch an Nick.

Er reizt das Schweigen bis zur letzten Sekunde aus, aber dann stiehlt sich ein Lächeln auf sein Gesicht. »Na ja, sieht ganz so aus, als müsste die Geburtstagsgala der van Steegens noch ein weiteres Jahr auf mich warten.« Er greift nach unseren Händen. »Egal, was passiert, in einem Jahr werden wir hier sein. Versprochen.«

»Versprochen«, wiederhole ich erleichtert.

Cara strahlt uns an, und ich weiß, dass ich alles dafür tun

werde, um dieses Versprechen zu halten. Anstatt noch mehr Worte zu verlieren, ziehe ich meine Geschwister so eng an mich, bis kein Platz mehr für Ängste, Trauer oder Sorgen bleibt. Egal, wie dieses Programm ausgeht, am Ende haben wir alle einen Ort, an den wir zurückkehren können.

KAPITEL 11

Seit dem Geburtstag habe ich keine Tablette mehr genommen. An manchen Tagen fällt es mir leichter, nicht an Aiden zu denken, an anderen erwischt es mich eiskalt, und ich muss mich zusammenreißen, um nicht über Edgars Akten zu heulen. Nur an meinem letzten Arbeitstag lasse ich es zu, dass mir ein paar Tränen über die Wangen laufen. Sie versiegen an Edgars Schulter, und sollte er etwas merken, spricht er mich nicht darauf an.

»Pass gut auf dich auf, Maeander«, sagt er stattdessen. »Egal, wen sie als Vertretung schicken, ich werde dich hier vermissen.«

»Es sind ja nur zwei Monate«, versuche ich, uns beide zu trösten. Wir teilen noch ein Lächeln, bevor ich meine Tasche packe und meine Finger im V zur Brust führe. »Für die Wahrheit.«

»Für den Frieden.«

Und für die Hoffnung, dass meine Vertretung nicht besser ist als ich. Die Vorstellung, vielleicht schon in zwei Monaten mit jemandem, der nicht Aiden ist, in einen anderen Ring zu ziehen, ist beängstigend genug. Der Gedanke, meinen Job bei Edgar zu verlieren, unerträglich.

Ich nehme meine Sachen und drehe mich um. Ein letztes Mal das Gemälde der Moores mustern, ein letztes Mal Edgars Büro verlassen und im Flur vor der hässlichen Marmorbüste stehen bleiben. »Bis in zwei Monaten, JIM«, flüstere ich, bevor ich ein letztes Mal über diesen Flur husche.

Ich verstehe, warum Nick wollte, dass wir uns zu Hause von unserer Familie verabschieden. Hinter verschlossenen Türen hört niemand das Brechen meines Herzens, während ich einen nach dem anderen umarme. Paps drückt mich so fest an sich, dass mir die Luft wegbleibt, und als er sich von mir löst, wispert er Dad etwas zu, das klingt wie: »Sie werden so schnell groß, Arthur.«

Cara versucht, mir immer wieder ihre Tonfigur in die Tasche zu schmuggeln, allerdings waren die Anweisungen auf der Packliste eindeutig. *Allen Teilnehmenden ist es gestattet,* **einen** *persönlichen Gegenstand mitzunehmen.* Weitere Sachen werden aus Platzgründen zurückgesendet. Nick und ich haben uns für den gleichen Gegenstand entschieden: das Armband von Cara.

»Hast du alles, meine Liebe?«, fragt Dad.

Ich wiege die viel zu leichte Tasche in der Hand. »Denke schon. Kulturbeutel, Haarband, EarPod, Unterwäsche.« Und damit hört die Aufzählung auch schon auf. Sonst standen auf der Liste nur Sachen, die ich mir sowieso nicht leisten kann: Mascara, Parfüm, ein Buch oder Schreibutensilien. Schade, dass mir Ruben keinen Skizzenblock vermacht hat.

»Gut, gut.« Dad zieht mich in eine ungewohnt feste Umarmung. Sonst ist er eher der Typ fürs Schultertätscheln oder ein flüchtiges Drücken, nur jetzt konkurriert er mit Paps. »Es ist nie leicht, ein Kind gehen zu lassen«, sagt er nah an meinem Ohr. »Selbst wenn man weiß, dass es das Beste ist.«

Seine Aufrichtigkeit legt sich wie ein Band um meine Kehle, gerade so fest, dass ich zwar atmen kann, mir das Schlucken jedoch schwerfällt. »Wir sind nicht Vain«, wiederhole ich, was ich erst letztens zu Cara gesagt habe. »Wir kommen wieder.«

»Ich weiß.« Dad drückt mich noch einmal, bevor er mich ein Stück von sich wegschiebt. »Egal, was in diesem Camp passiert und welches Ergebnis das Programm für dich bereithält, Mae. Du darfst nie vergessen, dass du eine starke Frau bist, die keinen anderen Menschen braucht, um vollkommen zu sein. Vertrau auf dein Herz. Auf deinen Verstand. Auf deinen Instinkt. Dann wirst du wissen, was das Richtige ist.« Ein Lächeln huscht über sein Gesicht, wobei mir die Sorgenfalte auf seiner Stirn nicht entgeht.

»Wir müssen los.« Nick drängt sich an uns vorbei zur Garderobe, unter der seine Tasche liegt. Sie ist genauso abgenutzt wie meine, allerdings sieht sie voller aus. Wie alle Aufsehenden darf er das Handbuch mitnehmen, das sie an ihrem ersten Tag an der Silver University erhalten haben.

Wir müssen los. Der Riss in meinem Herzen wird breiter, als mir klar wird, dass es das war. Ich habe alle noch mal umarmt, Cara noch mal geküsst, jede Sekunde ausgenutzt, die wir hatten. Jetzt kann ich es nicht länger hinauszögern. Ich trockne die letzten Tränen, suche Nicks beruhigend strengen Blick und straffe die Schultern.

Heute gibt es keine Tropfen, die die Oberfläche des CenterTrains glitzern lassen, und trotzdem kann ich nicht aufhören, ihn anzustarren. Wie lange habe ich davon geträumt, einmal mit diesem Zug fahren zu dürfen? Das Center zu sehen? Durch genau die Straßen zu laufen, in denen Ernest Sestiby einst unsere neue Welt erschaffen hat? Gut, in meinen Träumen hatte ich ein Stipendium für die Golden University, aber das hier ist real. Ich stehe wirklich an diesem Bahnsteig, zusammen mit unzähligen anderen Menschen, die unter lautem Geplapper darauf warten, dass sich die Türen öffnen.

Ich spüre Nicks amüsierten Seitenblick.

»Was?«, frage ich herausfordernd.

»Ich hätte nie gedacht, dass meine Schwester sich so für Züge begeistern kann.«

»Das ist der *Center*Train«, erwidere ich. »Und wenn ich mich richtig erinnere, konntest du in der Nacht vor deiner ersten Fahrt nicht eine Minute richtig schlafen.«

»Wegen der Silver University. Nicht wegen dieses Zuges«, kontert er, ohne den belustigten Ausdruck zu verlieren. »Aber es freut mich, dass dich ein bisschen Chrom so begeistern kann.«

Ich verdrehe die Augen, als ich einen Typ bemerke, der geradewegs auf uns zusteuert. Volles schwarzes Haar, braune Haut, intensiver Blick, gerahmt von einem dichten Wimpernkranz und Kajalstift. Unter dem gepflegten Bart zeichnen sich markante Züge ab, die weniger hart wirken, als er mich angrinst. Kennen wir uns? Nein, an so jemanden würde ich mich erinnern – *oder?* Er bleibt direkt vor mir stehen.

»Sieh mal einer an«, begrüßt er mich mit angenehm tiefer Stimme. »Nicholas Elking.« Innerhalb eines Blinzelns ist seine Aufmerksamkeit zu meinem Bruder geglitten.

»Schön dich zu sehen, Kumpel«, erwidert Nick und zieht den Fremden in eine freundschaftliche Umarmung.

Ich sehe die beiden ungläubig an. Hat Nick gerade *Kumpel* gesagt? Und ich dachte immer, er hätte genauso viele Freunde wie ich – nämlich keine, abgesehen von Kira, Aiden und den Caivanos. Letztes Jahr habe ich ihm sogar eine digitale Skizze von zwei einsamen Wölfen geschenkt, eine Anspielung auf uns, die er mit einem Lachen quittiert hat.

»Wolltest du nicht gestern im Center bleiben?«, fragt Nick, bevor die beiden sich voneinander lösen.

»Wollte ich. Aber sagen wir einfach, es sind ein paar unglückliche Umstände und etwas zu viel Bürokratie dazwischengekommen.« Der Typ zuckt mit den Schultern. »Und das ist …?« Dieses Mal liegt seine Aufmerksamkeit wirklich auf mir.

»Mae. Meine kleine Schwester.«

»So klein ist sie gar nicht«, feixt er und hält mir seine Hand hin. »Jamar oder wie mich dein Bruder so liebevoll nennt: der charmanteste Scheißkerl von Sestiby.«

Ich greife nach seiner Hand. Raue Finger, kurzer, aber bestimmter Druck, ehe er mich wieder loslässt.

»Jeder, der mal einen Einsatz mit dir hatte, weiß, dass es

keine bessere Bezeichnung gibt«, erwidert Nick schmunzelnd.

»Mir würden da einige einfallen.«

»Und zwar?«

»Begnadetster Parcours-Läufer, sexiest Aufsehender alive …«

»Du bist Aufsehender?!«, unterbreche ich Jamar, während ich ihn von oben bis unten mustere. Von dem hellen Trenchcoat über das rot-weiß-karierte Hemd, die enge Jeans, bis runter zu den Boots und dem Weekender, den er neben sich abgestellt hat. Dunkles Leder, keine abgestoßenen Kanten oder Löcher.

»Bin ich. Und lass mich raten.« Jamar umfasst Nicks Schulter, die wie immer in dem grauen Hemd steckt. »Dank meines Kumpels hier dachtest du, alle Aufsehenden würden ihre Uniform innig genug lieben, um sie sogar in ihrer Freizeit zu tragen.«

»Das nennt man Stolz«, erwidert Nick und streckt die Brust heraus, bis sich der Stoff um die Knöpfe spannt.

»Ich nenne es Hingabe.« Jamar klopft Nick auf die Schulter, bevor er von ihm ablässt. »Also, Mae, um dein Weltbild kurz zu zerstören: Nur die wenigsten tragen in ihrer Freizeit diese Uniform, die an gewissen Stellen echt mies zwickt. Siehst du zum Beispiel die Gruppe da hinten?«

Ich folge seinem Blick zu einigen Leuten, die sich im Kreis aufgestellt haben und gerade über etwas lachen. Diejenigen, die uns das Gesicht zugewandt haben, sind hübsch, vielleicht ein bisschen attraktiver als der Durchschnitt. Und ihre Haut ist natürlich makellos.

»Sehe ich. Was ist mit denen?«

»Allesamt Aufsehende.«

»Wow.« Keine dieser Personen trägt eine Uniform. Stattdessen gibt es dicke Daunenjacken und Wollmäntel, Trenchcoats und Parkas, darunter erkenne ich Jeans, Chinos oder Strumpfhosen und Röcke, manche Schuhe haben Absatz, andere sind flach. Nur eins haben alle Looks gemeinsam: Sie müssen sauteuer gewesen sein.

»Und zwar welche von der ganz üblen Sorte«, reißt Nick mich aus meiner Faszination. »Versprich mir, dass du dich von ihnen fernhältst, Mae.«

»Er hat recht«, pflichtet ihm Jamar bei. »Die meisten dieser Aufsehenden sind rücksichtslos, egoistisch, arrogant, und wenn ich so weit gehen darf, würde ich sogar sagen, ge…«

»Halt dich einfach von ihnen fern«, fällt Nick Jamar ins Wort. Mit einem Tonfall, der einen deutlichen Punkt hinter das Thema setzt.

Also lenke ich ein. »Okay. Kein Kontakt zu Arschloch-Aufsehenden. Versprochen.«

»Ich meine es ernst, Mae. Du darfst es nicht einmal in Betracht ziehen, mit ihnen zu sprechen.«

Nick hat schon immer alles dafür getan, mich zu beschützen. Aber er hat mir noch nie *verboten*, mit jemandem zu reden. Bevor ich etwas dazu sagen kann, ertönt über uns ein Gong.

»Achtung«, verkündet AISS. »Der CenterTrain öffnet jetzt seine Türen für alle Teilnehmenden der Camps Eins bis Zehn. Bitte sorgen Sie für einen geordneten Einstieg. Ich wiederhole: Der CenterTrain …«

Kaum sind die Türen aufgeglitten, setzen sich alle in Bewegung. Alle, außer mir. Denn ich brauche kurz, um das hier zu realisieren. Hätte mir jemand vor einem Monat gesagt, was heute passiert, hätte ich ihn als Liar angezeigt, aber jetzt bin ich hier, kurz davor, mit dem modernsten Zug von ganz Sestiby zu fahren. *Kostenlos.* Ich presse die Tasche fest an meine Brust, atme tief durch und setze mich ebenfalls in Bewegung, um den Anschluss nicht zu verlieren.

Ich komme zwei Schritte weit, als jemand meine Aufmerksamkeit auf sich zieht. Einer aus der Gruppe der Arschloch-Aufsehenden. Aschgrauer Haarknoten, Bartschatten auf beiger Haut, schmale Lippen, ein Blick, der auf der Suche nach jemandem zu sein scheint. Als er mich findet, zucke ich zusammen.

Augen so kalt wie der erste Frost.

Mein Herz setzt einen Schlag aus, nur um Anlauf zu nehmen und in doppelter Geschwindigkeit weiterzurasen. Angefeuert von Wut. *Arschloch!*, schießt es mir durch den Kopf, während er mich ungerührt weiter ansieht.

Quälend lange verharren wir in unserer Position. Als könnte ich diesen Kampf gewinnen, der mit seinem Ellenbogen begonnen hat, mit einem zertretenen EarPod und diesem Lächeln, das sich auch jetzt wieder auf seine Lippen stiehlt. So falsch, so verführerisch, so dreist, so fesselnd. Ich bringe nur ein Naserümpfen zustande.

»Mae, kommst du?« Nicks Stimme zerschneidet das unsichtbare Band, an dem der Fremde und ich zerren.

Ich werfe Mister Frost einen letzten tödlichen Blick zu. *Schon besser.* Immerhin bin ich mir jetzt sicher, dass ich mich problemlos an das Versprechen halten werde, denn ich habe absolut kein Bedürfnis, diesem Typ zu nahe zu kommen.

Wir haben ein Viererabteil hinten im Zug ergattert. Die Seitenwände sind aus dunklem Holz, verziert mit goldenen V-förmigen Lampen, die zwischen Sitzen und Ablagen angebracht sind. Das Licht ist angenehm, nicht so kalt wie in den CityTrains. Nachdem wir das Gepäck verstaut haben, lasse ich mich in den Sitz sinken. Er ist noch bequemer als mein Sessel bei Edgar.

»Und, Mae, bist du nervös?« Jamar hat sich mir gegenübergesetzt, in den Mundwinkeln ein neckendes Lächeln.

»Ziemlich«, erwidere ich. »Noch nervöser als an meinem ersten Schultag.« *Danke, Veritas, du Streber.*

Jamar lacht auf. »Du kannst dich noch an deinen ersten Schultag erinnern?«, fragt er. Seine Zähne sind von makellosem Weiß, das letzte Indiz dafür, dass er keine weite Anreise hatte. Er muss eine Zwei sein, und wie Edgar eine der wenigen, die über unsere Zahl hinwegsehen können. Allein dafür mag ich ihn jetzt schon.

»Klar, du nicht?«, erwidere ich.

»Nicht wirklich.« Er zuckt mit den Schultern. »Aber was den letzten Tag angeht ... Ich habe noch nie so gefeiert.«

»Gefeiert?« Jetzt bin ich es, die ungläubig auflacht. »Wenn Nick nicht gewesen wäre, hätte ich mich den ganzen Tag unter der Decke vergraben.« *Und geheult*, füge ich innerlich hinzu.

»Warte. Dann *mochtest* du die Schule?« Jamar starrt mich so entgeistert an, als hätte ich gerade gestanden, mich der Vergabe zu entziehen.

Nick hat neben mir einen Arm auf die Lehne gestützt und die Hand so vor den Mund gelegt, dass man sein Schmunzeln nicht sehen kann. Nur die Fältchen um seine Augen herum verraten ihn, während er wortlos zwischen Jamar und mir hin und her sieht.

»Nicht immer, aber meistens«, antworte ich. »Und du musst gar nicht erst so gucken, Bruderherz. Oder denkst du, ich hätte nicht mitbekommen, wie du Vain damals angebettelt hast, dir noch ein Schuljahr zu schenken?«

Zum ersten Mal, seit Nick bei den Aufsehenden ist, schaffe ich es, ihn aus dem Konzept zu bringen. Sein Ellenbogen rutscht von der Lehne, während sein Schmunzeln in sich zusammenfällt.

»Ehrlich gesagt, ja«, erwidert er. »Ich meine, du warst damals wie alt? Zwölf?«

»Richtig, und unsere Wände waren schon damals dünn.« Ich verschränke die Arme vor der Brust und genieße Nicks Gesichtsausdruck. Keine Strenge eines Aufsehenden, keine Härte, einfach nur der Junge, mit dem ich aufgewachsen bin, und der damals nichts lieber wollte, als noch ein paar Jahre in der Schule zu bleiben. Wir konnten es uns genauso wenig leisten wie bei mir, weshalb er mit vierzehn die öffentliche Schule verlassen und sich einen Ausbildungsplatz suchen musste. Zwei Jahre als technische Aushilfe, dann hat er mit Hilfe seines Vorgesetzten das Stipendium für die Silver University bekommen. Danach wurde er direkt als Aufsehender im Center übernommen. Er hatte Glück, aber mit Vains Credits hätte er kein Glück gebraucht.

»Nicholas Elking wollte also freiwillig länger in der Schule bleiben«, fasst Jamar zusammen. »Wer hätte das gedacht?«

»Jeder, der weiß, wie wichtig Bildung ist.« Räuspernd wendet sich Nick seinem Freund zu. »Aber warum erzählst du Mae nicht von unserer ersten Prüfung, die sicher besser gelaufen wäre, wenn du Regierungskunde früher nicht geschwänzt hättest?«

»Wow.« Jamars Lachen vertreibt auch die letzten Schatten der Vergangenheit. »Weil es enorm unangenehm für mich wäre. Aber wenn du unbedingt peinliche Anekdoten erzählen willst, berichte deiner Schwester doch von diesem Einsatz mit der alten Dame und ...«

»Wenn du mich dazu zwingst, sage ich nur Kohlegrube.«

»High Tower«, kontert Jamar.

»Fletcher.«

»Erste Stunde bei Professiertem Isnin.«

»Okay, ich glaube, das hier geht für keinen von uns gut aus«, lenkt Nick ein, und da ist es. Ein *Grinsen*. Ein echtes Grinsen, das ich seit seinem Studium nicht mehr gesehen habe. Und zum ersten Mal frage ich mich, wie viel ich von seinem Leben verpasst habe, weil ich nie nach seiner Arbeit fragen durfte.

Der Zug setzt sich ohne das kleinste Ruckeln in Bewegung. Würde die Welt nicht am Fenster vorbeiziehen, könnte man meinen, wir würden noch stehen.

Kaum ist der Bahnsteig verschwunden, steht Jamar auf und holt sein SmartPad aus der Tasche. »Okay, Leute, wir haben ungefähr vierzig Minuten, um die besten Snacks der Welt zu ergattern. Wer ist dabei?«

»Nein danke.« Nick lehnt sich tiefer in den Sitz. »Aber du solltest mitgehen, Mae. Du wirst den Speisewagen lieben.« Offenbar macht er sich keine Sorgen, ich könnte eine emotionale Überreaktion erleiden. Beruhigend.

»Mae?« Jamar sieht mich auffordernd an.

Wahrscheinlich kann ich mir nicht mal einen Schokoriegel leisten, trotzdem ist meine Neugier geweckt. »Na gut.« Ich raffe mich auf und wappne mich innerlich gegen die argwöhnischen Blicke der anderen. Hoffentlich sind wir zurück, bevor wir in Ring Eins halten.

»Du und ich«, von M. E.

KAPITEL 12

Der Speisewagen befindet sich zwei Waggons weiter. Da sind Nuancen von Düften, die ich noch nie gerochen habe, das helle Klirren von Champagnergläsern, das Platzen von Maiskörnern, unzählige teuer gekleidete Menschen, alle in unserem Alter, alle so gut aussehend und zurechtgemacht, dass ich mich fühle wie ein Tintenfleck auf einem hübschen Gemälde. Ich weiß, dass ich schon die ganze Zeit dieser Fleck war, aber am Bahnhof hatte ich nur Augen für meinen kleinen Kosmos. Für Nick und Jamar, der selbst der perfekteste Pinselstrich auf diesem Gemälde ist.

Er geht noch zwei Schritte weiter, bevor er merkt, dass ich in der Tür stehen geblieben bin. Es ist eine Szene direkt aus meinen Albträumen, in denen ich versehentlich auf einer von Glorias Dinnerpartys lande. Fehlt nur noch, dass sich alle gleichzeitig zu mir umdrehen und anfangen, über mich zu lachen. Aber das hier ist kein Traum. Es ist die Realität, und in dieser machen die Leute weiter, als gäbe es mich nicht. Hin und wieder bleibt zwar ein Blick an mir hängen, aber da ist nicht mehr als ein argwöhnisches Blinzeln.

»Überwältigt?« Jamar tritt neben mich und bietet mir seinen Arm an.

»Auch«, flüstere ich. Wie oft war ich schon in Ring Zwei und musste mich dem Argwohn anderer aussetzen? Wie oft habe ich Glorias Abneigung gespürt oder gehört, wie Kiras Brüder Connor und Karl über mich lästern? Wo ist jetzt die harte Schale, die ich mir in all den Jahren aufgebaut habe? Die ich mir aufbauen *musste*, um nicht aufzufallen?

»Hey«, Jamar hebt die freie Hand an meine Wange und dreht meinen Kopf zu sich, »du bist doch auch in Camp Eins, richtig?«

»Ja.« *Warum auch immer.*

»Dann gibt es keinen Grund, so zu gucken. Du hast dasselbe Recht, hier zu sein, wie alle anderen.« Sein Lächeln wärmt einen winzigen Fleck in meinem Herzen. »Und ich würde wetten, dass ich nicht der Einzige bin, der dich ausgesprochen hübsch findet.«

»Wette gewonnen«, sagt jemand anderes.

Jamar und ich fahren zeitgleich herum. Vor uns steht eine meiner Mitbewohnenden. Obwohl ich mir die Liste nur einmal angesehen habe, erkenne ich sie sofort. Die schulterlange Lockenmähne in knalligem Kirschrot, beige Haut, Augen so blau wie der Sommerhimmel. Ihre üppigen Kurven weiß sie mit High-Waist-Jeans und rotem Cropped-Pullover perfekt in Szene zu setzen – nur ihren Namen habe ich vergessen.

»Maeander Elking«, begrüßt sie mich grinsend. »Du siehst live noch viel schöner aus als auf deinem Foto, und ist die Haarfarbe echt?! Ich meine, sie sieht echt aus, aber ich habe noch nie jemanden mit so einem Kupferton getroffen, und deine Sommersprossen, der Hammer! Meine Tante ist überzeugt, dass Sommersprossen bald wieder im Trend sind, und dann lasse ich mir auch welche tätowieren. Ach, sorry«, meine Mitbewohnende macht eine Atempause und hält Jamar die Hand hin, »ich bin Therese. Zyklus M8, Camp Eins, und wenn du sonst noch etwas wissen willst, frag einfach.«

»Jamar.« Er schüttelt ihre Hand, ohne meinen Arm fallen zu lassen. »Ebenfalls Camp Eins. Freut mich.«

Ich würde gern etwas Sinnvolles beitragen, aber Veritas legt mir nur eine Silbe in den Mund: »Ja.«

Jamar und Therese sehen mich fragend an.

»Ja, meine Haarfarbe ist echt«, präzisiere ich die Antwort.

Thereses Grinsen wird breiter. »Habe ich mir schon gedacht, als sie im Salon meinten, sie würde so einen Ton nicht hinkriegen.« Schulterzuckend nimmt sie eine ihrer Strähnen zwischen die Finger. »Also habe ich dasselbe genommen wie immer. Nennt sich *Explosive Cherry*, aus der Kollektion von Irony James, was ihr wahrscheinlich genauso spannend findet wie ich ein Gespräch über Unkraut, sorry.« Sie schürzt die Lippen, die einen anderen Rotton haben als ihre kurzen Fingernägel, und trotzdem wirkt alles an ihr harmonisch. »Wenn ich aufgeregt bin, plappere ich einfach drauf los, und jetzt tue ich es schon wieder, aber du bist die erste Mitbewohnende, die ich live treffe, und dann auch noch in so attraktiver Begleitung. Seid ihr beide ...?«

»Nein«, antworten Jamar und ich zeitgleich – nur klingt es aus seinem Mund nicht ansatzweise so schockiert wie aus meinem. Seine Augenbraue wandert zweifelnd nach oben, während sich meine Wangen von Thereses Rottönen inspirieren lassen.

»Also gut, ich will euch nicht aufhalten. War schön, euch zu treffen, und wir sehen uns spätestens im Center!« Therese formt das V und drückt sich selbst einen Kuss auf die Fingerkuppen. »Für die Wahrheit.«

»Für den Frieden«, sagen wir.

»Bis später, ihr Lieben.« Mit schwingenden Hüften taucht Therese in der Menge unter.

Überrumpelt sehe ich ihr nach. *Explosive Cherry.* Warum habe ich das Gefühl, dass es nicht nur ihre Haarfarbe beschreibt?

Ich lasse mich von Jamar zu der Schlange ziehen, die sich in der Mitte des Waggons gebildet hat. Leider erreichen wir Ring Eins, bevor wir dran sind, und der Speisewagen wird noch voller. Nach einer gefühlten Ewigkeit kann ich endlich die Angebotstafel lesen, bei der sich mir der Magen umdreht. Absolut jeder Snack, vom einfachen Popcorn bis hin zum Lachscanapé, kostet mehr als ein Schultag für Cara.

»Was willst du?«, fragt Jamar von der Seite.

»Genug Credits, um mir irgendetwas davon leisten zu können.«

»Und wenn du genug hättest?«

Mein schnaubendes Lachen wird noch im Keim von dem Brennen erstickt, das die Frage ernst nimmt. »Der Caramel Swirl klingt gut, und ich liebe heiße Schokolade, wobei ich noch nie eine Rhabarberschorle probiert habe. Und was ist eine … Smashed Pineapple Bowl?«

»Ein Dessert mit Ananas und Kokosnuss. Schmeckt ein bisschen wie Piña Colada, nur dass der Rum fehlt.«

»Ich habe noch nie Piña Colada getrunken.«

»Du hast … Wow!« Jamar wirkt erschüttert. »Okay, hiermit verspreche ich, dass ich dich nach den Camps offiziell zum monatlichen Benett-Cocktailabend einladen werde.«

»Benett?«

»Meine Familie.«

»Ah!« Ich habe keine Zeit, mich geschmeichelt zu fühlen, denn wir sind dran. Vielleicht kann ich ein stilles Wasser kaufen, um mir nicht die Blöße zu geben, die Theke mit leeren Händen zu verlassen.

»Was darf es sein?«, fragt uns die Angestellte mit dem hohen Pferdeschwanz und der adretten Kleidung.

»Drei Caramel Swirls, eine Rhabarberschorle im Glas, den Pinot Grigio, von der Smashed Pineapple Bowl zwei und eine Cola, aber bitte in der Flasche.« Jamar rattert die Bestellung gekonnt herunter, während er sein SmartPad zückt. Es ist eins dieser supermodernen, die im ausgeschalteten Zustand völlig transparent sind. Mit nur einer Geste hat er seine CreditCard geöffnet und hält sie über das Display, das eine unverschämt hohe Summe abbucht.

Ich stehe nur da und starre ihn an.

»Danke.« Jamar schenkt der Angestellten sein attraktives Lächeln, bevor er das Tablett mit seiner Bestellung von der Theke nimmt. »Okay, dann lass uns mal herausfinden, ob du Caramel Swirls genauso liebst wie dein Bruder.«

Ist mir gerade der Unterkiefer heruntergeklappt?

»Hier wollen auch noch andere bedient werden«, ertönt es ungeduldig hinter mir, bevor ich unsanft zur Seite geschoben werde. Ich höre noch, wie die Frau ihrer Begleitung etwas zuraunt, das klingt wie: »Sieh dir nur diese Schande an«, aber ich schaffe es, die Worte nicht an mich heranzulassen.

Ich konzentriere mich auf Jamar, der so tut, als hätte er gerade kein halbes Vermögen für mich ausgegeben. Gelassen bahnt er sich einen Weg durch die Menge, und irgendwie schaffe ich es, meine Beine dazu zu überreden, ihm zu dem Stehtisch zu folgen, der gerade frei wird.

»Du hättest echt nicht …«

»Nein«, unterbricht Jamar mich und schiebt mir die Schorle hin. »Ich hätte nicht, aber ich wollte. Und jetzt lass es dir schmecken.«

Er hält mir den Weißwein zum Anstoßen hin, und ich lasse mein Glas gegen seines klirren. Einen süßen Moment fühlt es sich an, als würde ich hierhergehören. Als wäre das Tablett ein magischer Tarnzauber, der alle von meinen Makeln ablenkt. Wenn jemand an uns vorbeigeht, achtet er nur auf die Holzschalen, an denen ein echtes Stück Ananas steckt, auf die drei Schiffchen aus Papier, in denen Waffeln liegen, kunstvoll verdreht und ertränkt in goldbrauner Karamellsoße.

Vor dem ersten Bissen schließe ich die Augen, um den Geschmack richtig auszukosten. Als das süß-salzige Karamell meine Zunge berührt, gleitet mir ein genussvoller Seufzer über die Lippen. Gloria würde mich sofort des Speisewagens verweisen, aber Jamar lacht nur.

»Okay, dieser Ausdruck war absolut jeden Credit wert.«

Was? Ich reiße die Augen auf, und den Bruchteil einer Sekunde erwarte ich, Aiden gegenüberzustehen. Er hat mal genau dasselbe gesagt, und dann hat er mir den Löffel aus der Hand genommen, zärtlich über meinen Mundwinkel gestrichen und mich geküsst. Das war letzten Sommer, doch die Erinnerung ist so frisch, dass Jamars Worte wie Salz in der Wunde sind, für die es kein HealFix gibt.

»Irgendwie habe ich das Gefühl, das kam falsch rüber.« Jamar beißt sich auf die Unterlippe. »Du weißt schon, charmanter Scheißkerl und so?«

»Ja, aber das ist es nicht.« Seufzend lasse ich die Waffel sinken. »Deine Worte haben mich nur an jemanden erinnert.«

»Deinen Ex?«

»Woher ...?«

»Erst hast du mich entgeistert angestarrt, dann sind deine Wangen rot geworden, und ... Okay, dein Bruder hat davon erzählt.« Jamar zieht eine der Smashed Pineapple Bowls zu sich heran. »Hab ich erwähnt, dass ich echt gut darin bin, das Thema zu wechseln?« Er pflückt das Stück Ananas vom Rand und hält es mir hin. »Ein kleiner Vorgeschmack auf deinen ersten Benett-Cocktailabend.«

»Hast du nicht erwähnt, nein«, sage ich und nehme ihm die Ananas ab, die nach dem Caramel Swirl sauer schmeckt. »Aber ist schon okay. Was hat mein Bruder sonst noch erzählt?«

»Dass du sehr gut malen kannst.«

»Sehr gut?«

»Seine Worte. Und er hat erwähnt, dass du ziemlich scheußliche Sachen nähst.«

Ich lache freudlos. »Stimmt. Meine Schwester nennt ihr Stofftier Hasi.«

»Und was sollte es werden?«

»Ein Hund.«

»Autsch.«

Jamar hat eine Art an sich, die das dumpfe Pochen in mir etwas abschwächt. »Na schön, charmanter Scheißkerl.« Ich esse das letzte Stückchen Ananas und beuge mich vor. »Da du eindeutig einen Vorsprung in Sachen Kennenlernen hast, bist du dran. Erzähl mir was über dich.«

»Was möchtest du wissen?«

»Wie wäre es mit deinen Ex-Freundinnen?«

»Wie kommst du darauf, dass ich auf Frauen stehe?« Er mustert mich mit solcher Intensität, dass ich mich beinahe verschlucke.

»Weil du mit mir ... flirtest?«

»Ah, immerhin hat sie es erkannt.« Er grinst. »Und ich dachte schon, du wärst vollkommen resistent gegen meine Flirtversuche.«

O Gott. Obwohl ich es selbst ausgesprochen habe, ist die Bestätigung ... *ungewohnt.* Ich habe keine Ahnung, wie man damit umgeht, weil ich nie jemand anderen hatte außer Aiden. Weil ich in jeder anderen Situation längst Reißaus genommen hätte, um es gar nicht erst so weit kommen zu lassen.

»Aber um deine Frage zu beantworten: Ich verliebe mich in Menschen, nicht in Geschlechter«, redet Jamar weiter.

»Ich bin zwar etwas enttäuscht, dass du nichts über mein mangelndes handwerkliches Talent hören möchtest, aber gut.« Er leert seinen Wein in einem Schluck. »Es gab bisher vier dieser Menschen. Die längste Beziehung hatte ich mit einer Frau, den besten Sex mit einem Mann. Details gefällig?«

Er lässt seine Augenbrauen so verführerisch tanzen, dass ich nicht anders kann, als zu lachen. Es fühlt sich regelrecht befreiend an.

»Nein, aber ich werde darauf zurückkommen, wenn mir nach schmutzigen Geschichten ist und wir nicht so viele Mithörende haben.« Die Bemerkung gilt der Gruppe, die unweit von uns entfernt steht und ständig tuschelnd die Köpfe zusammensteckt.

»Dabei würde ich sie gern vor Neid erblassen sehen.«

»Dann war es echt *so* gut?«

»Besser als gut.« Er nickt vielsagend, bevor sein Blick an mir vorbeigleitet. »Sorry, Mae, würdest du mich kurz entschuldigen? Ich hab da hinten jemanden gesehen, mit dem ich noch was klären muss.«

»Klar.«

Während Jamar abtaucht, widme ich mich den Snacks. Der dritte Caramel Swirl und die Cola sind sicher für Nick, weshalb ich die Finger davon lasse. Stattdessen nippe ich an meiner Schorle, esse die Bowl und betrachte dabei die Menge. Der Unterschied zwischen Zweien und Einsen besteht nur in Nuancen, die kaum auffallen. Wer Kurven hat, präsentiert diese stolz wie Therese, es gibt Leute mit breiten Schultern und welche mit schmalen, manche der Anwesenden sind kleiner als ich, andere überragen mich um mehr als einen Kopf. Es ist ein buntes Treiben, und trotzdem gibt es nirgends eine Sommersprosse, beim Lachen blitzen perlweiße Zähne auf, es gibt keine strohigen Haare, und dann ist da noch ... Nein!

Ich verschlucke mich beinahe an der Waffel. So viele Menschen, die mich nicht beachten, und wer steuert geradewegs auf mich zu? Mister Frost.

Seine Augen funkeln wie der Raureif, der nach kalten Nächten an meinem Fenster klebt, aber hier hätte nicht einmal der wärmste Morgen eine Chance. Und während ich die poetischen Vergleiche aus meinem Kopf zu verbannen versuche, verpasse ich die Chance, abzuhauen. Er sieht mich an, und ich weiß, dass der Tarnzauber des Tabletts endgültig erloschen ist. Er schenkt mir ein Lächeln, so fein und voller Spott, ein Blinzeln, doch sein Blick lässt mich nicht los.

Schnapp dir die Sachen für Nick und geh, ermahne ich mich in Gedanken, aber etwas hält mich zurück. Es ist die einzige Art von Hitze, die Mister Frost trotzen kann, befeuert von meinem Sinn für Gerechtigkeit. Ich straffe die Schultern und wappne mich innerlich für ein Gefecht, das wir längst hätten austragen müssen.

»Du schuldest mir einen EarPod«, komme ich jeder Begrüßung zuvor.

Sein Lächeln wird unverfroren breiter, und Scheiße, sieht das gut aus.

»Ich wusste, wir haben uns schon mal gesehen.« Ohne mich aus den Augen zu lassen, nimmt er Jamars Platz ein. »Jemanden wie dich kann man unmöglich vergessen.«

Wieder drängen sich mir Gedanken auf, die für jemanden wie *ihn* viel zu nett sind. Seine Stimme hat den Klang von gesplittertem Eis, scharfkantig und trotzdem so faszinierend, dass ich mehr von ihm hören möchte. Zum Beispiel: *Hier ist meine Versicherungsnummer, und jetzt werde ich dich nie wieder belästigen.*

»Der EarPod«, knurre ich. »Du bist einfach abgehauen.«

»Und was hast du getan?«

Ist das sein Ernst? Am liebsten würde ich ihm eine Beleidigung an den Kopf werfen, aber was wäre so ein Moment ohne Veritas? »Ich habe die Überreste aufgehoben und bin gegangen.« *Schlagfertig, Mae, echt schlagfertig.*

Er neigt den Kopf forschend zur Seite, so dass eine seiner aschgrauen Strähnen aus dem Haarknoten fällt. Sie ist kürzer, als ich dachte, reicht ihm gerade mal bis zum Kinn. »Du bist also nicht zu irgendwelchen Aufsehenden gerannt und hast mich verpfiffen. Darf ich raten, warum?«

Wo bisher nur Wut war, schrillen jetzt alle Alarmglocken. *Fuck!* Er hat nicht nur meinen EarPod zertreten, er war auch live bei meiner emotionalen Überreaktion dabei. Wie habe ich ihn noch genannt? Arschloch. Und ich habe ihn angefaucht.

Jede Souveränität verabschiedet sich, als ich mich über den Tisch beuge und ihn anzische: »Ich kann es dir nicht verbieten, aber ich bitte dich, es nicht laut auszusprechen.«

Auch er kommt näher, lehnt sich so weit vor, dass sein Atem auf meiner Haut kitzelt. Zu meiner Überraschung ist er nicht eiskalt, sondern hitzig. »Weil man sonst etwas Falsches über dich denken könnte? Zum Beispiel, dass du eine Liar bist?«

Alles, was gerade noch so gut geschmeckt hat, ballt sich jetzt in meinem Magen zusammen. Hoffentlich ist es in diesem Waggon zu laut, als dass AISS uns hören kann. »Richtig, aber ich bin keine Liar«, wispere ich erstickt und merke, wie die Wut in mir wächst. Nicht mehr viel und Mister Frost sorgt eigenhändig dafür, dass man mich mitnimmt und überprüfen lässt. Vielleicht übernimmt er den Job sogar selbst – und wenn er es darauf anlegt? Kein Wunder, dass Nick meinte, ich solle mich von ihm fernhalten.

»Sagen das nicht alle Liar?«, raunt er.

»Keine Ahnung, ich habe noch nie einen getroffen.«

»Ich habe eine Idee.« Er funkelt mich an, und mein Herz krümmt sich zusammen. »Eine Frage, eine Antwort, und ich werde wissen, ob du eine Liar bist. Also: Was denkst du über mich?«

»Dass ich nicht weiß, ob ich jemals jemanden so für eine Frage verabscheut habe.«

Ein heiseres Lachen treibt seinen Atem stoßweise über meine Haut. »Was noch?«

»Dass du ein arrogantes Arschloch bist, das kein Problem damit hat, meine Schwäche gegen mich zu verwenden.« *Stopp.* Innerlich flehe ich Veritas an, es dabei zu belassen, aber es ist zwecklos. »Dass deine Augen an Eiskristalle erinnern, kalt und irgendwie faszinierend. Dein Lächeln ist attraktiv wie abstoßend, dein Atem riecht nach Minze und ist wärmer, als ich erwartet habe, und für dieses Aschgrau hast du wahrscheinlich einen Haufen Credits auf den Tisch gelegt. Und dass du mich gerade dazu zwingst, ein Versprechen zu brechen.«

»Welches Versprechen?«

»Mich von dir fernzuhalten.«

»Interessant.« Keine Regung. »Und wem musstest du dieses reizende Versprechen geben?«

»Meinem Bruder.«

»Der da wäre?«

Die Antwort brennt scharf auf meiner Zunge. Als wäre es Verrat, sie auszusprechen. »Nicholas Elking«, zische ich widerwillig.

Zum ersten Mal verändert sich etwas in Mister Frosts Augen, ein kleiner Riss bildet sich, durch den Verletzlichkeit schimmert. »Du bist keine Liar.« Er blinzelt, und der Riss hat sich wieder geschlossen.

»Ich würde dich ja zu dieser Erkenntnis beglückwünschen, aber ich möchte nicht.« Damit ziehe ich mich zurück und schnappe mir die Sachen für Nick, bevor es noch gefährlicher wird. *Gefährlich.* Ob Jamar dieses Wort sagen wollte, bevor Nick ihn unterbrochen hat? »War unangenehm, mit dir zu sprechen, und falls du noch mal mit mir reden willst, dann nur, um mir deine Versicherungsnummer zu geben. Denn ich bin jemand, der seine Versprechen lieber hält.« Ich würdige Mister Frost keines Blickes mehr. Stattdessen drehe ich mich um und versuche, gegen die Wut anzukämpfen, die begleitet von Panik immer lauter in mir tobt.

Kaum habe ich den Speisewagen verlassen, werden meine Schritte schneller. Es kostet mich sämtliche Kraft, nicht wirklich zu rennen. Ich versuche, die Schultern zu straffen, ein schmales Lächeln auf meine Lippen zu zwingen. Als ich mich durch eine Gruppe Leute zwängen muss, die den Gang blockiert, fühlt sich jede Berührung zu viel an. Nur noch ein kleinstes Streifen einer Schulter, und ich weiß, dass alles zusammenbrechen wird. Ich brauche Nick. Und zwar sofort.

Niemand darf Personen, die im Dienst des Staates stehen, nach Details zu ihrer beruflichen Tätigkeit befragen. Dazu gehören insbesondere: Präsidierende, Abgeordnete, Forschende mit Regierungsauftrag sowie Aufsehende, ungeachtet des jeweiligen Einsatzortes.

Das gute Gesetz, Art. 2, Absatz 4

KAPITEL 13

Habe ich echt gedacht, ich könnte das hier ohne Überprüfung schaffen? Es grenzt an ein Wunder, dass Mister Frost noch keine Aufsehenden hinter mir hergeschickt hat. Und wenn sie nur warten, bis ich aussteige? Nein, ein Zugriff im Herzen des Centers würde für zu viel Wirbel sorgen.

Ich reiße die Tür zu unserem Abteil auf – Nick ist zum Glück allein. Er springt sofort auf und greift nach seiner Tasche. Es ist sicher kein Zufall, dass er mit dem Rücken die Kamera im Flur blockiert, während er den Reißverschluss aufzieht. Keine Sekunde später hat er einen Blister herausgeholt. Dads Medikament.

Ich schüttle sacht den Kopf, als er einen Schritt auf mich zugeht. »Ich darf nicht«, flüstere ich, damit AISS uns nicht hört. »Nicht schon wieder …«

»Doch«, erwidert er. »Dad hat sie mir für den Notfall mitgegeben. Und das hier ist ganz offensichtlich einer.«

Ich weiß nicht, ob Nick auf mein gerötetes Gesicht anspielt oder auf meine verkrampfte Haltung.

»Nach der hier haben wir noch fünf Stück.« Er löst die Schale mit dem Caramel Swirl aus meinen Fingern, um mir eine der Tabletten zu geben. »Was auch immer dich da draußen so aufgewühlt hat: Nimm sie. Bitte.«

Es ist der dringliche Unterton, der meinen Körper wie von selbst agieren lässt. Ich öffne die Lippen, lege die Tablette auf meine Zunge und entkorke die Cola. Einen süßen Schluck später kann ich nur noch warten. Auf die Watteschicht, die mich rettet und die gleichzeitig mein Verderben ist. Denn jetzt wird mir kein Zug der Welt mehr ein Staunen entlocken, kein Flirt ein Bauchkribbeln.

»Gut.« Nick stellt das Essen beiseite und umfasst meine Schultern. »Und jetzt sieh mich an, Mae. 4:7:8?«

Am liebsten würde ich lachen. Er meint eine der Atemtechniken aus dem Artikel gegen Panikattacken. Vier Sekunden durch die Nase einatmen, sieben Sekunden Luft anhalten, acht Sekunden durch den Mund ausatmen. Ein Witz, wenn einem gerade unterstellt wurde, eine Liar zu sein.

Trotzdem nicke ich. »Okay.«

Keine Ahnung, wie oft ich diesen Mist schon gemacht habe. Mit jedem Atemzug klingt die Hitze in mir ab, bis die Wirkung der Tablette einsetzt. Ich hasse es jetzt schon. Erschöpft lasse ich mich in den Sessel sinken und bete, dass AISS nichts mitbekommen hat.

Nick tut es mir gleich, und obwohl ich ihm hier – unter

AISS wachsamen Augen und Ohren – nicht erzählen kann, was passiert ist, bin ich froh, ihn in meiner Nähe zu wissen.

Als Jamar zurückkommt, habe ich mich wieder im Griff.

Beim Aussteigen herrscht ein Gedränge, das eher an einen Schulausflug erinnert als an Partnerschaftscamps. Wir schaffen es trotzdem, zusammenzubleiben und uns zu dritt an den Rand des breiten Bahnsteigs zu kämpfen. Hin und wieder stützen Säulen ein Glasdach, das man glatt übersehen könnte, würden nicht ein paar Vögel darüber laufen. Wahrscheinlich wird es täglich poliert, genauso wie die vielen Bänke aus Echtholz, der weiße Boden oder die Fassade des Warteraums.

Am längsten bleibt mein Blick jedoch an all den grünen Flecken hängen, die den Bahnhof zu einem der schönsten Gebäude machen, die ich je betreten habe. Echte sattgrüne Pflanzen, so weit das Auge reicht. Sie ranken sich um die Säulen herum, hängen vom Glasdach herab oder wachsen als kleine Bäume aus Holzkübeln. Es ist genau, wie ich es mir immer vorgestellt habe – und trotzdem kann ich keine Begeisterung empfinden.

»Herzlich willkommen im Center«, schallt eine vertraute Stimme aus unsichtbaren Lautsprechern. AISS. »Wir freuen uns, Sie hier und heute zum Start des Partner Evaluation Programs begrüßen zu dürfen. Bitte hören Sie aufmerksam zu und begeben Sie sich zum entsprechenden Sammelpunkt, sobald Ihre Gruppe aufgerufen wurde.«

Die Stille, die auf einmal über dem Bahnhof liegt, ist gespenstisch. Alle haben aufgehört zu reden, keiner lacht, niemand raschelt mit Snacks oder wühlt in seiner Tasche herum.

»Camp Eins, HoverTrain Nord. Camp Zwei, HoverTrain Ost. Camp Drei …« Während AISS weitere Sammelpunkte aufzählt, haben wir bereits unsere Taschen geschnappt.

Der Bahnhof ist gigantisch. Dank der zahlreichen Holo-Terminals ist es trotzdem kein Problem, den Weg zu finden. Je näher wir dem Sammelpunkt kommen, desto mehr Menschen mischen sich unter uns, die nichts mit den Camps zu tun haben. Ältere Leute mit Aktenkoffern, Aufsehende, die in Gruppen patrouillieren, Kinder an der Hand ihrer Eltern, Teenies mit Schultaschen. Und dann entdecke ich Therese, die sofort grinsend angelaufen kommt. Sie trägt eine riesige rote Tasche und einen gleichfarbigen Mantel. *Explosive Cherry* durch und durch.

»Mae!« Therese küsst mich auf die Wange wie eine alte Freundin. »Ich hab ja gesagt, wir sehen uns spätestens im Center. Seid ihr im Speisewagen fündig geworden? Vielleicht mit ein paar süßen *Snacks*?« Sowohl die Betonung als auch der Blick, mit dem sie meinen Bruder mustert, verraten, dass sie weder von Caramel Swirls noch Smashed Pineapple Bowls redet.

»Sind wir«, entgegnet Jamar grinsend. »Das ist übrigens mein Kumpel Nick. Offiziell single, inoffiziell vergeben.« Also ist ihm Thereses schmachtender Blick auch nicht entgangen.

Ohne Jamar zu widersprechen, gibt mein Bruder Therese die Hand. »Freut mich trotzdem.«

Der Moment zwischen den beiden dehnt sich zu einer

unangenehmen Ewigkeit. Erst sieht Therese Nick in die Augen, dann auf seine Hände. Und als ich glaube, sie würde ihn gar nicht mehr loslassen, zieht sie die Hand endlich zurück.

»Sekunde«, sichtlich überrascht schaut sie zu mir, »ihr seid Geschwister, richtig? Ihr habt die gleichen Augen und beide diese langen, schmalen Finger. Und ja, ich weiß, wie komisch das klingt, aber seit ich Gitarre spiele, hab ich mir angewöhnt, den Leuten auf die Finger zu schauen, um nach musikalischen Gemeinsamkeiten zu suchen. Leider hat Mae zu lange Nägel und ihr beide zu wenig Hornhaut.«

»Richtig«, erwidere ich beeindruckt. »Allerdings habe ich in der Schule Klavier gespielt – falls das zu musikalischen Gemeinsamkeiten zählt.«

Nick räuspert sich.

»Was?«

»Ich würde das, was du dem Schulklavier angetan hast, nicht unbedingt musikalisch nennen.«

Einerseits möchte widersprechen, andererseits ist da das feixende Leuchten in seinen Augen, das die Wahrheit in mir provoziert. »Okay, ich konnte nie richtig üben, aber es hat Spaß gemacht«, lenke ich ein.

»Mein Bruder hat ein Klavier, also wenn du mal üben möchtest, kannst du nach den Camps jederzeit vorbeikommen«, bietet mir Therese an. »Er könnte dir sicher ein paar Akkorde zeigen, und ich begleite dich auf der Gitarre.«

Ich wurde bisher nie nach Ring Zwei eingeladen. Und jetzt stehen schon ein Cocktailabend und private Klavierstunden im Raum. Der Tag könnte echt mieser laufen. Und als hätte Mister Frost es darauf angelegt, mir den Moment zu versauen, taucht er auf. Immerhin hält er sich von mir fern und bedenkt mich nur mit einem undurchschaubaren Blick, den ich zu gern an mir abprallen lasse. Dann verschwindet er mit zwei der anderen Aufsehenden in einem Seitengang, über dem die unheilvollen Worte prangen: **HoverTrain Nord**. Selbst durch die Watteschicht spüre ich, wie die Erkenntnis meinen Puls nach oben schnellen lässt: Mister Frost ist in Camp Eins. Und Nick hat nur einen einzigen Blister Tabletten dabei. *Vielen Dank, elendes Schicksal.*

Da keiner Lust hat, *ihm* oder den anderen Arschloch-Aufsehenden zu nahe zu kommen, laufen wir bis ans Ende des unterirdischen Bahnsteigs. Obwohl ich den HoverTrain schon öfter in Filmen gesehen habe, ist es etwas anderes, wirklich hier zu sein. Die gewölbte Decke über uns wurde schwarz bemalt, darin eingelassen unzählige Lämpchen, die wie ein Sternenmeer wirken. Darunter stehen wir auf weißen Fliesen, die an einer gläsernen Barriere enden. Markierungen machen deutlich, wo die Barriere im Boden versinken wird, sobald der HoverTrain eingefahren ist. Noch ist das Gleisbett leer, nur eine einzelne silberne Schiene läuft hindurch.

»Teilnehmende aus Camp Eins.« AISS lässt ihre Stimme durch das Gewölbe hallen. »In Kürze wird der HoverTrain einfahren und Sie in die Ankunftshalle Ihres Camps bringen. Bitte verifizieren Sie sich an den vorgesehenen Terminals neben den Türen und sorgen Sie für einen geordneten Einstieg. Fehlverhalten wie Vordrängeln oder Schubsen wird ab sofort in Ihrer Akte vermerkt.«

»Also geht es jetzt schon los.« Therese bemüht sich um ein Flüstern, wobei ihre Stimme nicht dafür gemacht ist. »Wow.«

»Wow«, wiederhole ich fahrig. Wie viele Kameras stecken wohl in dem Sternenmeer, ohne dass wir es bemerken? Sicher zeichnet AISS jede Bewegung auf, jeden Mikroausdruck, selbst meine Hand, die sich trotz der Tablette zur Faust ballt. Erst als sich Nicks Finger um meine schließen, lasse ich locker.

Im selben Moment kündigt der HoverTrain sein Erscheinen mit einem Zischen an, das von den Tunnelwänden zurückgeworfen wird. Zwei ovale Züge fahren ein, verchromt wie der CenterTrain und ein Spiegel für die Sternenlichter. Kaum haben sich die Türen geöffnet, leuchten grüne Sensoren auf, um uns beim Einstieg zu registrieren.

Anders als ich scheint Therese die Liste unserer Mitbewohnenden auswendig gelernt zu haben und rattert bereitwillig die Namen herunter, die ich mir sowieso nicht alle merken kann. Nur zwei bleiben hängen: Lace und Amara Misoka – oder besser bekannt als die Frau aus dem Speisewagen, die mich beiseite gedrängt hat, und ihre Schwester.

Wir reihen uns genau hinter den beiden ein. Sie haben die gleiche schmale Augenform, die sie mit einem Lidstrich zu betonen wissen, eine perfekt geformte Nase und warmweiße Haut. Vielleicht hatten sie Vorfahren im verlorenen Japan, wobei es nach so vielen Generationen und genetischer Optimierung schwer zu sagen ist. Abgesehen davon haben die Zwillinge nicht viel gemeinsam. Während Lace eine hochgewachsene Schönheit mit langen, blondierten Wellen, perfekten Brüsten und schmaler Taille ist, sieht Amara aus, als hätte sie nur die tannengrünen Iriden angleichen lassen. Das fast schwarze Haar trägt sie in einem Longbob, ihre hagere Silhouette wird von einem dunkelgrünen Hosenanzug betont.

»Du bist doch die Fünf, richtig?« Lace taxiert mich vom Scheitel bis zu den Schuhen, während sich die Schlange weiterschiebt.

»Richtig.«

»Und warum gebt ihr euch dann mit ihr ab?« Nur ein Satz, und sie hat mich zur Nebenfigur in unserem nicht existenten Gespräch gemacht. Dafür sucht sie unter den anderen nach Verbündeten.

Es ist Therese, die zuerst vortritt. »Weil ich schon nach zwei Minuten wusste, dass Mae nie so eine fiese Frage stellen würde«, antwortet sie. »Und falls du nicht hören willst, was ich über arrogante Miststücke denke, gehst du mir besser ab jetzt aus dem Weg.«

»Du …« Laces Wangen plustern sich auf, aber ihr fällt wohl keine schlagfertige Erwiderung ein. Stattdessen gibt sie eine Beleidigung von sich, die ich einer Eins nie zugetraut hätte, lässt ihr Gesicht scannen und zerrt Amara hinter sich in den HoverTrain. Wir werden also schon mal keine Freundinnen.

»Danke, Therese«, sage ich.

»Keine Ursache, Süße.«

Nun tritt auch Jamar neben mich und stößt seine Schulter neckend gegen meine. »Schade, dass sie so schnell abgehauen ist. Ich hätte ihr gern noch gesagt, wie gut man mit dir flirten kann.« Er zwinkert mir zu, ehe wir den Zwillingen ins Innere folgen.

Ich habe die Karte des Camps immer wieder studiert, und trotzdem hatte ich nicht die geringste Ahnung, was mich erwartet. Allein die Ankunftshalle wirkt wie ein riesiger unterirdischer Hafen, nur dass hier keine Schiffe andocken, sondern HoverTrains. Auf drei der vier Schienen verkehren Frachtzüge, von denen gerade einer ausgeladen wird. Es sind mindestens drei Dutzend Mitarbeitende, die zwischen Paletten mit Kisten und Kartons umherlaufen, ein Gabelstapler deponiert Waren in Regalen, die erst unter der Decke enden und damit gut zehn Meter hoch sein dürften, einige Leute stehen zusammen und studieren Daten auf HoloPads. Ihre Anzüge erinnern vom Schnitt her an die der Aufsehenden, allerdings sind diese hier in Dunkelrot gehalten. Nur das V auf der Brusttasche ist in Gold gestickt, ein leuchtender Fleck auf einfarbigem Grund.

Angesichts der Dimensionen wirken die beiden Tore in der weißen Wand winzig. Sie sind nur ein Stück größer als die Haustür der Moores, und dahinter herrscht nichts als Tintenschwärze, so tief und undurchdringbar, dass ich zusammenzucke, als sich eine Silhouette aus dem Nichts schält. Ein weiterer Mitarbeitender, der samt eines selbstfahrenden Rollwagens auf eins der Regale zusteuert.

»Willkommen in Camp Eins.« AISS scheint überall und nirgends zu sein. Während die Mitarbeitenden ihre Arbeit ungerührt fortsetzen, bleiben wir mitten in der Halle stehen. »Um Ihnen den Einstieg in das Programm so angenehm wie möglich zu gestalten, laden wir Sie in einer Stunde zum Begrüßungsbankett ein. Bis dahin haben Sie Zeit, sich in Ihrem jeweiligen Schlafsaal einzurichten und umzuziehen. Entsprechende Kleidung finden Sie auf Ihren Betten. Ich war so frei, mich bei den Größen am Ganzkörperscan Ihres letzten Check-ups zu bedienen.«

»Siehst du, Daddy hat doch gesagt, sie werden sich hier gut um uns kümmern«, höre ich Amara ihrer Schwester zuraunen.

Ich werfe einen flüchtigen Blick zur Seite. Lace hat die Arme unter der Brust verschränkt und kräuselt pikiert die Nase. »Wehe, es ist keine Premiumkollektion«, zischt sie.

Ich habe keine Ahnung von Kollektionen, ich weiß nur, dass alles besser ist als die Hose von Vain und der dunkelblaue Pulli, den ich selbst genäht habe.

»Bevor ich Ihnen Ihre Unterkunft zeige, möchte ich auf einige Regeln hinweisen«, fährt AISS fort. »Damit Sie sich ganz auf das Programm konzentrieren können, stehen Ihnen während des Aufenthaltes nur die Basisfunktionen Ihrer SmartPads zur Verfügung. Dazu gehören der Wecker, die Notizfunktion, eine Bibliothek mit Spielen, der öffentliche Newsfeed sowie die offizielle App unseres Programms. Wenn Sie jemanden kontaktieren möchten, verwenden Sie den Messenger der App. Das Kontingent ist auf drei Nachrichten pro Woche limitiert, Kontakte nach außen eingeschlossen.«

Ich schaue zu Nick, der meinen Blick erwidert. Es ist einer unserer stillen Dialoge, in denen wir denselben Gedanken teilen: Wann immer wir unserer Familie schreiben, sollten wir vorher einander Bescheid geben. Um das Kontingent möglichst sinnvoll zu nutzen.

»Ihren Tagesplan können Sie morgens Ihrem SmartPad entnehmen. In der Regel gibt es jeden Tag zwei Testblöcke, einen am Vormittag, einen am Nachmittag. Bitte beachten Sie, dass die Testblöcke nicht näher betitelt werden, damit Sie unvoreingenommen in die Situation gehen können.«

AISS macht eine Pause, als eine große Palette lautstark vom Gabelstapler rutscht. Mehrere Mitarbeitende eilen zur Hilfe.

Sobald wieder Ruhe eingekehrt ist, setzt AISS ihren Monolog fort: »Es ist untersagt, mit anderen Mitbewohnenden über die Inhalte der Tests zu sprechen, bis alle den Block abgeschlossen haben. Wer eine entsprechende Frage stellt, muss mit dem Ausschluss aus dem Programm rechnen, ich empfehle also dringend, sich an die Regeln zu halten. In Ihrer Freizeit stehen Ihnen im Untergeschoss weitere Räume zur Verfügung, darunter das Fitnessstudio oder der Sofaraum. Eine entsprechende Beschilderung finden Sie in den Gängen, ansonsten bin ich gern bei der Navigation behilflich. Bitte beachten Sie weiter, dass die Schlafsäle als Rückzugsort gedacht sind, weshalb es nicht gestattet ist, einen fremden Schlafsaal zu betreten – auch nicht auf Einladung. Um dreiundzwanzig Uhr werden die öffentlichen Bereiche geschlossen.« Danach listet AISS eine Reihe von Verhaltensregeln auf und weist mehrfach darauf hin, dass alle Auffälligkeiten in unserer Akte vermerkt werden. »Weitere Informationen erhalten Sie gleich beim Begrüßungsbankett von Ihrer Camp-Betreuung. Wenn Sie meiner Stimme dann bitte folgen würden. Die Frauen und Personen mit Einzelzimmern nehmen das linke Tor, die Männer das rechte.«

»Na endlich!« Grinsend schiebt Therese ihren Arm unter meinen.

Ich schaffe es gerade noch, mich mit einem Winken von Nick und Jamar zu verabschieden, dann werde ich mitgezogen. Rein in die tintenschwarze Ungewissheit.

KAPITEL 14

Auf dem Weg Richtung Schlafsaal löst sich nur eine Person aus unserer Gruppe, um ein Einzelzimmer zu beziehen. Laut Therese heißt sie Ashan, ist nonbinär und bevorzugt weibliche Pronomen. Keine Ahnung, wann Therese Zeit hatte, das herauszufinden, denn Ashan stand entsprechend nicht auf unserer Liste. Jetzt verschwindet sie allein in dem Seitengang, ohne sich von jemandem zu verabschieden.

Unser Schlafsaal liegt am Ende mehrerer verwinkelter Gänge. Weiße Decken, weiße Wände, keine Fenster, da wir uns immer noch unter der Erde befinden. Nur der Boden lässt einen Hauch von Luxus erahnen. Er ist aus dunklem Echtholz, das den Duft frischer Politur verströmt. Fast wie in Edgars Büro. Darauf stehen fünfzehn Stockbetten aus weiß poliertem Metall, die sich in regelmäßigen Abständen zu beiden Seiten verteilen. Rechts steht eins mehr, in der Lücke auf der linken Seite führt eine Tür zum Waschraum.

Lace mustert die Betten, als hätte sie noch nie etwas Widerlicheres gesehen, Amara wirkt gelangweilt und Therese – ist Therese. Mit spürbarer Begeisterung zieht sie mich tiefer in den Raum, um unsere Namen zu suchen, die auf Holo-Screens am Fußende stehen.

»Ich hoffe, ich darf oben schlafen«, sagt sie, und ich muss feststellen, dass es mir völlig egal ist. Jedes der Betten sieht tausendmal bequemer aus als mein eigenes. Die Matratzen wirken dicker, die weißen Decken und Kissen weicher. Darunter gibt es jeweils zwei große Schubladen.

»Das ist Ihr Zuhause für die nächsten acht Wochen«, meldet sich AISS. »Ich habe die Verteilung der Betten anhand persönlicher Merkmale berechnet, um ein angenehmes Klima innerhalb Ihrer Gruppe zu schaffen.«

Das erklärt, warum Lace und Amara ganz vorne stehen geblieben sind, während Therese und ich immer weiter in den Raum hineinlaufen. Erst beim letzten Bett halten wir inne. Die Metallstreben schließen mit der Wand ab und bilden unten eine kleine Höhle, einen Rückzugsort, an dessen Fußende mein Vorname steht. Direkt darüber prangt Thereses, was sie dazu veranlasst, ein grelles Quietschen von sich zu geben.

»Danke, AISS!«, ruft sie in den Saal, in dem die meisten unserer Mitbewohnenden fündig geworden sind. Überall wird geredet, Schubladen werden geöffnet und viel zu viele Klamotten aus dicken Taschen gezerrt. Ob ich die Einzige bin, die sich an die Packliste gehalten hat?

»Gern geschehen, Therese«, antwortet AISS aus einem kleinen Lautsprecher direkt an unserem Bett. Dann wendet sie sich wieder an alle: »Auf Ihren Betten finden Sie Handtücher und den ersten Satz Kleidung, die Sie während des gesamten Aufenthaltes tragen werden.«

»Diese Sachen sind hässlich«, beschwert sich Lace laut genug, damit es alle hören, und hält die Hose mit gespreizten Fingern hoch.

»Diese Sachen sind funktional«, korrigiert AISS mit weicher Stimme. »Im Waschraum finden Sie eine Ausgabestation, die Ihr Gesicht scannen wird, um Ihnen täglich frische Kleidung zur Verfügung zu stellen. Ihre alten Sachen legen Sie in die vorgesehene Kapsel.«

Lace sieht aus, als wollte sie noch etwas sagen, aber dieses Mal spart sie sich den Atem. Stattdessen rafft sie die neuen Klamotten zusammen und stemmt die Hand in die Hüfte, sichtlich bereit, den Waschraum als Erste zu stürmen.

»Die Kleidung, die Sie jetzt tragen, erhalten Sie am Ende des Camps gereinigt und gebügelt zurück. Ihnen bleibt jetzt noch eine Dreiviertelstunde. Nutzen Sie diese gut.«

Sofort setzt das aufgeregte Gerede wieder ein, und Lace verschwindet tatsächlich sofort Richtung Waschraum.

Ich wende mich erst mal unserem Bett zu. Die beiden Schubladen lassen sich mit einem Fingerabdruck öffnen, der für später gespeichert wird. Während ich meinen kleinen Kulturbeutel auspacke, wuchtet Therese eine riesige knallrote Tasche aus ihrem Koffer.

»Make-up«, erklärt sie schulterzuckend. So wie die Tasche aussieht, könnte sie das ganze Camp damit versorgen, die Männer und Ashan eingeschlossen.

Wir gehen rüber in den Waschraum, der genauso groß ist wie der Schlafsaal. An der Wand gegenüber gibt es mehrere Dusch- und Toilettenkabinen. Direkt neben dem Eingang wurde die Wand mit dunklem Holz verkleidet, davor befindet sich eine ganze Reihe Waschbecken samt Ablagen und Spiegel. Neben jedem Becken gibt es zwei Aussparungen, in der oberen befinden sich Seifenspender, Handlotion und Kosmetiktücher – aus echtem Papier –, die darunter scheint für Müll zu sein. Falls alle Camps so aussehen, muss das Programm noch viel teurer sein, als ich dachte.

Lace und Amara haben die ersten beiden Waschbecken in Beschlag genommen, Therese schafft es, uns eins in der Mitte zu erobern, einschließlich der Ablage, auf der mein Beutel noch winziger wirkt. Überall um uns herum fallen die ersten Hüllen. Anders als beim Check-up bin ich hier die Einzige, deren Haut ein Meer aus Makeln ist, die Einzige mit Narben. An meinem Bauch kann man noch den Schatten der Blinddarm-OP erahnen, die silbrige Linie am Handgelenk habe ich Vains Unachtsamkeit mit einer Stoffschere zu verdanken, und die unförmige darüber Ruben. Ich war zehn, er dreizehn, als er die Idee hatte, unsere Verbundenheit zur Kunst auf ewig festzuhalten, indem er uns einen Pinsel auf den Arm ritzt. Unnötig zu erwähnen, dass diese Idee nicht zu unseren brillantesten gehörte.

Auf der Haut der anderen gibt es keine Geschichten, auch nicht auf Thereses, die mich an polierten Sandstein erinnert. Ohne jede Scham hat sie ihren Pullover ausgezogen und den Knopf an ihrer Jeans geöffnet.

»Ich find die Klamotten gar nicht so schlecht«, sagt sie und streift die Hose ab.

In mir regt sich ein Hauch Erleichterung. Obwohl Therese als Zwei garantiert die Credits dafür hätte, hat sie die Oberschenkel nicht angleichen lassen. Zumindest nicht die kleinen Dellen und Risse im Gewebe, die sie menschlicher erscheinen lassen.

»Erinnert mich ein bisschen an die Anzüge, die Grayson früher beim Fechten getragen hat«, redet sie weiter.

»Wer ist Grayson?«

»Mein Bruder, sorry, dachte, das hätte ich erwähnt.«

»Der mit dem Klavier?«

Nur noch mit Unterwäsche bekleidet, fängt Therese an, in ihrer Kulturtasche herumzukramen. »Da ich nur den einen habe: Japp, der mit dem Klavier. Haben Nick und du noch mehr Geschwister?«

»Zwei Schwestern. Vain und Cara.«

»Wow, vier Kinder sind in eurem Ring echt selten, oder?« Sie mustert mich im Spiegel, während sie die Locken zu einem dicken Zopf zusammenfasst.

Ich nicke. »Ziemlich. Dad hatte schon immer gute Kontakte zum FertiPlex im Center. Ansonsten hätten unsere Eltern es sich sicher nicht leisten können.«

»Voll verständlich. Tante Rose ist eine gebürtige Zwei und hat nie eingesehen, so viel Kohle für eine Schwangerschaft rauszuwerfen.« Schulterzuckend greift Therese zu einer blauen Tube Cleanser. »Unser Glück, denn sonst hätte sie Grayson und mich sicher nie adoptiert.«

»Sie hat euch ... adoptiert?« In mir steigt eine dunkle Vorahnung auf. Es gibt nur zwei Gründe, warum Kinder adoptiert werden müssen. Und beide jagen mir selbst mit Dads Tablette einen Schauer über den Rücken. »Sorry, Therese, ich hätte nicht fragen dürfen. Du musst nicht antworten, wenn du nicht ...«

»Schon gut«, fällt Therese mir ins Wort, bevor sie den Cleanser aufschäumt und ihr Gesicht wäscht. »Es gab einen Unfall in dem Labor, in dem unsere Eltern gearbeitet haben. Ist inzwischen fast fünf Jahre her und ... Keine Ahnung. Ich habe die Zeit danach irgendwie vergessen, also alles halb so schlimm. Nur bei Grayson habe ich manchmal das Gefühl, dass er es nie richtig verkraftet hat. Aber ich kann mich auch täuschen. Ist immerhin nicht so, als hätten wir ein besonders enges Verhältnis.«

Unwillkürlich taste ich nach meinem Armband. Allein der Gedanke, kein enges Verhältnis zu Cara und Nick zu haben, ist abwegig. »Das tut mir leid.«

»Ach was.« Therese winkt ab. »Nur weil sich mein Bruder manchmal wie ein Arschloch verhält, hab ich kein mieses Leben. Im Gegenteil. Tante Rose und ihr Mann Peter tun echt alles, um mich zu unterstützen.« Sie trocknet sich das Gesicht ab und greift noch mal ins Schminktäschchen. »Mascara?« Als wäre Wimperntusche kein kleines Vermögen wert, hält mir Therese ihre hin. »Nicht, dass du es nötig hättest, dachte nur, du hättest vielleicht Lust, es mal auszuprobieren.«

Der Themenwechsel kam abrupt, trotzdem gehe ich darauf ein. »Wenn es dir nichts ausmacht, gern.«

»Ach was, ist doch nur Make-up.« Therese macht eine wegwerfende Geste, bevor sie in die neuen Klamotten schlüpft. Weiße, gerade geschnittene Hose, Top, taillierte Jacke mit einem dunkelroten Streifen von den Schultern bis zum Handgelenk. »Ich check mal eben diese Ausgabe, um meine alten Klamotten loszuwerden. Bedien dich einfach, wenn du so weit bist.« Sie legt den goldenen Flakon auf die Ablage. Dann schlängelt sie sich mit schwingenden Hüften quer durch den Waschsaal zu der Stelle, an der sich inzwischen gefühlt die Hälfte der Frauen versammelt hat.

Keine sieht zu mir. Das ist meine Chance. Schnell streife ich mein Top ab und wasche mich. Die neuen Klamotten passen perfekt. Da Therese noch nicht zurück ist, als ich fertig bin, nehme ich die Mascara. Vain hätte viele Gelegenheiten gehabt, mir ihr Make-up anzubieten, aber sie zieht es vor, in unserer Familie die Einzige mit diesem Privileg zu bleiben. Ich wische den Gedanken beiseite und schraube den Deckel ab. Jetzt wird sich zeigen, ob die Beautyvideos was gebracht haben, die mir GoSocial manchmal in die Timeline spült. Ich setze das Bürstchen an.

»Die gehört dir nicht.«

Jemand taucht so plötzlich neben mir auf, dass ich zusammenzucke und die Tusche unter meinem Auge verteile. *Ach, verdammt!* Es ist Lace, die neben mir steht und es wohl darauf angelegt hat, Gift zu versprühen.

»Wenn ich den Diebstahl melde, kommst du vielleicht endlich dahin, wo Fünfen hingehören«, spottet Lace.

Wir sind noch keine Stunde hier, und ich habe schon jetzt keine Lust mehr auf diesen Kampf. Unwillkürlich muss ich an eins meiner liebsten Theaterstücke denken, ein Drama, in dem die Frauen einander unterstützen, um sich gemeinsam in einer von Männern dominierten Welt zu behaupten. Vielleicht sollte man es lieber als *Utopie* deklarieren.

»Wo ich hingehöre?«, wiederhole ich und würde mich

selbstbewusster fühlen, würde ich nicht aussehen wie ein Panda. »Du meinst nach Ring Fünf?«

»Nein. In ein Camp für Fünfen natürlich«, zischt sie. Obwohl ihr Make-up perfekt sitzt, schimmert Röte auf ihren Wangen. »Ganz egal, ob da dein Name auf dem Bett steht oder nicht: Du bist hier die einzige Fünf, und ich werde es nicht zulassen, dass du mir in die Quere kommst.«

In die Quere kommen? Ob sie wirklich glaubt, ich wäre eine Art ... *Konkurrenz*? »Keine Angst, ich kann mir nicht vorstellen, dass wir denselben Geschmack haben.«

»Das hoffe ich für dich.« Das abschätzige Funkeln in ihren Augen kann locker mit Glorias mithalten. »Nur weil du es in dieses Camp geschafft hast, heißt das nicht, dass hier jemand eine wie dich haben will.«

Autsch. Ich wünschte, mir wären ihre Worte egal, sind sie aber nicht. Denn ich fürchte, sie hat recht.

Zum Glück kommt Therese in diesem Moment zurück. »Du bist echt lästiger als eine Fliege, Lace«, sagt sie und stöhnt auf. »Lass uns einfach in Ruhe.« Dann schiebt sie sich vor Lace, als wäre diese wirklich nichts weiter als Ungeziefer und rupft ein Tuch aus der Ablage.

Lace verschwindet tatsächlich, während Therese den Fleck von meiner Haut wischt. »So. Und jetzt gib mal her.« Sie nimmt mir das Bürstchen ab. »Hochgucken und nicht blinzeln.«

Ich habe keine Ahnung, was sie mit meinen Wimpern macht, aber am Ende wirken meine Augen riesig, wie zwei seegrüne Meere, die umrandet sind von dichtem Schwarz, das beinahe an meine Augenbrauen stößt. »Wow.« Einen

Moment fühle ich mich wie früher, als ich meine Sommersprossen noch für etwas Besonderes gehalten habe.

Therese steckt die Mascara zurück in ihren Beutel, nur um einen tiefroten Lippenstift rauszuholen. »Und wie wäre es damit? Cherry Two ist der absolute Kracher.« Das dürfte wohl die Farbe sein, die sie selbst trägt. »Ich bin sicher, der würde dir perfekt stehen! Ansonsten hab ich hier auch noch irgendwo Cinnamon One und Berry …«

»Schon gut, aber ich glaube, das reicht erst mal.«

»Schade. Falls du es dir doch anders überlegen solltest, weißt du ja, wen du fragen musst.« Zwinkernd trägt sie selbst eine neue Schicht auf, ehe sie den Lippenstift zurücklegt. »Also gut, Süße. Bist du jetzt bereit für das Bankett?«

Der neutrale Anzug, die Wimperntusche, Thereses positive Art. Jetzt muss ich nur noch das Wiedersehen mit Mister Frost packen. Ich straffe die Schultern und nicke. »Ich denke schon.«

KAPITEL 15

Therese und ich gehören zu den Ersten, die fertig sind. Nachdem wir unsere Sachen in den Schubladen unterm Bett verstaut haben, navigiert uns AISS durch die weißen Gänge zum Speisesaal. Als die Türen aufgleiten, habe ich das Gefühl, versehentlich in die Geburtstagsgala der van Steegens gestolpert zu sein. Alles ist so groß. Und ... opulent. Auch wenn sich mein Inneres beharrlich weigert, mehr als ein kleines Staunen freizugeben.

Die Bühne auf der linken Seite wird von zwei Säulen gesäumt, die mit roten Blüten umrankt wurden. Auch die Bar, hinter der Servicekräfte in dunkelroter Uniform stehen, ist mit echten Blumen dekoriert, genau wie die beiden langen Tafeln, die vor der Bühne eingedeckt wurden. Dunkelrote Läufer, goldenes Geschirr, viele Gläser. Fehlen nur noch ein paar Kandelaber und es sähe genauso aus wie auf diesen Bällen in historischen Filmen. Kandelaber und andere Kleidung.

Wir kommen gerade einmal zwei Schritte weit, als sich eine der Mitarbeitenden von der Bar löst und ein Tablett in unsere Richtung balanciert. »Ein Glas Sekt zur Begrüßung?«, fragt sie lächelnd. Zwischen all den Gläsern steht ein Schälchen mit den pinken Tabletten, die ich von Vains jährlichem Sommerfest kenne. Sie sorgen dafür, dass man beim Trinken einen klaren Kopf behält, womit sich die Frage erübrigt, ob der Sekt alkoholfrei ist.

»Definitiv«, erwidert Therese grinsend.

So geschickt, wie die Mitarbeitende das Glas vom Tablett nimmt, macht sie es sicher nicht zum ersten Mal. Früher wollte ich auch kellnern, um unsere Haushaltskasse aufzubessern, aber Nick hat mich davon überzeugt, dass es zu gefährlich wäre. Zu viel Kontakt zu Fremden, zu viele Gelegenheiten, um sich in ungünstige Situationen zu manövrieren.

Veritas erinnert mich daran, dass ich der Servicekraft noch eine Antwort schulde. Da der Konsum von Alkohol für mich ähnlich gefährlich ist, lehne ich dankend ab.

»Falls Sie etwas anderes trinken möchten, steht Ihnen meine Kollegschaft an der Bar zur Verfügung.« Die Mitarbeitende schenkt mir ein Lächeln und steuert auf die nächste Gruppe zu. »Ein Glas Sekt zur Begrüßung?« Die Antworten gehen im allgemeinen Gerede unter, das mit jedem Öffnen der Tür lauter wird.

»Da ich erst was trinken werde, wenn wir angestoßen haben, muss ich dich leider zwingen, mich zur Bar zu begleiten.« Neckend bietet Therese mir den Arm an. »Ist die Deko nicht der Hammer?! Wäre Tante Rose hier, könnte sie uns garantiert sagen, was das da hinten für Blumen sind, und hörst du die Musik? Ich glaube, das ist Juvér, der erste Satz der veritablen Symphonie, oder nein, warte.« Mitten im Gehen hält sie inne und lauscht. »Linette, die Sommersonate. Ganz sicher.«

»Das kannst du hören?!« Ich mustere Therese mit einer Mischung aus Verwirrung und Faszination. Alles, was ich durch das Gerede höre, sind irgendwelche Streichinstrumente, die über uns aus unsichtbaren Lautsprechern schallen.

»Klar. Zehn Jahre klassischer Musikunterricht müssen ja was gebracht haben.« Schulterzuckend zieht mich Therese weiter Richtung Bar. »Apropos, falls Grayson sich weigern sollte, dir das Klavierspielen beizubringen, kenne ich einen echt schnuckeligen Privatlehrer, Pierre. Wegen seiner Familie wirkt er am Anfang immer etwas steif, aber wenn er einmal aufgetaut ist, hat er einen echt süßen Humor. Und einen noch süßeren Hintern. Also, nicht dass ich ihn schon mal richtig gesehen hätte, nur in den Chinos, die manchmal einen Ticken zu eng sitzen ... und ich plappere schon wieder ohne Punkt und Komma, richtig?«

»Tust du«, bestätige ich, bevor ich schnell hinzufüge: »Aber ich mag dein Geplapper, also tu dir keinen Zwang an.«

»Echt?« Therese atmet hörbar erleichtert auf. »Grayson meinte mal, wenn ich einmal in Fahrt bin, würde ich ihn an ein defektes Ventil erinnern, das sich nicht mehr zudrehen lässt, bis alles unter Wasser steht.«

Dieses Mal bin ich es, die abrupt stehen bleibt. »Das hat dein Bruder zu dir gesagt?« Dagegen sind selbst Vains Sprüche harmlos.

»Hat er, aber es war kurz nach dem Tod unserer Eltern,

also nehme ich es ihm nicht übel«, erwidert sie ungerührt und will mich weiterziehen.

»Das ist doch keine Entschuldigung!«

»Wow, sieht aus, als würdest du es persönlicher nehmen als ich.« Therese knufft mich grinsend in die Seite. »Also, was ist jetzt? Besorgen wir dir endlich was zu trinken, oder wollen wir erst alle Sprüche erörtern, mit denen mein Bruder mir in den letzten Jahren zu verstehen gegeben hat, dass er mich nicht sonderlich mag?« In ihren Augen findet sich nicht das geringste Anzeichen von Enttäuschung, Schmerz oder gar Wut über die Ablehnung ihres Bruders. Da ist nur ein neckendes Leuchten, das deutlich macht, dass sie nur darauf wartet, mit mir anstoßen zu können.

Falsch, wispert etwas in mir.

Richtig, kontere ich in dem Wissen, dass es genau so sein sollte, wenn die VeriTab wirklich wirkt.

»Besorgen wir mir was zu trinken«, sage ich und versuche, Thereses Lächeln zu erwidern.

An der Bar gibt es unter anderem alkoholfreien Hugo, auf den meine Wahl fällt. Bewaffnet mit unseren Gläsern machen wir uns auf die Suche nach unseren Plätzen. In den Rückenlehnen der Holzstühle leuchten Namen auf, golden geschwungene Lettern, die die Sitzordnung vorgeben. Es wirkt fast, als wären sie eingraviert, dabei sind es tatsächlich perfekt eingearbeitete HoloScreens.

Am Rand der Bühne werden wir schließlich fündig. Keinen Katzensprung von dem Redepult entfernt, das ebenfalls mit roten Blüten dekoriert wurde.

Als sich Lace und Amara ans andere Tischende setzen,

atme ich auf. Wenn man jetzt noch Mister Frost in ihre Ecke verbannt, könnte es ein echt nettes Bankett werden. Kaum habe ich den Gedanken beendet, gleitet die gegenüberliegende Tür auf. Der Trakt der Männer. Anscheinend haben sie aufeinander gewartet, denn jetzt ergießt sich ein ganzer Schwall Menschen in den Saal. Sie tragen ähnliche Kleidung wie wir, weiße Hose, weiße Jacke, dunkelroter Streifen, nur an der Taille ist der Stoff anders geschnitten.

Instinktiv halte ich Ausschau nach Nick und Jamar und entdecke sie kurz darauf in ein Gespräch verwickelt. Ich bilde mir ein, Nicks Lachen zu hören. Ein Geräusch, das ich viel zu lange nicht mehr gehört habe. Ich will aufstehen und die beiden zu uns winken, als sich ein Mitarbeitender zwischen uns schiebt. Sektgläser werden verteilt, Worte gewechselt. Ich lasse mich zurück auf den Stuhl sinken. Früher oder später werden sie mich sicher bemerken.

»Kneif mich!«, ruft Therese plötzlich von der Seite.

»Was?«

»Du sollst mich kneifen!« Therese hat einen Ärmel hochgeschoben und trommelt so schnell auf ihrer nackten Haut herum, dass Kneifen überflüssig scheint. »Du siehst ihn doch auch, Mae, oder? Bitte sag mir, dass ich keine Halluzinationen habe.«

Ich folge ihrem Blick, ohne zu wissen, nach wem ich Ausschau halten muss. Schielt Therese vielleicht? Alles, was ich sehe, ist eine Traube von Menschen, die sich um jemanden schart. Nur einmal bricht die Mauer kurz auf – und mehr braucht es nicht. Er sieht genauso aus wie auf den Plakaten. Wie in den Werbefilmen und auf der Müslipackung. Gebräunte Haut, schneeweißes Lächeln, dunkelblonde, nach hinten gegelte Haare, ein markantes Gesicht mit Grübchen am Kinn.

»Loyd Jones?«, stelle ich überrascht fest.

»Er ist es doch, richtig?!«

»Wenn er keinen Zwillingsbruder hat, dann ja«, antworte ich, während ich an Cara denke. Wenn sie erfährt, dass Loyd Jones in unserem Camp ist, wird sie nicht mehr aufhören, mich mit Fragen zu bombardieren. Ob man das bei dem begrenzten Nachrichtenkontingent berücksichtigt hat?

»Aber er saß nicht mit uns im HoverTrain, oder?«, fragt Therese weiter.

»Nein, nicht dass ich wüsste.«

»Du weißt, was das heißt, oder?«

»Außer, dass wir noch einen Schönling mehr im Camp haben?«

Therese scheint mich gar nicht richtig zu hören. So wie ihr Körper unter Strom steht, wundert es mich, dass sie nicht längst losgerannt ist und mich zurückgelassen hat. »Nein, nein«, haspelt sie. »Wenn Loyd *holy fucking* Jones hier ist, wird er jemanden aus den Camps heiraten! Wie ... dich oder mich!«

Danke, aber da gehe ich lieber nach Ring Sieben, antworte ich lautlos.

»Okay, wir brauchen einen guten Schlachtplan.« Innerhalb eines Atemzugs hat Thereses Stimme eine unheimliche Ernsthaftigkeit angenommen. »Wahrscheinlich wird Loyd jeden Tag mit Fanpost und Avancen überhäuft, was heißt, dass er in allen, die sich gerade auf ihn stürzen, nur

Fans sehen wird, die ihm früher oder später auf die Nerven gehen. Heißt, wir sollten uns zurückhalten und abwarten, bis er allen ein Autogramm gegeben und ihnen klargemacht hat, dass er nicht mehr in ihnen sieht. Und dann ergreifen wir unsere Chance. Ach, erinnere mich vorher noch daran, Grayson den Kopf abzureißen, weil er mir nichts von Loyd Jones erzählt hat.«

»Und dein Bruder hätte davon wissen müssen, weil …?«

»Die Liste der Mitbewohnenden? Falls sie Loyd nicht superspontan eingeladen haben, muss Grayson schon die ganze Zeit davon gewusst haben.« Therese taxiert immer noch die Gruppe, die sich so verdichtet hat, dass Loyd nicht mehr zu sehen ist.

»Okay, nur damit ich das richtig verstehe: Dein Bruder ist auch in unserem Camp? Hier?«

»Sorry.« Blinzelnd reißt sich Therese von den anderen los. »Ich dachte echt, ich hätte das erwähnt. Siehst du den Typ da drüben? Der, der mit Firn van Steegen abhängt?«

»Ich habe keine Ahnung, wie Firn van Steegen aussieht«, erwidere ich und denke kurz darüber nach, meinem eigenen Bruder den Kopf abzureißen. Loyd Jones, Firn van Steegen, wie viele Berühmtheiten hat er mir wohl noch verschwiegen? Andererseits habe ich nie gefragt, also selbst schuld.

»Du weißt nicht … Alles klar, Süße, lehn dich ein Stück hier rüber, ja, genau so, und jetzt einmal an Ashan vorbeigucken. Der Typ zwischen Lace und Amara, das ist Firn van Steegen.«

»Der aussieht, als wäre seine platinblonde Tolle aus Plastik gegossen?«

»Genau. Haargel ohne Ende.« Therese verdreht die Augen. »Und wenn du dich jetzt noch ein Stück weiter zu mir lehnst, voilà, Grayson, mein reizender Bruder.«

Nein. Das kann nicht ihr verdammter … »Eisblaue Augen, aschgraues Haar?«, höre ich mich raunen.

»Bingo. Hat er sich bei der letzten Angleichung ausgesucht, wobei ich den Farbton vorher auch nicht schlecht fand. Ach, und er hatte da dieses Muttermal am Hals …«

Ihre Worte schwappen einfach über mich hinweg. Mister Frost ist Thereses Bruder. Thereses Bruder ist Mister *fucking* Frost! Die Ironie des Schicksals könnte nicht größer sein, und trotzdem bleibt mir jedes Lachen im Hals stecken. Klar. Es passt so perfekt zusammen. Das rücksichtslose Arschloch, das einem seinen Ellenbogen in die Seite rammt, EarPods zertritt und einem später unterstellt, eine Liar zu sein, ist dasselbe Arschloch, das seine Schwester ein defektes Ventil genannt hat. Tragischer Verlust hin oder her: In meinen Augen ist es keine Entschuldigung, sich dermaßen scheiße zu verhalten.

»Mae?« Therese schwenkt ihr halb leeres Glas vor mir. »Warum habe ich das Gefühl, dass du am liebsten meinen Job übernehmen und Grayson den Hals umdrehen würdest? Kennt ihr euch etwa?«

»Kennen ist zu viel gesagt«, presse ich hervor. »Wir sind uns nur zweimal begegnet, und sagen wir einfach: Es war nicht besonders angenehm.«

»Japp, das klingt nach Grayson«, erwidert sie und setzt das Glas zum Trinken an, ehe sie mitten in der Bewegung erstarrt. »Sekunde, aber du besuchst mich nach den Camps trotzdem, oder? Vielleicht streichen wir einfach die Sache mit dem Klavierunterricht oder fragen sofort Pierre, oder wenn du willst, gehen wir jetzt gleich zu Grayson, damit er sich für was auch immer entschuldigen kann, und ...«

»Therese«, unterbreche ich sie, bevor sich Veritas ermutigt fühlt, gefährliche Wahrheiten auf meine Zunge zu treiben. »Natürlich besuche ich dich trotzdem.«

»Sehr gut.« Strahlend hebt sie ihr Glas. »Dann auf musikalische Gemeinsamkeiten. Also nach den Camps.«

Bevor ich den Trinkspruch erwidern kann, ertönt über uns ein Gong. »Willkommen zum Begrüßungsbankett«, sagt AISS. »Bitte nehmen Sie jetzt Ihre Plätze ein.«

Die Gruppen, die sich überall im Saal gebildet haben, lösen sich auf. Leider sitzen Nick und Jamar am zweiten Tisch. Sieht aus, als würde es noch dauern, bis ich wieder mit Nick reden kann. Ob er den Blister bei sich hat? Es ist nur eine Frage der Zeit, bis die Watteschicht von der Hitze zerstört wird, die jedes Mal ein bisschen heißer auflodert, wenn ich Mister Frost ansehe. *Grayson*, korrigiere ich mich innerlich. Grayson. Das klingt so normal, irgendeine versnobte Zwei, die gern Klavier spielt, mit Firn von Steegen abhängt und keine Skrupel hat, andere als Liar zu bezeichnen. Immerhin dürfte er kapiert haben, dass ich kein Interesse habe, ihn näher kennenzulernen. Aber warum sieht er dann ständig zu mir rüber? Vielleicht, weil er genau so sitzt, dass sich unsere Blicke jedes Mal kreuzen, wenn wir hochsehen. Nicht einmal die beiden Frauen, die Therese und mir direkt gegenübersitzen, bieten richtigen Schutz. Da hilft nur eins: Blick im Hugo ertränken und hoffen, dass Grayson schnell eine andere Beschäftigung findet. Und war das da gerade ein Lächeln in seinem Mundwinkel? Wie unverfroren kann man sein?!

»Liebe Teilnehmende, bitte begrüßen Sie jetzt mit einem tosenden Applaus Ihre Betreuende Liv Evans.«

Ich war AISS noch nie so dankbar für Ablenkung. Am Rand der Bühne öffnet sich eine weitere Tür. Der losbrechende Applaus übertönt jeden Herzschlag. Ich klatsche so laut, so schnell, dass meine Hände schmerzen, und trotzdem höre ich erst auf, als die CEO von Eternity persönlich ans Redepult getreten ist. Liv Evans ist eine zierliche Frau, die ihre geringe Körpergröße mit unglaublicher Präsenz zu überspielen weiß. Das weißblonde Haar hat sie in einem strengen Dutt nach hinten gekämmt, die Augen sind von solch leuchtendem Türkis, dass man meinen könnte, sie wären aus Edelsteinen geschliffen. Dazu trägt sie einen eng anliegenden Hosenanzug in Dunkelblau, darüber einen Blazer mit einem goldenen V an der Brusttasche, hohe Schuhe.

»Vielen Dank.« Ihre Stimme hat nichts mit dem sanften Säuseln aus den Werbespots für Eternity zu tun. Sie gleicht eher einem Peitschenhieb, der jedes Getuschel schlagartig zum Erliegen bringt. »Jetzt, da auch die letzten Teilnehmenden angekommen sind, freue ich mich, euch alle offiziell zum Partner Evaluation Program begrüßen zu dürfen.« Sie nickt Loyd Jones zu, der die Geste erwidert. Also war der Star-Aufsehende wirklich nicht im HoverTrain. »Die meisten von euch kennen mich als Behandelnde Liv Evans, Founder und CEO von Eternity Inc., Organizer der offiziellen Singlebanketts sowie Projektleitung des Partner Evaluation

Program. Ich weiß, dass einige unter euch sind, die ebenfalls Titel oder Auszeichnungen mitbringen. Erbende eines alt-britischen Lords, Aufsehende mit bekannten Namen, einer der begehrtesten Singles der oberen Ringe.«

»Drei Jahre in Folge«, höre ich jemanden vom anderen Tischende sagen. Überrascht mich nicht, dass es Lace ist.

»Für die Dauer eures Aufenthaltes möchte ich, dass ihr all diese Titel, Auszeichnungen und Errungenschaften aus euren Köpfen streicht, genauso wie eure Herkunft. Alles, was in den kommenden acht Wochen zählt, ist die Tatsache, dass jeder der hier Anwesenden das beste Potenzial für einen erfolgreichen Abschluss mitbringt. Herausragende schulische Leistungen, Ehrgeiz, vielversprechende Gene. Damit gehört ihr zur Elite des ersten Partner Evaluation Programs, weshalb ich dieses Camp persönlich betreuen werde. Nicht als Behandelnde Evans, sondern als Liv. Ich werde wie alle anderen Betreuenden hier im Camp schlafen, mit euch essen, euch gemeinsam mit AISS zu den Tests begleiten, und falls es Fragen oder Probleme gibt, könnt ihr euch jederzeit an mich wenden.«

Ungläubig sehe ich zu ihr hoch. Die CEO des berühmtesten Konzerns hat uns gerade das Du angeboten. Irgendwo in ihren Mundwinkeln findet sich sogar ein Lächeln, das nicht einmal bricht, als jemand schnaubt.

»Hast du etwas zu sagen, Lace?«, fragt Liv. Natürlich kennen sich die beiden. Wahrscheinlich war es Liv selbst, die Lace auf irgendeiner Gala den Titel als begehrtester Single verliehen hat.

»Ja.« Alle wenden sich zu Lace um. Sie sitzt mit verschränkten Armen da und sieht *mich* an. »Wurde genau kontrolliert, wer sich Zugang zu unserem Camp verschafft hat? Mir scheint hier ein Fehler vorzuliegen.«

»Ein Fehler?«, wiederholt jemand anderes.

Ein weiteres Mal fahren alle herum – blicken zurück zur Bühne, auf der Liv nicht länger allein steht. Hinter ihr ist ein Mann aus der Tür getreten, bei dessen Anblick es totenstill wird. Reid Kane.

»Wo Menschen arbeiten, werden Fehler gemacht, das liegt in der Natur der Sache.« Seine Stimme ist genau so, wie ich sie vom VisionScreen in Erinnerung habe. Samtig, umschmeichelnd, und trotzdem spricht er die Worte mit einer gewissen Schärfe aus. »Doch das Partner Evaluation Program basiert auf einer Forschung, die begonnen hat, lange bevor Sie oder ich geboren wurden. Kontrolliert von dem wohl intelligentesten System, das je von Menschenhand erschaffen wurde. AISS? Wie hoch ist die Wahrscheinlichkeit, dass du einen Fehler übersehen hast?«

»Mein letzter Fehler ist vor genau achtzehntausendvierundzwanzig Tagen aufgetreten.« Damit meint sie sicher den Hackerangriff von Liar Whistle. »Seitdem arbeite ich makellos. Die Wahrscheinlichkeit liegt entsprechend bei unter null Komma null, null, null …«

»Danke, AISS, du musst nicht alle Nachkommastellen aufzählen.« Er lächelt schmal. »Wurde Ihre Frage damit beantwortet, …?«

»Lace Misoka, und ja.« Lace lässt die Arme sinken.

»Gut, Lace Misoka. In Zukunft denken Sie besser darüber nach, bevor Sie meinem Programm Fehler unterstellen. Alle hier Anwesenden sind genau an dem Ort, an dem sie sein sollten.« Sein Blick gleitet weiter zu mir, und er nickt mir aufmunternd zu.

Spätestens jetzt wünschte ich, da würde sich *mehr* in mir regen. Glück. Dankbarkeit. Euphorie. Aber da ist nur die nüchterne Erkenntnis, dass mir gerade bestätigt wurde, in dieses Camp zu gehören. Und zwar von keinem Geringeren als Abgeordnetem Kane persönlich. Paps' und Caras großem Vorbild.

Kanes blauer Anzug sitzt faltenfrei über dem weißen Hemd, die Krawatte ist etwas zu schmal für seinen Brustkorb, der noch muskulöser wirkt als im VisionScreen. Auch sein Gesicht ist noch vollendeter, die perfekte Symmetrie, mit markanten Wangenknochen, einem gepflegten schwarzen Bart und diesen Augen, die mir vor wenigen Wochen versprochen haben, dass ich niemals nach Ring Sieben muss.

»Entschuldigen Sie die Unterbrechung, Betreuende Evans«, sagt er an Liv gewandt. »Aber dieses Stichwort konnte ich mir nicht entgehen lassen.«

»Natürlich nicht.« Sie lächelt verständnisvoll. »Bevor ich das Wort an den Abgeordneten übergebe, möchte ich noch kurz ein paar Worte zum Ablauf des heutigen Banketts sagen. Insgesamt werden wir vier Gänge servieren – und ich verspreche nicht zu viel, wenn ich sage, dass sich die Küche selbst übertroffen hat. Nach jedem Gang wird es eine fünfzehnminütige Pause geben. Nutzt die Zeit, um erste Kontakte zu knüpfen oder euch an der Bar mit zusätzlichen Getränken zu versorgen. Die Sitzordnung wird sich im Laufe des Abends und der nächsten Wochen immer wieder verändern. Dahinter steckt ein komplexer Algorithmus, der so viele soziale Szenarien wie möglich erschafft. Es kann also gut sein, dass ihr beim zweiten Gang neben jemand anderem sitzt. In diesem Sinne wünsche ich euch einen guten Appetit. Abgeordneter Kane? Sie haben das Wort.«

Wieder brandet Applaus auf. Meine Hände schlagen mechanisch ineinander, während ich dem Drang widerstehe, zu Grayson zu sehen. Hoffentlich kapiert AISS schnell, dass *dieses* soziale Szenario keine Zukunft hat.

Kane löst Liv ab und umfasst die Kanten des Redepults genau so, wie es Präsidierender Wilmer früher getan hat. Eine kleine Geste, die ihn noch einnehmender wirken lässt. »Vielen Dank, Betreuende Evans.« Kane nickt ihr zu, bevor seine Aufmerksamkeit uns gilt. »Leider werde ich selbst keins unserer geschätzten Elitecamps persönlich betreuen können, allerdings erfüllt es mich mit Stolz, heute hier stehen und Sie begrüßen zu dürfen. Als Leitender des Partnerschaftssektors habe ich die Forschungen zum Partner Evaluation Program seit meinem Amtsantritt verfolgt und weiß, dass ich nicht übertreibe, wenn ich sage: Mit dem heutigen Tag schreiben wir Geschichte!«

Er macht eine Pause, um uns zum nächsten Applaus einzuladen. Als sein Blick über unseren Tisch streift, verziehe ich die Mundwinkel zu einem Lächeln. Alles, was ich fühle, ist ein billiger Abklatsch von Begeisterung. Und wem habe ich das zu verdanken? Mister Frost aka Grayson.

Mit einem Räuspern bringt Kane den Applaus zum Erliegen. »Da ich mir habe sagen lassen, dass das Essen bereits fertig ist, möchte ich Sie gar nicht lange aufhalten. Allerdings möchte ich diese Gelegenheit nutzen, Ihnen die Menschen zu zeigen, die all das hier überhaupt ermöglicht haben. AISS?«

Die Wand hinter Kane gibt sich als riesiger HoloScreen zu erkennen, auf dem jetzt das vertraute Logo des Partnerschaftsprogramms prangt.

»Seit der Ankündigung des Programms wurde ich immer wieder gefragt, wie wir das alles hier finanzieren. Nun, die vollständige Antwort können Sie dem Finanzierungsmodell entnehmen, das gemäß des Transparenzgesetzes online zur Verfügung steht. Stark vereinfacht lassen sich jedoch zwei Säulen hervorheben. Zum einen standen uns die Steuergelder zur Verfügung, die in den vergangenen vierzig Jahren in den Partnerschaftssektor geflossen sind. So gesehen haben viele von Ihnen selbst einen Teil zum Programm beigetragen.«

Wenn ich an meine Abrechnungen von Edgar denke, habe ich in den letzten Jahren meine Matratze finanziert.

»Dennoch wäre der heutige Start niemals möglich gewesen, hätte es nicht so viele Spenden aus der Bevölkerung gegeben. An dieser Stelle gilt mein Dank jenen großartigen Menschen, denen am Wohl unserer Jugend – an *Ihrem* Wohl – gelegen ist.«

Auf dem riesigen HoloScreen erscheinen die Gesichter verschiedener Leute, die alle in Credits zu schwimmen scheinen. Laut der Untertitel waren es Spenden in Millionenhöhe.

»Außerdem möchte ich mich bei jenen Firmen bedanken,

die auf einen Ersatz für den Zeitraum Ihrer Teilnahme verzichtet haben.«

Aus den Gesichtern werden Logos, allesamt bekannte Firmennamen, deren Produkte weit außerhalb meiner Preisklasse liegen.

»Auch in Zukunft hoffen wir auf die Unterstützung von bemühten Wohltätigen, zu denen auch Sie bereits beim nächsten Mal gehören könnten.« Kane lächelt uns der Reihe nach an, und einen Moment glaube ich, sein Blick würde an mir hängen bleiben. »Sie finden eine Liste aller Wohltätigen in Ihrer App. Und jetzt bedanke ich mich für Ihre Aufmerksamkeit und überlasse das Feld unseren geschätzten Mitarbeitenden aus der Küche.« Er deutet zur mittleren und damit letzten Tür im Saal, die wie auf Kommando aufgleitet.

Sechs Servierwagen werden hereingeschoben, bedeckt mit Eiskübeln, in denen Weinflaschen stecken, und zahlreichen Tellerchen. Allein der Duft lässt mir das Wasser im Mund zusammenlaufen.

»Ich wünsche Ihnen allen einen guten Appetit und freue mich, Sie in den Pausen näher kennenzulernen.«

Am heutigen Tag schauen alle Augen auf das Parlament, in dem das jüngste Mitglied seit Gründung unserer geliebten Nation Sestiby vereidigt wird. Reid Kane kann mit seinen neunzehn Jahren eine beachtliche Laufbahn vorweisen. Bereits neben der Schule hat er die ersten Kurse an der Silver University belegt, an der seine Mutter Alora Kane seit mehr als fünfzehn Jahren unterrichtet. Nach seinem Spitzenabschluss im letzten Semester wundert es niemanden, dass er von Abgeordneter Mannig mit Kusshand für die Zusatzausbildung im Partnerschaftssektor aufgenommen wurde. Wir sind sicher, dass wir in den kommenden Jahren Großes von diesem jungen Mann erwarten dürfen.

Auszug aus der Berichterstattung zur Vereidigung von Reid Kane, vom 01.07.2294

KAPITEL 16

Liv hat nicht übertrieben. Der erste Gang ist ein Kunstwerk, ein ziemlich kleines Kunstwerk, aber es passt genau zu dem Bild, das ich bisher vom Center hatte. Therese glaubt irgendetwas mit Avocado, roter Bete und karamellisierten Zwiebeln herauszuschmecken, für mich ist es einfach nur neu. Und gut. So gut, dass ich es schaffe, Graysons Anwesenheit einfach zu verdrängen. Stattdessen konzentriere ich mich ganz auf Therese und die Mitbewohnenden, die uns gegenübersitzen. Eireen und Lucinda. Beide kommen aus Ring Eins, beide hatten eine makellose Angleichung, und beide geben sich sichtlich Mühe, meine Herkunft zu ignorieren. Am Ende haben wir es trotzdem Thereses offener Art zu verdanken, dass es kein unangenehmes Schweigen gibt. Als hätte Therese nie etwas anderes getan, wechselt sie von einem Thema zum nächsten, von Musik zu Serien, zur Schulzeit, die für alle drei nur ein notwendiges Übel war, zu Geschwistern, Hobbys, Ex-Partnerschaften.

»Und, gab es bei dir jemanden, Mae?« Therese trinkt schon das zweite Glas Wein, während ich mich immer noch an dem ersten Hugo festklammere.

»Nur einen«, antworte ich und versuche, das kleine Zwicken zu ignorieren, das sich beim Gedanken an Aiden regt. »Er hat sich für eine andere entschieden. Erst letzten Monat.«

»Oh, shit.« Thereses vor Mitleid verzogenes Gesicht macht es nicht besser. »Ist vielleicht ein schwacher Trost, aber ich bin echt froh, dass du hier bist.« Ein geteiltes Lächeln, das tatsächlich ein bisschen hilft. Ob sich so der Beginn von *Freundschaft* anfühlt?

»Ich wurde auch erst vor kurzem abserviert«, erzählt Eireen. »Für das Programm.« In ihren Worten schwingt eine Bitterkeit mit, die ich bei anderen nur selten höre. »Lucy, gibst du mir mal den Wein?«

Lucinda zieht die Flasche aus dem Weinkühler und schenkt Eireen nach. Wüsste ich es nicht besser, würde ich die beiden für Schwestern halten. Sie haben hellbraune Haut, dunkle Haare, die sie geflochten über der Schulter tragen, und eine ähnlich spitze Gesichtsform. Nur Eireens Lippen sind etwas schmaler, und dann ist da noch die Farbe ihrer Iriden: ein stechender Bronzeton, während Lucindas Augen dunkelblau schimmern.

»Danke.« Eireen nippt an dem Wein. »Wir waren fast vier Jahre zusammen, und ich hätte schwören können, dass Selma die Richtige ist. Aber nach dieser Sondersendung hat es keine halbe Stunde gedauert, bis sie angerufen und mir erklärt hat, dass es besser wäre, ohne Präferenz in die Camps zu gehen.«

»Ein typischer Selma-Move«, erwidert Lucinda. »Nenn mir nur eine Situation in den letzten vier Jahren, in der sie nicht zuerst an sich selbst gedacht hat.«

Der Frust steht Eireen ins Gesicht geschrieben. »Spontan fällt mir keine ein«, gibt sie zu.

»Oh, wow, so jemanden hatte ich auch mal.« Therese verdreht die Augen. »Er war der Grund, warum ich im letzten Jahr keinen mehr länger als ein paar Wochen gedatet habe. Eigentlich sollte ich ihm dankbar sein, denn so kann ich mich voll und ganz auf jemand *Neuen* konzentrieren.« Grinsend nickt sie in Richtung Loyd, der immer noch mit seiner Vorspeise beschäftigt zu sein scheint.

Lucinda und Eireen drehen sich wenig subtil um. Kein Wunder, dass Loyd die Gabel sinken lässt. Er erwidert unsere Blicke mit einem flüchtigen Nicken, das Therese ein freudiges Jauchzen entlockt.

»Holy shit, habt ihr das gesehen?«, sagt sie aufgeregt.

»Ja, da war eindeutig ein Lächeln in seinen Augen«, erwidert Lucinda, die mindestens genauso begeistert aussieht.

»Wusstet ihr schon, dass er letzte Woche einen Werbedeal für VeriTea unterschrieben hat? Soll wohl riesig ausgerollt werden!«

Juhu, noch eine Verpackung mehr mit dem Gesicht, das selbst fürs Center zu perfekt ist. Während sich die anderen drei mit ihrem Wissen über den Star-Aufsehenden übertrumpfen, kratze ich die Reste auf meinem Teller zusammen.

Als AISS die erste Pause verkündet, springen die Leute regelrecht von ihren Stühlen hoch. Manche steuern den Abgeordneten an, der mit Liv an einem Tisch direkt neben der Bühne gegessen hat, Lucinda schnappt sich Eireen, um sie im Eiltempo zu Loyd zu ziehen, Lace und Amara haben dasselbe Ziel. Nur Therese hält sich tapfer an ihren Schlachtplan, auch wenn ihr ganzer Körper unter Strom steht. Ihre Finger klopfen nervös gegen das Glas, die andere Hand hat sie um ihre Serviette geballt, und das letzte Mal, dass ich dermaßen schnell trommelnde Fußspitzen gesehen habe, war bei einer Vorstellung von Riverdance.

»Therese?«

»Mh?« Sie reißt den Blick von Loyd los.

»Wie gern wärst du gerade da hinten und würdest mit ihm reden?«

»So gern, dass mir kein Wort dafür einfällt.« Sie beißt sich auf die Unterlippe, die noch genauso geschminkt ist wie vor dem Essen. »Aber ich will es nicht ... vermasseln. Das hier ist eine echte Chance, und ich bezweifle, dass er sich in ein Fangirl verlieben würde.«

Ich versuche, einen Widerspruch zu formulieren, aber Veritas weiß, dass es leere Worte wären. Zum Glück tauchen

Nick und Jamar in diesem Moment aus der Menge auf. Therese lässt sofort von der Serviette ab und winkt den beiden.

»Jamar, Nick!« Das Blitzen in ihren Augen lässt nichts Gutes erahnen. Kaum haben sich die beiden zu uns gesetzt, geht es auch schon los: »Ihr seid doch auch Aufsehende, richtig? Richtig. Also, habt ihr schon mal einen Einsatz mit Loyd Jones gehabt? Ich meine, könnt ihr mir irgendwas über ihn erzählen, was meine Chancen …? Ich meine, denkt ihr, ich hätte … *Chancen*?« Sie nimmt das Spiel mit der Serviette wieder auf, während sie die beiden sichtlich verlegen mustert. Ich wusste gar nicht, dass ihre Wangen unter dem Rouge noch röter werden können.

»Wir hatten schon einige Einsätze mit ihm, ja«, antwortet Nick zuerst. »Allerdings kenne ich ihn nicht gut genug, um etwas über deine Chancen zu sagen.« *Diplomatisch gelöst.* »Jamar kann dir aber sicher ein bisschen mehr über Loyds Geschmack erzählen. Stimmt's, Kumpel?« Während sich auf Nicks Gesicht ein Grinsen stiehlt, spannen sich die Sehnen in Jamars Hals an.

»Wow, danke, du Verräter.« Jamar lehnt sich kopfschüttelnd zurück. »Reicht es, wenn ich sage, dass er mir schon zweimal bei wirklich klugen, interessanten Frauen zuvorgekommen ist? Die eine war eine Kommilitonin an der Silver University, die andere kannten wir von einem Einsatz, und wir waren danach ein paarmal zusammen bowlen.«

»Was?!« Therese knallt das Glas auf den Tisch, als wäre es die Sensation des Jahrtausends. »Ich dachte, Loyd hätte bisher nur eine Freundin gehabt. Und nein, natürlich reicht das nicht!«

»Hatte ich befürchtet«, murmelt Jamar. »Aber dann brauche ich vorher was zu trinken. Kann ich euch was von der Bar mitbringen?«

»Ich begleite dich einfach.« Bereitwillig springt Therese auf, und ich ahne, dass sie Jamar in der Pause nicht mehr von der Seite weichen wird. »Nick? Mae? Kommt ihr auch mit?«

Obwohl ich nur das eine Glas hatte, meldet sich bereits meine Blase. Laut HoloScreen, auf dem die Pausenzeit herunterzählt, bleiben mir noch zwölf Minuten. Das sollte locker reichen. Daher entschuldige ich mich, und während Nick mit den anderen zur Bar geht, suche ich nach den Toiletten. Irgendwo neben der Tür zum Trakt der Männer habe ich ein entsprechendes Piktogramm gesehen.

Auf dem Weg zum Ausgang bleibt mein Blick am Rand der Bühne hängen. Inzwischen haben sich so viele Leute versammelt, dass ich weder Kane noch Liv sehen kann. Ob es sehr leichtsinnig wäre, es in der nächsten Pause selbst zu versuchen? Kane ist bekannt für seine guten Kontakte zum Zentralarchiv, und wenn ich die Chance hätte, ein paar Sätze mit ihm zu wechseln ... Ich schüttle den absurden Gedanken ab und laufe weiter. Solange ich Dads Tabletten brauche, ist ein Gespräch mit einem Abgeordneten eine echt bescheidene Idee.

Erst als sich die Tür hinter mir schließt, merke ich, wie laut es im Saal war. Hier hingegen ist es totenstill. Keine Musik, keine klirrenden Gläser, keine AISS, die mir ihre Navigationsdienste anbietet. Dafür gibt es genug Wegweiser. Es sieht aus wie in unserem Trakt, nur spiegelverkehrt. Ich folge dem Piktogramm in einen Seitengang. Spätestens als eine Treppe nach unten führt, frage ich mich, ob ein Abstecher in unseren Waschraum nicht schneller gewesen wäre. Ich bin kurz davor, einfach umzudrehen, als ich eine gedämpfte Stimme höre. Ist das Kane? Unwahrscheinlich – und wenn doch? Mein Verstand weiß, dass ich dann erst recht umdrehen sollte, doch meine Beine tragen mich weiter in die falsche Richtung.

»Ja ... Nein!« Plötzlich ist Kanes Stimme so nah, dass ich erstarre. Er muss nur einen Gang entfernt stehen.

Reflexartig presse ich mich an die Wand und suche die Decke nach Kameras ab. Falls AISS gerade zusieht, wird sie mein Verhalten garantiert in der Akte vermerken. Man belauscht keine Abgeordneten.

»Ich verstehe, was Sie gesagt haben, aber ich verstehe nicht, warum es mich interessieren sollte. Sie tun ja gerade so, als ob das mein Problem wäre!«

An diesem Tonfall ist nichts mehr samtig oder gar schmeichelnd. Es klingt eher, als stünde er kurz vor einer emotionalen Überreaktion. *Was zur Hölle tust du hier, Mae? Hau schon ab!* Ohne den Rücken von der Wand zu lösen, schiebe ich mich in die entgegengesetzte Richtung. Weg von Kane.

»Ja, ich weiß, dass es knapp wird, aber diese Individuen haben ihre Chance verspielt. Sorgen Sie dafür, dass das Problem gelöst wird. Umgehend.« Es klingt wie das Zischen einer erbosten Schlange.

Das Herz schlägt viel zu schnell gegen meinen Brustkorb. Warum sehe ich jetzt nirgends mehr dieses verfluchte Piktogramm für die Toiletten?!

»Verdammt nochmal, Hames, dann sorgen Sie dafür, dass Sie es … Nein, hören Sie.« Ein tiefer Atemzug. »Wenn Sie dazu nicht in der Lage sind, schicke ich Rogers vorbei. Nein … Ich schicke Rogers.«

Die Pause, die nach seinen Worten entsteht, jagt mir einen Schauer über den Rücken. Was auch immer ich gerade gehört habe, hätte ich sicher nicht hören sollen. Ich muss hier weg. Die Wand in meinem Rücken endet, und ich stehe auf einer Kreuzung, an der ein Wegweiser zum Speisesaal hängt. Vielleicht kann ich doch bis zur nächsten Pause einhalten. Meine Hand liegt bereits auf dem Geländer der Treppe, als ich wieder Kanes Stimme höre.

»Rogers?« Es ist nur ein fernes Raunen, und trotzdem glaube ich, den Sinn der Worte zu verstehen. »Sorgen Sie dafür, dass Hames ersetzt wird. Und lassen Sie mich wissen, wenn es erledigt ist … Nein, kein Anruf. Eine Nachricht reicht.«

Das Schaudern gräbt sich bis tief in meine Knochen. Vielleicht habe ich mich doch verhört. Oder mir fehlt nur der Kontext, oder mein Kopf spielt mir Streiche, oder die Wirkung der Tablette … Von oben kommen Schritte. Sofort reiße ich den Blick von den Gängen los und sehe zum oberen Absatz. Ob AISS mich gemeldet hat? Jetzt werde ich echt paranoid. Keiner kann mir verbieten, nach den Toiletten zu suchen, und dass ich mich so dicht an die Wand gepresst habe? Ein Reflex. Mehr nicht. Mit gestrafften Schultern laufe ich weiter. Nach vier Stufen kommt mir jemand entgegen.

»Sieh mal einer an.« Grayson bleibt stehen und schaut

buchstäblich auf mich herab. Sofort kehrt die Hitze zurück, die ich auf keinen Fall gewinnen lassen darf. Nicht vor ihm. »Das EarPod-Girl.«

»Sieh mal einer an, das Arschloch, das mir immer noch seine Versicherungsnummer schuldet. Wobei, warte.« Ich halte seinem Blick stand und gebe mir Mühe, ihn ebenso frostig zu erwidern. »Jetzt, da ich weiß, dass du Grayson heißt und Thereses Bruder bist, dürfte es ein Leichtes sein, an deinen Nachnamen zu kommen. Also wundere dich nicht, wenn du demnächst eine Mail von deiner Versicherung kriegst.«

»Thorn.« Ohne mich aus den Augen zu lassen, kommt er näher, bis er neben mir auf derselben Stufe steht. »Wie die Dornen. Ich nehme an, zu den Toiletten geht es da entlang?« Ein feines Lächeln, ein stechender Blick, der mein Herz einen unvernünftigen Schlag taumeln lässt. Ich weiß, dass sich die Sache mit der Watteschicht gerade erledigt hat. Nur noch ein Grund mehr, schnellstens abzuhauen.

»Keine Ahnung«, antworte ich. »Folg einfach den Schildern.« Damit reiße ich mich von ihm los und fliehe mit betont ruhigen Schritten nach oben. *Grayson Thorn. Wie die Dornen.* Das klingt nach einem Typ, von dem man sich *wirklich* um jeden Preis fernhalten sollte.

Als ich wieder zurück in den Speisesaal komme, bleiben mir noch genau drei Minuten. Kurz nach mir kehrt auch Kane zurück, der sich charmant lächelnd unter die Menge mischt, Hände schüttelt und sich in Gespräche verwickeln lässt. Nichts an ihm deutet darauf hin, dass er gerade noch irgendeinen Hames am Telefon bedroht hat – oder einen Rogers beauftragt hat, Hames zu ersetzen. Und was auch immer er damit meinte: Es ist sicher besser, wenn ich aufhöre, darüber nachzudenken.

Ich streiche mir über die Arme, um die Kälte aus meinen Gliedern zu vertreiben, und sehe mich nach den anderen um. Therese klebt immer noch an Jamars Lippen, Nick steht mit zwei Gläsern daneben und ist sichtlich froh, als ich zu ihnen stoße.

»Alkoholfreier Gin Tonic«, erklärt er und gibt mir einen der Drinks. »Mit Wacholder, Zitrone und drei anderen Aromen, die ich mir leider nicht gemerkt habe.«

»Danke.« Ich wende mich unseren Freunden zu und lausche dem Gespräch. Anscheinend geht es immer noch um Loyd. Ich schnappe ein paar Details auf, die mich nur insofern faszinieren, dass sich wirklich jemand dafür interessiert.

Die letzten Sekunden der Pause brechen an, und kaum ist der Countdown abgelaufen, verändern sich die Namen auf den Stuhllehnen. Jamar und Therese werden zusammen mit Loyd gesetzt – also hat AISS in der letzten Viertelstunde gut aufgepasst. Nick sitzt nur ein paar Plätze weiter neben Amara, und ich werde ans andere Ende des anderen Tisches verbannt. Ewig weit weg von allen, mit denen ich mich unterhalten möchte – nicht einmal Eireen oder Lucinda sind in der Nähe. Dafür setzt sich eine Mitbewohnende neben mich, die so tut, als gäbe es mich nicht. Ihrem Look nach ist sie mindestens eine Zwei, eher eine Eins. Goldene Strähnen durchwirken ihr dunkelbraunes Haar, ihre ebenfalls goldenen Augen weiß sie mit schwarzem Lidschatten zu betonen, und in ihrer Nase steckt ein kleines Piercing.

Als würde es nicht reichen, von der Seite ignoriert zu werden, steuert Firn von Steegen auf die freien Plätze gegenüber zu – begleitet von Grayson. Innerlich verdrehe ich die Augen. Vielleicht ist das AISS Strafe dafür, dass ich Kanes Telefonat aufgeschnappt habe.

»Sieht ganz so aus, als würde AISS uns beide für ein interessantes Szenario halten.« Er schenkt mir ein unverfrorenes Lächeln, während er sich mir direkt gegenübersetzt. »Maeander, richtig?«

Irgendwie muss er einen Blick auf meine Stuhllehne erhascht haben. Wer hat sich dieses unnötige System eigentlich ausgedacht? Warum gibt es keine normalen Platzkärtchen wie auf den Banketts der Moores, die man geflissentlich umdrehen kann, wenn man seinen Stuhl gefunden hat?

»Mae«, lässt mich Veritas korrigieren. Super, warum bieten wir Mister Frost nicht gleich an, auf unsere neue Freundschaft zu trinken? »Für mich sieht es eher so aus, als wüsste AISS nichts von meinem Versprechen.«

»Die Sache mit dem Fernhalten. Natürlich.« Grayson beugt sich vor, um eine Flasche Wein aus dem Kühler zu ziehen. Keine Ahnung, wie die Mitarbeitenden alles so schnell neu eindecken konnten. »Ich würde dich ja für dein Engagement beglückwünschen, aber ich möchte nicht. Wein?«

Hat er gerade wirklich meine Worte aus dem Zug gegen mich verwendet? »Nein, ich trinke keinen Alkohol«, erwidere ich knapp und klammere mich an dem Gin Tonic fest.

»Ich nehme gern eines.« Meine Mitbewohnende schiebt Grayson ihr leeres Glas hin und schenkt ihm einen verruchten Augenaufschlag, der leider beneidenswert attraktiv ist. »Priya Awid, Center.«

»Center«, wiederholt Firn, der unwillkürlich ein paar Zentimeter zu wachsen scheint, während Grayson ihr Glas füllt. »Nett. Das hier ist mein guter Freund Grayson Thorn, und ich bin Firn van Steegen, Eins. Vielleicht hast du schon einmal von meiner Familie gehört.«

Gleich verdrehe ich nicht nur innerlich die Augen.

»Natürlich.« Priya lächelt auf eine Weise, die zeigt, dass sie sich ihrer Ausstrahlung nur zu bewusst ist. »Eure Geburtstagsgala ist legendär. Ich habe gehört, dieses Jahr stand alles unter dem Motto Zirkus. Mit echten Artists, Feuerspeienden, Akrobatik.« Ohne Grayson eines Blickes zu würdigen, zieht sie das gefüllte Glas zu sich heran.

»Du hast richtig gehört«, erwidert Firn. »Das Motto stand schon seit einigen Jahren fest, allerdings waren für Vater nur die Artists der berühmten Levenders akzeptabel, weshalb lange Verhandlungen notwendig waren.« Er grinst dabei so selbstgefällig, dass mir minimal der Brechreiz kommt.

Grayson macht es nicht gerade besser. Er hat sich samt seinem Wein zurückgelehnt und mustert mich, als wollte er es darauf anlegen, mich zu provozieren. Einmal hat er bereits gewonnen, einmal hatte ich meine Rettung nur Nick und der Tablette zu verdanken. Vielleicht pocht mein Stolz deshalb darauf, diese Runde für mich zu entscheiden – ohne Hilfsmittel.

Ich erwidere Graysons Blick mit einem gekünstelt süßen

Lächeln und hebe das Glas. Ein Toast in seine Richtung, Ziel erreicht. Denn einen Moment lang gerät seine Selbstsicherheit ins Wanken, dafür blitzt Irritation auf. Leider bemerke ich dabei wieder, wie faszinierend seine Iriden sind. Ich habe noch nie so einen Farbton gesehen, dieses Eiskristallblau, das ihm viel zu gut steht.

»Auf ein interessantes Szenario«, sagt er plötzlich und erwidert meinen Toast. »Und auf dass wir niemals in die Verlegenheit kommen, wirklich einem Liar zu begegnen.«

War klar, dass er auf das Gespräch im Zug anspielen muss. »Ist das nicht dein Job?«, erwidere ich ungerührt. »Liar aufzuspüren und zu verhaften?«

Er nickt, während er das Glas an die Lippen hebt. Reflexartig zähle ich die Sekunden. Ich bin bei sieben, als sich der nächste Gang durch das Klappern der Servierwagen ankündigt. Grayson bewegt noch die Lippen, lautlos, lächelnd, dann bricht er den Blickkontakt ab. Sieben Sekunden, und er sieht völlig entspannt aus. Kein Fingerzucken am Glas, nicht einmal gerötete Wangen. Ohne es zu wollen, regt sich Neid in mir, gemischt mit einer Bewunderung, die ich in seiner Nähe als Letztes fühlen sollte.

Zum Glück wird mir kurz darauf eine Cremesuppe serviert, deren Duft allein für Ablenkung sorgt. Mit jedem Löffel ebbt die Hitze in mir ab, was auch daran liegen dürfte, dass Firn Grayson in das Gespräch miteinbezogen hat. Offenbar war Grayson ebenfalls auf dieser Geburtstagsgala. Langsam frage ich mich echt, warum jemand wie er in Ring Vier unterwegs war – ohne Uniform.

Als AISS zur zweiten Pause ruft, kann ich meinen Platz

nicht schnell genug verlassen. Ohne ein Wort der Verabschiedung stehe ich auf und versuche gar nicht erst, noch mal die Toiletten im Keller zu finden. Stattdessen mache ich einen Abstecher in unseren Waschraum. Ich bin allerdings nicht die Einzige mit dieser Idee. Lace und Amara stehen mit drei anderen vor den Spiegeln und frischen ihr Make-up auf. Wobei Amara eher am Rand steht und ihrer Schwester die Sachen aus der großen Tasche reicht.

»Die Fünf.« Lace verdreht die Augen so gekonnt, dass ich mich frage, wie lange sie dafür geübt hat. »Falls du hier bist, um dich wieder am Make-up anderer zu bedienen: Vergiss es.«

Dad meinte mal, dass Arroganz oft nur ein Panzer ist, unter dem sich ein angeschlagenes Ego versteckt. Ich könnte Lace nach ihren Schwachstellen fragen, aber etwas sagt mir, dass ich mir genauso gut mein eigenes Grab schaufeln könnte. Sozial gesehen. Denn so, wie sich die anderen Frauen direkt hinter sie gestellt haben, ist es offensichtlich, dass sie Lace als Anführende ihrer kleinen Gruppe auserkoren haben.

»Keine Sorge, ich muss nur auf Toilette«, erwidere ich und steuere die Kabine an, die am weitesten von ihnen entfernt ist. Hoffentlich verhindert AISS wenigstens *dieses* Szenario.

KAPITEL 17

Im Speisesaal herrscht eine ausgelassene Stimmung. Obwohl ich hier und da ein paar der pinken Pillen über das Tablett wandern sehe, merkt man, dass nicht mehr alle nüchtern sind. Das Gelächter ist eine Spur lauter, eine Spur schriller, die Bewegungen nicht mehr ganz so steif, die Gruppen bunter durchmischt. Selbst Loyds Fanclub scheint sich verteilt zu haben.

Der Erste, den ich in dem dichten Gedränge sehe, ist Nick. Irgendwie ist es ihm gelungen, Kanes Aufmerksamkeit zu gewinnen, ohne dabei von Dutzenden anderen umringt zu werden. Die beiden stehen am Rand, trinken Wein und scheinen sich angeregt zu unterhalten. Mein Bruder sagt etwas, und Kane lacht auf. Da ist er wieder: der Mann, der vorhin auf der Bühne war, nicht der, den ich unten habe telefonieren hören.

Als hätte Nick meine Gedanken gehört, sieht er zu mir rüber. Es ist nur ein flüchtiger Blick, aber es reicht, um Kane auf mich aufmerksam zu machen. Ich bin wie erstarrt, als der Abgeordnete die Hand hebt und mich zu ihnen winkt.

Wie sagt Therese so schön? *Holy shit.* Ob ich so tun kann, als hätte ich ihn nicht gesehen? Eher ... nicht. Immerhin starre ich ihn geradewegs an, während sich ein irrationaler Teil von mir fragt, ob seine unfassbar weißen Zähne in der Dunkelheit leuchten ...

Ich schaue zu Nick. Täusche ich mich, oder schüttelt er den Kopf? *Echt witzig, Bruder.* Als ob ich eine Wahl hätte, wenn ich nicht möchte, dass AISS mir einen Eintrag als *ignorant* verpasst oder noch schlimmer: als *politisch desinteressiert.* Zögernd reiße ich mich aus meiner Starre und rufe mir in Erinnerung, was ich über Kane weiß: Er ist der jüngste Abgeordnete, der je vereidigt wurde. Er und sein Ehemann sind bekannt für ihr Wirken in der Partnerschaftsarbeit. Sie gehen leidenschaftlich gern ins Theater. Und er hat gute Kontakte zum Zentralarchiv.

»Ah, die Schwester«, begrüßt Kane mich mit einem charmanten Lächeln, das das Telefonat noch absurder erscheinen lässt. »Maeander, richtig?« Er reicht mir die Hand. Ein kurzer, fester Druck.

»Richtig.« Es fällt mir erstaunlich leicht, sein Lächeln zu erwidern. Denn ganz egal, mit wem er da unten gesprochen hat: Er ist immer noch ein Abgeordneter. Und ich stehe direkt vor ihm. Und er kennt meinen Namen.

»Ich hoffe, die bisherigen Gänge haben Ihnen geschmeckt?«

»Ja, sie waren wirklich gut. Vielen Dank.«

Kane winkt eine der Servicekräfte heran. »Einen Drink, Maeander?« Höflich und zuvorkommend.

»An sich gern, allerdings bevorzuge ich was Alkoholfreies«, antworte ich angesichts der Sektgläser auf dem Tablett.

»Sehr vernünftig.« Er nickt der Mitarbeitenden zu, die zur nächsten Gruppe weiterzieht. »Nun, Maeander, Ihr Bruder hat erwähnt, dass Sie als Archivierende in Ring Zwei arbeiten?«

Überrascht sehe ich zu Nick, in dessen Mundwinkeln sich ein Lächeln kräuselt. Ich weiß nicht, ob es echt ist oder nur über seine Besorgnis hinwegtäuschen soll. »Richtig«, erwidere ich. »Bei Edgar Moore.«

»Eine interessante Berufswahl für eine so junge Frau. Darf ich fragen, wie Sie darauf kamen?«

Zum Glück meldet sich in mir nur das Kribbeln von Nervosität, das jeder in meiner Situation nachvollziehen könnte. »Natürlich«, sage ich. »Es war eine Reportage über das Zentralarchiv. In der zweiten Klasse wurden uns Ausschnitte daraus gezeigt, unter anderem aus einem Interview mit Professierter Adelaine. Sie hat erklärt, dass Archivierende die Stütze der historischen Forschung sind, diejenigen, die untersuchen, ob ein Dokument echt ist, die wissen, wie es sich in den geschichtlichen Ablauf einordnen lässt und welche man benötigt, um das gewünschte Thema zu recherchieren. Und sie arbeiten mit ... echtem Papier.«

»Ich gestehe, dass mich diese Antwort überrascht«, entgegnet Kane. »Maya Adelaine ist eine gute Freundin von mir, allerdings kommt es selten vor, dass sie andere inspiriert. Sie ist eher dafür bekannt ...«

»Andere abzuschrecken?« Ich beiße mir auf die Zunge. »Sorry. Ich wollte nicht ... Ich meine, ich hätte es anders formulieren sollen, aber das war das Erste, was mir einfiel.« Habe ich gerade echt *Sorry* zu einem Abgeordneten gesagt? Hilfe suchend sehe ich zu Nick, der mich keine Sekunde aus den Augen lässt. Mein Anker. Meine Sicherheit.

»Entschuldigen Sie sich niemals für die Wahrheit, Maeander«, erwidert der Abgeordnete schmunzelnd. »Maya hat eine Art an sich, die das Zentralarchiv mehr als einen Mitarbeitenden gekostet hat. Umso mehr erstaunt es mich, dass es jedes Jahr einen gewissen Andrang auf die Praktikumsplätze für den Sommer gibt. Apropos: Haben Sie denn schon einmal darüber nachgedacht, sich zu bewerben?«

Die Frage erwischt mich eiskalt. Zwischen den Zeilen erkenne ich die Chance, auf die ich Jahre gewartet habe – und daneben das Banner, auf dem fett das Wort **Warnung** prangt. Ein falscher Satz, und man schickt mich zur nächsten Überprüfung.

Veritas kennt jedoch keine Gnade. Bevor das Brennen zu verräterischer Hitze werden kann, nicke ich. »Mehr als ein Mal.«

»Während der Schulzeit hat sie von nichts anderem gesprochen«, mischt sich Nick ein. »Allerdings ist sie bei Edgar wirklich gut aufgehoben.«

»Ich bin Edgar Moore vor einigen Jahren auf einer Messe begegnet. Ein wirklich fleißiger Mann.« Kane nickt vor sich hin. »Falls Sie trotzdem irgendwann höhere Ambitionen haben, als die Lieferscheine eines Handelnden zu archivieren, melden Sie sich. Ich werde AISS bitten, Ihnen die Visitenkarte meiner Assistenz zu schicken. Nicholas, wir … Sekunde.« Er zieht sein SmartPad aus der Hosentasche. »Da muss ich leider rangehen. Wir sprechen uns später noch mal. Hat mich gefreut.« Er nickt uns zu, dann steckt er sich einen EarPod ins Ohr und strebt auf die Tür zu. Ob das Rogers ist?

»Mae?« Nick hat sich vor mich gestellt. Zurück ist seine ernste Miene. »Du denkst nicht wirklich darüber nach, dieses Angebot anzunehmen, oder?«

Mit geschürzten Lippen wäge ich meine Optionen ab. »Ich weiß es nicht. Ich meine ... ein Sommerpraktikum unter Professierter Adelaine? Du weißt, wie lange ich davon geträumt habe.«

»Und du weißt, wie gefährlich es wäre.« Seine Stimme ist nur noch ein Wispern, während er eine Hand nach meinem Gesicht ausstreckt und mir eine Strähne hinters Ohr kämmt. »Du bist meine Schwester, Mae. Wenn ich die Macht dazu hätte, würde ich dir alle Türen der Welt öffnen, aber ich kann dich nicht verlieren.«

»Ich habe schon mal eine Überprüfung geschafft«, murmle ich, obwohl die Worte eher mir selbst gelten. Das ist dieser verfluchte Optimismus, der meine Vernunft manchmal überstrahlt.

»Eine, richtig.« Nicks Blick sagt mehr als tausend Worte. »Und damals warst du ein Kind.«

»Teenie«, korrigiere ich, was nichts daran ändert, dass er recht hat. Innerlich sehe ich die digitale Visitenkarte in Flammen aufgehen. *Adieu Chance, die es niemals gab.*

»Ihr habt es echt geschafft, mit dem Abgeordneten zu sprechen?!« Therese ist so plötzlich neben uns aufgetaucht, dass ich zusammenzucke.

»Ja. Und wo hast du Jamar gelassen?«, wechsle ich das Thema, bevor sie mich über die Wahrheit ausfragen kann.

»Keine Ahnung. Hab ihn bei jemanden an der Bar verloren. War die Trüffelsuppe nicht absolut phantastisch? Peter hat vor Jahren mal eine gekocht, aber die war nicht halb so gut ... Oh, und dieser Tomatencracker obendrauf? Ein richtiges Meisterwerk.«

Unwillkürlich entspanne ich mich. In Thereses Nähe muss man nie Angst haben, sich lange mit einem unangenehmen Thema aufzuhalten. Wir reden noch kurz über das Essen, bis wir zurück an die Tische beordert werden.

Bei den nächsten beiden Gängen habe ich Glück. Ich sitze weder neben Grayson noch bei Lace oder jemand anderem, der mir gefährlich werden könnte. Einmal habe ich Jamar an meiner Seite, beim Dessert sitzt Therese nah genug, um ihrer ausgiebigen Geschmacksanalyse zuzuhören – und zu erfahren, dass Peter ein Restaurant in Ring Zwei gehört.

Nach dem letzten Gang gibt es auf dem HoloScreen keinen Countdown. Stattdessen tritt Liv an das Redepult und bittet um unsere Aufmerksamkeit. »Erst einmal hoffe ich, das Essen hat euch allen geschmeckt. Da wir auch in den kommenden acht Wochen kulinarisch bestens versorgt werden, bitte ich an dieser Stelle um einen kräftigen Applaus für die Küche.«

Unwillkürlich sehe ich mich um. Bis auf die zwei Mitarbeitenden, die hinter der Bar Gläser spülen, ist gerade niemand hier. Trotzdem stimme ich in den tosenden Applaus ein. Vielleicht überträgt AISS ja gerade live in die Küche.

Als der Applaus abebbt, fährt Liv fort: »Dann kommen

wir zu einer bedauerlichen Nachricht. Abgeordneter Kane musste das Bankett kurzfristig verlassen, da er im Parlament benötigt wird. Er lässt euch jedoch seine besten Grüße ausrichten und hat versprochen, das Kennenlernen mit euch nachzuholen.«

Gemurmel erfüllt den Saal, weshalb Liv kurz innehält. Anscheinend gibt es einige, die gehofft haben, den Abgeordneten noch sprechen zu können.

Liv räuspert sich, und es wird wieder ruhig. »Sobald ich mehr weiß, werde ich euch informieren«, sagt sie, ehe sie das Thema wechselt. »Kommen wir zum Programm für den Nachmittag. Ein paar von euch haben vielleicht schon einen Blick in die App geworfen und gesehen, dass an das Bankett ein erster Testblock anschließt. Keine Sorge: Wir starten entspannt mit einem kleinen Persönlichkeitstest, für den keine Vorbereitung notwendig ist. Ich werde gleich die ersten vier Teilnehmenden mitnehmen, die anderen werden von AISS informiert, wenn sie dran sind. Um Verzögerungen zu vermeiden, folgt bitte den entsprechenden Schildern auf direktem Wege oder verwendet die Navigation. Wir beginnen mit Lucinda, Loyd, Jamar und Maeander. Wenn ihr bitte mitkommen würdet.«

Als ich aufstehe, greift Therese kurz nach meiner Hand. »Viel Glück«, sagt sie, als wäre es eine Prüfung. Und tatsächlich bin ich genauso nervös.

Liv führt uns durch die Tür, durch die vorhin das Essen gebracht wurde. Der Gang dahinter ist wie der restliche Komplex in Weiß gehalten, abgesehen von dem Holzboden und der Wendeltreppe, die sich nach wenigen Schritten in den Keller windet. Laut Wegweiser führt sie zu den Aufenthaltsräumen. Wir folgen den Schildern Richtung Labor 6–12. Nachdem wir zwei weitere Zwischentüren passiert haben, erreichen wir einen kleinen Warteraum mit Ledersesseln, Wasserspender und echten Zeitungen. *Magazinen*, korrigiere ich mich beim Anblick der bunten Titelseiten. Jamar und ich werden gebeten, uns kurz zu setzen, während Lucinda und Loyd von zwei Behandelnden abgeholt werden.

»Es kann zwischen zehn und vierzig Minuten dauern«, informiert uns Liv. »Ihr werdet aufgerufen, sobald ihr dran seid. Und keine Angst. Es tut nur ganz kurz weh.« Sie schenkt uns ein Lächeln, bevor sie auf lautlosen Absätzen umdreht und uns allein lässt.

»Es tut nur ganz kurz weh«, wiederholt Jamar und spricht damit meinen Gedanken aus. »Wow, nicht gerade beruhigend.« Er fährt sich mit einem leisen Lachen durch das dichte Haar.

»Bist du etwa nervös?«

»Natürlich«, erwidert er. »Ich dachte, heute wird erst mal nett gegessen, ein bisschen geflirtet, und danach machen wir irgendwelche Kennlernspiele. Ein Persönlichkeitstest klingt ... ernst. Aber vergiss es. Wo waren wir in der letzten Pause stehen geblieben?«

»Du meinst, wo Therese und du stehen geblieben seid«, necke ich. »Das Letzte, was ich gehört habe, war irgendetwas über Loyds Talent im Parcours und dass du seine Bestzeit noch nie geschlagen hast. Es klang, als könntest du ihn echt nicht leiden.«

Jamar entfährt ein frustrierter Seufzer. »Nein, das ist ja das Schlimme: Loyd ist im Grunde ein echt netter Typ, wäre ihm nur der Ruhm nicht zu Kopf gestiegen. Manchmal glaube ich, er kapiert gar nicht, wie viel Glück er hat. Und dass er anderen damit echte Chancen verbaut.«

»Du meinst, wie bei diesen beiden Frauen?«

»Unter anderem, ja. Aber weißt du was? Das ist doch kein gutes Gesprächsthema.« Er beißt sich auf die Unterlippe, was irgendwie attraktiv aussieht. Keine Ahnung, warum diese Frauen Loyd Jamar vorgezogen haben. »Dein Bruder meinte mal, ihr geht gern ins Theater. Hast du ein Lieblingsstück?«

Der Themenwechsel lenkt uns beide ab. Ich weiß nicht genau, wie lange wir dasitzen, ich weiß nur, dass wir gerade heiß über ein uraltes Stück diskutieren, als sich eine der Türen im Wartebereich öffnet.

»Maeander Elking? Bitte kommen Sie rein.«

Sofort schießt mein Puls in die Höhe. »Glaub nicht, dass du die Diskussion damit gewonnen hast«, sage ich noch an Jamar gewandt, bevor ich aufstehe.

Jamar nickt mir aufmunternd zu, ehe ich die Schultern straffe und zu meinem Test gehe.

An der Wand neben der Tür hängt ein Schild mit der Aufschrift Labor 11. Kaum habe ich es betreten, schließt sich die Tür hinter mir. Es ist der erste Raum seit der Ankunftshalle, der komplett in sterilem Weiß gehalten ist. In der Mitte steht ein Stuhl mit gepolsterten Armlehnen, an dessen Seite diverse Gerätschaften hängen. Es erinnert mich sehr entfernt an die Untersuchungsräume in unserem MedPlex.

»Willkommen. Setzen Sie sich«, höre ich den Behandelnden sagen. Er sitzt mit dem Rücken zu mir auf einem Rollhocker und tippt etwas in sein HoloPad. Auf dem Tisch vor ihm klemmen Pipetten in Halterungen, es gibt gläserne Behälter mit verschiedenen Flüssigkeiten und einige Dosen HealFix. Außerdem gibt es ein Schränkchen mit gut zwei Dutzend Schubladen. Es sieht alles so viel moderner aus als bei uns in Ring Fünf. »Nur keine Scheu.«

Zögernd trete ich an das Ungetüm von Stuhl heran und fahre mit der Fingerspitze über eins der Geräte. Es ist ein schmaler Reif mit etlichen kleinen Stacheln im Inneren, der sich seltsam warm anfühlt.

»Maeander Elking.« Der Behandelnde dreht sich um. Er muss mindestens sechzig sein, leichte Falten überziehen die dunkelbraune Haut, die von einem schlohweißen, getrimmten Bart bedeckt ist. »Bitte.« Dieses Mal deutet er auf den Stuhl, der alles andere als einladend aussieht.

Trotzdem steige ich über einen Tritt aus Metall und lasse mich in die Mischung aus Eisen und Polster sinken.

»Jetzt lehnen Sie den Kopf zurück und versuchen Sie, sich zu entspannen.« Er rollt an seinem Tisch entlang, und ich höre, wie er eine Schublade aufzieht. Dann das Schnacken von medizinischen Handschuhen. »Also, Maeander, ich bin Behandelnder Price Abalon, doch Sie können mich Price nennen. Bevor wir beginnen, werde ich Ihnen einen VitaTrack einsetzen. Bitte ziehen Sie dafür die Jacke aus.«

Ob Liv deshalb meinte, es würde kurz weh tun? Während ich die Jacke ausziehe, bereitet Price das Stanzgerät vor.

Dann rollt er zu mir heran, desinfiziert eine Stelle an meinem linken Oberarm und setzt das Gerät an. »Achtung.« Und Stich.

»Autsch!« Zischend ringe ich den Drang nieder, mich aufzubäumen. Der tat echt weh! Ich schiele zu meinem Arm. Dieser VitaTrack ist viel größer als der beim Check-up, fast so groß wie mein Daumennagel. Außerdem sickert an den Seiten Blut durch, das Price mit einem Tuch wegtupft. Und wieder. Und wieder. »Gibt es für jeden Test einen?«, frage ich. Langsam wird aus Schmerz ein unangenehmes Pochen.

»Nein.« Price bedeutet mir, das Tuch weiter auf die Wunde zu drücken. Er selbst steht auf und holt sein HoloPad. »Diese Art von VitaTrack wurde dafür konzipiert, am Körper zu verbleiben, entsprechend können Sie mit ihm allen Aktivitäten wie gewohnt nachgehen, einschließlich Sport und Duschen. Sobald Sie ein Labor betreten, aktiviert sich der VitaTrack und analysiert laufend die Zusammensetzung ihres Blutes. Es dauert einen Moment, bis er sich richtig kalibriert hat. In der Zwischenzeit werde ich mit ein paar einfach Fragen beginnen. Einverstanden?«

»Denke schon.«

»Sehr gut.« Er wischt über das HoloPad. »Wie lautet Ihr Name?«

»Maeander Elking.«

Er macht sich eine Notiz. »Wie heißen Ihre Eltern?«

»Oliver Elking, geborener Teeves, und Arthur Elking.«

Es ist ein belangloses Frage- und Antwortspiel, in dem wir etliche Informationen durchgehen, die längst in meinem

Profil stehen dürften. Am Ende weiß er alles über mich, und ich habe nur seinen Namen, obwohl er sich weigert, mich zu duzen.

»Gut, das hätten wir.« Er nimmt mir das Tuch ab und wirft einen Blick auf meinen VitaTrack. In der Mitte leuchtet jetzt ein winziges grünes Lämpchen. »Sieht aus, als könnten wir anfangen. An dieser Stelle muss ich Sie darüber aufklären, dass Sie der Test emotional aufwühlen könnte. Egal, was Sie gleich sehen, versuchen Sie nicht, sich dagegen zu wehren. Gefühle sind wichtig.«

Ach ja, seit wann?

Er greift nach dem Reif mit den Nadeln, rollt noch einmal zurück zu seinem Tisch und zupft ein Tuch aus einem Behälter. Nachdem er die Nadeln mit einer Art bläulichem Gel eingerieben hat, steht er auf.

»Gelegentlich reagiert unser Gehirn mit einer Art Abwehrreflex auf das Transponderserum.« Er legt mir den Reif um den Kopf. »Allerdings klingt das Stechen für gewöhnlich nach wenigen Sekunden ab.«

Auf die Warnung folgt ein so gleißender Schmerz, dass ich gequält aufstöhne. Rund um meinen Kopf drücken die Nadeln gegen – oder gar *durch* meine Haut, während ich Price nur sagen höre: »Lassen Sie alle Gefühle zu. Nicht wehren, nicht dagegen ankämpfen. Lassen Sie einfach los. Loslassen, Maeander.«

Loslassen. Der Schmerz pulsiert in Wellen vor sich hin, erobert erst meine Schläfen, dann meinen Kopf und schließlich meinen ganzen Körper. Ich möchte noch etwas sagen, Price bitten, mir dieses verfluchte Ding abzunehmen, aber ich kann nicht. Obwohl ich keinen Alkohol hatte, fühle ich mich schlagartig betrunken. Die Zunge versagt mir den Dienst, alles um mich herum dreht sich, und dann verschwimmt mir auch noch die Sicht. Price wird zu einer diffusen Gestalt, die in Dunkelheit ertrinken will.

»Lassen Sie los«, höre ich viele Stimmen echoen.

Meine Lider flattern, während ich mir Vains frühere Versuche ins Gedächtnis rufe, mit mir zu meditieren.

Einatmen und ausatmen. Lausche nur deinem Atem. Ein und aus.

Endlich werden die Abstände zwischen den Schmerzwellen kürzer. Das Gefühl der gepolsterten Armlehnen verschwindet, stattdessen finden meine Füße unsichtbaren Boden. Als ich die Augen öffne, ist alles um mich herum finster, so finster, dass ich nicht einmal die Konturen meiner eigenen Hand erkenne.

»Hallo?«, rufe ich in die Leere. »Price? Sind Sie noch da?«

Aus den Augenwinkeln sehe ich ein Flackern. Ich drehe mich nach links. Nichts. Dann kommt es von rechts. Wieder nichts. Es geht ein paarmal hin und her, bis ich das Flackern erwische, das sich in immer schnellerem Rhythmus ausdehnt. Bald hat es die ganze Dunkelheit verschlungen, und ich werde von dem gleißenden Licht regelrecht geblendet. Ich reiße den Arm vor meine Augen, als mir ein vertrauter Duft in die Nase weht. Paps' Kräutertee.

Mit jedem Blinzeln zeichnen sich mehr Schemen in dem Licht ab, werden deutlicher: Fenster, Herd, ein Tisch, Menschen. Ich bin wieder zu Hause, stehe direkt auf der Schwelle zwischen Wohnzimmer und Küche. Genau da, wo letztens noch meine Mascarpone am Türrahmen klebte.

Paps steht an der Theke und schneidet Kartoffeln, während Cara am Tisch sitzt und auf einem SmartPad spielt. Als sie mich sieht, erhellt sich ihre Miene.

»Mae!«, ruft sie mir fröhlich winkend zu. »Guck mal, hast du so was schon mal gesehen?«

Es dürfte keinen Sinn ergeben, ich dürfte nicht hier sein, nicht über den ausgetretenen PVC-Boden laufen und erst recht nicht meine Hand nach Cara ausstrecken. Trotzdem tue ich es, und als ich ihr durch das Haar wuschle, fühlt es sich so echt an, dass ich jedes rationale Denken aufgebe. Ich lasse los.

»Zeig mal her«, sage ich und setze mich neben meine Schwester.

Sie spielt doch kein Spiel, sondern scrollt durch einen der Bildbände aus den verlorenen Ländern. Die meisten Namen sind geschwärzt, aber der Schönheit tut es keinen Abbruch. Bäume mit üppigem Geäst beugen sich über kristallklare Seen, Berge strecken sich bedeckt von Schnee in den Himmel, und dann sind da etliche Mäander, dunkelblaue Flussschlingen in rotem Wüstenland, denen ich meinen Namen verdanke. Etwas in mir sehnt sich nach jedem einzelnen dieser Orte. Aber sie existieren nicht mehr. Nicht in unserer Welt.

»Und, hast du so etwas schon mal gesehen?«, wiederholt Cara.

Jetzt spüre ich auch das Brennen in meiner Kehle. »Nur auf Bildern«, erwidere ich. »Es ist wirklich atemberaubend.«

Als sich Paps zu uns umdreht, stößt er versehentlich eine Kartoffel von der Theke.

Sofort springe ich auf, um sie aufzuheben. »Ich mach schon«, sage ich und nehme ihm das Schälmesser aus der Hand.

»Du bist ein Schatz.« Paps schiebt mir den Topf rüber. »Noch fünf, sechs, dann sollte es reichen.«

»Kriegen wir etwa Besuch?« Stirnrunzelnd setze ich das Schälmesser an. Ich kann mich nicht erinnern, dass wir je so viele Kartoffeln aufgesetzt haben.

»Natürlich.« Paps öffnet neben mir den Vorratsschrank, um in einer der Schubladen herumzukramen. »Sag nicht, dass du das vergessen hast?«

Ich zucke mit den Schultern und werfe die Kartoffel zu den anderen. Das reicht locker für zwei Familien. »Anscheinend schon.« Meine Antwort wird von einem Klingeln übertönt. Schnell wische ich mir die Hände trocken und laufe durch das Wohnzimmer, in dem Nick am HoloTerminal sitzt und irgendwelche Aufgaben für die Silver University löst. *Hat er das Studium nicht letztes Jahr abgeschlossen?*

Vor der Tür stehen Vain und ihr Mann Keith. Ich habe die beiden seit einer halben Ewigkeit nicht mehr gesehen. Nicht mehr seit ... Ich habe keine Ahnung. Hin und wieder dichtet sich mein Kopf in alter Gewohnheit Vain dazu, wenn wir unsere Spieleabende haben, wenn wir einen Film schauen oder ins Theater gehen. Aber wenn ich genauer darüber nachdenke, muss es beim letzten Sommerfest in ihrem Garten gewesen sein, ein Fest, auf dem ich niemanden kannte außer meiner und Keiths Familie.

»Hallo, Mae«, begrüßt mich Vain mit kühler Stimme, bevor sie mir einen Schmatzer links, einen rechts auf die Wange haucht. Als sie ihren Mantel öffnet, sehe ich eine kleine Wölbung an ihrem Bauch.

Irritiert runzle ich die Stirn. *Vain ist schwanger?* Hat sie Martha und Georgina nicht von einer Leihmutter austragen lassen, nachdem ihre erste Schwangerschaft mit Leopold so miserabel verlief?

Vain drückt mir ihren Mantel in die Arme und schiebt sich an mir vorbei. Ihr Mann Keith schüttelt mir flüchtig die Hand, sagt aber nichts. Dass er mit mir geredet hat, ist eine noch viel längere Ewigkeit her. Um genau zu sein, erinnere ich mich nur an ein einziges richtiges Gespräch mit ihm, bevor er Vain auf die dunkle Seite gezogen hat. Über seine Pläne, mit spätestens dreißig Abgeordneter zu werden. Als ich meinte, dass ich ebenfalls im Center arbeiten möchte, hat er nur gefragt, ob der Traum nicht zu groß für eine Fünf sei. Vielleicht hätte ich ihm zugestimmt, wäre mir Nick nicht zur Hilfe gekommen. *Träume erscheinen nur für die zu groß, die bereits alles haben.*

»Vain!«, ruft Paps begeistert. »Ihr seid aber früh dran!« Er hat meine große Schwester so fest in den Arm genommen, dass etwas in mir rebelliert. Egal, wie lange sich Vain nicht bei uns meldet, wie viele Feste sie ohne uns feiert und wie oft sie den Familienchat ignoriert: Paps wird sie immer mit offenen Armen empfangen.

Als Paps den gewölbten Bauch sieht, wischt er sich über die Augen – Freudentränen, schon wieder. Und wieder gelten sie jemand anderem.

»Du bist die schönste Schwangere, die ich je gesehen habe«, verkündet er. »Cara-Schätzchen, jetzt komm schon her und begrüß deine große Schwester!«

Während Cara lustlos zu uns trottet, deaktiviert Nick das HoloTerminal. Sein Lächeln wirkt kontrolliert, fast kühl, und trotzdem begrüßt er unseren Schwager, als würde er ihn mögen.

»Jetzt fehlt nur noch euer Dad, und dann ist die ganze Familie wieder zusammen«, flötet Paps, als würde es seine Enkelkinder nicht geben. Wo sind die drei überhaupt? »Kommt rein, kommt rein. Wir haben gerade die Kartoffeln aufgesetzt.«

Ich will die Tür schließen, als mich jemand von draußen ruft.

»Mae!«

Unschlüssig sehe ich zurück zu Paps, der damit beschäftigt ist, Vains Bauch zu tätscheln, und ihr zu versichern, dass ein viertes Kind genau die richtige Entscheidung war. Als mein Blick Nicks kreuzt, nickt er mir kaum merklich zu.

»Mae!« Das Rufen wird lauter.

Ich lächle Nick zu, werfe mir Vains sauteuren Mantel über und beschließe, die geheuchelte Idylle hinter mir zu lassen. Die Tür fällt ins Schloss, die Konturen unserer Nachbarschaft verschwimmen. Ich sehe gerade noch Mariella am Zaun ihres Betongartens winken, bevor ihr Gesicht im gleißenden Licht verschwindet. Darauf folgt die Dunkelheit, auf ein Blinzeln die Realität. Ich schaue geradewegs in Prices Gesicht.

»Interessant.« Er sagt nur dieses eine Wort, ehe er den Reif von meinem Kopf löst. »Wie fühlen Sie sich?«

»Abgesehen von einem leichten Stechen in den Schläfen, gut«, sage ich und bin selbst überrascht.

Price nickt. »Das freut mich.« Er rollt mit Hocker und Reif zu seinem Tisch, um die Stacheln zu desinfizieren. Sein HoloPad steht aktiviert daneben und zeigt einige Diagramme mit Dutzenden Linien.

»Konnten Sie alles sehen?«, frage ich.

»Sehen?« Price wirft mir einen amüsierten Seitenblick zu, auch wenn das Lächeln vor seinen Augen haltmacht. »Nein. Über den Initiator können wir nur gewisse Impulse steuern, die Ihr Gehirn in passende Bilder umwandelt. Alles, was bei uns ankommt, ist eine Vielzahl an Kurven, die Aufschluss über Ihre Reaktionen geben.«

Ich weiß nicht, warum es mich erleichtert, aber ich muss ein Seufzen unterdrücken. »Dann war es das schon?«

»Ja.« Price hängt den Reif zurück an die Lehne des Stuhls. Dann versorgt er die kleinen Einstichstellen an meinem Kopf mit HealFix. »Wir sagten ja, es ist nur ein erster Persönlichkeitstest. Wenn Sie keine Fragen mehr haben, können Sie gehen. Bitte verwenden Sie die Tür dort vorne.« Er deutet zu einer zweiten Tür. »AISS wird Sie zurück in den Speisesaal bringen. Wir sehen uns morgen.«

Erst als ich mich aufrichte, spüre ich, wie schwach ich bin. Ich balle ein paarmal die Hände zu Fäusten, wackle mit den Zehen und rutsche an die Kante des Stuhls. »Werde ich den Reif morgen wieder tragen müssen?«, frage ich mit Blick auf die nadeldünnen Stacheln.

»Initiator«, korrigiert Price. »Und morgen nicht, nein. Er kommt erst bei der nächsten Projektion zum Einsatz, doch falls es Sie beruhigt: Der Schmerz wird mit jeder Sitzung weniger. Irgendwann ist es nur noch ein leichtes Ziepen. In manchen Fällen spürt man es gar nicht mehr.«

»Danke.« Ich lasse mich zu Boden gleiten. »Dann bis morgen.«

Alle verheirateten Paare haben das Recht auf die Gründung einer Familie. Die Registrierung für einen Geburtszyklus muss spätestens zum Stichtag erfolgen, der in der Regel einen Monat vor Ende des laufenden Zyklus angesetzt ist. Die Kosten einer Befruchtung sind abhängig vom Umfang der gewünschten genetischen Modifikationen sowie von der Art der Austragung.

Das gute Gesetz, Art. 6, Absatz 1–2

KAPITEL 18

Der Speisesaal hat sich merklich geleert. Die Namen sind von den Stuhllehnen verschwunden, an der Bar lassen sich nur noch vereinzelte Leute bedienen, und die Tische wurden abgeräumt.

»Die meisten sind unten im Sofaraum«, lässt mich eine Mitarbeitende wissen, die einen Servierwagen an mir vorbeischiebt. An der Seite hängt ein Behälter voller Reste. Angesichts der Menge wird mir flau. *Was für eine Verschwendung.* Dabei war das Dessert echt nicht groß.

»Danke.« Ich deute ein Lächeln an und schaue, ob ich noch irgendwo helfen kann. Anscheinend nicht. Als ich mich zum Gehen wende, steht jemand so plötzlich vor mir, dass ich einen Aufschrei unterdrücken muss. »Grayson«, zische ich. »Hast du es darauf angelegt, mich zu erschrecken, oder hast du nur noch nie was von Personal Space gehört?«

Ich weiche einen Schritt zurück und verschränke die Arme vor der Brust, hinter der mein Herz viel zu schnell hämmert. *Es ist nur der Schrecken,* versuche ich, mir einzureden, dabei weiß ich es besser. Es sind Graysons Augen, seine Nähe, seine Mundwinkel, die immer den Eindruck machen, als würde er mich für etwas belächeln. Und wenn er genau das tut? Wenn er weiß, wie naiv es von mir ist, zu glauben, ich würde das hier ohne Überprüfung schaffen?

»Soweit ich weiß, warst du diejenige, die sich plötzlich umgedreht hat und fast in mich reingelaufen wäre«, erwidert er. »Also verzeih, dass ich keine hellseherischen Fähigkeiten habe. Ansonsten hätte ich mich bedeutend früher angekündigt.«

»Mir wäre es lieber, du hättest einfach einen Bogen um mich gemacht. Oder muss ich dir noch mal erklären …«

»Dass du deinem Bruder versprochen hast, mich zu meiden? Nein, ich denke, so viel habe ich inzwischen verstanden.«

»Dann wird es dich wohl kaum überraschen, wenn ich jetzt gehe.« Ohne ihn weiter zu beachten, laufe ich an ihm vorbei.

»Warte.«

Nach nur wenigen Schritten bleibe ich doch wieder stehen und verfluche mich innerlich dafür. »Was denn noch?« Widerwillig drehe ich mich zu ihm.

»Ich hatte bisher keine Chance, dir zu sagen, wie beeindruckt ich bin.« Er kommt näher, und obwohl ich jede Möglichkeit habe, zu fliehen, harre ich in meiner Position aus. Instinktiv halte ich den Atem an, als Grayson dicht vor mir stehen bleibt und seinen Kopf neben meinen senkt. »Du musst wirklich gut sein, wenn du deine kleinen Ausbrüche vor jemandem wie Nicholas Elking verstecken kannst.« Geraunte Silben, eissplitterscharf.

Ein Frösteln läuft mir über den Rücken. »Was meinst du mit ›jemandem wie Nicholas Elking‹?«, wispere ich, ohne mich zu rühren.

Grayson zieht den Kopf gerade so weit zurück, dass sein Gesicht nur Zentimeter von meinem entfernt ist. »Ich meine jemanden, der Jahrgangsbester des letzten Abschlussjahres war«, erwidert er. »Jemanden, der eine überdurchschnittlich hohe Erfolgsquote bei der Gefangennahme von Liar hat, der mehr emotionale Überreaktionen zur Anzeige gebracht hat als jeder andere unseres Jahrgangs. Und dessen Schwester offensichtlich nichts davon weiß.« Sein Blick hat sich ungefragt in meinen gebohrt. »Nicholas steht seit drei Jahren ganz oben auf der Rangliste. Unangefochten.« In seinen Augen ist viel zu viel Ernsthaftigkeit, eine Überzeugung, die etwas in mir weckt, das gefährlicher ist als jede Wut.

Ich *zweifle*. Nicht einmal Veritas weiß, wie ich damit umgehen soll. *Natürlich nicht*, denke ich zynisch. Veritas ist der Grund, warum es keine Zweifel mehr gibt, warum ich jedes Wort in dieser Welt glauben muss. Aber das hier ist ... anders. Hier geht es um meinen eigenen Bruder, und er hätte mir doch erzählt, wenn er Jahrgangsbester gewesen wäre. Oder so verdammt gut in seinem Job wäre, dass er Ranglisten anführt! Seit drei Jahren. Oder ... Was, wenn nicht? Er hat mir auch nichts von Jamar erzählt oder von High Tower oder seiner ersten Stunde bei diesem Professierten Isnin, auf den Jamar angespielt hat.

»Wie gesagt, ich bin beeindruckt«, murmelt Grayson, in seinem Mundwinkel der Hauch eines Lächelns, das mich daran erinnert, wie gefährlich unser Gespräch ist.

Ich halte seinem Blick stand. »Weißt du, Grayson, es ist mir eine Freude, dich zu enttäuschen«, erwidere ich. »Denn ob du es glaubst oder nicht: Es gibt Geschwister, deren Bindung so eng ist, dass sie nichts voreinander verstecken müssen. Die dich bereitwillig zu einer Überprüfung begleiten und die wissen, dass du *richtig* bist, auch wenn es sich nicht immer so anfühlt. Aber diese Art der Liebe dürfte dir wohl fremd sein.«

»Falsch.« Graysons Körper spannt sich sichtbar an. »Ich kenne diese Art von Liebe. Und deshalb weiß ich, wie sehr sie einen zerstören kann, wenn sie einem einfach so entrissen wird.«

Oh, fuck. Der Schmerz, der in seinen Augen schimmert, ist wie ein Schlag in die Magengrube. Habe ich gerade echt jemandem, der seine Eltern verloren hat, vorgeworfen, keine Liebe zu kennen?

»Grayson, ich ...« In meinem Hals bildet sich ein Kloß, der zu groß zum Schlucken ist. »Es tut mir leid. Ich hätte das nicht sagen –«

»Schon gut.« Dieses Mal ist er es, der einen Schritt nach hinten flieht. »Ich werde es einfach weglächeln. So macht man das schließlich in dieser heuchlerischen Welt, richtig?« Er verzieht die Mundwinkel zu einer Grimasse und deutet eine Verbeugung an. »Rhetorische Frage, keine Antwort notwendig.« Dann dreht er auf dem Absatz um und verschwindet.

So macht man das schließlich in dieser heuchlerischen Welt, richtig? Wie erstarrt sehe ich ihm nach, während der Satz wieder und wieder durch meinen Kopf hallt. Heuchelei ist nichts anderes als eine Form von Lüge, eine tote Vokabel, die man nur noch in Filmen und Büchern findet. Spätestens jetzt sollten alle Alarmglocken in mir schrillen, aber da ist nur die bittersüße Erkenntnis, dass unsere Welt nie besser beschrieben wurde. All das Gelächle, wenn man verletzende Wahrheiten hört, das milde Nicken, wenn einem das Herz gebrochen wird, der ewige Optimismus.

Was, wenn Grayson tatsächlich der Erste ist, für den sich all das genauso falsch anfühlt wie für mich? *Vergiss es, Mae.* Selbst für den unwahrscheinlichen Fall, dass er es so gemeint hat, ist er der letzte Mensch, bei dem es mich interessieren sollte.

Ich warte noch, bis er im Trakt der Männer verschwunden ist. Dann straffe ich die Schultern, bemühe mich um eine gelassene Miene und steuere auf den Ausgang zu, um die anderen zu suchen. *So macht man das schließlich in dieser heuchlerischen Welt.*

Am Ende der Wendeltreppe liegt ein breiter, mit Holz verkleideter Flur, von dem mehrere Türen abgehen. Ich bin keine zwei Schritte gegangen, da höre ich auch schon Thereses unvergleichliches Quietschen, gefolgt von allgemeinem Gelächter und – Applaus. Stirnrunzelnd betrete ich den Sofaraum. Der Name könnte nicht besser passen. Neben zwei Dartscheiben und einem Wandschrank gibt es sicher ein Dutzend zusammengewürfelter Sitzgruppen. Verschiedene Tische, dunkelbraune Ledersofas, rote Samtsessel, welche mit Blumenmustern oder Cordbezügen.

»So was von gewonnen!« Thereses rote Lockenmähne blitzt in der Menge auf, die sich um einen der Tische versammelt hat. »Komm schon, Jamar, rück die Karten rüber.«

»Ungern.«

»Ah, Mae! Perfektes Timing!« Keine Ahnung, wie Therese mich so schnell bemerkt hat. Ihr wildes Winken hat zur Folge, dass sich die Menge teilt und mich näher an den Tisch herantreten lässt. Darauf befindet sich ein Spielbrett mit dem Schriftzug *Against the Liar*, auf dem mehrere Figuren stehen.

»Es ist gerade ein Platz für die nächste Runde frei geworden«, erklärt Therese grinsend. »Die übrigens von mir angeführt wird. Und jetzt her mit den Karten.« Sie winkt Jamar mit zwei Fingern zu sich, in ihren Augen ein aufforderndes Funkeln.

»Ich hab noch nie jemanden gesehen, der so viel Glück hat«, raunt Jamar, während er seine Handkarten vor Therese auf dem Beutestapel ablegt.

»Talent, mein Lieber«, kontert Therese ungerührt. »Außerdem muss ja irgendjemand den Vorsitz übernehmen, bevor wir die Liar gemeinsam drankriegen können. Eireen. Deine auch noch.«

Augenrollend wirft Eireen ihre Karten ebenfalls auf Thereses Stapel. »Talent *und* Glück«, korrigiert sie mit Nachdruck.

»Wie viele Runden spielt ihr schon?« Ich musterte den überschaubaren Nachziehstapel.

»Fünf oder so«, erwidert Jamar. Anscheinend ist er kein guter Verlierer.

»Fünf?!« Reflexartig hole ich mein SmartPad raus, um einen Blick auf die Uhr zu werfen.

»Japp, du warst ziemlich lange weg«, bestätigt Therese meinen Verdacht.

Es ist tatsächlich fast zwei Stunden her, seit ich das Labor von Price betreten habe. Geschlagene zwei Stunden! Dabei hat es sich wie zehn, höchstens zwanzig Minuten angefühlt.

»Also, was ist jetzt, Süße? Übernimmst du für Nick?« Therese deutet auf den Platz, an dem ein kleiner Beutestapel beweist, dass mein Bruder gerade noch dort saß.

»Okay.« Immer noch perplex lasse ich das SmartPad sinken. »Ihr müsst mir die Regeln aber noch mal erklären.«

»Supersimpel. Ich mische gleich die restlichen …«

Ein melodischer Gong schneidet Therese das Wort ab. Dicht gefolgt von AISS Singsang: »Als Nächstes werden Therese und Eireen gebeten, sich in den Wartebereich vor den Laboren 5 und 6 zu begeben. Porter bitte in den Wartebereich von Labor 11.«

»Und das nenne ich ein echt beschissenes Timing.« Seufzend lässt Therese den Kartenstapel sinken. »Machen wir später weiter?«

»Klar.« Eireen steht auf. »Wehe, das hier fasst jemand an, während wir weg sind.« Sie wirft einen mahnenden Blick in die Menge, die nicht so aussieht, als hätte sie Interesse, das Spiel zu manipulieren. Wo eben noch gemeinsam gelacht und applaudiert wurde, bilden sich jetzt kleinere Gruppen, die sich vom Spieltisch entfernen. Manche fläzen sich in eine der Sitzecken, andere gehen raus oder steuern auf den Wandschrank zu.

»Das gilt übrigens auch für dich«, sagt Therese noch an Jamar gewandt. »Ich weiß genau, wie hoch mein Stapel war.«

»Warum klingt das wie eine Herausforderung?«, erwidert Jamar neckend.

»Wenn es für dich so klingt, habe ich mich wohl falsch ausgedrückt. Finger weg von meinem Stapel.« Therese gibt sich Mühe, es todernst klingen zu lassen, nur ihre Mundwinkel zucken verräterisch nach oben.

Wir begleiten Therese und Eireen bis zur Wendeltreppe. Als die beiden oben verschwunden sind, nickt Jamar zu einer der anderen Türen. »Bereit für eine kleine Führung?«

Bis zum Abendessen haben wir jeden der Aufenthaltsräume erkundet, einschließlich des Fitnessstudios. Am Ende sind wir wieder im Sofaraum gelandet und haben die Partie *Against the Liar* beendet – ohne Eireen. Erst dachte ich, ihre Projektion würde länger dauern, jetzt stehen wir im Speisesaal, und AISS erklärt den ersten und einzigen Testblock des Tages offiziell als beendet. Ich tausche einen Blick mit Lucinda. Ein besorgtes Stirnrunzeln, ein kaum merkliches Kopfschütteln. Am liebsten würde ich zu ihr gehen und fragen, ob sie etwas weiß, aber AISS bittet uns, unsere Plätze einzunehmen. Oder in anderen Worten: den Vorhof zur Hölle zu betreten.

Denn diesmal sitze ich zwischen Lace und Amara, uns gegenüber zwei weitere Frauen, die zu Laces erlesenem Gefolge gehören. Jede Einzelne bedenkt mich mit einem Blick, der meinen Fluchtinstinkt anstachelt. Trotzdem bleibe ich sitzen und verziehe die Mundwinkel zu einem Lächeln, das mich alle Anstrengung kostet. *So macht man das schließlich in dieser heuchlerischen Welt.*

Aber es wirkt. Anstatt mich mit Giftpfeilen zu beschießen, konzentrieren sich die vier auf ihre eigenen Gespräche. Anscheinend lief jede Projektion ähnlich ab. Eine alltägliche Situation, unerwarteter Besuch, eine Stimme, jemand, der einen nach draußen ruft. Bei Lace und Amara war es dieselbe vor Jahren verstorbene Großtante, bei der einen die erste große Liebe, bei der anderen der ehemalige Chauffeur der Familie. Gut, dass mich keiner fragt.

Während die vier das Thema wechseln und über irgendeine Party reden, hole ich mein SmartPad raus. Eine neue Nachricht: die Visitenkarte von Kanes Assistenz. Das ging mal schnell. Bevor ich mir Name oder Nummer einprägen kann, klicke ich auf **Löschen**. Die Bestätigung tut weh, aber ich weiß, dass es das Richtige ist. *Oder*?

Ein lautes Räuspern lenkt meine Aufmerksamkeit zur Bühne. Um mich herum wird es still.

»Normalerweise würde ich es AISS überlassen, das Abendessen zu eröffnen. Leider muss ich direkt heute eine Ausnahme machen.« Liv steht hinter dem Redepult und umklammert die Kanten vielleicht eine Spur zu fest. »Wie manchen sicher aufgefallen ist, fehlt heute Abend jemand. Ich möchte gleich vorwegnehmen, dass kein Grund zur Sorge besteht. Eireen geht es den Umständen entsprechend gut, allerdings haben die Behandelnden entschieden, sie vorübergehend nach Hause zu schicken. Ich bitte um Verständnis, dass ich keine Details über ihre Projektion oder den Grund für diese Entscheidung preisgeben werde, weshalb ihr von Fragen absehen solltet. Sobald Eireen zurück ist, steht es euch natürlich frei, mit ihr über alles zu sprechen.«

Dieses Mal schaffe ich es nicht, Lucindas Aufmerksamkeit zu gewinnen. Sie sitzt am anderen Tisch, eine Hand um das leere Glas geklammert, den Kopf stirnrunzelnd gesenkt. Wie beschissen muss es sein, die einzige Bezugsperson schon am ersten Tag zu verlieren? Unwillkürlich sehe ich zu Nick. Zumindest versuche ich es, denn er sitzt genau so, dass ich mich zu Lace lehnen müsste, um einen Blick auf ihn zu erhaschen. Nein danke.

»Da Eireen das Programm voraussichtlich fortsetzen wird, bleibt ihr Platz bis auf Weiteres unbesetzt. Und jetzt möchte ich euch gar nicht länger vom Essen abhalten. Lasst es euch schmecken und habt einen schönen Abend.«

Während Liv die Bühne verlässt, werden die Speisewagen hereingeschoben. Anders als beim Bankett gibt es jetzt keine winzigen, kunstvoll angerichteten Portionen, sondern Körbe voller Brot, Baguette und Brötchen. Dazwischen werden Schalen mit Aufstrich, Platten mit Käse oder Rohkost verteilt – vielleicht hat man die üppigen Blumenbouquets deshalb von den Tischen verschwinden lassen. Zum Trinken gibt es Karaffen mit Wasser und Saft, keinen Wein, keine pinken Tabletten, keine Gefahr.

Da ich nicht an alles drankomme, muss ich Amara bitten, mir den Brotkorb zu reichen. Kommentarlos hält sie ihn mir hin. Als ich nach einer Scheibe greifen will, spüre ich ein Frösteln in meinem Nacken. Grayson. Bisher konnte ich ignorieren, dass er direkt neben Amara sitzt, aber jetzt lehnt er sich vor, gerade so weit, dass sich seine frostige Art mitten in mein Herz bohrt. Ich stocke. Irgendetwas ist anders. Ich brauche einen Moment, bis ich verstehe, dass es das fehlende Lächeln ist. Wo er mich sonst mit seiner Unverfrorenheit aus dem Konzept gebracht hat, mustert er mich nun seltsam ernst. Dann nickt er zu Eireens leerem Stuhl, gefolgt von einem Kopfschütteln.

»Jetzt entscheide dich schon.« Amara stößt mit dem Korb gegen meinen aufgestützten Arm. »Sonnenblumenkerne, Roggenbrötchen, Olivenbaguette oder Dinkelbrot – falls du so was nicht kennst«, erklärt sie knapp.

»Danke.« Ich nehme wahllos eins der Brötchen heraus. Mein Blick wandert wieder zu Eireens leerem Stuhl. Wenn Liv sagt, dass kein Grund zur Sorge bestehe, ist es die Wahrheit. Warum hört mein Herz dann nicht mehr auf, so seltsam zu zwicken?

Tagesplan Camp 1:

07:00	Allgemeiner Weckruf
08:00–09:00	Frühstück im Speisesaal
09:00–12:00	Testblock 1
12:30–13:30	Mittagessen im Speisesaal
13:30–17:00	Testblock 2
18:00–19:00	Abendessen
22:00	Nachtruhe

KAPITEL 19

Wir verbringen den restlichen Abend im Sofaraum, über Eireen spricht niemand. Allerdings scheint sich Lucinda auch nicht wirklich Sorgen um ihre Freundin zu machen, denn sie steigt grinsend in jede Spielrunde ein, bis sich gegen halb zehn unsere Runde auflöst. Von Nick bekomme ich einen Gutenachtkuss auf die Stirn, von Jamar eine Umarmung.

»Morgen spielen wir echt was anderes«, höre ich ihn zu Therese sagen, die es geschafft hat, in jeder Partie den Vorsitz zu übernehmen.

»Gern«, erwidert sie grinsend. »In *Cats vs. Liar* bin ich bisher ungeschlagen.«

»Super, dann weiß ich schon mal, was ich nicht vorschlagen werde.« Feixend zieht Jamar Therese in seine Arme. »Schlaft gut.«

Wir gehen zurück in unsere Quartier. Es ist bedeutend ruhiger als am Vormittag. Ein paar Mitbewohnende liegen bereits im Bett, manche haben sich Bücher aus einem der Aufenthaltsräume mitgenommen, andere sind am Smart-

Pad oder tuscheln miteinander. Da bis zur Bettruhe noch zwanzig Minuten bleiben, entscheide ich mich, schnell zu duschen. In den Kabinen gibt es alles, was man braucht. Nachdem ich mich abgeschminkt habe, öffne ich das Shampoo. Lavendel. Es ist derselbe Duft, den Aidens Mom Petra für ihre Wäsche verwendet.

Bei dem Gedanken an sie zieht sich etwas in mir zusammen. Wie oft hat Petra mir frische Handtücher hingelegt, wenn sie wusste, dass ich vorbeikomme? Wie oft saßen wir am nächsten Morgen zu dritt in der kleinen Küche, manchmal sogar zu viert, wenn Aidens Dad keine Frühschicht hatte? Wie oft haben wir zusammen gespielt, wie oft hat mich Petra daran erinnert, genug zu trinken? Langsam dämmert mir, warum es immer noch zwickt, wenn ich an Aiden denke. Ich vermisse nicht seine Nähe, nicht die Bernsteinsprenkel in seinen Augen, nicht einmal unsere kleinen Neckereien, wer zuerst duschen darf. Ich vermisse den Mantel der Vertrautheit. Gewoben von der Zeit, von Routinen, von den kleinen Dingen im Alltag, von den Menschen, die meine zweite Familie waren. Bis Aiden entschieden hat, ihn zu zerreißen.

Ich halte das Gesicht unter das heiße Wasser, die Stelle um den VitaTrack herum brennt. Es ist so verlockend, wieder im Selbstmitleid zu versinken. Aber es ist viel zu riskant. Ich lenke meine Gedanken auf alles, was nichts mit Petra oder Aiden zu tun hat. Die Fahrt zu den Camps, Kanes Telefonat, sein Angebot, mir mit der Jobsuche zu helfen, Nicks dringliche Bitte, es nicht zu tun, Eireens Verschwinden, Graysons Blicke, seine Nähe, der eine Satz, der mich vielleicht nie wieder loslassen wird: *So macht man das schließlich in dieser heuchlerischen Welt.*

Es hat Stunden gedauert, bis ich endlich einschlafen konnte, weshalb mir die Müdigkeit tief in den Knochen sitzt. Zum Glück habe ich Therese, die es schafft, meine Augenringe zu kaschieren. Ich lasse mich sogar zu Rouge und einem Hauch Lippenstift überreden. Nur leicht aufgetupftes Rot, nicht ansatzweise so deckend wie bei ihr oder Priya. Die Haare flechte ich zu einem lockeren Bauernzopf, die herausfallenden Strähnen wellt Therese mit ihrem Glätteisen. Nur ihre eigenen Haare lässt sie wieder ungezähmt in alle Richtungen springen.

Als wir in den Speisesaal kommen, duftet es bereits nach Kaffee, Croissants und frischem Orangensaft. AISS bittet uns, Platz zu nehmen, so dass ich Nick und Jamar nur flüchtig winken kann. Die beiden wurden mal wieder an den anderen Tisch verbannt, nur Therese sitzt mir direkt gegenüber.

»Zimtschnecken!« Sie quietscht beim Anblick des üppig gefüllten Korbs. »Dann mal guten Appetit.«

Wäre Cara hier, würde sie sich heillos überfressen, und ich muss aufpassen, nicht dasselbe zu tun.

Nach dem Frühstück kommt Liv rein. Sie trägt wieder einen Hosenanzug, heute in einem Limettengrün, das jede andere Person mit so heller Haut kränklich aussehen lassen würde. Sie weist uns noch einmal darauf hin, dass wir erst über die Tests sprechen dürfen, wenn alle durch sind, und ruft die erste Gruppe auf. Darunter Therese und Lucinda.

»Hoffentlich müssen wir heute nicht wieder dieses stachelige Mistding tragen.« Seufzend rafft Therese sich auf. »Ich hab echt keine Lust, noch mal diesen Großkotz Ivar zu treffen.«

»Keine Sorge. Price meinte, heute nicht«, erwidere ich mit einem aufmunternden Lächeln. Wenn ich an Thereses Projektion von ihrem Ex-Freund denke, bin ich froh, dass es bei mir nur Vain war.

Kaum sind sie weg, kommt Bewegung in die Menge. Während sich die einen auf Loyd stürzen, der mir langsam vorkommt wie eine dauergrinsende Actionfigur, und die anderen mit der Testgruppe verschwinden, stelle ich das Geschirr zusammen. Ich bin eine der wenigen, die ihren Teller komplett geleert hat, und mit jedem Rest, den ich in eine leere Schüssel schiebe, wird mir schlechter. Als ich ein fast unangerührtes Croissant sehe, überlege ich kurz, die Kante abzuschneiden und es zurück in den Korb zu legen. Sie können ja nicht alles wegwerfen, richtig?

»Oh, das müssen Sie nicht machen.« Ein Mitarbeitender hat den Servierwagen neben mich geschoben. »Wenn ich Ihnen das abnehmen dürfte?«

»Nein. Ich meine, mein Paps meinte mal, dass es zusammen immer schneller geht. Wenn ich also dürfte?« Mit einem Stapel Teller in der Hand nicke ich zu dem Wagen.

Der Mitarbeitende tritt sichtlich irritiert zur Seite. »Natürlich. Ich werde dann mal … da hinten weitermachen.«

Wie von selbst wandert mein Blick zur Decke. Obwohl ich keine Kameras sehe, weiß ich, dass AISS da ist und jede Sekunde aufzeichnet. Ob sie das Gespräch wohl in meiner Akte vermerken wird? Hilfsbereitschaft ist keine schlechte

Eigenschaft. Außer man strebt eine Zukunft in den oberen Ringen an. Eine Zukunft, in der die Etikette vorsieht, diejenigen die Arbeit machen zu lassen, die dafür bezahlt werden. Allein die Vorstellung hat einen fiesen Beigeschmack. Immerhin bin ich nicht die Einzige, die hilft. Nick und Jamar räumen den Nachbartisch ab, während Ashan die Stapel auf dem Servierwagen sortiert.

Als ich nach einem Glas greife, ertönt der vertraute Gong. »Labor 4 steht gleich für die nächste Gruppe bereit«, verkündet AISS. »Lace, Firn, Grayson und Maeander. Bitte begeben Sie sich zu Ausgang 3. Ab da folgen Sie der Beschilderung.«

Heilige Scheiße. Wenn es in diesem Camp eine einzige Albtraumkombination gibt, hat AISS gerade einen Volltreffer gelandet. Nick scheint dasselbe zu denken, denn er sieht besorgt zu mir rüber. Ich überlege, mir eine von Dads Tabletten zu holen, aber abgesehen davon, dass es alles andere als unauffällig wäre, will ich nicht noch eine verschwenden. Nicht für Grayson.

AISS bringt uns in einen Wartebereich, in dem vier Stühle so dicht aneinander stehen, dass ich freiwillig auf meinen Platz verzichte. Ich lehne mich an die Wand und hole mein SmartPad raus. Reflexartig tippe ich auf die Stelle, an der früher der Messenger war. Jetzt ist da nur noch ein graues Icon mit dem Vermerk: **Vorübergehend gesperrt.** GoSocial ist ebenfalls gesperrt, ShortNews – gesperrt, Kamera – gesperrt, Eternity – ganz gelöscht. Es gibt nur noch die Basisfunktionen und natürlich die App des Programms. Während ich darauftippe, spähe ich zu den anderen.

Lace erzählt gerade von der Wahl zum beliebtesten Single. Anscheinend hat Liv ihr die Schärpe wirklich persönlich umgehängt. War ja klar. Obwohl es albern ist, regt sich in mir Neid. Es hat nichts mit dem Titel zu tun, sondern mit Laces Selbstbewusstsein. Es ist die Art, wie sie ihren Körper bewegt, wie sie lacht, wie sie sich die blondierten Strähnen aus dem Gesicht streicht oder die beiden Männer ganz beiläufig berührt. Als sich Grayson zu Lace lehnt und ihr etwas ins Ohr murmelt, das sie auflachen lässt, rebelliert das Frühstück in meinem Magen. Ob dieses Flirten auch nur Teil dieser heuchlerischen Welt ist? Sieht irgendwie nicht so aus.

Ich presse die Lippen zusammen und konzentriere mich wieder auf die App. Mein verfügbares Nachrichtenkontingent zeigt zwei von drei, da ich gestern Abend noch eine Nachricht an meine Familie geschickt habe. Nur eine kurzes Update, dass wir gut angekommen sind, Therese echt cool ist und ich sogar einen von Nicks *Freunden* kennengelernt habe. Entweder haben sie bisher nicht geantwortet, oder ich bin im falschen Menü.

In diesem Moment wird die Tür von Labor 4 geöffnet. Price sieht genauso aus wie gestern: Kittel, getrimmter Bart, ernster Ausdruck. »Wenn Sie bitte eintreten würden? Ja, Sie alle vier.« Er macht Platz und zerschlägt damit jede Hoffnung auf einen entspannten Test. Selbst eine Projektion wäre mir jetzt lieber.

Lace geht mit schwingenden Hüften vor, dicht gefolgt von ihren beiden Fanboys. Wenn dieser Test nichts damit zu tun hat, jemandem einen gepflegten Tritt gegens Schienbein zu verpassen, bin ich raus. Warum habe ich noch mal auf die Tablette verzichtet? Hoffentlich lässt der VitaTrack mich nicht auffliegen, der beim Betreten des Labors sofort wieder grün leuchtet.

Price deutet auf einen Tisch. »Bitte nehmen Sie Platz. Maeander und Grayson auf dieser Seite, Firn und Lace auf dieser.«

Wer auch immer diesen Teil des Camps eingerichtet hat, scheint es zu mögen, Stühle zu dicht aneinander zu stellen. Unwillkürlich rücke ich ein Stück von Grayson ab, eine reine Präventionsmaßnahme, falls sich mein Fuß motiviert fühlen sollte, ihm wirklich einen Tritt zu verpassen.

»Nun, da ich gestern noch nicht mit allen das Vergnügen hatte: Ich bin Behandelnder Price Abalon und heiße Sie zur ersten Diskussionsrunde in diesem Programm willkommen.« Price setzt sich ans Kopfende und holt sein HoloPad heraus. »Wie in all unseren Testreihen geht es auch in dieser darum, Sie näher kennenzulernen. Geführte Diskussionsrunden helfen uns dabei, Ihre Interessen, sozialen Kompetenzen sowie Ihr fachbezogenes Wissen besser einzuordnen. Ich bin hier, um die entsprechenden Fragen einzuleiten und neue Impulse zu geben, falls sich die Gespräche in eine unerwünschte Richtung entwickeln. Der hauptsächliche Redeanteil liegt jedoch bei Ihnen.«

Mit anderen Worten ist Price hier, um zu verhindern, dass wir uns gegenseitig an die Kehle gehen. Im verbalen Sinne.

»AISS wird die Sitzung aufzeichnen, damit wir sie im Nachgang analysieren können. Fangen wir an.« Price wischt über das HoloPad, dessen Rückseite zu verpixelt ist, um etwas zu erkennen. »Bitte diskutieren Sie in der ersten Runde die Frage, ob Papier weiterhin nur den gehobenen Ringen zur Verfügung stehen sollte.«

Ob Price bewusst ist, dass ich hier die einzige Fünf bin?

»In jedem Fall«, eröffnet Firn mit einer Arroganz, als würde er ein Plädoyer vor dem Abgeordneten persönlich halten. »Holz, und damit auch Papier, ist eine der wertvollsten Ressourcen unserer Welt. Ein Zeichen von Prestige und Wohlstand.«

»Und von offiziellen Dokumenten wie dem amtlichen Hochzeitbild oder der Eheurkunde«, fährt Lace spitz fort. »Würden wir Papier *allen* zur Verfügung stellen, wäre es nichts Besonderes mehr.«

Die beiden könnten mit Keith verwandt sein. Ob ich das hier genauso aussitzen kann wie Vains ermüdende Sommerfeste? Solange mich niemand direkt anspricht, verschont Veritas mich mit seinem Brennen, und die beiden Einsen scheinen gerade erst in Fahrt zu kommen. Es ist der übliche Mist über die Sorge vor einer Annäherung der Ringe, über Privilegien und Luxusthemen, mit denen sich keine Fünf befasst.

Immer wieder schüttle ich kaum merklich den Kopf, bis Price mich ansieht. »Maeander, was sagen Sie dazu?«

Mist. Bisher lief es doch so gut.

Ich räuspere mich. »Nun, ich verstehe nicht, was so schlimm daran wäre, allen Zugang zu Papier zu ermöglichen«, sage ich. »Fotos ausdrucken, so viele Skizzen zeichnen, wie man möchte, ein paar Briefe schreiben. Klingt für mich nicht gerade nach Prestige.«

»O bitte, war ja klar, dass so was von der Fünf kommt«, spottet Lace und verdreht die Augen. Selbst das sieht an ihr geübt aus. »Es hatte einen guten Grund, dieses Privileg den höheren Ringen einzuräumen.«

»Richtig.« Ich lehne mich vor und beglückwünsche mich zu so viel Mut. »Und zwar, als es weder ausreichend Ressourcen noch die entsprechenden Fabriken gab, um genug Papier herzustellen. Aber der Krieg ist seit Jahrhunderten vorbei, und außerhalb der Ringe gibt es wieder genug Wälder, um die Preise für Papier anzupassen. Ganz abgesehen von neuen Recyclingverfahren, Pflanzenfasern und anderen Möglichkeiten, günstiges Papier zu gewinnen.«

»Es geht nicht um den Preis, sondern den *Wert*«, interveniert Firn, »und dieser würde binnen kürzester Zeit verfallen, wenn eine Fünf darauf zurückgreifen könnte, geschweige denn etwas noch Schlimmeres.«

Etwas. In mir zieht sich alles zusammen. Ich versuche, das Zittern in meinen Fingern zu verbergen, während AISS zusieht, während Price mich interessiert mustert, während Grayson gar nichts tut. Es ist eine Sache, sich als schnöseliger Sohn einer berühmten Familie aufzuspielen, aber es ist etwas anderes, jemandem die Menschlichkeit abzusprechen. *Etwas*. Ich könnte ein ganzes Buch über die Beleidigungen von Gloria schreiben, aber Firn hat gerade ein neues Kapitel aufgeschlagen.

Ich sollte mich zurückhalten. Leider gießt das, was sich in mir zusammenzieht, eine Menge Öl in Veritas' Feuer. Und bevor ich mich zurückhalten kann, sage ich: »Pass auf, Firn.« Kein guter Anfang. »Ich weiß, wie stolz ihr auf eure hübschen Visitenkarten seid, auf die Kuverts mit Siegelwachs, auf echte Platzkarten für eure Partys, aber ich habe da ein paar News für dich: Wir wollen diesen ganzen Kram gar nicht. Alles, was wir wollen, ist günstiges Papier. Stinknormales, recyceltes *Papier.*«

Firn schnaubt. »Schön, nehmen wir an, die Regierung würde die Preise senken. Wie lange würde es dauern, bis ihr mehr fordern würdet?« Er lehnt sich mir entgegen. »Bis ihr günstiges Siegelwachs wollt, günstige Kuverts, günstiges Pergament? Papier ist doch nur der Anfang dessen, was man im Keim ersticken sollte.«

Wow. So etwas haben nicht einmal Keiths Mom oder sein Onkel gebracht.

Mit liebevoller Wärme erinnert Veritas mich daran, etwas zu sagen. »Du hast absolut keine Ahnung, wovon du redest, oder?«, fahre ich Firn eine Spur zu unbeherrscht an. »Warst du auch nur ein einziges Mal in den unteren Ringen und hast gesehen, wie die Menschen dort leben? Richtig, *Menschen.* Nicht *Etwas.*«

»Nein.« Schulterzuckend lehnt er sich zurück. »Warum auch.«

Das war's. Ich ziehe die Hände unter den Tisch, damit AISS nicht sieht, wie tief ich die Fingernägel in meine Handflächen bohren muss, um dem Drang zu widerstehen, Firn eine zu klatschen. Ja, warum sollte man sich in andere hineinversetzen wollen, wenn man mehr Gel in den Haaren hat als Empathie im Herzen? Ich bin so kurz davor, Firn anzufauchen, so kurz davor, allen meine emotionale Überreaktion zu zeigen und in Untersuchungshaft genommen zu werden – als jemand meine Hand streift. Es ist nur eine sachte Berührung, ein kaum wahrnehmbares Streichen im Schatten des Tischs, das mich stocken lässt. Raue Fingerspitzen, ein Prickeln auf meiner Haut. Grayson. Aber warum sollte er …?

»Danke für diesen anregenden Diskurs.« Price sieht von seinem HoloPad auf. »Maeander, Sie haben die Wälder jenseits der Ringe erwähnt. Es gibt nicht viele, die sich für die Aufforstung interessieren. Waren Sie schon einmal dort?«

Ich versuche, die Irritation über Graysons Berührung zu überwinden, die mein Herz eine Spur zu schnell schlagen lässt. »Nein. Unsere Nachbarin Carmen arbeitet bei der Forstverwaltung, deshalb bekomme ich ab und zu was mit.«

»Carmen und weiter?«

»Caivanos. Wir wohnen in derselben Straße.«

»Aha.« Price macht sich Notizen, während die anderen schweigen. Firn hängt desinteressiert in seinem Stuhl, Lace betrachtet ihre manikürten Nägel, und Graysons Hand liegt dicht an meiner.

Immer noch.

Und immer noch.

Ich sollte seine Hand wegschlagen oder ihm wenigstens kräftig auf den Fuß treten, aber ich sitze nur da und lasse es zu, dass sich meine verkrampften Finger durch seine Berührung lockern. Sieht aus, als müsste ich ein ernstes Wort mit meinem Körper reden.

»Also gut, kommen wir zum nächsten Thema.«

»Moment.« Grayson setzt sich auf und legt seine Hand ganz auf meine. Federleicht, unaufdringlich, lässt mir jede

Chance zum Rückzug. »Ich würde gern noch etwas sagen. Kumpel, erinnerst du dich an die dritte Klasse, als wir diese hässlichen Karten basteln mussten und du Angela mit einer verarscht hast?«

Ein Schmunzeln huscht über Firns Gesicht. »Klar. Als ob ich den Blick vergessen könnte.«

»War das Prestige?«

Firns Schmunzeln bröckelt. »Nein.«

»Und dieses Bild in der Fünften, du weißt schon, das mit ...«

»Schon gut«, unterbricht Firn Grayson, während Lace argwöhnisch die Augenbrauen hochzieht. »Hab's kapiert. Nicht jedes billige Blatt hat was mit Prestige zu tun. Und jetzt? Sollen wir einfach alle Preise senken, damit Fünfen morgen irgendwelche *Briefe* schreiben oder Skizzen zeichnen können?«

Grayson zuckt mit den Schultern. »Wie du gesagt hast: Nicht jedes billige Blatt hat was mit Prestige zu tun, also ja. Wenn genug Ressourcen da sind, sollten die Preise angepasst werden.«

Das kam ... unerwartet. Finger für Finger öffnet sich meine Faust, und es gibt nichts, was ich dagegen tun kann. Nichts, bis Graysons Finger zwischen meinen versinken, ein letztes falsches Kribbeln, dann finde ich die Kraft, ihm meine Hand zu entziehen. Er lässt ohne Widerstand von mir ab.

»Danke für Ihren Beitrag, Grayson.« Price macht sich noch ein paar Notizen, bevor er sich räuspert. »Gut, als Nächstes bitte ich Sie, sich mit der Frage zu beschäftigen, ob es für alle Ringe eine erhöhte Anzahl von verpflichtenden

Schuljahren geben sollte. Im ersten Modell würden die Kosten durch die Steuerzahlenden getragen werden.«

Price legt es wohl darauf an, jeden Unterschied zwischen mir und den anderen deutlich zu machen. Wir debattieren noch eine weitere Stunde über aktuelle Themen, vergleichen unsere Ringe und führen Wortgefechte, bei denen Grayson Firn immer wieder ins Gewissen redet. Als Price den Test für beendet erklärt, lasse ich mich erschöpft in meinen Stuhl sinken. Ab jetzt kann es eigentlich nur besser werden.

KAPITEL 20

Als ich nach dem Mittagessen mein SmartPad checke, habe ich eine Antwort von meiner Familie. Paps ist wie erwartet völlig aus dem Häuschen, dass wir Kane getroffen haben, Dad gratuliert uns zum ersten absolvierten Test, und Cara lässt ausrichten, dass sie absolut *jedes* Detail über Loyd Jones wissen will, sobald wir uns sehen. Sie wäre sicher enttäuscht, wenn sie wüsste, dass ich noch kein Wort mit der dauergrinsenden Actionfigur gesprochen habe. Immerhin hat keiner eine Frage gestellt, so dass ich mir das Kontingent noch etwas aufheben kann. Denn gerade beschränken sich meine News auf das leckere Essen und das Händchenhalten mit Grayson. Das völlig unangemessene Händchenhalten – dank dem ich nicht vor aller Augen zur Überprüfung geschickt wurde.

Ich presse die Lippen zusammen, um einen frustrierten Seufzer zu unterdrücken. Grayson musste gemerkt haben, dass ich kurz vor einer emotionalen Überreaktion stand. Das wäre seine Chance gewesen, mich offiziell in Gewahrsam zu nehmen und auf diesem Ranking nach oben zu klettern. Stattdessen hat er mir geholfen. Auf die Frage nach dem Warum fallen mir nur zwei Erklärungen ein: Entweder ist Grayson der erste Mensch, der mich versteht. Oder er ist wirklich das riesige Arschloch, für das ich ihn halte, und hat es nur getan, um mich in Sicherheit zu wiegen – bevor er mich richtig zerstört.

»Hey, Mae.«

Ich zucke so heftig zusammen, dass ich fast das SmartPad fallen lassen. »Nick.« Mein Herz donnert gegen meinen Brustkorb, als hätte es Angst, dass er meine Gedanken gelesen haben könnte.

»Sorry, ich wollte dich nicht erschrecken.« Mit einem entschuldigenden Lächeln setzt er sich auf den frei gewordenen Stuhl neben mir. »Eine Nachricht von Dad und Paps?«

»Und Cara.« Ich gebe ihm das SmartPad.

Sein Blick huscht über die Zeilen. Mal entlocken sie ihm ein Schmunzeln, dann ein Schnauben. »Cara steht also echt auf Loyd? Ist sie dafür nicht viel zu jung?«

Ich muss lachen. »Sie ist elf und sein Gesicht praktisch in jeder zweiten Werbung. Also nein, sie steht nicht auf ihn, sie *schwärmt* für ihn. Ein großer Unterschied.«

»Wer schwärmt für wen?« Therese, die zusammen mit Jamar an den Tisch getreten ist, lässt sich auf den Stuhl gegenüber fallen.

»Unsere kleine Schwester für Loyd«, erkläre ich.

Das begeisterte Leuchten in Thereses Augen sagt alles. Kaum hat sie den Mund geöffnet, geht Jamar dazwischen: »Okay, können wir bitte erst mal darüber reden, dass der Tagesplan gerade angepasst wurde?«

Therese lässt den Mund tonlos zuschnappen. Stattdessen holt sie ihr SmartPad raus, während ich Nick meins abnehme. Wo bisher nur **Testblock 2** stand, gibt es jetzt mehr Informationen: **Parcours, Trainingshalle 3**, Beginn – in fünf Minuten.

Als hätte AISS unsere Gedanken gelesen, lässt sie den Gong erklingen, gefolgt von der Anweisung, uns zum Ausgang zu begeben. Alle zusammen.

Die Umkleiden erinnern mich an die aus der Schule – nur um Welten moderner. Anstatt klappriger Spinde aus Metall, von denen jeder zweite kaputt ist, gibt es welche aus Echtholz, die mit einem Fingerabdruck verschließbar sind. Kleine Lämpchen zeigen an, welche noch frei sind und welche nicht. Anstatt nach Schweiß und Deodorant riecht es nach Politur und Putzmittel, und obwohl sich dreißig Personen gleichzeitig umziehen, gibt es genug Platz. Die Klamotten, die wir uns an einer der vier Ausgabestationen abholen, sind laut AISS aus atmungsaktivem Stoff. Knielange Hose in Dunkelrot, weißer Seitenstreifen, rotes T-Shirt, Turnschuhe. Die Männer tragen das Gleiche.

Therese und ich treffen Nick und Jamar auf dem schmalen Gang zwischen den Umkleiden, der direkt in die Trainingshalle führt. Eine *gigantische* Trainingshalle. Sie ist locker fünf Meter hoch, von der Decke hängen Seile, die gegenüberliegende Seite wird von einer Kletterwand mit verschiedenen Stufen überspannt. Dazwischen befinden sich so viele unterschiedliche Hindernisse, dass ich schon beim Hinsehen Muskelkater bekomme. Von einfachen Barren und Klötzen bis hin zu einer Art Holzwand, die mit Seilen überwunden werden muss, und Podesten, die gute drei Meter über dem Boden schweben, ist alles dabei.

Unwillkürlich halte ich Ausschau nach Kameras. Das Einzige, was ich finde, ist eine große, verspiegelte Glasfläche in der rechten Wand, hoch genug, um alles überblicken zu können. Warum habe ich das Gefühl, dass bereits jetzt jemand dahintersteht und uns beobachtet?

Wir haben den Eingangsbereich kaum verlassen, als Liv hereinkommt, begleitet von einem blassgesichtigen Behandelnden, der nicht älter als Mitte zwanzig sein kann. Hagere Statur, weißer Kittel, Brille (für jemanden mit solch makellos angeglichener Haut eher ungewöhnlich) und dunkelbraune Haare. Zerzaust. Und wie. Er sieht aus, als wäre er geradewegs aus einem Windkanal gestiegen, nur seine Klamotten wirken dafür zu wenig zerknittert.

Mit einem knappen Klatschen beendet Liv alle Gespräche. »Camp Eins, darf ich vorstellen? Behandelnder Harry Lavis. Er wird euch in den Parcours einweisen und die entsprechenden Gruppen einteilen.«

»Danke, Liv.« Als sich der Behandelnde räuspert, hebe ich überrascht die Augenbrauen. Er klingt viel älter, strenger, als sein Äußeres vermuten lässt. »Wie Sie hinter mir sehen können, haben wir einen relativ komplexen Parcours vorbereitet, den wir mehrmals wöchentlich mit Ihnen durchgehen werden. In erster Linie geht es darum, Sie fit zu halten und einen Ausgleich zu den eher kopflastigen Tests zu schaffen. Darüber hinaus spielen die körperliche Konstitution sowie das Interesse an Fitness eine durchaus wichtige Rolle bei der

Partnerschaftswahl. Studien der Eternity Inc. zufolge sind Partnerschaften, in denen beide ein ähnliches Aktivitätslevel haben, stabiler und ausgeglichener. Alles in allem wollen wir, dass Sie Spaß an diesen Tests haben. Natürlich würden wir es begrüßen, wenn alle mit Ehrgeiz und Elan dabei wären, es steht Ihnen jedoch allen frei, jederzeit eine Pause auf den Bänken einzulegen und sich an der Wasserbar zu bedienen.«

Ich folge seinem Blick in die Ecke der Halle. Was er als Wasserbar bezeichnet, ist ein weißes Eckregal mit etlichen Gläsern und mehreren goldenen Hähnen. Was auf den kleinen Schildern darüber steht, kann ich von hier aus nicht lesen.

»Wir beginnen mit einem Aufwärmtraining, zehn Minuten lockeres Joggen in der Halle, alle in ihrem eigenen Tempo. Im Anschluss wird Loyd Jones den Parcours einmal vollständig durchlaufen, um zu zeigen, wie es später aussehen könnte.«

Therese schnappt neben mir nach Luft – und sie ist nicht die Einzige. Für mehrere scheint dieser Test gerade um ein Vielfaches reizvoller geworden zu sein, während Loyd nur dasteht und sein altbekanntes Grinsen präsentiert. Wenn er den Ausdruck bis zum Ende beibehält, bin sogar ich beeindruckt.

»Sie werden zunächst in Kleingruppen an zwölf verschiedenen Stellen trainieren, um sich mit den Hindernissen vertraut zu machen. Nach jeweils einer Dreiviertelstunde rotieren wir. Ziel ist es, in spätestens drei Wochen einen ersten Gesamtlauf absolvieren zu können – der Schwierigkeitsgrad kann dabei natürlich variieren. Falls Sie bis zu diesem Punkt Fragen haben, ist jetzt der richtige Zeitpunkt, um sie zu stellen.«

Der Typ, der direkt zwischen Grayson und Firn steht, meldet sich. »Wird es eine Art Rangliste mit Bestzeit geben?«

Bitte nicht. Ich bin Welten davon entfernt, eine Spitzenläuferin zu sein. Oder zu glauben, auch nur die Hälfte dieser Hindernisse überhaupt überwinden zu können.

»Sobald wir in die richtige Parcoursphase übergehen, gibt es die Möglichkeit, seine Zeiten für alle sichtbar zu tracken und im Rahmen einer Rangliste vergleichen zu lassen«, antwortet Lavis. »Wer das nicht möchte, kann seine Zeiten trotzdem in der App einsehen. AISS aktualisiert das entsprechende Menü in Echtzeit. Sonst noch jemand?«

Keiner. Selbst Lace mustert nur ihre manikürten Fingernägel, als würde sie die ganze Sache nichts angehen.

»Gut. Dann beginnen wir mit dem Aufwärmtraining. Bitte nutzen Sie die eingezeichneten Bahnen auf dem Boden.«

Ein kaum hörbares Schnipsen ertönt, und sofort dringt aus unsichtbaren Lautsprechern Musik, die den perfekten Takt zum Laufen vorgibt. So hört immerhin keiner, wenn mir nach fünf Minuten die Luft ausgeht.

Am liebsten würde ich mich hinlegen und nie wieder aufstehen. Was bei Loyd supereinfach aussah, war allein an den Stationen, die ich mit meiner Gruppe geschafft habe, die reinste Folter. Immerhin bin ich jetzt sicher, trotz des

Zwischenfalls mit Grayson gut schlafen zu können. Nachdem ich geduscht habe, schleppe ich mich mit Therese und den anderen in den Speisesaal. Begleitet von einem so lauten Magenknurren, dass mir die Hitze in die Wangen schießt.

»Gut, dass ich nicht die Einzige bin, die riesigen Hunger hat«, sagt Therese grinsend, ehe wir uns trennen müssen.

Während sie nach hinten zu Lace und Firn gesetzt wird – sie hat mein volles Mitleid –, steht mein Name im Mittelfeld. Es ist das erste Mal, dass ich mit dem Rücken zum Nachbartisch sitze, neben mir Nick, uns gegenüber Lucinda und zwei Mitbewohnende, die in ihre eigenen Gespräche vertieft sind.

»Hast du eigentlich was von Eireen gehört?«, frage ich, während Nick den Brotkorb rumreicht, der bereits auf dem Tisch stand.

»Nee.« Schulterzuckend nimmt sich Lucinda ein Stück Baguette. »Aber hab ich auch nicht damit gerechnet. Ich wette, dass sie den Messenger in der App nicht mal geöffnet hat. Eireen war schon immer ein Fan von persönlichen Treffen – oder stundenlangen Telefonaten.«

»Wie lange kennt ihr euch schon? Danke.« Ich schenke Nick ein kurzes Lächeln, als der Korb an mir vorbeigeht, und nehme mir eine Scheibe Brot. Der passende Aufschnitt wird keine Sekunde später von den Mitarbeitenden reingebracht. Dazu Schüsseln voller dampfender Suppe.

»Seit ich denken kann. Unsere Moms sind seit der Schulzeit Freundinnen und haben sich damals für denselben Zyklus entschieden«, erzählt Lucinda im Plauderton, als würde sie sich gar keine Sorgen um Eireen machen. »Dreimal. Unsere Geschwister sind auch alle gleich alt, allerdings sind wir die Einzigen, die so eng sind. Vor allem unsere jüngeren Brüder ... Wow. Das grenzt schon an eine emotionale Überreaktion, wenn die sich treffen. Ah, kann mir mal jemand die Kräuterbutter geben?«

Während ich nach der Butter angle, lässt sich Nick von Lucinda in ein Gespräch verwickeln. Als sie lacht, schießt mir Graysons Satz durch den Kopf. *So macht man das schließlich in dieser heuchlerischen Welt.* Reden und lachen und essen, obwohl man keine Ahnung hat, wie es der Freundin geht, mit der man aufgewachsen ist. Wäre Nick einfach verschwunden, hätte ich mein gesamtes Nachrichtenkontingent verbraucht, nur um von ihm zu hören, dass wirklich alles in Ordnung ist.

Nach dem Essen betritt Liv wieder die Bühne. Es ist faszinierend, wie sie es schafft, den ganzen Tag genau gleich auszusehen. Keine glänzenden Stellen im Gesicht, keine Flecken im Lippenstift, keine Falten im Anzug.

»Da ich weiß, dass es für die meisten ein sehr anstrengender Tag war, möchte ich euch gar nicht lange von eurer wohlverdienten Freizeit abhalten«, sagt sie schmal lächelnd. »Wie gestern bereits angekündigt, möchte Abgeordneter Kane das Kennenlernen mit euch nachholen. Leider schafft er es jedoch nicht, unserem Camp zeitnah einen weiteren Besuch abzustatten.«

Obwohl ich weiß, dass es besser ist, nicht noch mal mit Kane zu sprechen, kann ich den Stich der Enttäuschung nicht verhindern. Selbst Lucinda verzieht den Mund. Die Einzige, deren Lächeln breiter wird, ist Liv.

»Umso mehr freut es mich, euch sagen zu dürfen, dass der Abgeordnete mit Präsidierender Fallon gesprochen hat«, fährt Liv fort, und die Enttäuschung im Saal weicht aufgeregtem Getuschel. »Nach eingehender Beratung sind die beiden zu dem Entschluss gekommen, dass es eine schöne Geste wäre, euch zu einer offiziellen Führung durch das Parlament einzuladen. Es liegt nur wenige Stationen von unserem Camp entfernt, und wie ich gehört habe, soll es im Anschluss einen kleinen Sektempfang im Kuppelsaal geben.«

»Holy shit!« Thereses Quietschen ist im ganzen Saal zu hören. Und ich bin nicht die Einzige, die darüber lachen muss.

»So könnte man es auch formulieren«, sagt Liv schmunzelnd. »Also, da der Abgeordnete derzeit noch die anderen Elitecamps besucht, findet die Führung voraussichtlich in zwei Wochen statt. Bis dahin bitte ich euch, eure ganze Konzentration auf das Programm zu legen.«

Zumindest für heute Abend hat sich die Sache mit der Konzentration erledigt. Kaum hat Liv die Bühne verlassen, entlädt sich die Aufregung in lautem Gerede, Lachen und einem weiteren Quietschen, mit dem Therese auf uns zuläuft. Nur auf Nicks Stirn erkenne ich eine feine Falte, und ich weiß, dass diese Sorge mir gilt.

Ich mime ein Lächeln und drücke seine Hand. »Wir schaffen das schon«, flüstere ich ihm zu und bin selbst überrascht, dass ich so positiv denke.

Er nickt knapp. »Ich hoffe es.« Dann erwidert er meinen Händedruck, bevor wir uns Therese zuwenden.

Es ist unmöglich, sich nicht von ihrer Begeisterung anstecken zu lassen. Auch wenn es womöglich der gefährlichste Ausflug meines Lebens wird.

KAPITEL 21

Seit fünf Tagen ist es immer derselbe Ablauf. Aufstehen, umziehen, frühstücken, erster Testblock. Manchmal sind es Einzelbefragungen, medizinische Check-ups oder man muss Logikaufgaben lösen, manchmal stehen größere Diskussionsrunden an. Und als hätte AISS endlich kapiert, dass ich mich von Grayson fernhalten soll, hat sie uns seitdem nicht mehr in dieselbe Gruppe gesteckt, geschweige denn beim Essen nebeneinandergesetzt. Es sollte mich freuen, wäre da nur nicht dieser elende Satz, der mich immer wieder verfolgt. Und die Erinnerung an seine Hand auf meiner, dieses feine Prickeln, das jeder Vernunft widerspricht. Wann immer ich daran denke, bohre ich meine Nägel in die Handfläche, um alles Angenehme zu vertreiben. Nach dem ersten Testblock steht das Mittagessen an, mal als Buffet, mal ist der Tisch bereits gedeckt, danach kommt der zweite Testblock, Abendessen, Freizeit, schlafen und wieder von vorne.

Ich bitte AISS, den Weckruf über meinem Bett zu beenden. Als ich gähnend nach meinem SmartPad angle, melden sich meine Bauchmuskeln, die mich schmerzhaft an gestern

Abend erinnern. Keine Ahnung, warum ich Nick und Jamar ins Fitnessstudio begleitet habe. Als ob der Parcours jeden zweiten Nachmittag nicht reichen würde.

Noch im Halbschlaf wische ich über das Display. Beim Anblick der kleinen Eins im Messenger stiehlt sich ein Lächeln auf meine Lippen – das keinen Atemzug später stirbt. Die Nachricht ist weder von Paps noch von Dad. Sie ist von *Aiden*. Ich wische mir den Schlaf aus den Augen, aber ich habe mich nicht verlesen. Fünf Buchstaben in vertrauter Folge, daneben der Zeitstempel, der auf drei Uhr nachts datiert ist. »*Hi Mae …*« Mehr kann ich in der Vorschau nicht lesen.

Ich setze mich auf und rutsche an die Wand, die Beine aufgestellt, die Decke lose um mich geschlungen. »*Hi Mae …*«

Warum ist Aiden um drei Uhr nachts wach, und warum schreibt er *mir*? Braucht er sein Kontingent nicht für seine Eltern? Und was ist mit Ann? *Vielleicht sind sie ja im selben Camp,* wispert ein Stimmchen in mir, das die letzten Tage still war. Jetzt weckt es ein Ziehen, das nichts mit Muskelkater zu tun hat. *Mach es wie mit einem Pflaster. Einfach abreißen, das Brennen ertragen, Schultern straffen, weitermachen.*

Ich klicke die Nachricht an, die sich wie ein Brief auf dem Display entfaltet. Okay, kein Brief, eher ein Dreizeiler.

Hi Mae, es ist das erste Mal, dass wir so lange nicht miteinander geredet haben. Ich würde dich gern fragen, wie es dir geht und ob du jemanden kennengelernt hast, aber ich will nichts erzwingen. Melde dich einfach, wenn du unsere Gespräche auch vermisst. Aiden.

Den Bruchteil einer Sekunde wünsche ich mir, das Händchenhalten mit Grayson hätte etwas bedeutet. Nur damit ich es Aiden erzählen könnte.

Ein dumpfer Knall lässt mich hochschrecken. Therese ist mit einem Satz vom oberen Bett gesprungen und lässt sich neben mich sinken.

»Guten Morgen, Lieblingsmitbewohnende«, murmelt sie träge und klopft auf meine aufgestellten Knie. »Bereit für einen neuen Tag?« Die letzten Worte werden von einem herzhaften Gähnen begleitet. Vielleicht ist Therese auch gar nicht runtergesprungen, sondern gefallen.

»Keine Ahnung«, erwidere ich. »Mein Ex hat mir geschrieben.«

»Ach, du Scheiße!« Thereses Stimme ist vom Schlaf heiser, trotzdem schafft sie es, überwältigendes Mitgefühl zu zeigen. »Reden wir hier von diesem Arsch, der einer anderen einen Antrag gemacht hat?«

»Tun wir.« Seufzend gebe ich Therese mein SmartPad. »Was halten wir davon?«

»Irk.« Sie verzieht den Mund. »Klassischer Fall von Warmhalten. Ich meine, er vermisst eure *Gespräche*?! Schön für dich, Aiden ... *Goodale*. Netter Nachname, aber abgesehen davon: Das klingt ganz so, als wäre er bei ein paar Mädels abgeblitzt und wollte jetzt sichergehen, dass ihm noch andere Türen offenstehen. Wer weiß, ob er dieser anderen nicht genau dasselbe geschrieben hat.« Schnaubend gibt Therese mir das SmartPad zurück. »Und jetzt sag bitte nicht, du vermisst diese *Gespräche* auch.«

Ich denke an Aidens und meine nächtelangen Telefonate, an die Debatten über Secret Sirens, an das Getuschel im Wohnzimmer, wenn wir unsere Familien nicht wecken wollten, oder das gemeinsame Schwelgen in Erinnerungen.

»Vielleicht ein bisschen«, erwidere ich, während sich meine Finger um das SmartPad verkrampfen. »Ich meine, nicht die Gespräche als Partner, aber als … Freunde.«

»Süße.« Therese schürzt die Lippen, die ohne den roten Lippenstift fast blass aussehen. »Lass mich dir eins sagen. Ich hatte schon einige Typen, und nein, nicht alle waren Arschlöcher. Aber die, denen unsere Freundschaft wichtig war, haben mir Zeit gegeben, bis die Wunden verheilt sind. Du willst es vielleicht nicht wahrhaben, aber das hier ist toxisch.« Sie beugt sich vor und streicht mir über die Wange. »Und jetzt werde ich dir dieses Ding wegnehmen, es in meine Schublade schließen und dich in den Waschraum zerren, bevor Lace und ihre Crew wieder alle Waschbecken gekapert haben. Du kriegst auch eine Extraschicht Mascara. Deal?«

Ein schwaches Lächeln huscht über mein Gesicht, während ich meinen Griff um das SmartPad lockere. »Okay. Danke, Therese.«

Sie grinst. »Dafür sind Freundinnen doch da.«

Heute ruft AISS mich als eine der Letzten auf. Wir dürfen zwar nicht über die Tests sprechen, aber hier und da habe ich die verräterischen Punkte am Kopf gesehen, weshalb es mich nicht überrascht, als mich Price in den Raum mit dem Initiator bittet. In den letzten Tagen habe ich die spitzen Nadeln fast vergessen. Aber nur fast. Bei dem Anblick regt sich ein Phantomschmerz in meinem Kopf, der auch nicht besser wird, als ich mich in den gepolsterten Stuhl setze.

»Wie geht es Ihnen heute, Maeander?«, fragt er, während er den Initiator von meiner Stuhllehne pflückt und ihn mit zum Tisch nimmt.

»Es geht so«, erwidere ich und verfluche Veritas dafür. Ein einfaches »Alles in Ordnung« hätte es auch getan.

»So?« Price desinfiziert die Stacheln mit einem Tuch. »Haben Sie körperliche Beschwerden, oder betrifft es die Psyche?«

Da Muskelkater und Phantomschmerzen wohl nicht zählen, sage ich: »Eher die Psyche. Mein Ex-Freund hat mir letzte Nacht geschrieben.« Und natürlich muss ich es einem Behandelnden auf die Nase binden, den ich kaum kenne.

»Dann ist dieser Ex-Freund auch in einem Camp?«

»Camp Fünfundachtzig«, antworte ich. »Aber können wir das Thema bitte wechseln? Ich meine, ich will nicht …«

Nachdem Price das Transponderserum aufgetragen hat, rollt er samt Hocker zu mir rüber. »Nun, es ist wichtig, dass wir über solche Dinge sprechen. Psychische Belastungen können sich auf die Darstellung Ihrer Projektion auswirken und die Ergebnisse unter Umständen verfälschen. Ich werde die Einstellungen entsprechend anpassen. Jetzt lehnen Sie sich zurück und versuchen Sie bitte, sich zu entspannen.«

Entspannen, lustig.

Price steht auf und wiegt den Reif in seinen behandschuhten Fingern. »Manchen hilft es, wenn sie gleich zu Beginn die Augen schließen.«

Gewappnet vor dem nächsten Schritt komme ich seiner

Empfehlung nach, muss allerdings feststellen, dass es keinen Unterschied macht. Im Gegenteil. Der Schmerz explodiert schlimmer in meinem Kopf als jedes Inferno. Ich bin mir nicht einmal sicher, ob die darauffolgende Dunkelheit vom Initiator kommt oder ob ich nicht einfach ohnmächtig geworden bin. Nur die Tatsache, dass ich darüber *nachdenken* kann, schließt die Ohnmacht aus.

Bumm-bumm. Bumm-bumm.

Mein Herzschlag ist der einzige Laut in diesem Nirgendwo. Zögernd öffne ich die Augen und weiß, dass ich wieder an dem Ort bin, an dem ich nichts anderes tun kann, als auf die blinkenden Lichter zu warten. Dieses Mal lassen sie sich mehr Zeit. Eine gefühlte Ewigkeit drehe ich mich im Kreis, höre meinen eigenen Atem, bis ich endlich den feinen Schimmer wahrnehme.

Zuerst zeichnen sich Schemen von großen, echten Bäumen ab, die vereinzelt auf einer viel zu grünen Wiese stehen. Steinwege werden von akkurat angelegten Blumenbeeten gesäumt, nicht zu vergleichen mit dem Gestrüpp in unseren »Parks«. In regelmäßigen Abständen tauchen Bänke auf, aus poliertem Marmor und ohne verbogene Eisenlehnen.

»Hi, Mae.«

Beim Klang der vertrauten Stimme schnellt mein Puls nach oben. Seufzend drehe ich mich um und muss leider feststellen, dass der Initiator Aiden wirklich gut getroffen hat. *Falsch.* Es ist nicht der Initiator, der Aiden so detailgetreu nachzeichnet, es ist mein eigenes Unterbewusstsein, das die Impulse in Perfektion übersetzt.

»Aiden«, begrüße ich ihn. »Was machst du hier?«

Ein Lächeln umspielt seine Lippen. »Dich suchen.« Mit einem Schritt kommt er näher. »Ich wusste, dass ich dich hier finde.« Ohne auf meine Reaktion zu warten, schlingt er die Arme um meine Taille und zieht mich in eine Umarmung. Als wäre es noch genauso wie früher.

Ich schlucke schwer. Es fühlt sich täuschend echt an, viel zu echt. Ich glaube sogar, ihn riechen zu können, diese Mischung aus Bleiche und Aftershave, ich spüre seine trockene Haut an meiner und diese angenehme Wärme, die durch meine Kleidung dringt. Was, wenn er wirklich vor mir steht? Wenn ich gerade aus dem Albtraum erwacht bin, der mit sechs Wörtern begonnen hat: *Ich habe Ann einen Antrag gemacht.*

Mit jedem Atemzug droht mir das Bewusstsein zu entgleiten, dass es nur eine Projektion ist. Diese Wärme, dieser Duft, Aidens Hand an meinem Rücken. Er zeichnet mit den Fingerspitzen zärtliche Muster über den Stoff, bis er mich ein Stück von sich wegschiebt. Nur so weit, dass er mir tief in die Augen sehen und mir eine Strähne aus dem Gesicht streichen kann.

»Und, glaubst du mir jetzt?«, raunt er und neckt mich mit einem Schmunzeln, das ich viel zu lange nicht mehr an ihm gesehen habe.

Ein Stich des Vermissens zuckt durch mein Herz. »Was?«

»Das Kleid. Ich habe dir doch gesagt, Kira hat einen guten Geschmack. Du siehst phantastisch aus.«

Ich sehe an mir herunter. Dunkelgrüne Seide umspielt meinen Körper in mehreren Lagen. Das Kleid sieht viel zu teuer aus, als dass ich es mir selbst gekauft haben könnte.

Aber wer dann? Kira? Warum sollte sie? Und müsste ich mich nicht daran erinnern, wenn ich eine sauteure Boutique betreten hätte? Oder daran, es überhaupt angezogen zu haben? Und warum bin ich …?

»Hey, Liebling.« Aiden legt die Finger unter mein Kinn und schiebt meinen Kopf leicht nach oben. »Du wirkst nervös. Hast du immer noch Angst vor deiner Rede?«

Mein Atem geht flach, während ich in seinen Bernsteinsprenkeln nach einer Erklärung suche. Habe ich getrunken? Hatte ich einen Filmriss? Ich weiß, dass es eine ganz logische Erklärung geben muss, für dieses Kleid, für Aidens Lächeln, für diesen Park. »Welche Rede?«, frage ich.

Aiden hebt belustigt die Augenbrauen. »Die Rede für Nicks Hochzeit natürlich.« Er greift nach meiner geballten Faust, um sie Finger für Finger zu öffnen. In meiner Hand liegt ein zerknitterter Zettel. »Du hast wochenlang daran geschrieben. Gut, dass Edgar dir diesen Block zur Verlobung geschenkt hat.«

Verlobung? Ich blinzle hinab auf den Kupferring an meinem Finger, und auf einmal ist alles wieder da. Wie Aiden nach der Verlobung meines Bruders selbst auf die Knie gegangen ist, wie er mich gefragt hat, wie ich Ja gesagt habe und ihm um den Hals gefallen bin. Wie konnte ich das alles vergessen?! Auf einmal fühlt sich alles leichter an. Als wäre eine Art Widerstand in mir zerbrochen.

»Ich glaube, dieser kleine Spaziergang macht dich nur nervöser.« Aiden zupft mir den Zettel aus der Hand. »Du kannst jede dieser Zeilen auswendig. Deshalb werden wir dieses Ding jetzt wegpacken und uns auf die frische Luft konzentrieren.« Er lässt das Papier in seiner Brusttasche verschwinden.

Ich habe keinen blassen Schimmer, was auf diesem Zettel steht. Dann greift er nach meiner Hand und verschränkt seine Finger mit meinen.

»Wir haben noch eine halbe Stunde, bevor es losgeht. Bis zur nächsten Bachbiegung und zurück?«

»Klar«, erwidere ich, ohne zu wissen, welchen Bach er meint. Oder welche Biegung.

Meine Beine setzen sich wie von selbst in Bewegung. Hinter den Baumwipfeln ragen moderne Gebäude auf. Gläserne Fassaden, Stahlträger, geometrische Fenster in eigenwilliger Anordnung. Das Center. Mein Herz drängt schmerzhaft gegen meine Brust, als wollte es mich daran erinnern, dass ich etwas übersehe.

»Ich weiß nicht, ob es im April jemals so heiß war.« Aiden lenkt meine Aufmerksamkeit zurück auf sich. »Es sind bestimmt schon fünfundzwanzig Grad.«

Ich antworte nicht, mustere ihn nur von der Seite. Sein Gesicht, die muskulösen Schultern, das dunkle Haar. Etwas stimmt nicht. Mit diesem Ort, mit ihm, mit mir, mit dem Wetter. Ich sollte wissen, was auf diesem Zettel in seiner Brusttasche steht, ich sollte wissen, von welchem Bach er redet und wer mir dieses Kleid gekauft hat. Sind wir wirklich auf dem Weg zu Nicks und Kiras Hochzeit?

»So schweigsam kenne ich dich gar nicht«, sagt Aiden und bleibt stehen. Er lächelt sanft. »Okay, wir gehen es noch einmal durch, aber dann musst du mir versprechen, dass du wenigstens versuchst, dich zu entspannen.«

Mein Blick gleitet von unseren Händen zu seinem Gesicht zu der Marmorbank, vor der wir stehen geblieben sind. »Nein. Etwas stimmt nicht«, spreche ich meinen Gedanken laut aus. Ich löse mich von Aiden und trete einen Schritt zurück. Knirschender Kies, zu warmer Frühlingswind. Instinktiv greife ich nach meinem Handgelenk und zucke zusammen, als ich unsichtbares Garn berühre. *Caras Armband, ein Anker in der Realität.* »Das alles hier ist nicht ... echt«, murmle ich vor mich hin.

»Nicht echt?« Aiden geht einen Schritt auf mich zu, wieder dieses Knirschen, wieder der warme Wind, darin sein Duft. »Ich weiß, wie viele Menschen dadrinnen auf deine Rede warten, aber das ist kein Grund, die Nerven zu verlieren. Vielleicht kann ich dir ja helfen.«

Jede einzelne meiner Fragen erstirbt, als mich Aiden an sich zieht und die Lippen auf meine legt. Ich versinke in der Umarmung, spüre die schützende Wärme seiner breiten Schultern, heißer Atem kitzelt auf meiner Wange. Ich kenne den Geschmack seiner Lippen, spüre diese vertraute Mischung aus Zärtlichkeit und Forderung, liebevoll und ... *falsch*. Vollkommen falsch!

Ein ohrenbetäubender Knall zerschlägt alle meine Gedanken. Ich sehe nur noch Aidens schreckgeweitete Augen, bevor uns unsichtbare Hände auseinanderreißen. Beim nächsten Knall wird mir der Boden unter den Füßen weggerissen.

Ich schreie auf. Mein Kopf schlägt unsanft auf die Kante der Bank, hart wie echter Marmor. Dann liege ich. Auf dem Kiesweg des Centers, der nicht mehr aufhört, sich zu bewegen. *Scheiße, Scheiße, Scheiße!* Mit einem Schlag fühlt sich *alles* echt an. Mein Atem geht stoßweise, mein Herz möchte meiner Brust entkommen, erfüllt von einer Panik, die nichts mit einer Rede zu tun hat oder irgendeiner Hochzeit, die es gar nicht gibt.

»Aiden? Aiden, bist du noch da?!« Mit jedem Blinzeln ertrinkt die falsche Umgebung in Dunkelheit. »Aiden?« Meine Stimme klingt fremd, von Angst verzerrt und so leise.

Orientierungslos greife ich nach dem sich auflösenden Kies, dann an meinen Kopf. Warm, klebrig. So viel Blut. Stöhnend versuche ich, mich aufzusetzen, aber die Übelkeit brandet so heftig in meinem Magen auf, dass ich glaube, mich übergeben zu müssen. Ich drehe mich auf die Seite und ziehe die Beine an den Körper, bis die Dunkelheit endlich alles verschlingt. Mich in Sicherheit wiegt.

Als ich die Augen öffne, befinde ich mich auf der anderen Seite der Projektion. Magensäure lässt mich röcheln.

Das hier ist die Realität. Der weiße Raum mit dem verfluchten Stuhl, Price, der vor mir steht und den Initiator in der Hand hält, an den Nadeln glänzt Blut. *Das war nur eine Projektion, Mae, nur eine Projektion.* Ich sollte erleichtert sein, aber warum hört die Welt nicht auf, sich zu drehen?

In diesem Moment gibt es einen vierten, viel zu realen Knall. Der ganze Raum erbebt, die Lampen flackern, manche fallen einfach aus. Price kann sich nicht länger auf den Beinen halten. Er versucht noch, nach der Stuhllehne zu greifen, aber alles, was er erwischt, ist Luft, bevor sein Kopf neben mir auf das Metall schlägt. Etwas knirscht, etwas bricht, dann liegt Price am Boden. Regungslos.

»Price!« Ich will zu ihm stürzen, aber kaum bin ich aus dem Stuhl gekrochen, verschiebt sich meine Realität noch mal.

Price liegt nicht länger auf weißen Kacheln, sondern auf Kies, neben ihm eine Marmorbank. Ich kneife die Augen fest zusammen. Warum tut alles so höllisch weh? Als ich wieder hinsehe, ist da immer noch Kies, ebenso wie Price, der unaufhaltsam blutet. Ich stolpere zu ihm, um nach seinem Puls zu tasten. Es ist lange her, seit Dad mir gezeigt hat, wie es geht.

»Price?«, wispere ich erstickt, immer in der Erwartung, gleich von einem neuen Beben überwältigt zu werden. »Price, hören Sie mich?«

Es ist so ... *ruhig*.

Als hätte jemand meine Gedanken gehört, geht die Tür hinter mir mit einem Zischen auf. Mit verschwommenem Blick sehe ich über meine Schulter. Zwischen Bäumen und Blüten tauchen zwei Menschen auf, Behandelnder Lavis und Grayson. Der Grayson, der überall sein sollte, nur nicht hier im Park des Centers.

»Mae«, er kniet sich vor mir in den Kies, »bist du okay?«

»Ich weiß nicht.« Die Worte kommen nur schwer über meine Lippen. Sie schmecken metallisch. »Price. Ist er ...?«

»Nein, er atmet noch«, erwidert Lavis. »Ich kümmere mich um ihn. Grayson, du nimmst Mae.«

Warum nennt er mich bei meinem Spitznamen? Und warum verwandelt er sich beim nächsten Blinzeln in einen Baum? *Verfluchte Scheiße.* Falls das hier alles zur Projektion gehört, werde ich Price nach dem Aufwachen sagen, was ich von seinem *»Der Schmerz wird mit jeder Sitzung weniger.«* halte. Das hier ist einfach nur die Hölle!

Ich spüre, wie jemand meinen Arm über seine Schulter legt. »Aiden?«, murmle ich beim Anblick der tiefbraunen Augen. »Was passiert hier?«

»Nicht Aiden.« Frostblaue Augen blitzen auf. *Graysons* Augen. »Ich bring sie in dein Behandlungszimmer«, höre ich ihn sagen, bevor er einen Arm unter meine Kniekehlen schiebt.

Mein Kopf fühlt sich an wie Blei, mein Körper noch schwerer, und trotzdem werde ich mit Leichtigkeit hochgehoben. Meine Lider flattern. Braune Augen, blaue Augen, Aiden, Grayson, Aiden. Mit jedem Blinzeln wechseln die Gesichter, mit jedem Blinzeln verschwimmen Bäume mit weißen Wänden, Marmorbank mit Behandlungsstuhl, Kies mit Fliesen.

»Nein«, erwidert Lavis knapp, der sich gerade zurück in einen Menschen verwandelt. »Sie muss sofort auf die Station. Sie war angeschlossen.«

Jemand drückt mich an seinen Oberkörper, so dass mir keine Wahl bleibt, als mich dagegen sinken zu lassen. Für Widerstand fehlt mir jede Kraft – und diese Kopfschmerzen!

Ein Stöhnen gleitet mir über die Lippen. »Aiden?«

»Immer noch nicht.« Mein Retter klingt gekränkt. »Also gut, wir bringen dich hier sofort weg, nur noch eine Sache. Siehst du meine Augen?«

»Grayson, was hast du vor?«, fragt Lavis alarmiert.

Grayson scheint es nicht zu hören. Sein Blick liegt unverwandt auf mir, immer noch im wechselnden Spiel der Gesichter. Aiden, Grayson ... Langsam, aber sicher wird mir schlecht.

»Mae, siehst du meine Augen?«, wiederholt er.

Selbst im größten Schmerz ist auf Veritas Verlass. »Ja«, presse ich hervor und frage mich, wie lange ich meinen Mageninhalt noch für mich behalten kann. Ich habe zwar kaum etwas gefrühstückt, aber für einen erniedrigenden Zwischenfall dürfte es reichen.

»Gut, Mae, komm schon, sieh mich an.« Er sucht meinen Blick, aber mein ganzer Körper weigert sich, dieses Trugbild zu fokussieren. »Ich bin hier, Mae. Du musst dich nur auf meine Augen konzentrieren, okay? Nur auf meine *braunen* Augen.«

Zu spät. Ich kann die Übelkeit nicht mehr zurückhalten und entleere meinen Magen direkt in Mister Frosts Armen. Danach erlösende Dunkelheit.

In der Ladezone eines Camps kam es gegen 11:30 Uhr zu einer Gasexplosion. Dem aktuellen Stand nach wurden zehn Mitarbeitende verletzt, drei von ihnen schwer, außerdem musste eine Teilnehmende des Partner Evaluation Programs auf die interne Station verlegt werden. Weitere Informationen werden in Kürze erwartet.

Newsmeldung vom 13. 04. 2306

KAPITEL 22

Ein gleichmäßiger Piepton, der Geruch von Desinfektionsmittel. Noch bevor ich die Augen öffne, weiß ich, dass ich zurück in der Realität bin. Einer ziemlich schmerzhaften Realität.

»Wacht sie auf?«

Ist das Therese?

»Sieht ganz so aus. Aber um noch die Frage des jungen Mannes zu beantworten: Ja, Ihre Schwester wird wieder vollständig genesen«, antwortet jemand, dessen Stimme ich nicht kenne, ruppig, schroff.

»Dann darf sie bleiben?!«

Ein Seufzer. »Ja, Therese. Ihre Freundin wird das Programm erfolgreich beenden können. Betreuende Evans wurde bereits informiert, dass kein Ersatz benötigt wird.«

Als ich blinzle, strahlt mir gleißendes Licht entgegen. Ächzend drehe ich den Kopf, der sich anfühlt, als hätte man ihn mit Marmorsteinen befüllt. Zu schwer für meinen Körper und erst recht zu schwer zum Denken. Selbst meine Lider lassen sich nur unter Protest länger als ein paar Millisekunden öffnen.

»Mae!« Thereses Quietschen ist genauso grell, wie ich es in Erinnerung habe.

Ihr grinsendes Gesicht schiebt sich zwischen mich und das Licht, wofür ich ihr am liebsten um den Hals fallen würde. Jetzt erkenne ich auch die anderen, die sich um mich herum versammelt haben. Jamar steht mit meinem Bruder zu meiner Rechten, Therese zu meiner Linken und hinter ihr eine Helfende in pastellblauer Kleidung, deren Gesicht ziemlich weiß und ziemlich zerknautscht ist. Ich sehe von einem zum anderen, Therese wirkt erleichtert, Jamar grinst, Nick versucht, sich nichts anmerken zu lassen, doch seine Stirn wird von einer einzigen Falte überzogen. Er hat sich Sorgen gemacht.

»Willkommen zurück im Camp des Schreckens«, scherzt Jamar, wofür er sich postwendend einen tadelnden Blick von der Helfenden einfängt.

»Der einzige Schrecken in diesem Camp bin ich, wenn Sie meine Patientin nicht schonen.« Die Helfende geht um das Bett herum und bedeutet Jamar mit einer knappen Geste, Platz zu machen. »Die Besuchszeit ist ohnehin bald vorbei.«

»Und wir werden sie bis zur letzten Sekunde ausreizen«, raunt mir Jamar zu, bevor er zur Seite tritt.

Ich bin froh, dass keiner Fragen stellt, denn meine Kehle fühlt sich nicht so an, als könnte ich sprechen. Rauer als Sand, eher wie Schleifpapier. Ich beobachte, wie die Helfende mit einem Tropf hantiert, von dem ein Schlauch geradewegs in meinen Handrücken führt. Es ist nur einer von vielen Schläuchen. Zu viele Schläuche. Das Piepsen wird unruhiger. Was ist mit mir passiert?!

»Immer mit der Ruhe«, sagt die Helfende auf einmal deutlich sanfter. »Ich bin Helfende Jenkins und werde Ihr Kopfteil jetzt ein Stück hochfahren, damit Sie etwas trinken können. Nicht erschrecken.« Sie legt eine Hand auf meine Schulter, mit der anderen drückt sie einen Knopf. »AISS? Bitte um kurze Statusmeldung für Patientin Elking.«

»Willkommen zurück, Maeander«, erklingt AISS Säuseln, während ich in eine aufrechte Position gebracht werde. »Vor drei Tagen kam es in der Ladezone zu einem Unfall. Durch ein Leck in einem Rohr konnte Gas austreten. Dieses hat sich in einer Reihe kurzer, aber heftiger Explosionen entzündet. Die Labore 10 und 11 liegen in unmittelbarer Nähe, weshalb Ihre Projektion nicht ordnungsgemäß beendet werden konnte. Infolgedessen haben Sie neben einigen Prellungen einen Projektionsschock erlitten. Da Sie rechtzeitig auf die Station gebracht werden konnten, war es den Behandelnden möglich, die größten Schäden zu beheben. Gelegentlich auftretende Kopfschmerzen und kleinere Erinnerungslücken sind mögliche Begleiterscheinungen, die jedoch innerhalb der nächsten zwei bis drei Wochen abklingen sollten. Bis dahin haben wir Sie für die Teilnahme an jeglichen Projektionen gesperrt. Um den Erfolg des Programms nicht zu gefährden, werden alle anderen Tests nachgeholt, sobald Sie wieder fit genug sind.«

Erinnerungslücken. Gerade fühlt es sich eher an, als wären in meinem Kopf die Erinnerungen zweier Menschen. Kies, Marmorbank, Bäume, braune Augen, steriles Weiß, Blut, Grayson, der mich hochgehoben hat, eisblaue Iriden, eine *Lüge*? Ich weiß nur, dass Aiden nicht da gewesen sein kann, aber der Rest könnte genauso gut zur Projektion gehört haben.

Jenkins drückt mir ein Glas Wasser in die Hand. Mit jedem Schluck ebbt das Brennen in meiner Kehle ab. »Danke«, ist das erste Wort, das ich über die trockenen Lippen bringe. »Dieser Projektionsschock ... Dann bin ich während des Tests ohnmächtig geworden?«

»Da die Explosion AISS Kameranetzwerk beschädigt hat, können wir nicht genau sagen, wann die Bewusstlosigkeit eingetreten ist. Allerdings wurden wir informiert, dass man Sie bereits in diesem Zustand gefunden hat«, erklärt Jenkins, während sie auf dem Nachttisch einige Sachen umherschiebt. »Sie können von Glück sagen, dass Behandelnder Lavis und dieser junge Mann so schnell da waren, um Ihnen zu helfen.«

»Sie meint Grayson«, wirft Therese ein.

Das Piepen ist ein noch mieserer Verräter als mein eigenes Herz. Grayson war also wirklich da. Ob mein Unterbewusstsein unser Gespräch erfunden hat, um die Lücken zu füllen? *Du musst dich nur auf meine Augen konzentrieren, okay? Nur auf meine* braunen *Augen*. Ich erinnere mich an die sich drehende Welt, an starke Arme unter meinem Körper – und daran, dass ich mich über einen Anzug erbrochen habe. Oh, bitte lass es eine Projektion gewesen sein! Das Piepen wird lauter.

»Maeander, es ist alles in bester Ordnung. Sie sind bei uns in Sicherheit«, sagt Jenkins beruhigend, während in meinem Kopf immer wieder derselbe Film abläuft. Aiden, Grayson, zwei Augenfarben, eine Lüge? »Nun, wenn Maeander die Station Ende der Woche verlassen will, benötigt sie dringend Ruhe. Die Besuchszeit ist hiermit beendet.«

»Nein«, platzt es aus mir raus. »Bitte nur noch einen Moment.« Ich will nicht allein sein. Nicht in diesem winzigen Raum, und erst recht nicht mit meinen verschobenen Erinnerungen.

»Gut. Ich gebe Ihnen noch zwanzig Minuten. Doch ich werde Ihren Puls im Blick behalten.« Jenkins winkt mit einem HoloPad, auf dem etliche Diagramme blinken.

»Danke.« Ich versuche, ein Lächeln auf mein Gesicht zu zwingen. Jede Bewegung schmerzt. Die Schläfen, der Kiefer, die Wange. Als wäre ich wirklich auf eine verfluchte Marmorbank geknallt.

»Und Ihnen rate ich, Ihre Freundin nicht zu sehr anzustrengen. Ansonsten kann sie den Besuch im Parlament vergessen.« Jenkins jagt noch einen scharfen Blick durch die Reihe, bevor sie uns verlässt.

Kaum ist die Tür ins Schloss geglitten, verdreht Therese die Augen. »Gestern wollte sie mich nicht mal reinlassen.«

»Helfende Jenkins macht nur ihren Job«, erwidert Nick. »Wie fühlst du dich, Mae?«

»Verwirrt.« Ich möchte nach meiner Schläfe tasten, in der

eine der größten Nadeln gesteckt hat, aber mein linker Arm tut höllisch weh. Das sind dann wohl die Prellungen, die AISS meinte. »Wissen Paps und Dad schon Bescheid?«

»Klar. Paps war kurz davor, seine Sachen zu packen, Cara bei den Caivanos zu parken und persönlich herzukommen.« Nicks Besorgnis weicht einem Ausdruck, der mich auflachen lässt.

»Und du konntest ihn davon abhalten?«

»Konnte ich. Dafür musste ich mehrmals versprechen, ihn auf dem Laufenden zu halten. Und dass du dich sofort meldest, wenn du wach bist«, erklärt er schmunzelnd. »Wobei ich denke, er wird es verstehen, wenn du bis nach der Besuchszeit wartest.«

Ich kann mir genau vorstellen, wie Paps nervös durch das Wohnzimmer läuft, während Dad beruhigend auf ihn einredet. »Also alles wie immer« erwidere ich. »Leider wird er sich noch gedulden müssen. Mein SmartPad liegt ...«

»Hier!« Grinsend zieht Therese es aus ihrer Jackentasche. »Hab mir schon gedacht, dass du es brauchst. Aber du musst mir versprechen, dass du dein Kontingent nicht an einen gewissen Jemand verschwendest.« Mit ihrem vielsagenden Blick weckt sie die nächste leidige Erinnerung.

So viel zum Thema Lücken.

Ich wünschte, ich hätte Aidens Nachricht vergessen, der ich diese ätzende Projektion zu verdanken hatte. Inzwischen ist die Illusion des Kupferrings restlos verschwunden. Dafür klebt zwei Finger weiter ein winziges, halb transparentes Plättchen, das meinen Puls misst.

Bevor mich dieser wieder verraten kann, nehme ich

Therese das SmartPad ab und nicke. »Nur Familie, versprochen.«

»Sehr gut.« Thereses Grinsen wird noch breiter. Sie scheint Nicks und Jamars fragenden Gesichtsausdruck nicht zu bemerken, und ich ignoriere ihn ebenfalls, da ich keine Lust habe, das Thema zu vertiefen. Zum Glück redet Therese schon weiter: »Und jetzt rate mal, wer heute beim Frühstück *und* Mittagessen neben mir saß.«

Die Antwort ist natürlich Loyd. Ich merke, wie gut mir die Anwesenheit der drei tut. Ihr Lachen. Ihre kleinen Neckereien. Ich sauge jedes Detail auf, das nichts mit Aiden, Grayson oder irgendwelchen Projektionen zu tun hat. Spätestens als Therese beim Namen von Loyds erstem Haustier ankommt, muss ich mir auf die Unterlippe beißen, um nicht zu lachen. Ich halte keine zwei Sekunden durch. Ein Blick zu den anderen, und wir brechen gleichzeitig in schallendes Gelächter aus. Selbst Therese stimmt nach kurzer Irritation mit ein. Wenn man uns jetzt nicht auf der ganzen Station hört, sind die Wände definitiv schalldicht.

»Ich schätze mal, die Story über seinen ersten Besuch im Theater kann ich mir sparen?«, fragt Therese, während wir nach Luft japsen. »Oder welches Sushi er am liebsten isst?«

»Auf gar keinen Fall!«, protestiere ich. Cara würde mich umbringen, wenn ich freiwillig auf Details über ihren Liebling verzichte.

»Was?!« Jamar stöhnt auf. »Hey, AISS, kann es sein, dass dieser Schock doch ein paar Spuren in Maes Kopf hinterlassen hat?«

»Die Untersuchungen haben keinerlei langfristige Schädigung ergeben.«

»Hey, AISS, kann es sein, dass Jamar einfach nur eifersüchtig auf Loyd *holy fucking* Jones ist?« Therese stemmt die Hand herausfordernd in die Hüfte und sieht nach oben.

»Es tut mir leid, Therese, doch Sie haben keine Befugnisse, auf meine Beobachtungen von anderen Mitbewohnenden zuzugreifen«, erwidert AISS. »Ich empfehle Ihnen, persönliche Fragen direkt an die entsprechende Person zu richten.«

Mit einem angriffslustigen Funkeln in den Augen dreht Therese sich zu Jamar, der nur die Augenbraue hebt.

»Echt jetzt?«, fragt er. »Du willst unsere kostbare Besuchszeit verschwenden, um mich zu fragen, ob ich eifersüchtig auf einen Typ bin, der mir zwei Frauen ausgespannt hat? Warum erzählst du Mae nicht lieber von Kanes Ansprache?«

»Ach, du Scheiße, stimmt!« Thereses Angriffslust ist verschwunden. »Sie weiß es ja noch gar nicht. Okay, vergesst die Sache mit der Eifersucht.«

»Was weiß ich nicht?«

Als hätte mein Bruder nur auf diesen Einsatz gewartet, schiebt er Jamar beiseite und tritt näher an mich heran. »Abgeordneter Kane hat sich gestern per Liveschalte öffentlich zu den Vorfällen geäußert«, erklärt er. »AISS, eine Zusammenfassung von Kanes Ansprache bitte.«

»Gern, Nicholas. Der Abgeordnete hat zugesichert, dass alles getan wird, um diesen Unfall aufzuklären und weitere zu verhindern. Da ihm die baldige Genesung der verletzten Personen besonders am Herzen liegt, hat er sich persönlich dafür eingesetzt, dass Sie die bestmögliche Behandlung erhalten«, säuselt AISS melodisch vor sich hin. »Man rechnet mit einer hundertprozentigen Genesung aller Geschädigten.«

Etwas in mir atmet auf. Entweder war Prices Sturz genauso Teil meiner falschen Projektion wie Graysons Lüge, oder der Behandelnde war nur bewusstlos. »AISS, weißt du, wann Price Abalon entlassen wird?«

»Behandelnder Abalon wurde in das Center-MedPlex verlegt, um eine bestmögliche Versorgung zu gewährleisten. Nach meinen aktuellen Berechnungen wird er seine Tätigkeit in drei Wochen uneingeschränkt wiederaufnehmen können«, antwortet sie und lässt mich ihr Lächeln hören. »Wenn ich mir noch einen kurzen Hinweis erlauben dürfte. Die Besuchszeit endet in weniger als zwei Minuten. Sie sollten sich verabschieden.«

Seufzend lasse ich mich tiefer ins Kissen sinken. »Ich will nicht, dass ihr geht«, sage ich und lasse den Blick an meinen Freunden vorbei durch das kleine Zimmer schweifen.

Obwohl der Boden aus dunklem Holz ist und die Wände aus Milchglas, wirkt alles kühl, unpersönlich, steril. Die Vorstellung, hier noch mehr Tage allein verbringen zu müssen, lässt mich schwer schlucken.

»Wir sind morgen zur Besuchszeit wieder da«, verspricht Nick und streckt eine Hand nach meiner Schläfe aus. Bevor er mich berührt, zuckt er zurück. »Ruh dich gut aus und vergiss nicht, dich bei den anderen zu melden. Paps macht sich wie immer viel zu viele Sorgen.« Ein Lächeln huscht über sein Gesicht.

»Mach ich. Danke, Nick.« Ich greife nach seiner Hand,

um sie zu drücken. Als ich unsere Armbänder sehe, stehlen sich die chaotischen Fetzen der Projektion zurück in meine Gedanken. Was, wenn Graysons Worte echt waren? Wenn er gelogen hat, ohne von Veritas innerlich verbrannt zu werden? Ohne den Verstand zu verlieren? Wenn er selbst zu denen gehört, die er eigentlich jagen sollte?

KAPITEL 23

Mein Arm tut mit jedem Tag weniger weh. Nur das Pochen in meinem Kopf will nicht verschwinden. Immer wenn ich denke, dass es gerade besser ist, mache ich eine falsche Bewegung, und es meldet sich mit voller Stärke zurück. So wie jetzt. *Shit.*

Ich unterdrücke ein Stöhnen, damit AISS nicht auf die Idee kommt, mich noch länger hier einzusperren. Laut Jenkins brauche ich nur noch ein kleines bisschen Geduld. Allein deshalb bleibe ich brav im Bett liegen und versuche, mich ganz auf die Bücher zu konzentrieren, die mir Therese vorgestern mitgebracht hat. Auf alles, was mich von dem Gedankenkarussell ablenkt, das sich jedes Mal dreht, wenn mir irgendjemand von einer Diskussionsrunde erzählt. Oder wenn Lucinda mich besucht und so tut, als wäre es normal, dass ihre beste Freundin Eireen immer noch nicht auf ihre Nachricht reagiert hat. Oder wenn Therese beiläufig Grayson erwähnt. *Mister Frost,* korrigiere ich mich in dem Versuch, ihn wieder zu dem unnahbaren Arschloch zu degradieren, von dem ich mich fernhalten muss. Alles, was der

Spitzname jedoch bewirkt, ist die Erinnerung an seine faszinierenden Augen, die alles andere als braun sind. *Verfluchtes Gedankenkarussell.* Ich tue es schon wieder.

Bevor es volle Fahrt aufnehmen kann, schnappe ich mein SmartPad und lösche endlich Aidens Nachricht. Um wenigstens eine Sache irgendwie abzuhaken. Danach nehme ich das nächste Buch vom Stapel. Ein *echtes* Buch, aus echtem Papier. Mit echtem Einband und schimmernder Veredelung. Leider beginnt es trotz der imposanten Optik mit einer Szene, bei der ich nur die Augen verdrehen kann. Aber da es mir Therese beharrlich empfohlen hat, bleibe ich dran. Nach ein paar Kapiteln höre ich sogar auf, ständig abzuschweifen.

»AISS?«

Ich stoße einen spitzen Schrei aus. »Verfluchte Scheiße, hast du mich erschreckt!«, rufe ich, während ich das Buch mit rasendem Herzen sinken lasse. »Grayson?!«

Er ist es wirklich, und er steht keine zwei Schritte von mir entfernt. Vor meinem Bett. Außerhalb der Besuchszeit. *Weit* außerhalb der Besuchszeit, wenn die Uhr am SmartPad richtig geht. *Warum schlafe ich eigentlich noch nicht?*

Bevor AISS auf Graysons Anfrage reagieren kann, spricht er weiter. Es sind Sätze in einer fremden Sprache.

AISS antwortet. Es ist das erste Mal, dass ich sie nicht verstehe. Und dass ihr jedes charmante Säuseln fehlt. Sie klingt wie eine charakterlose Bandansage, bevor sie abrupt still wird. Müsste sie Grayson nicht auffordern, die Station umgehend zu verlassen? Oder wenigstens Jenkins informieren? Nichts davon passiert.

Stattdessen kommt Grayson einen Schritt näher. Zum

Glück werden die Geräte nachts auf einen stillen Alarm umgestellt. So kann er zumindest nicht hören, dass mein Puls zu einem verräterischen Sprint ansetzt. Warum ist er hier? Und warum kann ich nicht aufhören, ihn anzustarren, als wäre er ein Geist – *oder eine Projektion?*

»Wenn ich angeklopft hätte, hätte mich vielleicht jemand bemerkt«, erwidert er schulterzuckend.

»Ja. Ich zum Beispiel.« Mit einer fahrigen Bewegung schiebe ich ein Lesezeichen zwischen die Seiten. »Was machst du hier?«

»Ich dachte, wir sollten reden. Nur du und ich. Ohne AISS. Ohne Mitbewohnende. Eben unter vier ... *Augen.*«

Ohne AISS. Unter vier *Augen.* Seine Betonung macht die Sache nicht besser. Jetzt gibt es nichts mehr, was das Gedankenkarussell aufhalten könnte. *Marmor, Kies, Aiden, Grayson, Realität, Projektion – beides?* Ich lege das Buch auf den Nachttisch. An der Schublade hängt der kleine Notfallknopf. Es wäre so leicht, ihn zu drücken, aber ich kann nicht. Nicht, bevor ich die Antworten habe, die ich brauche.

»Darf ich?« Grayson deutet auf meine Bettkante. Er sieht leider genauso gut aus wie beim letzten Mal. Klar, was hab ich auch erwartet? Dass er immer noch die Sachen trägt, die ich vermeintlich vollgekotzt habe?

»Okay«, antworte ich entgegen jeder Vernunft.

Während sich Grayson setzt, rücke ich ein Stück von ihm ab. Von ihm und seinen frostblauen Iriden, die das Wummern in meinem Kopf anschwellen lassen. *Marmor, Kies, Aiden, Grayson.* Ich ziehe die Beine an den Körper, bis alles unter meinem eigenen Herzschlag zu vibrieren scheint.

»AISS?«, frage ich zögernd in die Stille. Keine Antwort. Sie scheint wirklich weg zu sein. Dafür ist Grayson hier, allein, bei mir, und vielleicht bekomme ich nie wieder diese Gelegenheit. »Du hast keine braunen Augen.« Ich bemühe mich trotzdem um eine unverfängliche Formulierung. Mein Verstand ist sich sicher, dass Grayson die Anspielung nicht versteht. Er darf sie nicht verstehen, denn dann müsste ich *alles*, was mir von Kindheit an beigebracht wurde, in Frage stellen.

»Habe ich nicht«, bestätigt Grayson, ohne seinen Blick von mir zu lösen.

Ich halte ihm stand. Sekunden verstreichen, in denen keiner etwas sagt. Stattdessen suche ich nach einem Anzeichen dafür, dass er mehr weiß, aber da ist ... nichts.

»Pass auf, Mister ... *Grayson.*« Ich nehme einen tiefen Atemzug, der alles in mir rebellieren lässt. »Ich habe keine Ahnung, warum du mit mir reden wolltest oder warum AISS dich nicht längst ...«

»Mister Grayson?«, unterbricht er mich, und da ist es. Das feine Lächeln, das seine Mundwinkel so falsch wie attraktiv umspielt. »Ich fühle mich geschmeichelt, Miss Maeander, aber Grayson reicht.«

Arsch. »Also, bist du nur hier, um mich zu reizen, oder hat dein Besuch einen tieferen Sinn?«

»Keine Sorge, die Sache mit dem Reizen haben wir durch.«

Er mustert mich auf eine Weise, die mich daran erinnert, warum ich mich von ihm fernhalten sollte. Rücksichtslos, arrogant ...

»Ich weiß, dass du nicht die ganze Zeit bewusstlos warst«, fährt er fort. »An wie viel kannst du dich erinnern?«

Warte, was? »Das war keine richtige Antwort«, erwidere ich, während sich in meiner Kehle das vertraute Brennen meldet. Nach fünf Sekunden hat es meine ganze Zunge in Flammen gesteckt, absolut unmöglich, die Antwort noch länger hinauszuzögern. »Meine Erinnerungen sind ... verschwommen.« Und dann wiederhole ich direkter: »Also, warum wolltest du mit mir reden?«

Die Sekunden verstreichen. *Acht, neun, zehn.*

Grayson sitzt ungerührt da. Kein Räuspern, keine roten Flecken im Gesicht, kein nervöses Zucken in den Fingerspitzen. Alles, was ich in seinem Blick sehe, ist eine Wachsamkeit, als wäre *er* es, der *mir* nicht vertraut.

Neunzehn, zwanzig, einundzwanzig.

Das Brennen hätte längst sein Herz erreichen müssen, es müsste ihm solche Schmerzen bereiten, dass ihm keine andere Wahl bliebe, als meine Frage zu beantworten. Aber er schweigt, und mit diesem Schweigen sagt er mehr als mit tausend Worten.

»Du bist ein *Liar*«, wispere ich, während ich unwillkürlich weiter wegrücke. »Du brichst das höchste Gesetz unserer Gesellschaft.«

»Falsch. Ich nehme die VeriTabs genauso wie du, Therese, Firn und alle anderen. Oder glaubst du, man hätte mich zum Aufsehenden gemacht, wenn ich mich der Vergabe entziehen würde?«

Nein, nein, nein! Einfach alles daran ist falsch. Mit jeder Sekunde wächst in mir eine Angst, die man mir von Kindheit an eingetrichtert hat. Ich habe den Bericht über Präsidierenden Wilmars Ermordung gesehen, habe auf dem Holo-Banner vor dem MedPlex miterlebt, wie man diese tobende Liar abgeführt hat. Ich weiß, was früher oder später mit allen Liar passiert. *Passieren sollte*, korrigiere ich mich. Denn Grayson klingt wie immer. Ruhig, gelassen, ein wenig provokant, aber weit entfernt von einer emotionalen Überreaktion. Viel weiter entfernt als ich, die keine Liar ist.

Dieses Mal sind es nur vier Sekunden, in denen mir all das durch den schmerzenden Kopf schießt, ehe ich antworte: »Ich weiß nicht, was ich denken soll.«

»Verständlich. Immerhin weiß ich inzwischen, dass du einen Projektionsschock hattest«, erwidert er. »Das erklärt, warum du mich ständig Aiden genannt hast. Ich schätze, das war der Typ, mit dem du an dem einen Abend unterwegs warst?«

»Wenn du den Abend meinst, an dem du mich einfach angerempelt hast, dann ja.« Es ist der schwache Versuch, meine Verwirrung durch Wut zu ersetzen. Fehlanzeige. Als wollte mich mein Körper dafür bestrafen, jagt er einen Blitz durch meinen Kopf. »In dem Labor ... Es hat immer gewechselt. Eure Gesichter, eure Haare, eure Augen. Braun und blau – ich meine, du hast *gelogen*!«, bringe ich zischend hervor. Das Wort schmeckt bitter wie die Magensäure, die sich ihren Weg durch meinen Hals nach oben bahnt. »Ohne überhaupt mit der verfluchten Wimper zu zucken! Aber wer zur Vergabe geht, kann nicht lügen, nicht Therese, nicht Firn ...«

»Geht es dir gut?«, unterbricht Grayson mich. Es ist die

Sorge auf seinem Gesicht, die mich innehalten lässt. »Wenn du Schmerzen hast, musst du es sofort melden.«

»Du fragst, ob es mir gut geht?!« Mein schnaubendes Lachen klingt gequält. »Nein, mir geht es nicht gut! Mein Kopf fühlt sich an, als würde er gleich in tausend Stücke zerspringen, aber es ist mir gerade so was von egal. Sag mir, wie du es gemacht hast.« Obwohl der Blitz zu einem regelrechten Gewitter wird, versuche ich, mich an Graysons Blick festzuklammern. So viel Sorge, so viel ... *Wärme.* »Warum kannst du lügen? Und warum ... bringt es dich nicht um?«

»Genau das wollte ich dir eigentlich erklären. Aber in deinem Zustand ...« Zögernd streckt er die Hand nach mir aus.

Und ich? Ich starre ihn einfach nur an, während seine Konturen langsam verschwimmen. *Oh, verdammt, nicht schon wieder.* Ich spüre ein Prickeln auf meiner Wange, bevor sich seine Silhouette ruckartig zurückzieht.

»Harry hatte recht, es war keine gute Idee, so früh herzukommen. Du brauchst Ruhe.«

»Harry ... Lavis?« Alles um mich herum dreht sich. Die Wände, das Bett, Grayson, sein angespannter Körper. Resigniert lasse ich meine Beine los. »Sag mir nur, wie du es gemacht hast. *Bitte.*«

Es widerspricht jeder Logik, und trotzdem wirkt Graysons Blick zum ersten Mal aufrichtig. »Es tut mir leid, Mae.«

»Grayson, *bitte*!« Ich möchte mich zurück in eine aufrechtere Position kämpfen, aber er ist schneller. Es braucht nicht mehr als seine Fingerspitze, um mich sanft auf die Matratze zu drücken.

»Nicht, solange du in dieser Verfassung bist«, sagt er mit Nachdruck, gefolgt von einem Fluchen. »Diese ganze Scheiße hätte echt nie passieren dürfen!«

Und er dürfte echt nicht hier sein. Mich nicht so berühren. Nicht lügen, wofür man ihn sofort nach Ring Acht schicken könnte.

»Hast du gar keine Angst, erwischt zu werden?«, höre ich mich durch den Schleier aus Schmerz fragen. »AISS ist überall ... normalerweise.«

»Doch.« Sein Gesicht gewinnt nur langsam wieder an Schärfe. »Jeden Tag ein bisschen mehr, aber das ist es wert.«

»Was ist es wert?«

Die Antwort ist das Vibrieren eines SmartPads. Grayson greift in seine Jackentasche und wischt über das Display. »Sorry, ich muss los.« Er springt auf, als hätte ihn gerade jemand an einen verpassten Termin erinnert. »Wenn es dir besser geht, werde ich dir alles erklären.« Er schenkt mir ein flüchtiges Lächeln. »Pass auf dich auf, Mae. Und erzähl keinem, dass ich hier war.«

Lustig. »Und wenn jemand fragt?« Ein Anflug von Panik dämpft den Schmerz lange genug, um mich aufzurappeln. Ich mustere Grayson, der nur die Augenbraue hebt.

»Keiner wird fragen, ob heute Nacht ein Typ in deinem Zimmer war.«

»Und AISS?«

»Reicht es, wenn ich sage, dass sie nichts mitbekommen hat?«

»Nein.«

»Hab ich mir gedacht. Also dann, Mae. Man sieht sich.« Er

deutet eine antiquierte Verbeugung an, bevor er sich abwendet und verschwindet. Die Tür schließt lautlos.

Grayson ist ein Liar. Es ist der letzte klare Gedanke, bevor mich der Schmerz in die Dunkelheit zieht.

KAPITEL 24

Grayson behält recht. Auch drei Tage nach seinem Besuch fragt mich keiner, ob nachts ein Typ in meinem Zimmer war. Keiner will wissen, warum AISS einfach ausgefallen ist. Keiner zwingt mich dazu, diese ganze Sache zu melden.

Noch nicht, wispert in mir eine zynische Stimme.

Ich schlucke schwer, denn ich weiß, sie hat recht. Spätestens bei der nächsten Gefährdungsanalyse werde ich jedes Detail aus besagter Nacht erzählen müssen. Und sollte AISS fragen, warum ich es so lange für mich behalten habe, bin ich genauso am Arsch wie Grayson. Denn die Wahrheit ist, dass ich es nicht *kann*.

Vielleicht liegt es daran, dass er mir mehr als einmal geholfen hat. Vielleicht daran, dass er Thereses Bruder ist oder dass jede seiner Berührungen Funken über meine Haut jagt oder dass meine Neugier schlichtweg lauter ist als mein Verstand. Ich wurde mein Leben lang dazu erzogen, allen Menschen bedingungslos zu vertrauen und es umgehend zu melden, sollte sich auch nur der leiseste Zweifel einschleichen. Aber in Graysons Nähe empfinde ich keine Zweifel. Es fühlt sich eher an, als wäre jemand zum ersten Mal *wirklich* ehrlich zu mir gewesen, und dann ist da noch diese Sache mit den emotionalen Überreaktionen. In der Schule haben wir gelernt, dass bislang kein Liar länger als sechs Wochen durchgehalten hat.

Du musst dich nur auf meine braunen Augen konzentrieren. Es ist ein einfacher Satz, der Graysons Herz in Flammen hätte aufgehen lassen müssen. Der seinen Geist hätte zerreißen müssen, aber nichts davon ist passiert. Und ich will wissen, wieso. *Dringend.* Da Grayson die Station seit unserem Gespräch zu meiden scheint, war ich gestern kurz davor, Therese zu bitten, ihm eine Nachricht von mir zu überbringen. Aber das Risiko, dass Nick etwas mitbekommen könnte – und das würde er –, ist zu hoch.

Nick.

Wie von selbst streichen meine Fingerspitzen über das Armband. Wann immer ich es berühre, schnürt sich mir die Kehle zu. *Versprich mir, dass du dich von ihnen fernhältst, Mae.* Ob Nick ahnt, dass Grayson ein Liar ist? Vielleicht sogar diese ganze Gruppe? Das würde erklären, warum er mir verboten hat, mit ihm zu sprechen. Vielleicht wartet er nur noch auf handfeste Beweise – die ich ihm problemlos liefern könnte. Nur ein Wort über den nächtlichen Besuch, über die Lüge, und ich … würde niemals die Wahrheit erfahren. Wie ironisch.

Ein Klopfen an der Tür reißt mich aus meinen Gedanken. Mein Blick huscht zum SmartPad, aber es ist weder Zeit für die tägliche Untersuchung noch für Besuch.

»Herein«, bringe ich eine Spur zu heiser raus.

Die Tür gleitet auf. Es ist Liv. Und sie ist allein.

»Maeander.« Mit einem schmalem Lächeln auf den Lippen tritt sie ein. »Wie ich gehört habe, sind inzwischen alle Prellungen verheilt?«

»Sieht so aus, ja.« Aber auch nur dank eines sauteuren Medikaments, das die Heilung beschleunigt. In Ring Fünf hätte es wesentlich länger gedauert.

»Sehr gut. Dann wird es dich sicher freuen, zu hören, dass du die Station noch heute verlassen kannst. Vorausgesetzt, der nächste Test zeigt, dass du auch mental stabil genug bist.«

»Moment, ich darf zu einem Test?« Meine Erleichterung ist nicht zu überhören. Abgesehen davon, dass ich in den letzten Tagen zu viel Zeit allein mit meinen Gedanken verbracht habe, hatte ich allmählich Angst, man könnte mich doch nach Hause schicken. Genau wie Eireen, von der wir inzwischen wissen, dass sie das Programm in diesem Jahr doch nicht mehr fortsetzen wird. Dafür hat sie zu viel verpasst, das sich nicht mehr nachholen lässt.

»Darfst du.« Liv holt ihr HoloPad raus. »Wenn wir das Training im Parcours nicht mitzählen, bist du aktuell acht Tests im Rückstand. Zwei davon sind Projektionen, für die wir dich aus Sicherheitsgründen weiterhin gesperrt haben. Nur bis wir sicher sein können, dass sich auch die tieferliegenden Areale deines Gehirns vollständig erholt haben.«

Allein bei dem Gedanken daran, dieses stachelige Mistding wieder aufsetzen zu müssen, meldet sich mein Fluchtinstinkt. Entsprechend hätte ich nichts dagegen, bis zum Ende des Camps gesperrt zu bleiben.

»Der erste Test, den wir heute nachholen wollen, ist ein sogenanntes Assoziationsverfahren. Behandelnde Harper wird dir verschiedene Bilder zeigen und dich bitten, das Gesehene mit persönlichen Erinnerungen zu verknüpfen. So lernt das Programm einen weiteren Aspekt von dir kennen«, erklärt Liv. Es ist das erste Mal, dass sie sich bei einem Test vorab in die Karten blicken lässt. Als wollte sie mir die Chance geben, mich innerlich darauf vorzubereiten. »Deine Hirnaktivitäten werden während des gesamten Tests überwacht. Sofern alles unauffällig bleibt und sich auch bei jüngeren Erinnerungen keine Lücken mehr abzeichnen, darfst du heute Abend wieder im Speisesaal essen.«

Binnen Sekunden löst sich meine Erleichterung in Luft auf. Keine Ahnung, was ich erwartet habe, aber ein Test, bei dem es um Erinnerungen geht, ist ungefähr das Letzte, was ich gerade brauche. *Zusammenreißen, Mae. Nichts anmerken lassen.*

»Kann ich mich vorher noch umziehen?«, frage ich, um mir Zeit zu erkaufen. Nur ein paar Minuten, auch wenn ich bezweifle, dass sie reichen, um einen Masterplan zu entwickeln.

Liv nickt. »Natürlich. Helfende Jenkins wird dir gleich frische Sachen bringen. Ich warte solange draußen.«

»Danke.« Ich zwinge mich zu einem Lächeln, um meine aufkommende Panik zu überspielen.

Es scheint zu funktionieren, denn Liv verschwindet, und ich bin wieder allein mit meinen Gedanken. Man muss kein Mathegenie sein, um sich ausrechnen zu können, wie miserabel meine Chance ist, diesen Test zu bestehen. Außer ich finde einen Weg, Veritas davon zu überzeugen, dass Graysons Besuch nicht erwähnenswert ist. Mir entgleitet ein freudloses Lachen. Warum gebe ich nicht gleich auf?

Evenita Harper gehört zu den Behandelnden, die nie mehr Worte verlieren als nötig. Optisch erinnert sie mich an die Forschende Seveilla Perez, deren Geschichte Cara so gern mag. Denn Evenita hat die gleichen schwarzen, brustlangen Locken, eine schmale Taille, hellbraune Haut und einen beeindruckend stechenden Blick. Fehlt nur die Brille und sie könnte Seveillas Urahnin sein.

Mit einem Nicken bedeutet sie mir, mich in Labor 4 zu begeben. Es besteht aus einem Screen, der die halbe Wand einnimmt, einem ebenso großen Spiegel sowie einem Stuhl, der aussieht wie der, an dem sich Price den Kopf aufgeschlagen hat. *Blut, Kies, Marmorbank.* Die Erinnerung ist wie ein Schlag in die Magengrube – und ich weiß, dass es genau das ist, was ich brauche, wenn ich diesen Test bestehen will. Chaos, das ich auf den Projektionsschock schieben kann. Kein realer Bezug zu Grayson.

»Bitte.« Evenita deutet auf den Stuhl. Kaum habe ich mich gesetzt, fängt sie an, etliche Klebeplättchen an meinem Kopf zu befestigen. »Erinnerungen sind Teil unserer Persönlichkeit«, erklärt sie, während sie die Plättchen zwischen meine Haare schiebt. »Und genau diesen Teil wollen wir mit diesem Test besser kennenlernen. Ich werde dir gleich eine Reihe verschiedener Bilder zeigen und dich zunächst bitten, sie zu beschreiben. Grobe Angaben reichen, außer es gibt ein Detail, das dir besonders auffällt. Danach werde ich fragen, ob es etwas gibt, was du mit diesem Bild verknüpfst. Das kann eine konkrete Erinnerung sein, aber auch ein einzelner Gedanke oder nur ein Gefühl. Ist der Ablauf so weit verständlich?«

»Ja.« Abgesehen davon, dass mir der Punkt fehlt, an dem ich aufstehen und wegrennen darf.

Ich hatte genau fünfzehn Minuten, um mich umzuziehen und meine Gedanken zu sortieren. In dieser Zeit bin ich alle optischen Reize durchgegangen, die mich dazu veranlassen könnten, von Graysons Besuch zu erzählen. Vom Bild eines Krankenzimmers über das einer VeriTab bis hin zu AISS blauer Resonanzlinie. Ich habe versucht, für jeden dieser Reize Erinnerungen zu finden, die unverfänglich sind, und wenn ich auch nur die geringste Chance haben will, das hier zu überstehen, muss ich mich genau darauf konzentrieren.

Evenita verschwindet in einem Nebenraum. Ich bin sicher, dass sie durch das Spiegelglas alles sehen kann. Dann wird das Licht gedimmt, und der Monitor flackert auf.

Bitte lass es kein Bild von blauen Augen sein.

»Was siehst du, Maeander?«, schallt Evenitas Stimme aus den Lautsprechern. Allein ihr Tonfall lässt mich frösteln. So kalt und unnahbar. Als wäre das Ganze hier ein Verhör, in dem sie jeden Funken Wahrheit aus mir herauszuholen versucht.

Mit einem tiefen Atemzug verbanne ich Grayson aus meinen Gedanken. Der Screen ist so hell, dass ich ein paarmal blinzeln muss, bis sich meine Augen daran gewöhnt haben.

»Einen dichten sattgrünen Wald. Aus der Vogelperspektive«, antworte ich.

»Gut. Gibt es etwas, was du mit diesem Bild verbindest?«

Ich denke nach. Und mir fällt tatsächlich etwas ein. »Ja. Unsere Nachbarin hat mir mal ein ähnliches Foto gezeigt. Von ihrer Arbeit bei der Forstverwaltung.«

»Ein physisches Foto?«

»Ja. Carmen hat ein halbes Vermögen dafür ausgegeben.« Die Erinnerung lässt meine Mundwinkel flüchtig nach oben zucken. »Damit sie ihren Wald immer am Herzen tragen kann.«

»Interessant. Allerdings ist das hier eine Aufnahme des Regenwalds«, erwidert Evenita knapp. »Aus der verlorenen Welt. Gibt es noch weitere Assoziationen?«

Mein Lächeln erstirbt. *Regenwald.* Mit dem Wort verbinde ich nur eine Sache, und ich bezweifle, dass diese Erinnerung Mehrwert für ein Partnerschaftsprogramm hat. Veritas ist es egal. »Gibt es«, sage ich daher. »Ungefähr in der sechsten Klasse war der Regenwald Thema in biologischer Geschichte.«

»Weißt du noch, was genau durchgenommen wurde?«

Evenita lässt nicht locker. Sie bohrt so lange nach, bis ich ihr alles darüber erzählt habe, und mit jeder weiteren Frage schwindet meine Hoffnung, unbeschadet aus dieser Scheiße rauszukommen. Wobei Grayson nicht mehr meine einzige Sorge ist. Es ist nur eine Frage der Zeit, bis Evenita mit ihrem hartnäckigen Stochern ein Gefühl trifft, das eine Überprüfung nach sich zieht.

Das nächste Motiv zeigt ein Theater. Unverfänglich. Aber leider ist es nur ein Bild von vielen. Irgendwann höre ich auf, zu zählen. Jedes Mal, wenn sich der Screen neu einfärbt, flehe ich innerlich, dass sich Evenita mit einer einzigen Antwort zufriedengibt. Doch jedes Mal bohrt sie tiefer.

»Kommen wir zum nächsten Motiv. Was siehst du?«

Erschöpft starre ich auf den Screen. Das sichtlich teure Café verschwindet hinter Hunderten von Menschen, alle gekleidet in opulente, bunte Kleider. »Ich sehe eine Art Tanzball in einem großen Saal, im Mittelpunkt stehen zwei Männer, und ... Sekunde. Das sind Berend und Martienne aus *A Prince for a Prince.*« Überrascht schaue ich in Richtung der Spiegelwand, hinter der ich Evenita vermute. »Das ist der Lieblingsfilm meiner Schwester.«

»Ein echter Klassiker«, bestätigt Evenita. »Meine Tochter und ich schauen ihn jedes Jahr aufs Neue.«

Das ist das erste Mal, dass sie ein Detail aus ihrem Leben preisgibt. Ich wittere meine Chance, ihre harte Schale ein bisschen aufzuweichen. »Wir auch«, sage ich, ohne den Blick vom Spiegel zu lösen. »In meiner Familie ist es Tradition, sich das erste Oktoberwochenende freizuhalten, um zusammen Filme zu schauen. Jeder darf sich einen aussuchen – und bei Cara ist es immer *A Prince for a Prince.*«

Es irritiert mich, Evenita nicht zu sehen, trotzdem zwinge ich mich zu einem Lächeln. Was mir gar nicht so schwer fällt, wenn ich daran denke, wie sich meine ganze Familie (Vain ausgenommen) ins Wohnzimmer kuschelt, bewaffnet mit Chips, für die wir unser Erspartes zusammenwerfen, Decken, Dunkelheit und Kerzen. Noch lieber mag ich nur die Abende vor den Check-ups, wenn es echte heiße Schokolade und eine von Paps' Geschichten gibt, in denen es meist um unsere Familie geht.

»Wir haben eine ähnliche Tradition«, sagt Evenita schließlich. Weit weniger kalt als vorhin. Dann erzählt sie mir von den Filmabenden mit ihrer Tochter und bittet mich, von meiner liebsten Erinnerung zu berichten. Ich schmücke sie mit so vielen Details aus, dass ich am Ende glaube, ein Lächeln in ihrer Stimme zu hören. »Du liebst deine Familie sehr, richtig?«

»Sie bedeutet mir alles, ja.«

»In der Hinsicht sind wir uns wohl sehr ähnlich. Leider läuft uns langsam die Zeit davon, weshalb wir weitermachen müssen.« Sie blendet das neue Motiv ein. »Was siehst du?«

Sie hat recht. Die Zeit läuft uns wirklich davon. Vor allem mir. Beim Anblick der neuen Szene schießt mein Puls nach oben. Ich presse die Lippen zusammen, bevor mir ein verzweifeltes Lachen entgleiten kann. Es dauert keine zwei Sekunden, bevor es von Veritas' Hitze verbrannt wird und ich den Mund wieder öffne. »Einen gedeckten Esstisch. Mit einem pinken Dessertglas.«

Bei allen Reizen, die ich innerlich durchgegangen bin, hätte ich nicht gedacht, dass ich an diesem scheitern würde. Aber es ist genau das Dessert, das man mir an dem Abend serviert hat, an dem Grayson in mein Krankenzimmer gekommen ist.

»Kirschcreme mit Himbeerspiegel«, füge ich laut hinzu. Definitiv eine der jüngeren Erinnerung.

Fuck. Mir bleiben nur Sekunden, bis Evenita die verhängnisvolle Frage stellen wird. Sekunden, um eine Alternative zu finden, die genauso wahr ist wie Graysons Besuch. Etwas Unverfängliches. Was habe ich an dem Tag noch getan?

»Wie ich sehe, ist das Dessert im Gedächtnis geblieben«, sagt Evenita. »Verständlich. Es gehört zu den Spezialitäten unserer Küche.«

Ich zwinge meine Mundwinkel mal wieder nach oben, während ich fieberhaft nachdenke. Die meiste Zeit habe ich in meinem Bett gelegen und gelesen, am Nachmittag kamen die anderen vorbei, aber an genau diesem Tag gab es keine spannenden News. Dann gab es Abendessen, später habe ich mein SmartPad genommen und ... *Aidens Nachricht.*

»Man kann dir förmlich vom Gesicht ablesen, dass dich dieses Bild an etwas erinnert«, fährt Evenita neckend fort. »Also, an was denkst du gerade?«

»An meinen Ex-Freund.« Die Worte schmecken bitter, aber es sind genau die richtigen. »An dem Abend, an dem ich das Dessert hatte, habe ich seine letzte Nachricht gelöscht. Ohne vorher darauf zu reagieren.«

»Warum habt ihr euch getrennt?«

»Er hat mich verlassen. Für ... eine andere.«

»Verstehe.« Es klingt, als würde Evenita die Lippen schürzen. Dann folgt Stille.

Ob sie sich gerade meine Akte ansieht? Sicher gibt es einen Vermerk über Aiden, nachdem ich ihn bei zwei, drei Tests erwähnen musste.

Mit jeder Sekunde, in der Evenita nichts sagt, steigt meine Anspannung. Was, wenn sie nach weiteren Erinnerungen fragt? Wenn ihr die gelöschte Nachricht nicht reicht, um zu beweisen, dass ich auch mental stabil bin? Ich muss mich davon abhalten, die Finger in die Armlehnen zu krallen. Wie gern hätte ich jetzt eine von Dads Tabletten. Aber so bleibt mir nur die verfluchte Atemtechnik. Ich halte gerade die Luft an, als sich Evenita endlich wieder meldet.

»Entschuldige die kurze Unterbrechung«, sagt sie, gefolgt von einem Räuspern. »Ich denke, es ist dir recht, wenn wir zum nächsten Motiv wechseln?«

»Ja.« Meine Antwort kommt eine Spur zu schnell.

Das Dessert verschwindet hinter einem Bild, das mich an letzten Sommer erinnert. Es sind unverfängliche Gedanken, aber die Angst lässt sich nicht so leicht abschütteln. Bei jedem Wechsel zucke ich innerlich zusammen. Aber es sind alles harmlose Motive. Zwei lachende Kinder auf sauberen Straßen, eine Szene aus *Ernest Sestiby – Der wahre Held*, eine Gala, eine Hochzeit, eine Highschool-Romanze, ein Bild von der Ausgabe.

»Jetzt kommt das letzte Motiv«, kündigt Evenita an, und mein Inneres bäumt sich ein letztes Mal auf.

Es ist das Bild eines Spielzeugs.

Am liebsten würde ich vor Erleichterung aufheulen, aber ich reiße mich zusammen und beantworte geduldig jede von Evenitas Fragen. Zum Schluss hat sie nur noch ein Wort für mich: »Bestanden.«

»Familientradition«, von M. E.

KAPITEL 25

Im Schlafsaal werde ich von Therese mit einem solch grellen Quietschen begrüßt, dass ein Stechen durch meinen Kopf jagt, gefolgt von einem dumpfen Pochen. Vielleicht liegt es aber auch an den gefühlt zehn Stunden im Labor. Am liebsten würde ich mich einfach ins Bett legen, nur mein Magen sehnt sich knurrend nach Abendessen.

»Du bist wirklich zurück!« Therese drückt mich an sich, bis ich glaube, keine Luft mehr zu kriegen. »Als Jenkins heute Nachmittag meinte, du wärst nicht in deinem Zimmer, hatte ich echt Schiss, sie hätten dich nach Hause geschickt, aber dann hat Nick Jenkins ausgequetscht, und sie hat uns verraten, dass du nur bei einem Test bist. Allerdings hat sie nichts von deiner Entlassung erwähnt, sonst hätte ich ... keine Ahnung, vielleicht Schokolade auf dein Kopfkissen gelegt oder so?«

Das Pochen klingt langsam ab. »Du hast Schokolade dabei?«, frage ich überrascht.

»Ja, klar. Willst du ein Stück? Ich hab welche mit Haselnüssen und mit getrockneten Beeren und mit ...«

Mein Magen unterbricht sie mit einem lautstarken Knurren. »Vielleicht nach dem Abendessen?«, erwidere ich verlegen.

»Wann immer du willst. Apropos«, Therese späht an mir vorbei zu der Uhr über dem Waschraum, »wir sind schon spät dran. Willst du dich noch frisch machen oder …?«

»Lass mich nur kurz meine Sachen ablegen.« Ich nicke zu dem Stapel unter meinem Arm, der vorwiegend aus den geliehenen Büchern besteht.

Kaum habe ich ihn in der Schublade unter meinem Bett verstaut, schiebt Therese ihre Finger zwischen meine und zieht mich mit sich. »Ich glaub, ich hab vergessen, zu sagen, dass jetzt abends freie Platzwahl ist«, informiert sie mich im Gehen. »Wir sollten die Chance nutzen, solange Lace und ihre Clique noch bei der Diskussionsrunde sind.«

Therese hat es echt eilig. Gang für Gang fliegt unter unseren Füßen hinweg, und ich frage mich, was zur Hölle mit ihr passiert ist. Bei unserem letzten gemeinsamen Parcours hat sie Lavis noch für das Ausdauertraining verflucht, und jetzt legt sie einen regelrechten Sprint hin. Ich seufze erleichtert, sobald wir auf die Zielgerade biegen und die Tür zum Speisesaal aufgleitet.

Es kommt mir vor, als wäre ich ewig nicht mehr hier gewesen. Aber ich habe keine Zeit, die Eindrücke aufzunehmen, denn Therese zieht mich zielstrebig weiter. Als hätte sie es auf einen ganz bestimmten Platz abgesehen – oder eine bestimmte Person. Wir steuern geradewegs auf Loyd zu. *Auf gar keinen Fall.*

Ich halte abrupt inne und befreie mich aus Thereses Griff.

»Sorry, ich gönne dir jedes Dinner mit Loyd, aber ich würde lieber zu Nick gehen. Und Jamar.« *Und Grayson.* Natürlich werde ich einen Teufel tun, mich vor den Augen meines Bruders neben einen Liar zu setzen, trotzdem kann ich es nicht verhindern, dass ich die Menge nach aschgrauen Haaren absuche.

Therese seufzt. »Na gut. Aber versprich mir, dass du später mit in den Sofaraum kommst, ja? Loyd hat ein Dart-Match organisiert. Das wird bestimmt superspannend.«

Es klingt zwar nicht nach meiner Art von Spannung, aber es ist sicher eine gute Ablenkung. »Versprochen«, sage ich und lasse Therese weiterziehen. Kommt es mir nur so vor, oder wirkt Loyds Grinsen eine Spur echter, als er sie bemerkt?

»Mae.«

Ich wirble auf dem Absatz herum. Wo auch immer Grayson herkommt, jetzt steht er so dicht vor mir, dass mein Puls in die Höhe schnellt.

»Geht's dir besser?«, fragt er viel zu sanft.

Ich nicke, was Veritas nicht reicht. »Ja. Viel besser«, erwidere ich. Abgesehen davon, dass ich offensichtlich den Verstand verloren habe. Selbst wenn Grayson alle Antworten auf meine Fragen hätte, ist hier der denkbar ungünstigste Ort für ein solches Gespräch. Zu viele Blicke, zu viele Ohren, zu nah an Nick. »Ich ... muss los«, murmle ich und will mich umdrehen, bevor sich auch der letzte Rest Vernunft von mir verabschiedet.

»Nein, warte!« Grayson greift nach meinem Handgelenk. Es ist nicht mehr als eine zarte Berührung, eher ein Streicheln, das das bekannte Prickeln unter meine Haut jagt.

Obwohl Grayson mich nicht festhält, bleibe ich stehen und schließe die Augen, während ich tief durchatme. *Unvernünftig*, tadele ich mich innerlich, nur hört mein Körper nicht darauf.

Ich drehe mich um. »Was noch?«

In zwei Schritten hat er die Distanz zwischen uns überwunden und seinen Kopf neben meinen gesenkt. »Heute um neun Uhr in der Bibliothek«, raunt er so leise, dass seine Worte wie ein Windhauch an meinem Ohr kitzeln. »Und mach dir keine Sorgen. Die meisten werden bei Loyds Dart-Match sein.« Er zieht den Kopf wieder zurück, schenkt mir ein Lächeln, das weit weniger frostig ist als sonst, beinahe aufgetaut. Ohne auf eine Reaktion zu warten, lässt er mich stehen.

Es kostet mich alle Überwindung, ihm nicht nachzusehen. *Heute um neun Uhr in der Bibliothek.* Er muss den Raum mit den Büchern meinen. Den Büchern und den vielen kleinen Nischen, in denen sich Sitzgruppen verstecken.

»Sehe ich etwa richtig?!« Jemand legt mir von hinten einen Arm über die Schulter. »Mae hier im Speisesaal?«

Fuck. Ich drehe mich in der halben Umarmung zu Jamar und muss mir ein erleichtertes Seufzen verkneifen, als ich feststelle, dass er allein ist. »Richtig gesehen«, bestätige ich. »Meine Zeit auf der Station ist offiziell vorbei. Und Therese meinte, es gibt freie Platzwahl?«

»Dann hast du das Wichtigste also mitbekommen«, neckt Jamar und lässt den Arm von meiner Schulter sinken. »Also, meine Liebe, ich würde ja gern noch länger mit dir hier stehen und dir sagen, wie gut du aussiehst, aber falls wir keine

Lust haben, uns gleich aufzuteilen, sollten wir uns beeilen.« Er nickt zu den Tischen, an denen die meisten Plätze inzwischen belegt sind.

»Okay.« Innerlich wappne ich mich, gleich über Grayson zu sprechen. Aber besser jetzt, als wenn Nick dabei ist. »Jamar, was du da eben gesehen hast ...«

»Mach das nicht«, unterbricht er mich. »Was ich nicht weiß, kann ich niemandem erzählen, richtig?«

»Richtig.« Ich schürze die Lippen. Einerseits fühlt es sich falsch an, es dabei zu belassen, aber da Veritas sich damit zufriedengibt, fordere ich mein Glück nicht heraus. »Wo hast du meinen Bruder eigentlich gelassen?«

»Bei seinem SmartPad. Schien was Dringendes zu sein.«

»Was Dringendes?« Zweifelnd hebe ich die Augenbraue. »Was könnte dringender sein, als seine Schwester nach Tagen auf der Station zu begrüßen?«

»Ich schätze, die Antwort ist Kira, und zu seiner Verteidigung: Wir wussten nicht, dass du heute Abend wiederkommst.« Jamar zieht für mich einen der freien Stühle zurück. »Sonst hätte ich mich garantiert nicht für dieses Dart-Turnier angemeldet.«

»Du hast was?« Ich kann meine Überraschung nicht verbergen, als ich mich setze. »Danke, aber ich dachte, du und Loyd ...«

»Geben hervorragende Konkurrenten ab?«, beendet er meinen Satz, und lässt sich neben mich sinken. »Richtig. Und genau deshalb werde ich ihm heute Abend zeigen, dass es eine Sache gibt, in der er mich niemals schlagen wird.«

»Dann kannst du Dart spielen?!«

»Wow, ein bisschen weniger Entsetzen wäre echt schmeichelhaft«, erwidert Jamar lachend. »Aber ja. Diese hübschen Hände sind vielleicht nicht musikalisch, aber wenn sie zielen, treffen sie ins Schwarze. Meistens. Ah, und da ist Nick auch schon.«

Ich folge seinem Blick durch die Menge zu meinem Bruder, der im Eingang steht und sich suchend umsieht. Seiner finsteren Miene zufolge war es vielleicht doch keine Nachricht von Kira. *Was, wenn er von Graysons Besuch weiß?* Bisher hat Nick alles dafür getan, mich zu beschützen. Aber wenn er wüsste, dass ich einen echten Liar decke ... Allein die Vorstellung reißt mir den Boden unter den Füßen weg. In dieser Hinsicht war Nick schon immer eisern, kompromisslos. Er würde garantiert nicht zulassen, dass ich noch ein einziges Wort mit Grayson wechsle. Stattdessen würde er ihn eigenhändig festnehmen und mich so lange bearbeiten, bis auch mein letzter Funke Neugier gestorben ist.

Ich greife nach der Serviette, um meine Finger zu beschäftigen. In diesem Moment entdeckt Nick mich, und in nur einem Atemzug sind all seine Schatten hinter einem erleichterten Lächeln verschwunden. Ich sollte dasselbe empfinden, aber tief in mir weiß ich, dass das hier nur der Anfang ist.

»Mae.« Nick zieht mich vom Stuhl in seine Arme und drückt mich so fest an sich, dass sich hinter meinen Augen ein Brennen meldet.

Ich schlucke dagegen an. In weniger als zwei Stunden werden sich alle zum Dart-Turnier im Sofaraum versammeln,

Jamar wird versuchen, Loyd auszustechen, und wie ich Nick kenne, wird er seinem Freund bis zur letzten Runde beistehen. Niemand wird es hinterfragen, wenn ich mich kurz entschuldige, um ein paar geliehene Bücher wegzubringen. Um zu ... Grayson zu laufen. Ich sollte mich für den Gedanken hassen, aber alles, was ich empfinde, ist ein nervöses Kribbeln in der Magengegend.

Wie von selbst wandert mein Blick über Nicks Schulter hinweg zum Nachbartisch, an dem Grayson genau so sitzt, dass wir uns ansehen können. Ohne sein Gespräch mit Firn zu unterbrechen, greift Grayson zum Weinglas und deutet einen Toast in meine Richtung an.

So falsch, so gefährlich, so ... *verlockend*.

Gespielt wird an zwei Dartscheiben. Das ganze Camp hat sich im Sofaraum versammelt, um zwanzig Teilnehmenden dabei zuzusehen, wie sie mit bunten Pfeilen gegeneinander antreten. AISS hat auf einem HoloScreen die Gruppen sowie die ersten Paarungen festgelegt. Ob Zufall oder nicht: Laut Spielplan könnten sich Jamar und Loyd frühstens im Halbfinale gegenüberstehen. Hoffentlich bleiben beide lange genug drin, um die anderen abzulenken.

Nachdem Nick mich mit alkoholfreiem Bier versorgt hat, pfeift eine Mitbewohnende laut genug, um jede Aufmerksamkeit auf sich zu ziehen. »Okay, Leute! Wir spielen nach den Regeln von Louis Osarich, drei Pfeile pro Zug, bis zum Viertelfinale liegt die Startzahl bei vierhundert und kann mit beliebigen Würfen reduziert werden.« Sie rattert eine ganze Regelliste herunter, von der ich nur die Hälfte verstehe. In unserem Ring gehören Dartscheiben in billige Kneipen und sind selten richtig funktionsfähig.

»Startzahlen eingestellt«, flötet AISS schließlich. »Ich wünsche allen Teilnehmenden viel Erfolg.«

Louis Osarich hatte wohl ein Faible für elend lange Partien. Jamar ist gerade erst zum zweiten Mal dran, als die Uhr auf neun springt. Grayson steht auf. Ein einziger Blick in meine Richtung, die Andeutung eines Nickens, und ich weiß wieder, warum ich eigentlich hier bin. Ich sehe zu Nick, der aufgestanden ist, um Jamar aus nächster Nähe anzufeuern, Therese hat sich mit Lucinda verquatscht, und auch sonst gibt es niemanden, der zu mir sieht. Ich schnappe mir die Bücher, die ich nach dem Essen aus meiner Schublade im Schlafsaal geholt habe, und folge Grayson.

Die Bibliothek liegt einmal den Flur runter. Auf den ersten Blick gibt es hier nur mich, meine Nervosität und die vielen Regale, die jeden freien Fleck Wand überziehen. Dazwischen zweigen kleine Nischen ab, manche sind leicht einsehbar, andere liegen am Ende verwinkelter Gänge.

Ich brauche fast fünf Minuten, bis ich die richtige Nische finde. Es ist eine der versteckten mit einer samtgrünen Sitzecke, die aus einigen Sesseln und einer Couch besteht. Grayson wartet vor einem Regal und schiebt gerade ein Buch zurück. Mit jedem Atemzug jagen andere Impulse durch meinen Kopf, meinen Körper, mein Herz. *Fliehen, bleiben, rennen, ihn verraten, ihn berühren, Therese einen Bruder stehlen, meinen eigenen verlieren, weiter brennen – Antworten bekommen.*

Ich trete neben Grayson. »Ein echt hübsches Versteck«, sage ich und stelle meine Bücher auf ein freies Regalbrett. Die Spannung, die die wenige Luft zwischen uns erfüllt, ist schwer zu ignorieren.

»Absolut.« Grayson mustert mich von der Seite. Es ist ein langer, intensiver Blick, der den Wunsch befeuert, ihn zu berühren. *Ganz miese Idee.* Grayson scheint dasselbe zu denken, denn er reißt sich abrupt von mir los. »AISS?« Mit wenigen Schritten flieht er zu einem der Sessel. Anstatt sich zu setzen, bleibt er dahinter stehen und stützt die Hände auf die Rückenlehne.

»Was kann ich für Sie tun, Grayson?«

Er antwortet in der fremden Sprache, bei der AISS jedes sanfte Säuseln verliert. Am Ende des kurzen Gesprächs weiß ich, dass sie weg ist. Genau wie auf der Station.

»Wie machst du das?«, will ich wissen.

Grayson zuckt mit den Schultern. »Magie.«

»Nein.« Ohne ihn aus den Augen zu lassen, gehe ich zu der Couch und lasse mich in das weiche Polster sinken. »Magie existiert nur in Büchern. Ich will die Wahrheit hören, Grayson. Und zwar die ganze.«

»Man sollte immer vorsichtig mit dem sein, was man sich wünscht«, sagt Grayson und mustert mich auf eine Weise, die sich tief in mein Inneres bohrt. »Manche Wahrheiten sind schmerzhafter als andere, dunkler, grausamer, um nicht zu sagen: tödlicher.«

Alles in mir zieht sich zusammen. Es ist eine Erinnerung daran, dass ich aufstehen und verschwinden sollte, aber ich bleibe sitzen. Sieht aus, als hätte sich auch mein letzter

Funke Vernunft verabschiedet. »Die Wahrheit«, wiederhole ich. »Mit allen dunklen Seiten.«

»Okay.« Grayson nickt, während er die Hände von der Lehne löst. »Aber vorher muss ich dich fragen: Hast du jemandem von unserem Gespräch erzählt?«

»Was?!« Unwillkürlich richte ich mich ein Stück auf. »Nein, natürlich nicht. Oder glaubst du echt, wir würden dann noch hier sitzen?«

»Damit sind wir schon bei meiner zweiten Frage: Warum bist du hier?«

Veritas lässt mir keine Chance. Nach vier Sekunden gebe ich dem Brennen nach: »Weil ich Antworten brauche. Auf alles.«

In Graysons Augen glänzt dieselbe Wachsamkeit, die ich schon auf der Station bemerkt habe. »Und was wirst du tun, wenn du deine Antworten hast?«

»Ich ... bin nicht sicher.« Bisher war ich so darauf fokussiert, wieder mit Grayson zu sprechen, dass ich jedes Danach verdrängt habe. Vielleicht weil ich ganz genau weiß, dass es nur zwei Optionen gibt. »Entweder finde ich einen Weg, Veritas zu umgehen, ohne den Verstand zu verlieren. Oder ich werde dich verraten müssen.«

Einen Moment steht Grayson einfach nur da und sieht mich an. Dann nickt er wieder und umrundet den Sessel. »Entschuldige die Fragen. Ich denke, du wirst verstehen, dass ich das Risiko so gering wie möglich halten muss. Aber es ist beruhigend zu wissen, dass du nicht vorhast, gleich zum nächsten Aufsehenden zu rennen.«

»Wenn du das Risiko so gering wie möglich halten möchtest, hättest du dich vielleicht nicht mitten in der Nacht in fremde Zimmer stehlen und zugeben sollen, ein Liar zu sein«, erwidere ich. »Beim heutigen Test war ich so kurz davor, dich zu verraten.«

»Verraten?« Seine Mundwinkel zucken kaum merklich nach oben. »AISS hat jede Aufnahme von unserem Gespräch gelöscht, was heißt, dass dein Wort gegen meins gestanden hätte. Eine Teilnehmende mit Projektionsschock gegen einen Aufsehenden mit tadellosen Blutwerten. Was denkst du, wem sie mehr Glauben geschenkt hätten? Wem sie auch jetzt noch mehr Glauben schenken würden?«

»Dir«, presse ich widerwillig hervor. »Und ich nehme an, dieses Gespräch hier wird AISS genauso vergessen?«

»Jedes einzelne Wort.« Grayson setzt sich mir gegenüber. »Und damit kommen wir zu der Antwort auf deine Eingangsfrage: Wie du sicher weißt, hat sich Liar Whistle vor rund fünfzig Jahren in das System gehackt. Offiziell hat er nur in den Ausgabeinformationen herumgepfuscht, inoffiziell ist er viel tiefer in den Code eingedrungen und hat eine kleine Hintertür gefunden. Eine Art Pausenmodus, der aktiviert wird, wenn man eine bestimmte Strophe eines alten Schlaflieds zitiert. Und zwar in der Muttersprache von denen, die AISS erschaffen haben: Deutsch.«

»Was?« Ein zweifelndes Lachen gleitet mir über die Lippen. »AISS wurde erst nach dem Zusammenbruch der alten Welt entwickelt. Von einem britischen Team.«

»Gratuliere. Damit bist du auf eine von unzähligen Lügen hereingefallen, auf denen unsere Gesellschaft erbaut wurde. Kane wäre stolz auf dich.«

Das Lachen bleibt mir im Hals stecken.

»Ich würde dir echt gern erzählen, was unser Abgeordneter in Wahrheit für ein mieser Dreckskerl ist, aber der Pausenmodus kann auf maximal sechzig Minuten eingestellt werden und darf nicht sofort wiederholt werden.« Grayson holt sein SmartPad raus. »Fünfundfünfzig Minuten«, korrigiert er. »Du wirst also entschuldigen, wenn ich mir diese Anekdoten für später aufhebe.«

»Sollten Anekdoten nicht unterhaltsam sein?«

»Und für mich klang es so, als hätte ich dich eben erst zum Lachen gebracht.«

»Weil das alles völlig absurd ist!«

»Das dachte ich damals auch«, erwidert Grayson. »Doch dann habe ich die Thustras getroffen, die mir die ganze Wahrheit erzählt haben. Die richtige, düstere Version, nicht die, die uns vom Parlament als solche verkauft wird.«

»Wer sind die Thustras?«

»Eine Gruppe von Menschen, die es sich zur Aufgabe gemacht hat, diejenigen zu beschützen, die unrechtmäßig vom Investigationssektor verfolgt werden.«

»Unrechtmäßig?«, wiederhole ich und muss mich zurückhalten, um nicht zu lachen, weil es dermaßen absurd ist. »Ihr seid *Liar*. Die Aufsehenden haben jedes Recht, euch zu verfolgen, wenn ihr euch der verfluchten Vergabe entzieht.«

»Und es ist der Name unseres Gegenmittels«, fährt Grayson ungerührt fort. »Also, Thustra.«

»Warte, was?!« Meine Stimme ist zu hoch, zu schief. »Es gibt ein ... *Shit.*« Innerlich verfluche ich mich dafür, nicht früher daran gedacht zu haben. »Du meintest, du gehst wie jeder andere zur Vergabe. Aber du kannst lügen. Ohne dass dich die Diskrepanz ... um den Verstand bringt.« Natürlich ...

Grayson räuspert sich. »Also, was das angeht ... Genau genommen gibt es keine ›Diskrepanz‹. Das ist noch so ein Baustein einer ziemlich verdrehten Wahrheit.«

Mein von Veritas getränktes Herz krümmt sich schmerzhaft zusammen. »Und wie sieht die nicht verdrehte Wahrheit deiner Meinung nach aus?«, frage ich und fühle mich dabei wie der mutigste Mensch auf Erden. Dabei hat es wohl eher was mit Fahrlässigkeit zu tun.

»Wusstest du, dass die Menschen vor der Einführung der VeriTabs durchschnittlich zwanzig Mal pro Tag gelogen haben?«, erwidert Grayson. »Manche Studien gehen sogar von höheren Zahlen aus.«

Ich nicke. »Grundkurs Regierungskunde. Also ja.«

»Dann kannst du dir vielleicht vorstellen, wie beschissen die Umstellung für die Überlebenden des Krieges war«, fährt er fort. »Sie waren es gewohnt, die Wahrheit zu verdrehen. Um eine Verspätung zu rechtfertigen. Eine geliebte Person zu schonen. Gespräche zu vermeiden, auf die man keine Lust hat, oder auch nur, um sich bei den Vorgesetzten einzuschleimen. Kleine Lügen waren der Klebstoff der Gesellschaft – und nachdem Ernest Sestiby diesen über Nacht aufgelöst hatte, wurde es ... problematisch. Manche Menschen konnten die Vergabe mit der Zeit akzeptieren, andere wurden immer wütender. Es hat keine zwei Monate gedauert, bis sich die Wut in ersten Protesten entladen hat. Dann gab es größere Aufstände, am Ende regelrechte Krawalle, die viele Menschen das Leben gekostet haben.

Sestiby wusste, dass seine Vision einer friedlichen Gesellschaft nur funktionieren würde, wenn die Menschen davon überzeugt wären, VeriTabs für das größere Wohl zu *brauchen*. Acht Tage. Länger hat es nicht gedauert, um eine Werbekampagne zu entwickeln, die in allen Medien zu sehen war. Parallel dazu hat eine seiner Forschenden, Seveilla Perez, vorgeschlagen, der nächsten Charge ein Beruhigungsmittel zuzusetzen. Vorübergehend. Testweise. Nur bis das gerade frisch gegründete Land stabil ist. Das geht zumindest aus ihren Aufzeichnungen hervor.«

Ein ... Beruhigungsmittel? Ich ziehe die Beine hoch aufs Sofa, umschlinge sie mit meinen Armen. Als würde es helfen, mich kleiner zu machen, als könnte ich seinen Worten auf diese Weise weniger Angriffsfläche bieten. Dabei haben sie längst einen unangenehmen Druck in mir aufgebaut, umklammern mein Herz wie ein Schraubstock.

»Die Wirkung hat schnell eingesetzt«, fährt Grayson fort. »Die Proteste wurden eingestellt, die Menschen sorgloser. So sorglos, dass ihre Produktivität nachgelassen hat, was zu Zeiten des Wiederaufbaus fatal war. Sestiby und Perez wussten, dass sie ein Mittel entwickeln müssen, das zerstörerische Gefühle dämpft, ohne die Leute in ihrem Wesen zu verändern. Danach hat es noch etwa zwei Jahre gedauert, bis der Prototyp von etwas erschaffen wurde, das *Sedatium* genannt wird.

Heute ist Sedatium in jeder einzelnen VeriTab zu finden. Die perfekte Mischung aus Wahrheit, Gelassenheit und Produktivität. Wut, Trauer oder tiefer Hass können nur noch von denjenigen empfunden werden, die auf ihre Dosis verzichten – was das Marketing natürlich sofort ausgenutzt hat. Sie brauchten nur eine glaubwürdige Story über die Evolution des menschlichen Gewissens und voilà: ein weiteres Instrument, um alle von der Notwendigkeit der Vergabe zu überzeugen. Leider haben die meisten den wahren Preis dafür vergessen. Die Freiheit zu fühlen, was man will, zu sagen, was man will, oder zu *denken*, was man will. Willst du wissen, was die wirkliche Ironie dabei ist?« Er lacht schnaubend auf, während er mit den Fingerspitzen unruhig auf der Lehne herumtrommelt.

Obwohl es wie eine rhetorische Frage klingt, schwappt ein »Was?« über meine Lippen. Ein bisschen trotzig. Ein bisschen *zu* interessiert.

»Während die einfachen Leute dazu gezwungen sind, ihrer eigenen Schwester zu sagen, dass ihre Songs scheiße sind, dass sie wie ein defektes Ventil klingen und lieber studieren sollten, als ständig Gitarre zu spielen, grinsen da oben Arschlöcher wie Kane in die Kamera, ohne in den letzten Jahren auch nur eine VeriTab genommen zu haben«, redet Grayson weiter, sein Blick hat sich am Boden verloren. »Dabei waren es Männer wie Kane oder Wilmar, die unsere alte Welt aus purer Selbstgefälligkeit in den Ruin gestürzt haben.«

Ich lockere den Griff um meine Beine, während ich Grayson weiterhin anstarre. Den *Liar* Grayson, der mir erzählen will, die Regierung würde uns *ruhigstellen*, während sie uns mit charmantem Grinsen anlügt. »Bullshit.« Etwas Besseres fällt mir nicht ein. »Kane geht genauso zur öffentlichen Vergabe wie alle anderen hohen Tiere. Also erzähl mir keinen Scheiß.«

»Kein Bullshit«, widerspricht Grayson und schaut mich wieder an. So stechend. So ernst. »Kann ja sein, dass Kane jeden Monat live in irgendeiner Schlange steht. Ändert aber nichts daran, dass seine VeriTab nur ein hübscher Fake ist. Ein Vitaminkomplex, der zwar genauso aussieht, aber der Wahrheit weniger dient als ein Gläschen Wein.«

Bullshit, will ich wiederholen, aber dieses Mal bleibt es mir im Hals stecken. Ich nehme noch einen Anlauf: keine Chance. »Warum sollte jemand wie Kane so etwas tun?«, frage ich stattdessen und versuche, so viele Zweifel wie möglich in meine Stimme zu legen.

»Warum?« Grayson hebt die Augenbraue. »Menschen wie Kane streben mit allen Mitteln nach Macht. Und wäre er gezwungen, diese *Mittel* mit allen neugierigen Journalists, Moderierenden oder auch nur dem interessierten Kollegium zu teilen, wäre seine Karriere ziemlich schnell beendet.«

Das Sofa kommt mir plötzlich unbequem vor. Ich rutsche darauf herum, während eine Erinnerung hochkommt, die ich in den letzten Tagen erfolgreich verdrängt habe. Das Telefonat im Keller, Kanes Stimmlage, die ganz anders klang als von dem Kane, der mir Hilfe bei der Jobsuche angeboten hat.

»Was sind das für ... Mittel?«, hake ich nach, obwohl ich nicht weiß, ob ich die Antwort hören will.

»Erpressung, Bestechung, Korruption ... um nur die Spitze des Eisbergs zu benennen. Die Liste ist noch weitaus länger und blutiger. Falls du konkrete Beispiele willst ...«

»Nein.« Meine Phantasie blüht auch so auf, zeichnet das Bild eines skrupellosen Arschlochs, das im scharfen Kontrast zu dem Helden steht, den Paps so verehrt.

Ich versuche, gegen das Bild anzukämpfen, Widerspruch zu formen, die Grundsätze zu verteidigen, mit denen ich achtzehn verdammte Jahre lang aufgewachsen bin. Aber da ist ... *nichts*. Veritas sperrt sich beharrlich dagegen, Grayson auch nur die kleinste Lüge vorzuwerfen. *Weil Veritas weiß, dass du Grayson glaubst*, wispert in mir ein Stimmchen, das brandgefährlich ist – und recht hat. Jedes seiner Worte fühlt sich auf erschreckende Weise wahr an, auch wenn es etwas in mir in Scherben schlägt, das fragiler war, als ich dachte.

»Hast du ... Beweise?«, presse ich hervor. »Für irgendetwas davon?« Ein schwacher Versuch, meine Gefühle mit Logik zu übertrumpfen.

»Bald.«

»Was heißt bald?«

»Nach dem Besuch im ... Parlament.« Er weicht meinem Blick aus, und trotzdem entgeht mir nicht der Schmerz in seiner Miene, so roh und grell, dass ich mich nicht traue, weiterzubohren. Vorerst.

»Dann ist also das ganze Parlament wie Kane?«

Er tilgt den Schmerz mit einem hörbar tiefen Atemzug. »Soweit wir wissen, gibt es in der Regierung ein paar, die die echten VeriTabs nehmen. Wir schätzen, ungefähr die Hälfte, sicher sind wir uns allerdings nur bei Abgeordneter O'Hara und ... Präsidierender Fallon.«

»Und du hast gerade eine Pause gemacht, weil ...?«

»Wir seit zwei Wochen nicht mehr von der Präsidierenden gehört haben. Es kann natürlich sein, dass es einen privaten Notfall gab, der aus der Presse rausgehalten wird, allerdings ist es für Fallon eher ungewöhnlich, sich nicht zu äußern.«

Die Art, wie er mich ansieht, gefällt mir nicht. Da ist ein Schatten, der zu viele Dinge weiß, die auch den letzten Rest meiner Realität ins Chaos stürzen könnten. »Dann habt ihr Thustras eine andere Theorie?«, frage ich, bereit, mich von diesem Chaos verschlingen zu lassen.

Grayson nickt. »Um genau zu sein, kommt sie von unserer Anführerin. Trish. Sie glaubt, Kane hat etwas mit Fallons Verschwinden zu tun, um sie auf seine Seite zu ziehen.« Kaum hat er den Satz beendet, vibriert sein SmartPad. Er wischt übers Display und legt es neben sich. »Noch eine halbe Stunde. Kane und Fallon sind zwar ein spannendes Thema, aber wenn unsere Zeit abläuft, bevor ich dir das Gegenmittel gegeben habe, wird es … problematisch.«

»Du hast es dabei? Hier?!« Ich weiß nicht, ob ich lachen oder weinen soll, schreien oder in Schockstarre verfallen. Auch das ergibt Sinn. Grayson hat mir zu viel verraten, um mich einfach so gehen lassen zu können. Um sich allein darauf zu verlassen, dass man mir sowieso keinen Glauben schenken würde. Wahrscheinlich würde da draußen schon ein falscher Blick reichen, nur eine winzige Frage, und Veritas würde mich dazu bringen, jedes Detail auf dem Silbertablett zu servieren.

Grayson nickt. Keine Ahnung, wie oft ich mir gewünscht habe, dieses Brennen loszuwerden. Meine Lieblingssongs mitsingen zu können, Theaterstücke nachzusprechen, unangenehmen Fragen auszuweichen – ganz zu schweigen von gefährlichen. Aber ich habe nie in Erwägung gezogen, zu einer *Liar* zu werden! *Und wie hast du bitte gedacht, würde das hier sonst enden?!*

»Warum?«, ächze ich. »Warum hast du all das ausgerechnet mir erzählt, warum jetzt, warum hier, warum ...?«

»Weil ich dich gesehen habe.« Etwas an der Art, wie er mich anblickt, lässt einen Schauer über meine Wirbelsäule kriechen. »Weil ich mitbekommen habe, wie du in dieser Gasse in Ring Fünf gekauert hast, weil ich die Wut in deiner Stimme gehört habe, als ich deinen EarPod zertreten habe, weil ich gespürt habe, wie du bei diesem Test kurz davor warst, Firn anzuschreien. Und weil ich genau weiß, wie sich die Angst vor einer Überprüfung anfühlt.«

»Du ... hast es mitbekommen?«, wispere ich, während ich mir den Morgen des Check-ups in Erinnerung rufe. Meine überstürzte Flucht aus dem MedPlex, meinen Rückzug in die Gasse, Dads Tablette, die Gestalt zwischen den Häusern, von der ich gehofft habe, sie hätte nichts bemerkt.

»Erst konnte ich dich kaum sehen, weil jemand vor dir gekniet hat, aber dann hat er sich kurz zur Seite gelehnt ... Jedenfalls hat es gereicht, um dich noch am selben Abend wiederzuerkennen. In dieser Bahn in Ring Vier.«

Mein Herz drängt so heftig gegen meine Rippen, dass es wehtut. »Dann war unser Zusammenstoß ...?«

»Absicht? O ja.« Für einen Atemzug kehrt sein Lächeln zurück. »Ich wollte überprüfen, ob ich mit meiner Vermutung richtigliege. Ob du wirklich zu den Menschen gehörst, die von Natur aus Resistenzen gegen Sedatium bilden. Und die damit für den Investigationssektor als unkalkulierbares Risiko gelten.«

Resistenzen ... Investigationssektor ... Risiko. »Du meinst meine emotionalen Überreaktionen?«

»So nennen sie es zumindest, richtig.« Graysons Blick lässt auch mein restliches Weltbild erbeben. »Du kannst von Glück sagen, dass Nicks Liebe für dich wohl größer ist als sein Pflichtgefühl, sonst wärst du längst ...« Er unterbricht sich und schürzt die Lippen. »Die meisten rekrutieren wir spätestens in der Pubertät. Wenn Überprüfungen noch keine weitreichenden Konsequenzen haben.«

»Es gibt andere wie *mich*?«

»Noch mal«, sein Blick bohrt sich in meinen, »ich weiß genau, wie sich die Angst vor einer Überprüfung anfühlt.« Seine Iriden sind wie ein Rettungsseil, während die Grundpfeiler meiner Welt in sich zusammenbrechen. »Wir sind nicht kaputt, Mae. Wir sind nur nicht so, wie uns Kane und die anderen für ihre heuchlerische Welt brauchen.«

Mein Atem geht flach, in meinen Augen brennen Tränen. Ich bin nicht *kaputt*. Ich bin nur nicht so, wie mich andere brauchen. Und ... ich bin nicht allein. In meinem Magen windet sich ein Klumpen aus Erleichterung und Euphorie und Angst, nur eins ist nicht länger dabei: Misstrauen. Weil Grayson so viele Möglichkeiten hatte, mich zu verraten, es aber nie getan hat. Und weil mir kein einziger Grund einfällt, warum er mich belügen sollte.

Ich versuche, das Rasseln in meinem Brustkorb unter Kontrolle zu bringen, und schließlich schaffe ich es, die Frage zu stellen, die schon so lange in mir pulsiert: »Was passiert, wenn wir nach der Pubertät zu einer Überprüfung müssen?«

»Erst nehmen sie dir wie gewohnt Blut ab. Checken, ob deine Dosis richtig eingestellt ist. Nur wenn alles korrekt aussieht, gehen sie einen Schritt weiter, denn das Verfahren, um Resistenzen nachzuweisen, ist nicht nur zeitintensiv, sondern äußerst kostspielig. Werden sie fündig, erhöhen sie das Sedatium in deiner VeriTab so weit, dass selbst die guten Gefühle nicht mehr durchkommen. Man funktioniert weiter, der Körper kann sogar Reaktionen wie ein Lächeln imitieren, weshalb es nahezu unmöglich ist, Leute, die sich in diesem Zustand befinden, zu identifizieren. Aber innerlich bedeutet es ... zu sterben.« Wieder schaut er weg, und wieder ist da dieser Schmerz, als wüsste er genau, wovon er spricht. »Glaub mir, Mae, du willst niemals auf dieser Liste landen.«

Mit dem Handrücken wische ich mir über die Augen. »Wissen ... alle Aufsehenden davon?«, wage ich es, zu fragen. Zwischen den Zeilen ein unausgesprochenes: *Auch Nick?*

Grayson schüttelt den Kopf. »Nicht offiziell, nein. Wir vermuten allerdings, dass diejenigen eingeweiht sind, die unter direkter Führung des Investigationssektors arbeiten. Darf ich?« Er deutet auf den Platz neben mir.

»Gern«, höre ich mich antworten. *Gern.* Kein einfaches Okay, kein Vielleicht, nein, ich habe ihn *gern* in meiner Nähe. Und es fühlt sich besser an, als es sollte.

»Ich wollte viel früher auf dich zukommen, aber es war praktisch unmöglich, dich allein zu erwischen. Und auf der Station warst du leider nicht in der richtigen Verfassung.

Anders als ... jetzt«, erklärt er, während er zu mir kommt und sich neben mich setzt.

Irgendwie gelingt es ihm, mir selbst auf dem kleinen Zweisitzer genug Freiheit zu lassen, um mich nicht bedrängt zu fühlen. Nur seine Beine sind keinen Ausrutscher von meinen Fußspitzen entfernt, die immer noch auf dem Polster stehen. Instinktiv ziehe ich die Beine näher heran, während ich am liebsten das Gegenteil tun würde.

Grayson öffnet seine Jacke. »Ich weiß, es sieht beängstigend aus, aber leider gibt es Thustra noch nicht in Tablettenform.«

»Fuck«, entweicht es mir beim Anblick der Spritze, die in seiner Handfläche liegt. Sie ist winzig, kaum größer als sein Daumen, nur die Nadel mit der blauen Kappe wirkt ziemlich lang. »Ist das Ding steril?«

Grayson verdreht die Augen. »Ich habe mir sicher nicht die Mühe gemacht, dich herzubitten und einzuweihen, um dich jetzt an eine billige Blutvergiftung zu verlieren.«

»Sepsis«, sage ich unvermittelt. »Das Fachwort ist Sepsis.« Es ist der schwache Versuch, meine tobenden Gedanken auf etwas anderes zu lenken.

»Ich dachte, du bist Archivierende und keine Medizinstudierende?«

»Stimmt auch. Will ich wissen, woher du das weißt?«

»Na ja, wenn ich es nicht wüsste, hätte ich meine Hausaufgaben echt schlecht gemacht.« Er zieht die Kappe von der Spritze. »Therese«, fügt er hinzu, bevor es noch gruseliger werden kann. »AISS hat mich vor ein paar Tagen mit ihr zusammengesetzt.«

»Also weiß sie nichts ... hiervon?«

»Nein. Therese ist nicht wie wir. Dasselbe gilt übrigens auch für deinen Bruder.« Grayson hält inne und sieht mich an. »Du darfst ihm unter keinen Umständen auch nur das kleinste Sterbenswörtchen hiervon erzählen. Verstanden?«

Ich soll ... Nick belügen? Bei der Vorstellung windet sich Übelkeit in meinem Magen, aber gleichzeitig weiß ich, wie riskant es wäre. Nick würde niemals zulassen, dass ich mich einer Gruppe Liar anschließe, selbst wenn es bedeutet, mich auf diese Weise zu schützen. Dafür ist er viel zu sehr in seiner Rolle als Aufsehender verankert: das ständige Tragen der Uniform, sein Stipendium für die Silver University, der Job im Center, das strikte Befolgen und Befürworten absolut jeder Regel, die das Parlament vorgibt. Und ich will nicht austesten, wie weit seine Liebe für mich wirklich geht.

»Okay.« Ich schlucke schwer. »Kein Wort zu Nick.«

»Dann nur noch eine Sache: Für Menschen wie uns wird die Welt immer gefährlich sein. Dank des Gegenmittels wird es leichter, einer Überprüfung zu entgehen, aber dafür verstoßen wir gegen das höchste aller Gesetze. Wenn ich dir diese Spritze gebe, gibt es kein Zurück mehr. Dann bist du eine von uns.«

»Du meinst, eine Liar«, murmle ich und ziehe die Knie noch enger heran, mache mich wieder kleiner.

»Eine Thustra«, korrigiert Grayson.

Mir entringt sich ein schwaches Lachen. »Nur ein anderes Wort für dieselbe Bedeutung«, kontere ich.

»Falsch. Liar zu sein, heißt, allein in der Welt unterzugehen. Aber Thustra zu sein, bedeutet, dass es da draußen mehr als zweihundert Menschen gibt, die ab sofort auf dich aufpassen werden. Die dir Zuflucht bieten, wenn du dich verrätst, die dir helfen werden, selbst komplexe Lügen aufrechtzuerhalten, sollte es jemals notwendig sein. Und es bedeutet, dass du vielleicht eines Tages dabei helfen kannst, diese ganze verlogene Scheiße da draußen zu beenden. Also, was sagst du?« Mit fragender Miene hebt er die Spritze an.

Seine Worte sollten sämtliche Alarmglocken in mir schrillen lassen. Aber tief in mir weiß ich, dass es zu spät ist. Denn jetzt gibt es da diese Wahrheit über das Parlament, über die VeriTabs, über die große Diskrepanz. Über meine emotionalen Überreaktionen und das, was mir blüht, wenn sie mich erwischen. Allein die Vorstellung, für immer eine Watteschicht in mir zu haben ...

»Du lässt es klingen, als hätte ich eine Wahl«, sage ich und lockere zögernd den Griff um meine Beine.

»Weil du eine hast. Wir haben hier im Camp jemanden, der einen weiteren Projektionsschock provozieren könnte, so dass du nicht mehr weißt, was Realität oder Traum oder ...«

»Nein.« Ich schaue ihn geradewegs an. »Du verstehst mich nicht. Ich *habe* keine Wahl«, präzisiere ich. »Nicht nach allem, was du mir erzählt hast.«

»Ich wollte nur ganz sicher sein.« Und dann verziehen sich seine Mundwinkel zu einem Lächeln, das mein Herz unvernünftig flattern lässt. »Würdest du deine Haare zur Seite nehmen? Am Anfang wird Thustra direkt in den Hals injiziert, damit die Wirkung schneller eintritt. Und keine Sorge: Es ist so konzipiert, dass es im Blut nur nachgewiesen werden kann, wenn man weiß, wonach man sucht. Eine Auffrischung ist in etwa drei Monaten fällig, aber darum kümmern wir uns später.«

Es scheinen nicht meine Hände zu sein, die nach meinem Kupferhaar greifen, um es über die Schulter zu streifen. *Riesenmücke im März.* Keine Ahnung, warum ich genau jetzt an diesen Albtraum denken muss. Vielleicht, weil es damals an der gleichen Stelle gezwickt hat.

»So?«, frage ich.

Grayson sagt nichts. Stattdessen beugt er sich zu mir, heißer Atem auf meiner Haut, ein Kribbeln, das jede Furcht verdrängt. Ich lehne den Kopf zur Seite, bis ich Graysons Fingerspitzen spüre, eine sanfte Bewegung, mit der er den Verlauf meines Halses nachzeichnet. Ich beiße mir auf die Zunge. Wie richtig und zugleich falsch kann es sich anfühlen, wenn jemand nur nach der passenden Stelle tastet?

Als hätte Grayson meine Gedanken gehört, hält er inne und tauscht seinen Finger gegen ein Desinfektionspad. »Bereit?«

»Ich denke schon«, bringe ich heiser hervor.

Die Nadel ist so fein, dass es kaum schmerzt. Ein kleiner Piks, ein letzter Gedanke an die Riesenmücke, verbotene Flüssigkeit, die sich mit jedem Pulsschlag in meinem Körper ausbreitet.

»Wie lange wird es dauern?«, frage ich.

Anstatt einer Antwort lässt Grayson die Spritze verschwinden und rollt den wohl kleinsten HealFix-Stick der Welt über die Einstichstelle. Ein letztes Streicheln seiner Fingerspitzen, ehe er sich zurück auf seinen Platz sinken lässt.

Kommt es mir nur so vor, oder ist die Couch gerade gewachsen, zwischen uns eine Lücke so groß wie eine Schlucht?

»Bei manchen dauert es nur ein paar Minuten, bei anderen bis zu einer Stunde«, erklärt er. »Aber wann auch immer es so weit ist: Versuch nicht, es zu provozieren, okay? Die meisten können Veritas höchstens sechs Sekunden widerstehen, wenn dich also jemand was fragt und du merkst, dass das Brennen ausbleibt, reiz es nicht aus.«

Das SmartPad vibriert. Dieses Mal greift Grayson nicht sofort danach, sondern sieht mir fest in die Augen. Das Kribbeln in meinem Nacken breitet sich in meinem ganzen Körper aus, treibt meinen Puls zur Höchstleistung an.

»Eine Sekunde zu viel, und sie werden dich töten.«

Ich starre ihn an. »Du meinst, sie bringen mich nach Ring Acht.«

»Das ist dasselbe.« Er deaktiviert den Timer und nickt zu meiner Jackentasche. »Darf ich dein SmartPad kurz haben? Ich würde AISS Dauermodus gern deaktivieren.«

Wieder bewegen sich meine Hände wie von selbst. *Eine Sekunde zu viel, und sie werden dich töten.* Ich gebe Grayson das SmartPad und sehe dabei zu, wie er die Rückseite mit einem flachen Stab öffnet. Dann nestelt er an einer Platine herum und schiebt ein winziges Plättchen darunter.

»Fertig.« Er lächelt schmal. »Jetzt reagiert AISS nur noch auf direkte Ansprache und speichert keine Gespräche mehr. Da deine EarPods – oder … der eine EarPod direkt mit dem Pad gekoppelt ist, gilt für ihn dasselbe. Ich warte übrigens immer noch auf eine Nachricht meiner Versicherung«, fügt er neckend hinzu, steht auf und hält mir seine Hand hin. »Lass uns zurückgehen. Es wäre eine Schande, wenn wir verpassen, wie Firn kurz vor dem Finale ausscheidet.«

Ich habe keine Ahnung, woher er weiß, dass Firn noch im Rennen ist, aber es ist mir genauso egal wie mein kaputter EarPod. Mit zitternden Fingerspitzen befühle ich den Film über der Einstichstelle.

»Man sieht nichts«, sagt Grayson über mir. Seine Hand schwebt immer noch in der Luft. »Hey, Mae.« Dann geht er vor mir in die Knie, um meinen fahrigen Blick einzufangen. »Der Anfang war für uns alle schwer. Aber du wirst sehen, dass es die richtige Entscheidung war. Spätestens, wenn du die anderen kennengelernt hast.« Er hebt seine Hand an meine Wange, um eine glühend heiße Spur über meine Sommersprossen zu ziehen.

So falsch, so gefährlich, so ... *verboten*. Nick würde niemals ... und ich darf niemals ... auch nur daran *denken*.

»Geh schon mal vor«, presse ich den widersprüchlichen Gefühlen zum Trotz heraus. »Es ist besser, wenn man uns nicht zusammen sieht.«

Grayson zuckt zurück. »Ob du es glaubst oder nicht, aber ich habe auch einen Ruf zu verlieren.« Er steht auf und streicht seine Hose glatt. »Ich wollte dir nur hochhelfen. Aber ich nehme an, selbst das würde gegen dein kleines Versprechen verstoßen?«

Ich warte auf Veritas' Reaktion. Aber da ist kein Brennen mehr. Nicht auf meiner Zunge, nicht in meiner Kehle, nur auf meiner Haut, die Mister Frost allein in Brand gesteckt hat. Ich zähle die Sekunden. Erst als zehn verstrichen sind, flüstere ich: »Bis dann, Grayson.«

Wer hätte gedacht, dass sich die Freiheit so bitter anfühlen kann?

KAPITEL 26

Ich weiß nicht, wie lange ich schon hier sitze. Meine Beine sind längst eingeschlafen, meine Hände fühlen sich eiskalt an. Es gibt noch mehr Menschen wie mich. Wir sind nicht kaputt. Aber fühlen wir zu viel, nimmt uns die Regierung alle Gefühle. Lügen wir, sind wir tot.

An der Stelle gerät mein Gedankenkarussell jedes Mal ins Stottern. Grayson meinte, nach Ring Acht gebracht zu werden, wäre dasselbe wie sterben. Ich weiß zwar, dass die Zustände in Ring Acht nicht die besten sind, aber selbst dort hat man ein Anrecht auf Essensbons, Kleidung, auf medizinische Versorgung. Und wenn Ring Acht nur eine weitere Lüge des Parlaments ist? Nein, das ergibt keinen Sinn. Sofern Grayson die Wahrheit gesagt hat, sind nicht alle Regierenden Liar, Abgeordnete O'Hara, Präsidierende Fallon … Würde man die Leute *umbringen*, anstatt sie nach Acht zu schicken, wäre es längst öffentlich geworden. Vielleicht ist es naiv, so zu denken, aber ich brauche diesen Glauben, nur ein bisschen was von meinem alten Weltbild, um nicht ganz den Boden unter den Füßen zu verlieren.

Eine Sekunde zu viel, und sie werden dich töten. Ich beiße mir auf die Wange, um das Gedankenkarussell anzuhalten. Es bringt nichts. Wenn ich in diesem Zustand zurück zum Turnier gehe, weiß Nick sofort, dass etwas nicht stimmt. Andererseits kann ich schlecht in der Bibliothek übernachten.

Widerwillig raffe ich mich auf. Kaum habe ich den Gang betreten, höre ich die ausgelassene Stimmung, Beifall und Pfiffe, darunter dröhnende Musik, die vorhin noch nicht gespielt wurde. Ich schleiche zur geöffneten Tür und riskiere einen kurzen Blick ins Innere. Das Turnier ist in vollem Gange. Inzwischen stehen die meisten so dicht bei den Dartscheiben, dass es unmöglich ist, zu erkennen, wer gerade dran ist. Immerhin sehe ich weder Jamar noch meinen Bruder. Nur Therese steht mit Loyd leicht abseits und stößt gerade mit ihm an. Ich bin mir fast sicher, dass sie nur Augen für ihn hat, doch da gleitet ihr Blick zu mir.

Bevor sie mich zu sich winken kann, setze ich einen gequälten Gesichtsausdruck auf und deute auf meinen Kopf. Es ist nicht einmal gelogen. Seit Grayson gegangen ist, pocht es wieder dumpf hinter meiner Stirn. Vielleicht liegt es am Gegenmittel, vielleicht an seinen Worten oder daran, dass ich ihn am liebsten gebeten hätte, zu bleiben.

Therese zieht mitleidig die Augenbrauen zusammen, während sie Loyd ihr Bier in die Hand drückt. Nur wenige Sekunden später steht sie vor mir. »Warum siehst du aus, als sollten wir dich lieber zu Jenkins bringen?«, fragt sie in ihrem ganz speziellen Flüsterton, der gerade so die Musik übertönt.

Kein Brennen. Ich brauche drei Sekunden, um meine

Mundwinkel zu einem schwachen Lächeln zu ermutigen. »Keine Ahnung, aber ich glaube, ich muss einfach schlafen.«

»Soll ich mitkommen?«

»Danke, aber ich will dir den Abend nicht versauen«, erwidere ich. »Und so, wie Loyd dich eben angesehen hat ...«

»Also hast du es auch gesehen, ja?!« Das Leuchten in Thereses Augen beweist, wie sehr man sich in kurzer Zeit verknallen kann. So sehr, dass sie nicht einmal gemerkt hat, dass ich ihr eben keine richtige Antwort gegeben habe.

Mein Lächeln fühlt sich an wie eine Grimasse. »Absolut. Wenn du mich dann entschuldigen würdest, ich ...« Anstatt den Satz zu beenden, massiere ich mir die Schläfen. Wie zur Hölle soll ich je wieder mit Nick reden, wenn ich schon an einer einfachen Frage wie »Soll ich mitkommen?« scheitere?

»Sorry, natürlich. Und du bist dir ganz sicher, dass du allein sein willst? Ich könnte dir was vorlesen. Oder bei Jenkins was gegen die Kopfschmerzen ...«

»Therese.« Ich überrede meine Mundwinkel ein letztes Mal dazu, sich zu heben. »Ich bin mir sicher. Und falls Nick fragt, sag ihm, dass er sich keine Sorgen machen muss.«

»Na gut. Hoffentlich bist du morgen wieder fit.« Sie drückt mir einen Kuss auf die Wange und verschwindet.

Ich muss aufpassen, dass ich nicht renne. Als ich den Schlafsaal erreiche, atme ich erleichtert aus. Jetzt muss ich nur noch herausfinden, wie ich diese Schmerzen bis zum Frühstück loswerde. Oder die Gedanken, die hartnäckig durch meinen Kopf wirbeln: Kane; sein charmantes Lächeln; sein Angebot; das Telefonat im Keller; die Präsidierende, die verschwunden sein soll; Grayson; sein heißer Atem auf meiner Haut und seine Worte in meinem Herzen: *Thustra zu sein bedeutet, dass du vielleicht eines Tages dabei helfen kannst, diese ganze verlogene Scheiße da draußen zu beenden.* Ich weiß nicht, wann oder wie oder ob es konkrete Pläne gibt, gegen Liar wie Kane vorzugehen, ich weiß nur, dass ich mich dafür gegen den einen Menschen wenden müsste, dem ich niemals in den Rücken fallen könnte: Nick.

Alles ist wie immer, und trotzdem ist alles anders. AISS weckt mich früher als sonst, um mich zu einer letzten Nachuntersuchung zu schicken. Dreißig Minuten, in denen ich mich vor Gesprächen mit anderen drücken kann. Der Behandelnde tastet meinen Kopf ab, leuchtet mir in die Augen und prüft meine Reflexe. Als er mich fragt, wie es mir geht, warte ich instinktiv auf Veritas' Unterstützung, aber da ist nichts.

Eins, zwei ... »Ich denke, ganz gut«, antworte ich nach drei Sekunden. Ich klinge genauso wie gestern, dennoch schrillen in mir alle Alarmglocken. Was, wenn man es an meinen Pupillen erkennt? Wenn ich mich verzählt habe oder AISS meinen ansteigenden Puls registriert? Wenn der VitaTrack doch etwas von dem Gegenmittel erfasst?

Der Behandelnde sieht mich nicht einmal an. Er nickt vor sich hin, macht ein paar Notizen auf seinem HoloPad und bestätigt die gestrige Entscheidung, mich wieder am Programm teilnehmen zu lassen. Nur von Projektionen sieht man weiterhin ab – *wie schade.*

»Damit, würde ich sagen, steht Ihrem Besuch im Parlament nichts mehr im Weg. Genießen Sie die Aussicht vom SkyWalk.«

Ich starre den Behandelnden an, während ich im Kopf die Tage überschlage. Die Ankündigung, der Unfall, meine Zeit auf der Station ... Fuck. Der Besuch im Parlament ist heute. Wie hoch stehen meine Chancen, dass mir Liv einen Rückfall abkaufen würde – ohne mich doch ganz aus dem Programm zu nehmen? Wenn ich an Eireen denke, sollte ich es lieber nicht riskieren. Und hat Grayson nicht irgendetwas von Beweisen erzählt? Nicht, dass sich plötzlich Zweifel eingeschlichen hätten, aber ... es würde auch nicht schaden, mich selbst von den Vorwürfen gegen die Regierung zu überzeugen.

»Danke«, bringe ich zwischen zusammengepressten Zähnen hervor. »Es wird sicher großartig.« Großartig gefährlich. Ich kann nur hoffen, dass Kane mit den anderen genug zu tun hat. Oder dass er gar nicht erst auftaucht.

Die Tür öffnet sich, und ich werde entlassen. Als ich zurück in den Schlafsaal komme, herrscht nebenan bereits der übliche Kampf um die Duschen und einen Platz am Waschbecken.

Therese hat es geschafft, eins zu ergattern, und winkt mich mit erhobener Mascara und Lippenstift zu sich. »Wir haben noch zwanzig Minuten bis zum Frühstück«, lässt sie mich wissen. »Danach soll es sofort losgehen. Also, kann ich dich heute zu etwas Lippenstift überreden? Ich wette, Cinnamon One passt perfekt zu deinem Teint, und ich verspreche, es nicht zu übertreiben! Nur einen Hauch und vielleicht noch etwas Rouge.« Sie strahlt mich erwartungsvoll an.

Eine Sekunde zu viel, und sie werden dich töten. Ich lasse den Blick flüchtig zu den anderen gleiten. *Eins, zwei ...* Lace und Priya stehen nur ein paar Waschbecken weiter. Seit wir alle die gleiche Kleidung tragen, geben sie sich noch mehr Mühe, sich mit Make-up und Accessoires von der Menge abzuheben. *Drei, vier ...* Heute hat Lace die Haare mit einer Schleife zu einem hohen Zopf gebunden, Priya hat ihre zurückgeflochten, damit die goldenen Ohrringe in Form von hängenden Lotusblüten besser zur Geltung kommen. *Fünf ...* Meine einzigen Accessoires sind Caras Armband und ein paar simple Haargummis.

Sechs ... »Okay.« Seufzend fahre ich mir mit den Fingerspitzen durch die ungekämmten Haare. Sie sind immer noch nass. »Aber wirklich nur einen Hauch.«

Mit einem begeisterten Quietschen macht Therese sich an die Arbeit. Einen halben Vortrag über das perfekte Make-up später bin ich fertig. Therese definiert *Hauch* wohl etwas anders als ich, aber irgendwie ist es ihr gelungen, es trotzdem natürlich aussehen zu lassen. Dafür sind wir spät dran.

Wir raffen unsere Sachen zusammen und laufen in den Speisesaal, in dem das Essen bereits serviert wurde. Als hätte AISS geahnt, dass Nick sich Sorgen macht, hat sie mich neben ihn gesetzt – gegenüber von Firn und Grayson. Ich nehme alles zurück, was ich über die erste Diskussionsrunde gesagt habe. *Das hier* ist die wahre Albtraumkombination. Mir ist schon schlecht, bevor ich den Stuhl zurückgezogen habe. Einzig die Tatsache, dass sich Nicks Miene bei meinem Anblick erhellt, macht es erträglich. Wie gut, dass er nicht weiß, dass Grayson und ich ... gestern ... Es kostet mich alle Kraft, Grayson nicht anzusehen, nicht zu überprüfen, ob da immer noch ein bisschen Zärtlichkeit ist. Oder ob ich mit meiner Abweisung alles zunichte gemacht habe.

»Geht es dir besser?«, fragt Nick gedämpft, während ich mich neben ihn sinken lasse. »Du warst gestern so plötzlich weg.«

Ich will in seiner Nähe keine Sekunden zählen, will nicht aufpassen müssen, und gleichzeitig ist er der eine Mensch, bei dem es unendlich wichtig ist. Bevor überhaupt Zeit verstreichen kann, nicke ich – und schlucke. Der Kloß in meinem Hals ist zu groß. »Viel besser«, erwidere ich, ohne jede Hilfe von Veritas. »Ich brauchte einfach nur etwas Schlaf.« Wahrheit oder Lüge? Wahrscheinlich hätte ich den Schlaf wirklich gebraucht, nur wurde ich durch meine Gedanken viel zu lange wachgehalten. Kein Wunder nach allem, was Grayson mir erzählt hat. Eine Regierung, die uns ruhigstellt, Liar in den obersten Reihen der Gesellschaft ...

»Gut.« Nicks Lächeln kann nicht über seine Sorge hinwegtäuschen. Wären wir unter uns, würde er sicher fragen, ob ich mich für den heutigen Tag gewappnet fühle. Ob ich eine von Dads Tabletten brauche oder ob ich glaube, es ohne zu schaffen. Vor Grayson und Firn bleiben uns jedoch nur Blicke.

Ich versuche, ihm zu verstehen zu geben, das alles gut ist, bevor ich ein unverfängliches Thema anschlage. »Paps und Dad haben mir gestern geschrieben. Ruben hat wohl gefragt, ob er am Wochenende mal in meinem *Atelier* vorbeischauen dürfte.«

»Atelier«, wiederholt Nick belustigt. »So kann man dein Chaos auf dem Dachboden natürlich auch nennen.«

»Hey«, sagte ich gespielt beleidigt, auch wenn er recht hat. Wir unterhalten uns über Ruben und seine Frau, Mariella und alles, was nichts mit den Camps, dem Parlament oder mir zu tun hat.

Während Nick von Caras neustem Testergebnis erzählt, bin ich mit einem halben Ohr bei Grayson und Firn. Wie es aussieht, ist Firn gestern Abend vor dem Finale rausgeflogen – ausgestochen von Jamar, der natürlich nur die besseren Pfeile hatte. Kurz überlege ich, ob Firn auch zu den Thustras gehören könnte. Ob sein ganzes Gehabe nur eine Art *Rolle* ist. Aber dann lässt er wieder den Van-Steegen-Erbenden raushängen, und ich ahne, dass Firn genau der arrogante Kotzbrocken ist, der er vorgibt zu sein. Ohne natürliche Resistenzen oder Spuren eines Gegenmittels.

Ein einziges Mal erlaube ich mir, Grayson anzusehen, nur eine Sekunde, in der Nick den Brötchenkorb vom anderen Ende des Tischs besorgt. Grayson sitzt zurückgelehnt da und lacht über einen von Firns zweifelhaften Witzen. Der Ausdruck steht ihm viel zu gut – und dann streift sein Blick meinen. Vielleicht bilde ich mir die Zärtlichkeit darin nur ein, aber meinem Herzen ist es egal. Es pocht schmerzhaft gegen meinen Brustkorb, wohl wissend, dass es keine Rolle spielt, was wir empfinden.

»Croissant?« Nick hält mir den Korb hin.

Obwohl ich keinen Appetit habe, nehme ich eins. Nur damit meine Hände eine Beschäftigung haben und aufhören, zu zittern.

Als Liv das Frühstück für beendet erklärt, kann ich es kaum erwarten, diesen Albtraum zu verlassen. Ich will aufspringen, aber Nick hält mich zurück. Im Schatten der Tischplatte greift er nach meiner Hand und drückt mir eine Tablette zwischen die Finger. Ich zucke kaum merklich zusammen. Was bisher meine Rettung war, wirkt jetzt wie blanker Hohn. Ich soll mich sedieren, nur um in eine Gesellschaft zu passen, die nicht weiß, wie man richtig fühlt. Ob die Tablette auch aus hochkonzentriertem Sedatium besteht? Ob ... Dad davon weiß?

Nick mustert mich auffordernd.

Ich schüttle den absurden Gedanken ab. Dad ist Behandelnder im Center, kein Forschender. Dann überwinde ich mein Zögern, imitiere ein Gähnen und lege mir dabei die Tablette auf die Zunge. Kurz überlege ich, sie hinter Nicks Rücken wieder auszuspucken, aber dann müsste ich sie auf anderem Wege loswerden. Zu riskant. Also greife ich zum Wasserglas und schlucke sie runter. Mein einziger Trost ist Nicks zufriedener Gesichtsausdruck.

Die Wirkung der Tablette lässt noch schneller nach als sonst. Als der HoverTrain an der Parlament Avenue hält, ist kaum noch etwas von der Watteschicht übrig. Kein Wunder. Wenn VeriTabs Sedatium enthalten und das Gegenmittel die *ganze* Wirkung aufhebt, sind Dads Tabletten zu schwach dosiert, um den Unterschied aufzufangen. Ich weiß nicht, ob ich erleichtert sein oder Angst haben sollte.

Beim Verlassen der Gondeln werden wir von Liv gebeten, uns in Zweierreihen aufzustellen. Ich komme mir vor wie bei dem Schulausflug nach Zwei. Nur bin ich heute die einzige Fünf, die trotz des Make-ups aus der Menge heraussticht, Sommersprossen sei Dank. Nick fügt sich wieder mal perfekt in die Gruppe ein. Er steht mit Jamar direkt vor Therese und mir, seine Haltung ist aufrecht, und keiner der am Bahnsteig Wartenden schenkt ihm missbilligende Blicke. Anders als mir. Wie so oft versuche ich, sie an mir abprallen zu lassen, und wie so oft treffen sie dennoch tief.

Immerhin gibt es genug Ablenkung. Die Station ist komplett in spiegelndem Gold gehalten und endet in gläsernen Rolltreppen. Durch die Stufen sieht man jedes goldene Zahnrad, jedes Band, jede Rolle. Ich bin ziemlich sicher, dass die Hälfte davon allein der Optik dient.

Am oberen Ende der Rolltreppe setzt sich das gläserne Bild fort. Obwohl die Sonne von Wolken verhangen ist, scheint das ganze Center vor Schönheit zu strahlen. Ein Gebäudekomplex nach dem anderen ragt in architektonischer Meisterleistung in den Himmel, manche sind korkenzieherartig verdreht, andere schnurgerade, in den facettenreichen Dächern bricht sich das Licht. Die Straßen sind sauber und für diese Uhrzeit unter der Woche gut besucht. Überall laufen Menschen in bunter Kleidung herum: extravagante Kleider, Jumpsuits, Handtaschen, auffällig viele in Gelb, als hätten sie sich von Irony James' Sondersendung inspirieren lassen.

Mein Blick bleibt nicht lange an ihnen hängen. Um genau zu sein, bleibt er nirgends lange hängen, denn es gibt viel zu viel zu sehen. Der glänzende Bürgersteig, den wir mit unserer Zweierreihe kaum zur Hälfte füllen, die Schaufenster der Läden, die Citygleiter, die in aller Selbstverständlichkeit über die Straße fahren, der Fluss auf der anderen Seite – und die Bäume. Sie flankieren die gesamte Parlament Avenue mit hellgrünen Knospen, die hier und da bereits aufgebrochen sind.

Spätestens jetzt weiß ich, dass meine Projektion mit Aiden nur ein billiger Abklatsch von der Realität war. Ein aus Reportagen zusammengesetztes Bild, das ich sofort durchschaut hätte, wäre ich vorher schon einmal hier gewesen. Das ganze Center vibriert vor Leben. Es ist eine ganz andere Welt als in Ring Fünf. Eine Welt, in der der Krieg keine Spuren hinterlassen hat. Als hätten wir da draußen das Innere vor jedem Unheil bewahrt und den Reichen so erlaubt, sich fortlaufend zu entwickeln. Meine Faszination bekommt Risse.

Plötzlich bleiben wir stehen. Ein begeistertes Rufen erklingt, breitet sich wie ein Lauffeuer in der Menge aus.

Therese greift nach meinem Handgelenk. »Holy Shit, ist das riesig!«

Der Grund für die Unterbrechung ist schnell gefunden. An der Fassade eines Hauses leuchtet ein riesiger Holo-Screen. Darauf ein überdimensionaler Loyd, der mit stahlblauen Augen in die Ferne blickt. Seine Uniform schmiegt sich perfekt an seine Muskeln, unter dem Arm trägt er ein Relikt aus der Kriegszeit: einen dunkelbraunen Fliegerhelm. Darunter prangt groß die Aufschrift: **Wir suchen dich!**

Immer mehr Fremde bleiben stehen, um einen Blick auf Loyd zu erhaschen. Darunter eine Gruppe Schulkinder, vielleicht in Caras Alter und mit einem Organ, das Thereses Konkurrenz macht. Kreischend drängen sie näher, um ein Autogramm zu ergattern, bald schließen sich auch einige Erwachsene an. Während sie Livs Zweierreihe auseinandertreiben, blendet mich das erste Blitzlicht. Paparazzi.

»Und schon bin ich froh, dass ich den Job nicht bekommen habe«, raunt Nick vor mir.

»Hast recht. Reich und berühmt zu sein, ist schon ein hartes Schicksal.« Jamar schafft es, die Wahrheit so ironisch klingen zu lassen, dass ich trotz meiner Verwirrung lächeln muss.

Warum hat Nick diese Bewerbung nie erwähnt? Es erklärt zumindest, warum er jedes Mal das Gesicht verzieht, wenn er Loyd auf irgendeiner Verpackung sieht.

Therese wirft Jamar einen finsteren Blick zu. »Er hat sich die Aufmerksamkeit nicht ausgesucht, okay?«, sagt sie ungewohnt scharf. »Sorry, Mae, aber Loyd braucht mich.« Sie lässt mich los und stürzt sich in die Menge. Damit ist die Zweierreihe endgültig Geschichte.

Keine Sekunde später schiebt sich Liv zu uns durch. Auf ihrem Gesicht ein Ausdruck, als wäre sie fest entschlossen, die Versammlung eigenhändig aufzulösen. »Nicholas, Jamar, mitkommen.« Es ist keine Frage, sondern ein Befehl.

Ein paar Reihen weiter sammelt sie weitere Aufsehende ein, darunter Firn und Grayson, und falls ich dachte, die vier könnten einander nur finstere Blicke zuwerfen, habe ich mich getäuscht. Als hätten sie schon immer zusammengearbeitet, brauchen sie nur wenige Worte, um die Situation unter Kontrolle zu bringen. Firn und Jamar kümmern sich um die Fans, Nick und Grayson übernehmen die Paparazzi. Jeder Griff sitzt, jedes Manöver wirkt geübt. Am Ende haben sie das Ganze so weit aufgelöst, dass nur noch unsere Leute übrig sind. Allerdings sieht es nicht so aus, als würde Therese zurück zu mir kommen.

Liv braucht nicht lange, um eine neue Ordnung herzustellen. Jamar und mein Bruder werden an den Anfang der Reihe geschickt, als eine Art Schutzschild für Loyd und Therese, während die anderen Aufsehenden gleichmäßig auf die Gruppe verteilt werden. Ich bilde das Schlusslicht – ohne Begleitung, was ich wohl Eireens Verschwinden zu verdanken habe.

Als wir uns wieder in Bewegung setzen, schaue ich unwillkürlich zu Grayson, der nur wenige Reihen vor mir läuft. Er scheint meinen Blick im Nacken zu spüren, denn er schaut genau in diesem Moment nach hinten. Ein eisblaues Funkeln, und ich weiß, seine Zärtlichkeit ist noch da.

Mit dem Neubau des Parlaments ist dem Star-Architekturschaffenden Frankie Skyler der wohl größte Wurf des Jahrhunderts gelungen. An derselben Stelle, an der das historische Hauptgebäude des Schlosses Nymphenburg einst dem Krieg zum Opfer gefallen ist, erstrahlt nun eine gläserne Nachbildung, die nicht nur einen transparenten Einblick in die Arbeiten der Regierung gewährt, sondern durch die Einarbeitung innovativster SolarStrings maßgeblich zur Energiegewinnung beiträgt.

Auszug aus der Dokumentation »Die größten Bauwerke des Jahrhunderts« vom 27.05.2304

KAPITEL 27

Das Parlament ist das faszinierendste Gebäude, das ich je gesehen habe. Die Glasfassaden sind spiegelglatt, jede Scheibe ist durchwoben von goldenen Linien. Auch die erhaltenen Nebengebäude wurden mit solchen Fenstern ausgestattet. Es ist sicher nur eine Frage der Zeit, bis man die roten Schindeldächer ebenfalls ersetzt. In einem dieser Gebäude befindet sich das MedPlex, das wir von der öffentlich übertragenen Vergabe kennen. Deshalb weiß ich, dass jeder Millimeter dieses Vorplatzes von AISS erfasst wird. Ich versuche, bei dem Gedanken nicht zu erschaudern, aber es klappt nicht. In weniger als zwei Wochen steht die nächste Gefährdungsanalyse an, und dann werde ich AISS zum ersten Mal ins Gesicht lügen müssen – oder mich selbst verraten.

Ich drücke meine Fingernägel in die Handflächen, gerade so fest, dass der Schmerz die Gedanken wegwischt. Keine Ahnung, wie Grayson das jedes Mal durchsteht. Wieder schaue ich zu ihm rüber. Seit Livs Neuordnung läuft er neben Lace, die weiß, wie sie mich auf Distanz hält. Gerade erzählt sie Grayson mit stolz geschwellter Brust, dass sie schon einmal hier gewesen sei, zusammen mit ihrem Vater, der ein geschätzter Geschäftskontakt einer Abgeordneten sei.

Stufe für Stufe nähern wir uns dem Eingang. Über der großen Schiebetür prangt das Leitmotto unserer Regierung, goldene Buchstaben auf einer Steinplatte: **Wahrheit ist Zukunft.** Es ist das bekannteste Zitat von Ernest Sestiby und der Rechtfertigungsgrund für Veritas.

Nur eine Lüge, schießt es mir durch den Kopf. Die Erkenntnis schmeckt so bitter, dass es mir schwerfällt, mir nichts anmerken zu lassen. Ich versuche, mich daran zu erinnern, wo ich bin. Dass ich jahrelang davon geträumt habe, genau dieses Gebäude zu betreten. Denn unter all dem Glas, den goldenen Linien und der Transparenz liegt der eine Ort, an den ich immer wollte: das Zentralarchiv. Es befindet sich im Keller des Parlaments, in dem es vor Tageslicht und neugierigen Blicken geschützt ist. Betreten werden darf es nur von autorisierten Personen.

Ich bezweifle, dass unsere Führung das Archiv miteinschließen wird, aber allein die Tatsache, dass es zum Greifen nah ist, sollte mein Herz vor Glück zerspringen lassen. Leider reicht es nicht einmal für ein Lächeln. Denn wer weiß, wie viele dunkle Geheimnisse in diesen Gewölben lauern. Gut möglich, dass im Verborgenen alles dokumentiert wurde, dass es Beweise für jede noch so grausame Lüge gibt. Beweise ... Was, wenn das Graysons Ziel ist? Wenn er unseren Besuch im Parlament nutzen möchte, um ins Archiv einzubrechen? Mein Herz krampft sich zusammen. Nein, er wäre nie so fahrlässig – *und wenn doch?* Vielleicht hat er all die Dokumentationen nicht gesehen und weiß nicht, *wie* gut das Archiv geschützt ist, vielleicht überschätzt er sich maßlos. Oder unterschätze ich ihn?

Mein Blick zuckt von einer Seite zur anderen. Rechts sind die meisten Wände aus Glas, so dass man die Räume einsehen kann. HoloTerminals und Screens, hölzerne Schreibtische und Pflanzen reihen sich in endloser Monotonie aneinander. Links wird einem die Sicht bereits nach zwei Zimmern von einer schwarzen Wand versperrt. Vielleicht das Büro von Präsidierender Fallon. Das laut Grayson schon länger leer steht. Weil ... was genau mit ihr passiert ist?

Noch bevor ich den Gedanken beenden kann, laufen wir an einer Frau vorbei, die ich als Abgeordnete O'Hara erkenne. Sie ist für ihre Projekte in den äußeren Ringen bekannt, ein Idol von Dad und Grayson zufolge keine Liar. Sie nickt kurz in unsere Richtung, ehe sie in einem der gläsernen Räume verschwindet.

»Vergiss nicht zu atmen, Fünf«, spottet Lace von vorne. Das Karma schlägt sofort zurück. Da ihre Aufmerksamkeit mir gilt, bekommt sie nicht mit, dass die anderen stehen geblieben sind, und läuft geradewegs in jemanden rein.

Ich schürze die Lippen, um mir ein Lachen zu verkneifen. *Gehässig*, tadle ich mich innerlich. Erst jetzt realisiere ich, dass wir den Eingangsbereich verlassen haben und auf dem SkyWalk stehen. Dem gläsernen Galeriegang, der erst vor zwei Jahren installiert wurde. Gehalten von Stahlseilen schwebt er mit zwanzig Metern Durchmesser über dem Herzstück des Parlaments: dem Kuppelsaal. Der Saal liegt gute zehn Meter unter uns und macht seinem Namen alle Ehre. Anstatt von normalen Wänden oder einer Decke wird der ganze Saal von einer Glaskuppel überspannt, ein Meisterwerk, das mit etlichen filigranen Mustern versehen ist. Wenn man genauer hinsieht, erkennt man, dass es der Buchstabe V ist, der millionenfach in das Glas gefräst wurde. Ich lehne mich über das Geländer. Unten wird gerade alles für den Sektempfang vorbereitet. Mehrere Menschen räumen die Stühle der Abgeordneten zur Seite, um Platz für die Stehtische zu machen, die noch am Rand stehen.

Aufgeregtes Gemurmel zieht meine Aufmerksamkeit zurück nach oben. Da der SkyWalk nicht sonderlich breit ist, füllt unsere Gruppe locker die ersten zwanzig Meter. An der Spitze redet Liv gerade mit einem Mann, der aussieht, als würde er zum Inventar des Gebäudes gehören. Helle Haut, silberner Kinnbart, ein feines Brillengestell in Stahlgrau auf der schmalen Nase – sicher nur ein Accessoire –, schillerndes Jackett. Selbst wenn ich dank Vain keine hundert Dokus über diesen Mann gesehen hätte, wüsste ich, wer er ist: Frankie Skyler. Der Star-Architekturschaffende des Centers.

Lace lehnt sich neben mir über die Brüstung, um einen besseren Blick auf die Berühmtheit zu bekommen. Sofort weiß ich, dass sie nichts unversucht lassen wird, um an ihn ranzukommen. Ihr Zopf peitscht mir beinahe ins Gesicht, als sie sich abrupt umdreht und zur Tat schreitet. Mit ausgefahrenen Ellenbogen stürzt sie sich in die Menge, die widerwillig zur Seite weicht. Keinen Atemzug später nimmt Grayson den Platz neben mir ein. Er legt seine Arme auf die Brüstung, nur wenige Zentimeter von meinen entfernt.

»Camp Eins!« Die Akustik ist beeindruckend. Es klingt, als würde Liv direkt neben uns stehen. »Bevor wir mit der Führung beginnen, bitte ich euch, mit mir den Mann zu begrüßen, der dieses Kunstwerk, auf dem wir stehen, erschaffen hat: Frankie Skyler.«

Der Applaus ist tosend. Frankie verbeugt sich vor der Menge, die Mundwinkel zu einem kühlen Lächeln gehoben. »Es ist mir eine außerordentliche Freude«, erwidert er, nachdem der Applaus verhallt ist. »Wie einige von Ihnen wissen, war es unseren Regierenden ein großes Anliegen, dieses Gebäude in neuer Pracht erstrahlen zu lassen. Völlige Transparenz stand an erster Stelle, außerdem sollte es geschmackvoll, modern und energieeffizient sein. Wie gut diese Kombination gelungen ist, sehen wir insbesondere im Südtrakt, den ich Ihnen gern zuerst zeigen möchte. Bitte folgen Sie mir.«

Frankie verschwindet aus meinem Sichtfeld. Irgendwie ironisch, dass er ausgerechnet hier von völliger Transparenz redet. Ob er weiß, dass in diesem Gebäude mindestens ein hochrangiger Liar arbeitet?

»Der SkyWalk war eine der größten Herausforderungen. In Zusammenarbeit mit drei ... haben wir zehn Jahre ...«

Seine Stimme entfernt sich immer weiter. Genau wie die Schritte der anderen.

Ich weiß, dass ich ihnen folgen sollte, aber Graysons Nähe hält mich gefangen. Unsere Blicke sind immer noch Richtung Kuppelsaal gerichtet, unsere Arme einander so nah.

Inzwischen wurden auch die letzten Stühle zur Seite geräumt und die ersten Tische platziert. Schon bald werden wir alle da unten stehen, umringt von Firn, Nick und Jamar, von zu vielen Blicken, unter denen *das hier* nicht existieren darf. Graysons Arm streift meinen. Obwohl es nur der Hauch einer Berührung ist, zerspringt etwas in mir, ein Widerstand, den ich um jeden Preis aufrechterhalten muss. Aus den Augenwinkeln sehe ich, wie er den Kopf neben meinen senkt. Er ist mir so nah, dass mich die Hitze seines Atems beinahe umbringt. Und wenn ich es zulasse, wenn ich nur ganz kurz ...?

»Wir sollten zurück zu den anderen«, raunt er.

Was? Atemlos hebe ich den Kopf, um ihn anzusehen. Alles, was ich in seinen Augen finde, ist der alte Frost. Keine Zärtlichkeit, nicht einmal die geringste Spur von Wärme. Wie von selbst weiche ich ein Stück zurück, um Abstand zwischen uns zu bringen. Es ergibt keinen Sinn. Erst stellt er sich neben mich, berührt mich, und jetzt will er, dass wir gehen?

»Okay?« Meine Stimme klingt gepresst.

»Nach dir.« Er deutet zu den anderen.

Unsere Mitbewohnenden haben inzwischen ein gutes Stück Vorsprung, weshalb wir schnell sein müssen, wenn wir aufholen wollen. Kein Problem. Gerade würde ich sowieso am liebsten rennen, um dieser Situation zu entkommen. Ohne ein weiteres Wort drehe ich um und laufe los. Zumindest so lange, bis ich merke, dass Grayson nicht hinter mir ist. Ich werde langsamer. Die anderen biegen gerade in einen Seitengang. Einerseits würde ich mich gern zu Nick und Jamar flüchtigen, andererseits ... Ich schaue über die Schulter. Grayson hat sich nicht nur zurückfallen lassen, er ist drauf und dran, in die andere Richtung zu verschwinden. *Ist nicht sein verdammter Ernst!* Er wird es niemals bis nach unten ins Archiv schaffen, nicht durch all die gesicherten Türen hindurch, vorbei an den Scannern, den Wachen ...

Im Hintergrund höre ich Frankies Stimme. Es wäre so leicht, mich den anderen anzuschließen und zu behaupten, ich hätte Graysons Verschwinden nicht bemerkt. *Leicht* bringt mir allerdings keine Antworten. Und Grayson möglicherweise den Tod. Scheiß drauf. Ich mache auf dem Absatz kehrt und laufe Grayson hinterher. Instinktiv scanne ich die gläserne Decke nach Kameras, nach AISS unsichtbaren Augen, die längst hätten Alarm schlagen müssen. Aber da es still bleibt, werde ich mutiger, meine Schritte schneller. Die Sohlen der Schuhe sind leise, trotzdem bemerkt mich Grayson, bevor ich nach seinem Handgelenk greifen kann.

Er wirbelt herum, und plötzlich ist da ein regelrechter Sturm in seinen Augen. »Mae! Du solltest doch ...«

»... zurück zu den anderen, während du dich für deine *Beweise* auf irgendeine Selbstmordmission begibst?«, zische ich, während ich näher an ihn herantrete. »Sag mir, wo du hinwillst. Und behaupte nicht, du wärst nur auf der Suche nach Toiletten.«

Anstatt einer Antwort schaut Grayson zu einem schwarz verkleideten Raum. Er liegt gute zehn Meter entfernt, zehn Meter, auf denen uns absolut jeder sehen könnte, der in den gläsernen Büros arbeitet. Auf Anhieb bemerke ich drei Menschen. Noch sitzen sie alle mit dem Rücken zu uns an ihrem Schreibtisch, aber was, wenn sich auch nur einer von ihnen im falschen Moment umdreht? Es ist vielleicht nicht das Archiv, aber es hat sicher einen Grund, dass dieser Raum nicht transparent ist.

»Was ist dadrinnen?«, will ich wissen.

»Mae …«

»Und was ist mit AISS?«

»Mae!«, knurrt er ungehalten. »Das hier ist eine Sache zwischen Trish und mir, und du musst gehen. Bevor sie merken, dass du weg bist.«

»Nein.« Ich bin mindestens genauso überrascht wie Grayson, dessen Sturmblick kurz flackert.

»Nein?«, wiederholt er.

»Nein.« *Und noch mal.* Vielleicht liegt es an dem Schmerz, der in seinen Augen zum Vorschein kommt, oder daran, dass ich immer noch viel zu wenig über die Leute weiß, deren Gegenmittel durch meine Adern fließt. »Was auch immer dadrinnen ist, ich will dabei sein. Ich werde also nicht …«

»Fuck.« Er greift so plötzlich nach meinem Handgelenk, dass ich einen Aufschrei unterdrücken muss.

Jede Faser meines Körper ist zum Zerreißen gespannt, als er mich mit sich zieht. Instinktiv will ich mich losreißen, aber dann sehe ich den Mann, der gerade den Eingangsbereich betreten hat. Kane. Mit charmantem Lächeln zeigt er an der Pforte seinen Ausweis – keinen Atemzug später sind wir hinter der ersten schwarzen Wand verschwunden. Geschützt vor Kane, aber nicht vor den Menschen in den Büros. *Eine Sekunde zu viel, und sie werden dich töten.* Warum habe ich das Gefühl, dass das hier ein Grund ist, uns einfach so umzubringen?

Der SkyWalk fliegt unter unseren Füßen hinweg, bis wir endlich den Raum erreicht haben, den Grayson schon die ganze Zeit im Visier hatte. Er lässt mich los, um etwas aus seiner Jacke zu ziehen. Ein kleines Kästchen mit einem Kabel. Bevor ich fragen kann, was er vorhat, widmet er sich dem Codefeld, das neben der Tür aufleuchtet. Er will doch nicht echt …?! Die Nervosität brandet so scharf in meinem Magen auf, dass mir kotzübel wird. Ich blicke über die Schulter, scanne die Büros, in denen die Leute immer noch auf ihr HoloTerminal starren, dann sehe ich nach unten. Ein Fehler. Eigentlich habe ich keine Höhenangst, aber durch den Glasboden sehe ich auf zu viele Menschen hinab, die gerade Weinkühler mit Champagner herumtragen. Wenn nur einer von ihnen im falschen Moment den Kopf in unsere Richtung hebt …

Grayson hat das Kästchen inzwischen mit dem Codefeld verbunden. Zahlen flackern in rasender Geschwindigkeit über das Display, wobei die ersten beiden statisch bleiben. Dann wird auch die dritte Zahl eingeloggt.

»Mae?«, sagt er. »Sobald diese Tür aufgeht, hältst du die Luft an und presst dir den Ärmel auf Mund und Nase.« Er macht es vor. »Und los.«

Das Codefeld färbt sich grün, gefolgt vom Klicken eines

Schlosses. Wir brechen echt ins Parlament ein. Was für eine Scheiße. Ich presse den Stoff auf Mund und Nase und folge Grayson ins Innere. Wir sind nicht allein. Hinter einer riesigen Konsole sitzt eine Frau, die lautstark ihren Kaffee schlürft, während ihr Blick an einem HoloPad hängt. Ich erkenne das Studio der Top Two und bin mir ziemlich sicher, dass das nicht ihr Job ist. Erst als die Tür zugleitet, zuckt sie zusammen und deaktiviert hektisch den Screen. »Joe, ich dachte, deine Schicht …?«

Grayson ist schnell. Bevor die Frau den Satz beenden kann, hat er ihr etwas ins Gesicht gesprüht. Sie hustet, röchelt, schafft es aber nicht mehr, aufzustehen. Beinahe zärtlich zieht Grayson ihr die Tasse aus den Fingern, um das Porzellan vorm Fall zu bewahren, dann hat die Frau das Bewusstsein verloren. Zumindest *hoffe* ich, dass sie nur das Bewusstsein verloren hat.

Da der feine Nebel des Sprays immer noch in der Luft flirrt, traue ich mich nicht, den Ärmel vom Gesicht zu nehmen oder auch nur ein Wort zu sagen. Dabei brennen Tausende Fragen auf meiner Zunge und mindestens genauso viele Flüche! Warum bin ich nicht einfach abgehauen?!

Während Grayson dafür sorgt, dass die Frau nicht zu Boden fällt, sehe ich mich um. Bis auf die Konsole und zwei Stühle gibt es kaum Einrichtung. Ein Sideboard mit Kaffeemaschine, einen Wasserspender – und einen HoloScreen, der die gesamte Wand einnimmt. Aufgeteilt in unzählige kleine Kacheln. *Ach, du Scheiße.* Spätestens als ich Nick und Jamar sehe, wird mir klar, dass diese Bilder live übertragen werden.

»Du kannst wieder atmen«, gibt Grayson Entwarnung.

Ich wünschte, das wäre so einfach. Mein Körper weigert sich beharrlich, in seinen Normalzustand zurückzufinden. »Was zur verdammten Hölle hast du dir dabei gedacht?«, fauche ich und zeige auf die bewusstlose Frau.

»Ich habe dich nicht darum gebeten, mitzukommen«, erwidert er knapp, als wäre es meine Schuld.

»Wow! Und das rechtfertigt, dass du in eine verdammte Überwachungszentrale einbrichst und Mitarbeitende des Parlaments außer Gefecht setzt?«

Grayson reagiert nicht. Er hat mir den Rücken zugewandt und widmet sich der Konsole. Charmant.

»Grayson.« Mit einem tiefen Atemzug versuche ich, meine Wut unter Kontrolle zu bringen. »Was genau *machen* wir hier?«

»Etwas überprüfen.« Er bewegt einen kleinen Hebel, während er weiterhin fest auf den HoloScreen starrt.

Anscheinend wechselt er Kameras durch, denn ein paar der Bilder verändern sich. Noch eine Hebelbewegung. Wieder neue Bilder. Noch mal. Und noch mal. Andere Winkel des Parlaments. Einmal glaube ich sogar, kurz einen Blick aufs Zentralarchiv erhaschen zu können, auf Bücher über Bücher, aber dann ist es auch schon wieder weg. Wie viele Kameras gibt es hier bitte?! Und warum hat AISS immer noch keinen Alarm geschlagen?

»Etwas überprüfen«, wiederhole ich, während ich neben Grayson trete. »Hat das was mit diesen Beweisen zu tun, die du besorgen wolltest?« Ich hasse es, ihm jedes Detail aus den Rippen leiern zu müssen, aber da er keine Anstalten macht, von selbst zu reden, bleibt mir wohl nichts anderes übrig. »Wenn du mir verraten würdest, wonach wir genau suchen, kann ich vielleicht helfen.« Ich schaue ihn von der Seite an, versuche, seine Aufmerksamkeit auf mich zu ziehen, erfolglos.

Hochkonzentriert schaut er auf die Screens.

Nächste Hebelbewegung. Nächste. Plötzlich krallt sich seine Hand um den Hebel, seine Kiefermuskulatur verspannt sich. *Was hat er gesehen?*

Ich betrachte wieder die vielen kleinen Screens. SkyWalk, Vorplatz, der Kuppelsaal, unsere Mitbewohnenden ...

»Du wolltest doch vorhin wissen, was mit AISS ist«, raunt Grayson, die Stimme zersplittert. »Im Parlament gibt es keine AISS. Denn nicht einmal sie würde so etwas zulassen. FUCK!« Plötzlich stößt er sich von der Konsole ab und tritt mit solcher Wucht dagegen, dass ich zusammenzucke.

Was. Hat. Er. Gesehen? Ein Teil von mir will ihn fragen, aber mein Blick huscht unbeirrt über die Kacheln. Bis ich ganz oben links ankomme ... Ich spüre, wie mir die Farbe aus dem Gesicht weicht. Da sind Menschen. Oder vielmehr Körper. Blutüberströmte Bündel, die auf einer Art Liege kauern, nackter Betonboden, nackte Wände. Es ist unmöglich zu sagen, ob diese Menschen noch leben. Insgesamt sehe ich drei von ihnen, die anderen Zellen sind leer.

Und dann ist da noch ein weiterer Raum. Er ähnelt den Zellen, nur gibt es hier keine Liege. Stattdessen steht in der Mitte ein Stuhl, darauf eine Gestalt, die aussieht, als würde sie ohne die Fesseln einfach zur Seite kippen. Trotzdem schlägt eine uniformierte Person auf sie ein. Ein Schlag gegen den Kopf. Ich presse mir die Hand auf den Mund. Noch ein Schlag. Mir entfährt ein gedämpfter Schluchzer. *Warum ... ? Wie ... ?*

»Anthony.« Grayson klingt, als kostet es ihn alle Selbstbeherrschung, diesen Raum nicht in Schutt und Asche zu legen. »Der Mann auf dem Stuhl heißt Anthony. Er ist einer von uns.«

Einer von uns. Ein Thustra. Ich starre die Gestalt auf dem Screen an. Es ist ein Wunder, dass Grayson jemanden in diesem Gesicht erkannt hat, ich hätte nicht einmal sagen können, welches Geschlecht diese Person hat. Die Seite, die jetzt der Kamera zugewandt ist, liegt in Fetzen, der nackte Oberkörper erzählt eine qualvolle Geschichte. Genau wie die übel verrenkten Glieder, die aufgeplatztzten Lippen.

Ich kann nicht sprechen. Nicht denken.

»Es sollte ein einfacher Transport nach Acht werden«, erklärt Grayson gepresst. »Ein paar Dosen Thustra unter einem doppelten Boden verstecken, über die Grenze fahren, unsere Leute versorgen, zurückkommen. Sie haben Anthony beim Packen erwischt. Er konnte die Dosen gerade noch verschwinden lassen, aber diese Wichser haben ihn ...« Ein hilfloses Lachen dringt aus seiner Kehle. »Er hat Alicia versprochen, dass es sein letzter Job ist. Und jetzt muss ich ihr sagen, dass er nicht mehr nach Hause kommen wird. Nie. Wieder.«

Verbotene Transporte, Folter, *Tod.* Es ist nicht so, als hätte mich Grayson nicht gewarnt. Nicht gesagt, dass es gefährlich ist, mich für die Thustras zu entscheiden. Aber das hier ist nicht einfach ein Beweis für ein verlogenes Parlament, es ist der Vorschlaghammer, der auch die letzten Reste meines Glaubens zertrümmert.

»Ist er … hier?« Ich schaffe es nur mit Mühe, die Frage an meinem Schock vorbeizuschummeln.

Grayson sieht mich an. Da ist so viel Zorn, so viel Schmerz in ihm. »Der Zugang zum Gefängnistrakt befindet sich in einem der Nebengebäude, aber die Gänge erstrecken sich viel weiter. Und tiefer. In anderen Worten: Wir stehen direkt über ihnen.«

Unwillkürlich blinzle ich nach unten, dabei weiß ich, dass da nur massiver Boden ist. »Über ihnen«, wiederhole ich fahrig. »Aber warum sind diese Menschen *hier*? Was ist mit Ring Acht? Und wer sind die in den Zellen?«

»Es tut mir leid, Mae. Ich wollte dir alles erklären, behutsam und Stück für Stück, aber jetzt, da du es gesehen hast … Das ist es, was sie mit Menschen wie uns machen. Mit Menschen, bei denen sie eine Verbindung zum *Widerstand* vermuten.« Er geht an mir vorbei und holt einen altmodischen USB-Stick aus seiner Tasche. »Sie bringen uns her und verhören uns so lange, bis unser Körper bricht. Oder bis wir es selbst beenden.« Ohne mich anzusehen, taucht er ab und kriecht unter das Pult, direkt zu Füßen der bewusstlosen Frau. »Ring Acht ist nur für die Liar, die ihre Dosis verweigert haben. Oder die es geschafft haben, AISS davon zu überzeugen, noch nie von einem Gegenmittel gehört zu haben. Geschweige denn vom Widerstand.« Er kommt wieder hoch und widmet sich der Konsole, als wäre er mit den Touchpads bestens vertraut.

Alles, was ich gestern wollte, war, Antworten zu bekommen. Jetzt steht meine ganze Welt in Flammen, und selbst wenn es einen Weg gäbe, jedes Wort und jedes Bild zu vergessen, weiß ich, dass ich es nicht könnte. Nicht, solange Liar wie Kane von der Öffentlichkeit umjubelt werden, während Menschen da unten misshandelt werden. Menschen wie ... Grayson oder *ich*. Mir läuft ein Schauer über den Rücken.

»Wie können wir deinen Freund da rausholen?«

Grayson zuckt zusammen. »Gar nicht.«

»Gar nicht?!« Vorhin wollte ich Grayson noch davon abhalten, etwas Unbedachtes zu tun, jetzt züngelt hilflose Wut in mir auf, die alle Vorsicht verschlingen will. »Er ist hier, wir sind hier, also muss es doch irgendeinen beschissenen Weg geben, um ihn zu ...«

»Verdammt nochmal, nein!«, fährt mich Grayson an. Sein Brustkorb hebt und senkt sich in schweren Atemzügen. So aufgebracht habe ich ihn noch nie erlebt. »Das Einzige, was wir tun können, ist, diese Bilder mitzunehmen und zu hoffen, dass wir irgendwann die Chance bekommen, sie der Öffentlichkeit zu zeigen. Diese ganze miese Scheiße auffliegen zu lassen und zu beenden.«

Am liebsten würde ich Grayson von der Konsole wegreißen und ihn anschreien, es wenigstens zu *versuchen* – nur seine Stimme hält mich davon ab. Dieser rohe Schmerz, den ich schon in der Bibliothek bemerkt habe, beweist, wie nahe er Anthony steht. Und dass er alles tun würde, wenn es auch nur die geringste Chance gäbe, diese Zellen zu erreichen, bevor man uns festnimmt. Bevor man mit uns dasselbe macht.

»Also wird er sterben?« Bitterkeit klebt an meiner Zunge.

»Weil zweihundert Thustras nicht in der Lage sind, ihn da rauszuholen?«

Graysons Schweigen ist Antwort genug. Er holt ein Tuch aus seiner Innentasche und wischt über das Touchpad, danach über den Hebel. Über alles, auf dem seine Fingerabdrücke sein könnten.

Zweihundert Verbündete. Und trotzdem ist man geliefert, wenn man der Regierung in die Arme läuft. Ich versuche, die Bitterkeit zu schlucken, die nur unterstreicht, wie viel Wissen mir noch fehlt. Keine Chance.

»Was ist mit ihr?« Ich nicke zu der Bewusstlosen.

»Sobald sie zu sich kommt, wird sie die letzten Minuten vergessen haben.« Mit einem Klick hat Grayson ihr SmartPad aktiviert, auf dem immer noch Top Two läuft. Das Publikum lacht. Es hat noch nie so falsch geklungen.

»Und wie kommen wir unbemerkt zurück zu den anderen?«

Grayson nickt zu einem der Screens. Unsere Gruppe hat gerade wieder den SkyWalk betreten und steuert in unsere Richtung, angeführt von Frankie Skyler. Dann zieht Grayson den Stick ab und steht auf. »Lust auf eine Besichtigung des Nordtrakts?« Seine Miene lässt nicht mehr das kleinste Bisschen Schmerz durchblitzen.

Zum Glück muss ich darauf nicht antworten.

KAPITEL 28

Frankies Worte rauschen über mich hinweg. Als Architekturschaffender dieses Neubaus muss er von den Zellen wissen, die unter diesem Areal liegen. Ob sie an das Zentralarchiv angrenzen? Ich würde gern glauben, dass jemand wie Professierte Adelaine nichts davon weiß, aber inzwischen fällt es mir schwer, das Parlament als Ort der Wahrheit und des Wissens zu sehen. Die Regierung verzichtet freiwillig auf AISS. Das muss nicht heißen, dass alle, die hier arbeiten, wissen, was in den Gewölben passiert, aber es ist durchaus möglich. Ob sich Präsidierende Fallon und die anderen einfach derartig stark sedieren, dass sie mit der Grausamkeit im eigenen Hause klarkommen? Aber wie schaffen sie es trotz Veritas, das alles vor der Öffentlichkeit zu verbergen? Im Grunde kenne ich die Antwort: Weil keiner danach fragt.

Die Erkenntnis lässt nur noch mehr Fetzen meiner Realität im Feuer der *echten* Wahrheit verbrennen. Ich habe schon so viele CenterTalks gesehen, Diskurse verfolgt und Interviews gelesen, aber es wurde nie danach gefragt, wie *genau* mit Liar verfahren wird. Und *Widerstand* ... Allein darüber nachzudenken, fühlt sich verboten an. Widerstand gehört in Zeiten, in denen das Regime gegen die einfachen Leute gearbeitet hat. In Sestiby lässt man uns glauben, die Regierung würde *für* uns arbeiten. Essensbons, Kleiderbons, Bildung für alle Schichten, gleiche Chancen im Beruf. Aber kratzt man diese schillernde Oberfläche ab, sieht man erst, wie finster unsere Welt wirklich ist.

Während ich wieder das Schlusslicht bilde, hat Grayson zu Firn aufgeschlossen. Würde Firn seinen Freund besser kennen, würde er merken, wie angespannt Grayson ist. Stattdessen reißt Firn irgendeinen Witz, bevor er in Richtung der Misoka-Zwillinge nickt. Etwas zieht sich in mir zusammen, als Grayson mit den Schultern zuckt und Firn folgt. Lace und Amara freuen sich sichtlich über die Aufmerksamkeit, während Frankie vorne irgendetwas von den Besonderheiten des Nordtrakts erzählt.

»... und hinter dieser Wand verbirgt sich ein kleiner Besprechungsraum. Das verwendete Holz stammt aus nachhaltiger Forstwirtschaft, die durch unseren Umweltsektor regelmäßig überprüft wird, und hier drüben ...« Frankie redet in einer Tour.

Flüchtig lasse ich den Blick über besagte Wandpaneele schweifen, die schwarz lackiert wurden. In diesem Teil des Parlaments gibt es kaum noch Transparenz, nur noch Nischen und Winkel und Sitzungssäle mit künstlichem Tageslicht. Erst einige Gänge weiter kehrt das vertraute Glas zurück, und hinter der nächsten Tür stehen wir auf einmal vor dem Kuppelsaal. Alles sieht aus, als wäre es seit Stunden fertig. Servicekräfte bieten uns Champagner und alkoholfreie Getränke an, während die Sonne rausgekommen ist und sich tausendfach in dem Glas bricht.

Kaum habe ich den Saal betreten, taucht Jamar vor mir auf. »Warum siehst du aus, als hättest du den hier dringend nötig?« Er reicht mir ein Glas, dessen Inhalt verdächtig nach Champagner riecht. »Alkoholfrei«, fügt er hinzu.

»Keine Ahnung«, erwidere ich, nehme das Glas und lasse es gegen Jamars klirren. »Sehe ich denn so mies aus?«

»Im Gegenteil. Du bist wie immer wunderschön, nur dein Gesichtsausdruck sagt, dass du lieber woanders wärst.« Ohne mich aus den Augen zu lassen, nippt Jamar an seinem Champagner. »Zum Beispiel da drüben, an der Seite von einem gewissen Jemand, der gerade mit Amara anstößt.«

Ich will seinem Blick nicht folgen und tue es trotzdem. Natürlich meint er Grayson, und natürlich passen Amara und er perfekt zusammen. Ohne darüber nachzudenken, stürze ich den Champagner hinunter. Vielleicht wäre eine alkoholische Variante heute doch nicht schlecht gewesen. Zum Glück ist Nick gerade nicht in der Nähe – mal wieder.

»Können wir bitte einfach über was anderes reden?«, frage ich. »Du hast doch immer irgendeine Anekdote auf Lager.« Oder in anderen Worten: Ich nehme jedes Thema, das mich ablenkt, von Grayson und von den Bildern, die bei jedem Pulsschlag vor meinem Auge auftauchen. Anthonys entstelltes Gesicht, die Schläge, sein Oberkörper, all das Blut …

»Darf ich Ihnen einen Cosmopolitan anbieten?« Einer der Mitarbeitenden hält mir ein Tablett mit Cocktails hin. Blutroten Cocktails.

Ich widerstehe dem Drang, ihm auf die Füße zu kotzen,

während ich das leere Glas aufs Tablett stelle. »Nein danke. Aber wenn ihr mich entschuldigen würdet …« Mit meinem letzten Rest Selbstbeherrschung nicke ich Richtung Flur. Frankie hat vorhin irgendetwas von Toiletten gesagt. »Bin gleich zurück.«

Ohne auf Jamars Reaktion zu warten, laufe ich los. Ich habe keine Ahnung, ob ich zu schnell oder zu langsam bin, ich weiß nur, dass es sich anfühlt, als würde ein ganzer Felsblock auf meiner Brust liegen. Und mein Magen … Ich schaffe es noch den Gang runter, rein in die erstbeste Kabine, dann gebe ich der Übelkeit nach. Wäre AISS hier, würde sie mich sicher auf das Präventionsgesetz für psychische Erkrankungen hinweisen und fragen, ob ich das Erbrechen bewusst herbeigeführt habe. Stattdessen schallt aus den Lautsprechern dieselbe klassische Musik, die auch im Kuppelsaal gespielt wird.

Als nur noch ein trockenes Keuchen kommt, lasse ich mich auf den Boden sinken und lehne mich gegen die Innenwand der Kabine. Eine Träne löst sich aus meinem Augenwinkel. Und dann noch eine. Ich rolle zu viel Papier vom Halter, um die Tränen aufzufangen, bevor sie das Make-up ruinieren können. *Atmen, Mae.* Ich denke an Nick und seine beruhigende Stimme. *Du musst nur atmen, Mae.* Was sonst hilft, lässt die Tränen diesmal nur schneller fließen. Nick hat keine Ahnung, was ich gesehen habe, und wenn er es wüsste … Ich presse die Lippen zusammen. Vielleicht wäre er schockiert, aber was würde sich schon ändern? Am Ende ist und bleibt Anthony ein Liar. Und Nick ein Aufsehender mit unerschütterlichen Prinzipien. *Und wenn ich in dieser Zelle säße? Wäre seine Liebe für mich dann immer noch stärker?*

Als ich noch mal zum Papier greife, klopft jemand gegen meine Tür. »Ist dadrinnen alles in Ordnung?«, dringt eine Frauenstimme zu mir herein. Sie klingt älter als die meiner Mitbewohnenden, aber es ist auch nicht die von Liv. Eine Abgeordnete? Heilige Scheiße. So schnell ich kann, rapple ich mich auf.

»Nicht ganz«, bringe ich heiser hervor. »Ich hab nicht damit gerechnet, dass sie heute kommt.« Mehr muss ich nicht sagen, denn jede menstruierende Person weiß, was gemeint ist.

Von der anderen Seite höre ich einen Seufzer. »Es ist echt jeden Monat derselbe Mist. Was brauchst du?«

Ich wische mir übers Gesicht. »Ein Tampon wäre super.«

Schritte entfernen sich von meiner Kabine, gefolgt von einem Klicken. »Und ich hab Frankie gesagt, dass absolut keiner diese Sachen finden wird, wenn er sie hinter dem Spiegel versteckt. Aber er wollte das Design nicht zerstören.« Ich kann förmlich hören, wie sie die Augen verdreht, bevor sie mir einen Tampon unter der Tür durchreicht. »Kann ich sonst noch was für dich tun?«

»Nein, aber Sie haben mich echt gerettet. Danke.« Jedes Wort kostet mich Überwindung.

»Alles klar.« Kurz darauf verschwindet sie ein paar Kabinen weiter.

Ich warte, bis sie fertig ist. Nachdem sie sich mit einem »Man sieht sich« verabschiedet hat, öffne ich die Kabine und traue mich zum Spiegel. Beim Anblick meines Make-ups würde ich Therese am liebsten knutschen. Es sitzt immer noch perfekt, nur die unteren Wimpern sind verklebt. Ich richte sie mit wenigen Handgriffen und straffe die Schultern. Wie gern würde ich mich einfach hier verbarrikadieren, aber früher oder später würde man sicher nach mir suchen.

Kaum habe ich den Gang betreten, erklingt hinter mir eine vertraute Stimme. »Ah, die Schwester von Nicholas Elking.«

Fucking. Hell. »Abgeordneter Kane.« Ich zwinge meine Mundwinkel nach oben, bevor ich mich umdrehe. Er ist nicht allein. Neben ihm steht eine Frau, die ich bisher nur aus den Nachrichten kenne. Katzenhaftes Gesicht, schwarzes Haar, braune Haut, harte Augen umrandet mit Kajal. »Und Abgeordnete Kaldirim.« Leitende des Investigationssektors. Ich bin so was von am Arsch. »Was für eine Ehre.«

Kaldirim lächelt. Sie ist atemberaubend schön, und gleichzeitig traue ich ihr zu, diesen Leuten in den Zellen die Wunden eigenhändig zugefügt zu haben. »Es freut mich Sie kennenzulernen. Vervain, nein ... Maeander, richtig? Nicholas' jüngere Schwester. Er hat viel von Ihnen erzählt.«

Beim Klang ihrer Stimme zucke ich zusammen. Sie ist die Frau, die mir eben geholfen hat. »Richtig.« Alles in mir schreit nach Flucht. »Sie haben meinen Bruder also schon persönlich kennengelernt?«

Kaldirim und Kane tauschen einen Blick, der mir nicht gefällt. »O ja. Nicholas ist ein wirklich beeindruckender junger Mann. Aber nun zu Ihnen, Maeander, wie ich gehört habe ...«

»Hier bist du also. Ich habe dich schon überall gesucht.«

Ich war noch nie so froh, Graysons Stimme zu hören. Als er seinen Arm um meine Taille legt, zittere ich vor Erleichterung.

»Abgeordnete Kaldirim, Abgeordneter Kane, bitte entschuldigen Sie die Störung. Grayson Thorn. Maeanders Freund.« Er reicht den beiden die Hand, ohne seinen Arm von mir zu lösen.

»Ach, wirklich?« Kane sieht Grayson einen Moment zu lange in die Augen. »Und ich dachte, das wäre dieser andere Junge. Aiden Goodale?« Sein Blick gleitet weiter zu mir.

Obwohl sich Graysons Griff um meine Taille verstärkt, habe ich das Gefühl, zu fallen. Woher kennt Kane Aidens Namen? Und wie kommt er auf die Idee, Aiden wäre immer noch …?

»War er auch«, antwortet Grayson gelassen. »Aber ist das nicht der Sinn der Camps? Sich kennenzulernen und neue Kontakte zu knüpfen?«

»Richtig.« Kane lächelt schmal. »Ich freue mich, wenn das Programm erste Erfolge zeigt. Wobei ich Sie hoffentlich nicht daran erinnern muss, dass *Gefühle* zwar berücksichtigt werden, am Ende jedoch der Algorithmus über das Ergebnis entscheidet.«

»Natürlich.« Grayson ist der perfekte Liar. Sein Freund wird unter uns gefoltert, und er erwidert Kanes Lächeln, als wäre alles in bester Ordnung.

»Nun, ich würde mich gern noch länger mit Ihnen beiden unterhalten, doch ich fürchte, die Pflicht ruft.« Kane streift seinen Ärmel zurück, um auf die teure Armbanduhr zu sehen. »Noch fünf Minuten bis zur Eröffnungsrede. Nadira, wenn ich bitten dürfte? Und Maeander, Sie haben ja meine Karte.«

Gelöscht, denke ich, während sich Kaldirim von uns verabschiedet. Ein letztes Funkeln aus den Katzenaugen, dann hakt sie sich bei Kane unter und lässt sich Richtung Kuppelsaal führen. Etwas sagt mir, dass wir ihnen folgen sollten, aber ich kann nicht. Noch nicht.

Mein Blick wandert runter zu Graysons Hand, die über meiner Hüfte schwebt. Jetzt, da die Gefahr gebannt ist, spüre ich unter dem Adrenalin das feine Kribbeln, das sich auf meinem ganzen Körper ausbreiten will. Alles in mir drängt danach, mich näher an ihn zu schmiegen, aber ich weiß, dass es nicht echt ist. Nur ein Schauspiel für Kane und Kaldirim, die längst weg sind.

»Was du da gerade gesagt hast ...« Ich fliehe aus seiner halben Umarmung und bringe Abstand zwischen uns. »Findest du das nicht etwas anmaßend?«

»Sollten wir nicht über etwas anderes reden?« Seine Stimme ist nur ein Raunen. »Zum Beispiel darüber, dass du Kanes *Karte* hast?«

»Hatte«, korrigiere ich. »Sagen wir einfach, Kane wollte mir ein Angebot machen, das ich gern abgelehnt habe.«

»Jemand wie Kane macht keine Angebote, die man einfach ablehnt.« Bei jedem Wort wächst der Wunsch, Grayson noch einmal zu berühren. »Was genau hat er dir versprochen?«

»Gar nichts. Wir haben nur über ein Praktikum im Zentralarchiv gesprochen, und da das Center ungefähr der letzte Ort ist, an dem sich jemand wie ich aufhalten sollte, hat sich die Sache erledigt.« Ich schlucke schwer. »Jetzt bist du dran.«

»Warte, du lehnst einfach so ein Praktikum im Zentralarchiv ab?«

»Grayson …«

»Okay. War es anmaßend, mich als dein Freund vorzustellen? Vielleicht. Riskant? Ganz sicher.« In seinen Augen blitzt etwas von der alten Unnahbarkeit auf. »Ich hätte wissen müssen, dass Kane Zugriff auf unsere Akten hat, allerdings wusste ich nicht, dass Aiden und du …« Er weicht meinem Blick aus. »Es wird nicht wieder vorkommen.«

Ich brauche einen Moment, um die Worte zwischen den Zeilen zu verstehen. Grayson Thorn ist *eifersüchtig*. Es ist so offensichtlich, dass ich mich innerlich dafür verfluche, es nicht sofort bemerkt zu haben. »Es gibt kein *Aiden und ich.*« Nur seine gelöschte Nachricht und die große Frage, warum sich jemand wie Kane meine Akte ansieht.

Im Kuppelsaal wird applaudiert. Das waren echt kurze fünf Minuten.

»Wir sollten …«

»Sollten wir«, pflichte ich ihm bei.

Trotzdem macht keiner von uns Anstalten, zu gehen. In einem taumelnden Herzschlag schießen mir Tausende unvernünftige Gedanken durch den Kopf – bis der Applaus verklingt.

Grayson räuspert sich. »Und es wäre besser, wenn du vorgehst.«

»Weil wir beide einen Ruf zu verlieren haben.« Ich nicke.

Es tut mehr weh, als es sollte. Trotzdem reiße ich mich von ihm los und lasse meine Fingerspitzen im Vorbeigehen seine streifen. Ein letzter Funke, bevor ich nur noch nach vorne sehe. Ab jetzt habe ich eine Rolle zu spielen, und ich habe nicht vor, zu versagen.

Kane steht auf einem Podest und hält eine beeindruckend nichtssagende Rede über die Fortschritte des Programms. Ich klammere mich an meinem alkoholfreien Sekt fest und wünschte, es wäre richtiger Champagner. Immerhin habe ich Therese und Loyd an meiner Seite. Die beiden hatten kein Problem damit, mich ganz nach hinten zu begleiten, während Nick und Jamar irgendwo in den ersten Reihen stehen. Viel zu nah an Kane, als dass ich mich ihnen freiwillig anschließen würde.

»Bevor ich das Buffet für eröffnet erkläre, kommen wir noch zu einem anderen Thema«, sagt Kane. »Wie Sie wissen, steht die Wahrheit für uns an oberster Stelle, und deshalb muss ich Ihnen sagen, dass die heutige Einladung noch einen anderen Grund hat. Um genau zu sein, haben wir das Praktische mit dem Nützlichen verbunden. Abgeordnete Kaldirim? Ich denke, an dieser Stelle sollten Sie übernehmen.« Kane wirft ein gewinnendes Lächeln in die Menge, ehe er zur Seite tritt.

Alles in mir zieht sich zusammen, als die Abgeordnete des Investigationssektors das Podest betritt. Das Praktische mit dem Nützlichen verbinden? Und wenn sie es *wissen*? Wo könnte man Liar leichter in Gewahrsam nehmen als unter einer Glaskuppel, die nur einen Ausgang hat? Mir bleibt nichts anderes übrig, als zu nicken und lächeln und zu klatschen, bis Kaldirim das Wort ergreift.

»Danke, Abgeordneter.« Sie nickt ihm zu. »Für die, die mich nicht kennen, möchte ich mich kurz vorstellen. Ich bin Nadira Kaldirim, seit fünfzehn Jahren Abgeordnete und Leitende des Sektors für Investigation. Meinem Team ist es zu verdanken, dass wir mit jedem Jahr höhere Quoten bei der Aufdeckung, Verfolgung und schlussendlichen Gefangennahme derer verzeichnen, die unseren Frieden tagtäglich gefährden. Darüber hinaus sind wir für die Entwicklung gewisser Frühwarnsysteme zuständig und tragen Sorge dafür, dass sich die Zustände in Ring Acht kontinuierlich verbessern. Wie Sie sich vorstellen können, erfordert eine solche Arbeit die höchste Aufmerksamkeit. Aufgrund der Vielzahl meiner Projekte habe ich einen Antrag auf Unterstützung gestellt, dem Präsidierende Fallon bereits im vergangenen Jahr stattgegeben hat. Auch wenn sie heute leider verhindert ist, hat sie mit ihrem Engagement signifikant dazu beigetragen, den Sektor für Investigation umzustrukturieren.«

Verhindert. Warum habe ich das Gefühl, dass Kaldirim auch zu denen gehört, die eine wirkungslose VeriTab nehmen? *Weil sie die Frau ist, die dafür sorgt, dass Leute wie wir ruhiggestellt werden.*

»Als Abgeordnete des Parlaments werde ich weiterhin den Vorsitz übernehmen, allerdings wird mein Sektor um drei Taskforces erweitert. Die Leitenden werden nicht nur eine der besten Zusatzausbildungen genießen, die die Silver University zu bieten hat, sie werden selbst für das Parlament vereidigt und dienen als Bindeglieder zwischen mir und der Taskforce. Entsprechend gab es bei der Auswahl eine ganze Reihe von Kriterien: hervorragende Noten, makellose Einsatzberichte, Empfehlungsschreiben aller Lehrkörper an der Silver University, freiwillige Teilnahme an Sonderkommandos und Lernbereitschaft. Anhand dieser Kriterien haben wir Anfang Januar einhundert Aufsehende eingeladen, ihre Bewerbungen einzureichen. Seitdem haben wir zahlreiche Gespräche geführt, und ich freue mich, bekanntgeben zu können, dass wir die Suche erfolgreich abschließen konnten. Für die erste Taskforce bilden wir ab sofort Aufsehende Ada Sotaro aus, die sich als erste Studierende der Silver University drei Jahre in Folge Kursbeste nennen durfte. Aufsehender Blaise Nolan hat im vergangenen Jahr einen der größten Einsätze seiner Einheit geleitet – mit überragendem Erfolg. Und erst vor wenigen Minuten hat auch der Leitende unserer dritten Taskforce unterzeichnet.«

In meinem Magen ballt sich etwas zusammen, und ausnahmsweise hat es nichts mit Grayson oder dem Gegenmittel zu tun. Es ist eine Angst, die viel zu weit hergeholt ist. Trotzdem kann ich nicht anders, als Nicks Blick zu suchen. Keine Chance. Er steht zu weit vorne, die Schultern gestrafft, den Kopf Richtung Bühne gedreht. *Nein. Er kann nicht, er darf nicht …*

»Da wir diese Neuigkeiten erst heute Abend mit der Presse teilen, wurde die Kommunikationsfunktion Ihrer App vorübergehend gesperrt. Aber jetzt bitte ich Sie alle um einen tosenden Applaus für einen Mann aus Ihrer Mitte. Einen Mann, der uns mit seinem scharfen Verstand und Engagement überzeugen konnte, der bereits früh als Stipendiat an die Silver University gekommen ist und der weiß, was es bedeutet, für das höhere Wohl Verzicht zu leisten.«

Wer kann das besser wissen als eine Fünf? Unwillkürlich klammere ich mich an dem Armband fest. *Nein, er kann nicht, er darf nicht …*

»Kommen Sie zu mir hoch, Nicholas.«

Er hat es getan. Das Blut rauscht in meinen Ohren wie das Meer, das ich nur aus Filmen kenne. Aber anders als in den Filmen ist das hier keine Szene in Slow Motion, nichts läuft langsamer, nichts gibt mir die Chance, diese Situation zu verarbeiten, während sich der *Mann aus unserer Mitte* in Bewegung setzt. Der Mann, in dessen Klugheit sich Kira verliebt hat, der alles für sein Stipendium getan hat, der nie schlechte Noten mit nach Hause gebracht hat, der nie über sein Studium, seine Einsätze – oder irgendwelche Bewerbungen gesprochen hat.

Nick löst sich aus der Menge. Überall um mich herum wird applaudiert, Pfiffe begleiten seinen Weg, der mit Händeschütteln, Schulterklopfen und Umarmungen gepflastert ist. Sogar Lace hat plötzlich kein Problem mehr damit, einer Fünf um den Hals zu fallen, und Firn streckt ihm bereitwillig die Hand entgegen.

Mein Bruder im Investigationssektor des Parlaments. Ich weiß, dass ich am lautesten klatschen sollte, dass ich ihn mit Glückwünschen überhäufen und ihm sagen sollte, wie stolz ich auf ihn bin. Aber ich kann nicht. Erst als ich so fest an meinem Armband zerre, dass es reißt, erwache ich aus meiner Starre.

Fuck! Ich schließe meine Finger um das lose Garn, während Wut in mir hochkocht. *Glückwunsch, Mae, das dürfte echt der mieseste Zeitpunkt des Jahrhunderts sein.* Ich versuche, mit jedem tiefen Atemzug gegen das Gefühl anzukämpfen. Ein Aufsehender im Investigationssektor und eine Liar. Was klingt wie ein beschissenes Märchen soll jetzt meine Realität werden. Was, wenn Nick bald selbst Hand an gefangene Menschen legt?

Etwas streift meine Finger. Fahrig sehe ich zu Grayson. Während alle Augen auf Nick gerichtet sind, hat er sich durch die Menge zu mir gekämpft und seine Hand über meine Faust gelegt.

Scheiß auf die Vernunft. Ich lockere meinen Griff, um Graysons Finger zwischen meine gleiten zu lassen. Mit dem Daumen streicht er über meine Haut, und ich lasse das feine Kribbeln zu, die unsichtbaren Stromstöße, die mich mit jedem Pulsschlag von dem Chaos ablenken, das in mir tobt. Grayson verzieht die Mundwinkel zu einem auffordernden Lächeln. Erst rechts, dann links. Ich ahme es nach, bis die Maske so fest sitzt, dass sie durch nichts mehr gebrochen werden kann. Atemzug für Atemzug, Streicheln für Streicheln. Kribbeln, Herzschlag, Maske, Festhalten.

»Genau, kommen Sie zu uns hoch, Nicholas«, wiederholt Kane, der seinen Applaus erst unterbricht, als Nick die Bühne erreicht hat.

Mit ausgestreckter Hand tritt der Abgeordnete auf meinen Bruder zu, umfasst dessen Hand und zieht ihn in eine kräftige Umarmung. Ein Klopfen auf den Rücken, nicht hörbare Worte. Dann ist Kaldirim dran, die zukünftige Vorgesetzte meines Bruders. Ob er auch nur die geringste Ahnung hat, auf was er sich da einlässt?

Nachdem genug Hände geschüttelt wurden, setzt Kaldirim zu einer Gratulationsrede an. Es ist mir egal, wie Nick das Parlament überzeugen konnte, wie viele Abzeichen er während seines Studiums gewonnen hat oder wie lobend sich seine Lehrenden über ihn geäußert haben. Ich will nur wissen, warum er nie davon erzählt hat. Warum ich das Gefühl habe, dort oben einen Fremden zu sehen.

»Selbstverständlich werden wir hier nicht über Einsätze sprechen«, erzählt Kaldirim. »Allerdings denke ich, wir können verraten, dass Nicholas erst Anfang des Jahres während eines Einsatzes gleich drei Liar überführen konnten.«

Nick lächelt schmal, und ich will ihn am liebsten an den Schultern packen und ihm entgegenbrüllen, was er für einen Fehler macht.

»Ich spreche also für das ganze Parlament, wenn ich sage, wie dankbar wir sind, Ihre Talente künftig noch besser einsetzen zu können.« Kaldirim steckt ihm eine Nadel ans Revers, bevor Kane übernimmt.

»Da uns sehr daran gelegen ist, dass Nicholas das Partner Evaluation Program wie Sie alle erfolgreich abschließt, wird er sein Studium erst im Juli antreten. Die Vereidigung findet kommende Woche Sonntag in ausgewähltem Kreise statt. Familienangehörige und der engste Freundeskreis werden für diesen Tag von ihren Pflichten im Camp entbunden.«

Als hätte Kane mit seinen Worten einen Bann gebrochen, wirbeln mehrere Leute zu mir herum. Ich fange Laces Missgunst auf, Thereses Begeisterung, ich sehe Livs Nicken, Jamars gerunzelte Stirn, und dann trifft mein Blick auf Nicks. Obwohl er am anderen Ende des Saals steht, weiß ich, dass das Podest hoch genug ist, um zu sehen, dass Grayson meine Hand hält. Die Berührung, die mir hilft, meine Maske aufrechtzuerhalten. Die Berührung, die mein Bruder aufs Schärfste verurteilen sollte, aber seine Maske sitzt genauso fest wie meine. Wir beide lächeln ein Lächeln, das nicht uns gehört, nicken einander zu wie zwei Fremde, er an der Seite eines Abgeordneten, ich an der Seite eines Liar. Zwei Welten, für die es nicht einmal im Märchen ein Happy End geben kann.

»Vielen Dank, Abgeordnete.« Nicks Blick gleitet nahtlos von mir zu Kane und Kaldirim. »Ich kann es kaum erwarten.«

KAPITEL 29

Niemand interessiert sich für das Buffet. Die meisten drängen auf Nick und die Abgeordneten zu, die anderen haben es auf mich abgesehen. Auf einmal bin ich nicht mehr »die Fünf«, sondern die Schwester eines künftigen Parlamentsmitglieds. Eine Frage nach der anderen prasselt auf mich ein. Ob ich von der Zusage wusste? Ob Nick schon immer ins Parlament wollte, ob er eine Begleitung für die Vereidigung hat und ob ich nicht auch der Meinung sei, es müsse mindestens eine Eins sein. Und vielleicht könnte ich ja mal ein gutes Wort bei *Nicholas* einlegen, schließlich habe man mit *Nicholas* erst gestern am selben Tisch gesessen. Die Antworten gleiten mir mechanisch über die Lippen, während alles in mir danach schreit, in den nächsten HoverTrain zu springen und zu meiner Familie zu fahren. Zu Cara, die das Armband reparieren könnte, zu Dad und Paps, die mir sagen würden, dass alles gut wird. Aber dann könnte ich den Stuhl, auf dem Anthony gerade gefoltert wird, sofort für mich reservieren. Ich schließe meine rechte Hand fester um das Garn. Die andere ist leer.

Grayson hat sich Loyd und Therese angeschlossen, um mir die Leute vom Leib zu halten. Er ist wahrscheinlich der einzige Mensch, der versteht, wie es in mir aussieht. Der das Ausmaß dieser Katastrophe wirklich begreift. Mein eigener Bruder wird Teil des Investigationssektors. Jener Institution, die um die Wahrheit hinter emotionalen Überreaktionen weiß. Die kein Problem damit hat, Menschen vollends zu sedieren, und die unerbittlich Jagd auf Liar macht. Auf Menschen wie *mich*.

Ich muss hier weg. Jetzt.

Als sich vor mir eine Lücke auftut, laufe ich los. Ohne nach links und rechts zu sehen, schlängle ich mich durch die Menge, die mich zu verschlucken droht. Es braucht nur eine einzige wütende Träne, ein schiefes Lächeln, eine falsche Antwort, und ich bin tot. Also laufe ich einfach weiter und lasse Caras Armband in meiner Jackentasche verschwinden. Als der Ausgang zum Greifen nahe ist, schaue ich noch einmal zu Nick. Seine ganze Aufmerksamkeit gilt den Menschen, die sich um ihn herum versammelt haben. Darunter Jamar, Lucinda und die Misoka-Zwillinge. Ich weiß, dass ich zu ihm gehen müsste. Ich weiß, dass ich ihm um den Hals fallen und ihm sagen sollte, wie stolz ich auf ihn bin. Aber ich weiß nicht, wie. Denn in Wahrheit war ich noch nie so tief enttäuscht von ihm.

Außerhalb des Kuppelsaals ist es leiser. Mein Inneres ist trotzdem zu laut. Ich steuere geradewegs auf den Aufzug zu, der diese Etage mit dem SkyWalk verbindet. Das Touchpad fordert eine Codeeingabe. *Atmen, Mae. Denk nach.* Wo ein Aufzug ist, ist auch immer eine Treppe. Einen Nebengang weiter werde ich fündig. Da ich keine Ahnung habe, ob es hier Kameras gibt und ob die Frau hinter den Screens wieder wach ist, zwinge ich mich, nicht zwei Stufen auf einmal zu nehmen. Die gläserne Treppe windet sich nach oben, direkt in einen sichtgeschützten Gang, der wenige Schritte später auf den SkyWalk führt. Ich laufe weiter Richtung Ausgang.

Der Mann hinter der Pforte mustert mich aufmerksam. Ich behaupte, Kopfschmerzen zu haben, »Projektionsschock«, füge ich hinzu, und er stellt keine weiteren Fragen. Stattdessen schiebt er mir einen Besucherchip rüber. »Damit kommen Sie nach dem Schichtwechsel wieder rein«, erklärt er und lässt die Tür aufgleiten. »Gute Besserung.«

»Danke.« Mit einem letzten Lächeln verlasse ich diesen gläsernen Sarg.

Ich bin draußen. Es ist wärmer als bei unserer Ankunft, dennoch fröstle ich bei der kleinsten Brise. Ob in diesem Bereich auch auf AISS verzichtet wird? Vorhin habe ich noch gedacht, die Übertragungen vom Vergabetag wären ein Beweis für AISS Anwesenheit, aber genauso gut können die Aufnahmen von den Kameras des Parlaments selbst stammen. Ich sollte mein Glück lieber nicht herausfordern. Damit ist die Option raus, mich hinter dem nächsten Baum zu verstecken und meiner gesammelten Wut freien Lauf zu lassen. *Atmen, Mae.* Vier Sekunden durch die Nase ein, sieben Sekunden Luft anhalten, acht Sekunden durch den Mund ausatmen. Ich wiederhole es wieder und wieder, während ich über den riesigen Vorplatz laufe. Wie konnte sich Nick nur darauf einlassen? Hat er nicht auf dem Weg hierher noch erwähnt, er wäre *froh*, Loyds Job nicht bekommen zu haben? Als ob ihn diese Entscheidung nicht zur Berühmtheit machen würde! Und warum hat er nie auch nur ein Wort erwähnt? Es fühlt sich an, als würde er mir immer weiter entgleiten – aber ich *darf* ihn nicht verlieren. Nicht nach Vain, nicht nach ... allem, was wir gemeinsam durchgemacht haben.

»Mae!«

Ich halte inne. Mir fehlt die Kraft, mich umdrehen, aber ich weiß auch so, dass er es ist. Grayson. Einige zu schnelle Herzschläge später steht er vor mir, fängt meinen verzweifelten Blick ein.

»Du warst plötzlich weg. Und dann habe ich dich am Aufzug gesehen und wie du zurückgewichen bist, um im Nebengang zu verschwinden ...« Er unterbricht sich ungewohnt verlegen. »Ich war nicht sicher, ob du allein klarkommst, also dachte ich, ich sehe nach, aber jetzt denke ich, dass du vielleicht doch allein sein wolltest und es eine echt miese Idee war, also, wenn ich gehen soll ...«

»Nein!« Unwillkürlich mache ich einen Schritt auf ihn zu, lasse das Frösteln seiner Nähe weichen. »Bleib.«

Bei jedem seiner Atemzüge kitzelt Hitze auf meiner Haut. Alles an diesem Moment ist gefährlich, und als Grayson lächelt, erkenne ich, wie egal es mir ist. Ich genieße jeden seiner Blicke, genieße das Gefühl meiner wackeligen Beine, mein brennendes Herz, das insgeheim damit rechnet, enttäuscht zu werden. Aber Grayson weicht nicht zurück. Seine Augen ziehen mich an wie ein Leuchtfeuer in der Nacht, als er zu mir heruntersieht, als uns nur noch ein Vorlehnen voneinander trennt. Wir brauchen keine Worte. Ein Nicken reicht, und seine Lippen finden meine.

Jeder noch so kleine Gedanke zerplatzt.

Wie von selbst findet meine Hand ihren Weg in sein Haar, zieht in näher, während er mit den Fingerspitzen meinen Rücken erkundet. Zarte Berührungen, Schauer für Schauer, seine Zungenspitze neckend an meinen Lippen. Alle Alarmglocken, die in mir schrillen sollten, schweigen. Ich will jede Millisekunde auskosten, in der ich nicht über das Danach nachdenken muss. Mit geschlossenen Augen lasse ich zu, dass Grayson ein Kribbeln durch meinen Körper jagt, Linien auf meinem Rücken zeichnet. Ich schmecke noch den Champagner auf seiner Zunge – als sich jemand hinter mir räuspert.

Verfluchte Scheiße. Ich reiße die Augen auf und lasse meine Hände sinken. Sehe mitten in Graysons frostblaue Iriden, darin ein solch gieriges Funkeln, dass ich fast lächeln muss. Nein, das hier war kein Schauspiel. Was leider auch heißt, dass man uns wirklich erwischt hat.

»Wie es aussieht, komme ich also doch zu spät. Schade.«

Die Stimme erstickt mein Lächeln im Keim. Falls es so etwas wie einen Gott gibt, wäre jetzt der perfekte Zeitpunkt für ein Wunder. Zum Beispiel für einen sich öffnenden Erdboden, direkt hier, unter meinen Füßen.

Grayson lässt von mir ab. »Benett.« Er schiebt sich an mir vorbei, während ich wie angewurzelt dastehe.

Und wenn Jamar den Kuss gar nicht gesehen hat? Klar, weil sich meine Hand nur ganz zufällig in Graysons Haaren verfangen hat. Wer kennt es nicht?

»Was für eine unerfreuliche Überraschung«, fährt Grayson hinter mir fort.

»Wow, das dürfte das erste Mal sein, dass wir uns einig sind«, antwortet Jamar mit seinem rauen Lachen. Es klingt nicht so befreit wie sonst, aber es klingt auch nicht nach: »Ich renne gleich zu Nick und erzähle ihm, dass seine Schwester mit dem Arschloch rumgeknutscht hat, von dem sie sich fernhalten sollte.«

»Stimmt. Wir sollten darauf anstoßen«, erwidert Grayson mit solcher Ironie, dass ich unwillkürlich nach AISS unsichtbaren Augen suche, nach einem Anzeichen dafür, dass sie auch hier jedes einzelne Wort analysiert, jeden Mikroausdruck, jede zu schnell pochende Halsschlagader.

»Eine fabelhafte Idee«, meint Jamar. »Trish wäre höchst erfreut.«

Was? Ich verschlucke mich beinahe an meiner eigenen Spucke, während ich auf dem Absatz herumwirble. »Hast du gerade Trish gesagt?«, frage ich. Es gibt tausend Erklärungen dafür: eine gemeinsame Freundin von der Silver University, eine Leitende von irgendeinem Einsatz, vielleicht waren die beiden sogar früher an derselben Schule, aber etwas an Jamars Miene verrät, dass wir alle dieselbe Trish meinen. Es ist das feine Glitzern in seinen Augen, das vertraute Grinsen, das sich einfach so auf seine Lippen stiehlt, während er näher kommt.

»Wurde auch langsam Zeit, dass du unter die Thustras gehst«, sagt er, ohne meine Frage zu beantworten, und treibt die Gewissheit damit tiefer in mein Herz. »Hätte Thorn nicht so vehement darauf bestanden, dich persönlich zu rekrutieren, wäre es deutlich schneller gegangen.« Feixend zieht er mich in eine Umarmung. »Und, wie fühlt es sich an, wenn die eigene Zunge nicht mehr bei jeder Frage abfackelt? Wobei, so wie es eben aussah, stehst du auf Schmerzen. Hätte ich dir gar nicht zugetraut.«

Ich bin unfähig, etwas zu erwidern. Jamar ist ein Liar. Und der beste Freund meines Bruders. Seit *Jahren*.

»Haha, so witzig«, erwidert Grayson trocken. Seine Fingerspitzen streifen meine, als er sich zwischen Jamar und mich schiebt. »Also, bist du nur hier, um uns dein Programm für Feleecas nächste Comedynacht zu präsentieren, oder sagt du endlich, worum es geht?«

Jamar verdreht die Augen. »Keine Sorge, wenn ich mein Programm üben möchte, bestimmt nicht beim humorbefreitesten Typ von Sestiby. Du wirst Feleeca übrigens lieben«, fügt er an mich gewandt hinzu. »Sie ist der niedlichste Quälgeist, den ich kenne, witzig, geistreich ...«

»Warum bist du hier?«, wiederholt Grayson schärfer.

»Du warst gestern nicht am Treffpunkt.«

»Weil ich was mit Walker klären musste.«

»Walker.« Jetzt ist auch das letzte Grinsen aus Jamars Gesicht verschwunden. »Trish wird begeistert sein, wenn sie erfährt, dass du das Treffen für irgendwelche technischen Spielereien hast sausen lassen.«

Dieses Mal bekomme ich anscheinend keine nähere Erklärung.

»Keine Spielereien«, widerspricht Grayson. »Sie haben Anthony. Genau wie wir vermutet haben.«

»Woher ...?«

»Walker hat mir geholfen, mir Zugang zum Überwachungsraum zu verschaffen. Anthony ist hier, Benett.«

Die Worte katapultieren die Bilder zurück in meinen Kopf. Blut, Folter, entstellte Körper ... Mit aller Kraft versuche ich, sie beiseitezuschieben.

»Fuck. Die arme Alicia.« Zischend fährt sich Jamar durchs Haar. »Das tut mir leid, Thorn. Ich weiß, wie lange ihr euch ...«

»Also, willst du mir weitere Vorwürfe machen, oder sagst du mir, was es so Wichtiges zu besprechen gab?«, fällt Grayson ihm ins Wort.

Resigniert lässt Jamar die Schultern hängen. Warum habe ich das Gefühl, dass Anthony nicht ihr erster Verlust ist? »Trish wird es dir selbst sagen. Heute Nacht im Kolibri. Außerdem gab es wieder einen Zwischenfall mit Logan.«

»Verdammter Scheißkerl«, flucht Grayson. »Wie schlimm ist es?«

»Sagen wir, das Funkmalheur war dagegen ein Spaziergang.«

»Wird echt Zeit, dass Trish Konsequenzen zieht«, knurrt Grayson. »Ich werde da sein. Danke, Benett.«

»Danke?« Überrascht hebt Jamar die Augenbraue. »Wow, Mae, noch keine Stunde mit Thorn zusammen und dein guter Einfluss zeigt schon Wirkung. Ich bin beeindruckt.«

»Und er versucht schon wieder, witzig zu sein.«

»Habe ich eben humorbefreit gesagt? Ich hab vergessen, dass du das Wort *Humor* gar nicht kennst.«

Unter anderen Umständen würde ich lachen. Im Wechsel mustere ich die beiden Männer, die auf einer Seite stehen und sich trotzdem auf den Tod nicht ausstehen können. Bevor Grayson zurückschießen kann, trete ich einen Schritt vor, meine Gedanken ein Chaos, das nach Ordnung schreit.

»Nur damit ich das richtig verstehe«, sage ich. »Ihr seid beide Aufsehende. Nehmt das gleiche Gegenmittel. Geht zusammen zu irgendwelchen Comedynächten und kennt einen Haufen Leute, die Probleme machen?«

Grayson und Jamar scheinen sich in noch etwas einig zu sein, denn sie verziehen beide das Gesicht, als hätte ich sie beleidigt.

»Logan ist der Einzige, der unter uns Thustras Probleme macht. Und wir gehen nie *zusammen* zu irgendwelchen Comedynächten«, erwidert Jamar. »Dafür müsste Thorn erst kapieren, dass sie dafür da sind, um sich zu amüsieren. Apropos amüsieren. Wir verpassen gerade die größte Party seit Feleecas letztem Geburtstag. Kane und Kaldirim haben sogar den guten Champagner springen lassen, und ich wette, dass Nick gleich selbst nach seiner Schwester suchen wird, wenn sie ihm nicht bald persönlich gratuliert.«

Jedes Feuer in mir, das sich eben noch danach gesehnt hat, die nächsten Stunden allein mit Grayson zu verbringen, wird von Schmerz erstickt. In meinem Kopf ist nur noch Platz für eine Frage: »Wie schaffst du das?« Ich sehe zu Jamar. »Ihm auf die Schulter zu klopfen und so zu tun, als wären es die besten Nachrichten der Welt?« Und da ist es wieder. Das Brennen hinter meinen Augen, so scharf, dass ich mir auf die Zunge beißen muss, um die Wut und die Tränen zu unterdrücken.

Jamar lächelt mitfühlend. »Indem ich mich immer wieder daran erinnere, dass Nick das Herz am richtigen Fleck hat. Er weiß es nur nicht besser. Und wenn ich dir noch einen Tipp geben darf.« Sein Blick gleitet zu Grayson, dessen Finger nur ein Zucken von meinen entfernt sind. »Es hilft, wenn man gemeinsame Feinde hat. Also, was auch immer das da zwischen dir und Thorn ist, an deiner Stelle würde ich es beenden.«

»Warum hasst Nick ihn so sehr?«

»Weil Thorn Tod bedeutet.«

Ich starre ihn an, als hätte er gesagt, Grayson würde *Tod* bedeuten. Aber er kann nur etwas anderes gemeint haben, er muss ...

»Zumindest in den Augen deines Bruder.« Grayson weicht kaum merklich von mir zurück. Zwei quälend lange Atemzüge herrscht Schweigen, bis er mich ansieht. »Letzten Oktober gab es diesen Einsatz in Fünf ... Dein Bruder und ich waren in derselben Einheit. Wir hatten den Auftrag, ein Lager von vermeintlichen Liar zu umstellen, aber beim Zugriff war ich nicht auf der vereinbarten Position.«

»Weshalb drei Aufsehende gestorben sind«, wirft Jamar ein.

»Und vier *unserer* Freunde überlebt haben«, kontert Grayson. »Dein Bruder war der Einzige, der wusste, dass es meine Schuld war. Er hat noch am selben Tag einen Misstrauensantrag gegen mich gestellt, und da die Beweislage nicht unbedingt für mich gesprochen hat, gab es das volle Programm.« Ein bitteres Lachen schwingt in seiner Stimme mit. »Eine weitere Gefährdungsanalyse sowie die Wiederholung mehrerer Tauglichkeitsprüfungen. Für die Silver University hat es gereicht – für deinen Bruder nicht.«

Nick war dabei, als drei seiner Verbündeten gestorben sind – weil Grayson nicht auf der richtigen Position stand. Weil Grayson ein Liar ist. Mein Herz zieht sich zusammen, während ich an letzten Oktober denke, an den Tag, an dem Nick zum ersten Mal unseren traditionellen Filmtag vergessen hat. Er hat in dieser Zeit so viel gearbeitet, dass ihn selbst Kira kaum zu Gesicht bekommen hat. Wir dachten, es hätte etwas mit seinen Abschlussprüfungen zu tun. Jetzt weiß ich, dass er getrauert hat, und er konnte niemandem davon erzählen, weil es verboten ist, über Einsätze zu sprechen. Weil niemand über den Tod von Aufsehenden berichtet, wenn sie nicht heldenhaft dazu beigetragen haben, Liar zu überführen. Nick weiß nicht, dass Grayson nur seine Freunde gerettet hat, und selbst wenn er es wüsste, könnte ich ihn nie davon überzeugen, Grayson zu vertrauen. Im Gegenteil.

Wie von selbst tasten meine Finger nach dem zerrissenen Armband. *Thorn bedeutet Tod.* Und Nick würde alles dafür tun, mich zu beschützen.

Anstatt noch etwas zu sagen, sehe ich zu Grayson, der meinen Blick mit viel zu viel Zärtlichkeit erwidert. In dieser einen zähen Sekunde gehe ich all meine Optionen durch, aber ich finde keine, in der eine Beziehung mit Grayson und das enge Band mit meinem Bruder gemeinsam existieren können. Selbst im Geheimen hätte das mit uns ein Ablaufdatum.

»Es ist okay«, raunt Grayson, bevor er seinen Kopf zu meinem senkt. Ein bittersüßer Kuss, ein letzter Funke.

Vielleicht zerbricht mein Herz, wenn ich jetzt gehe, aber Nick zu verlieren, würde es für immer zerstören. Selbst wenn er gerade den falschen Weg eingeschlagen hat.

Ich begleite Jamar zurück in den Saal. Das Lächeln auf meinem Gesicht fühlt sich wie festgetackert an, es schmerzt, und trotzdem kann ich es nicht lassen. Leute strömen auf mich zu, eine Heuchelei nach der anderen geht über meine Zunge: »Ich bin so stolz auf ihn.«, »Ich wusste schon immer, dass er es weit bringen würde.«, »Danke für die Glückwünsche.« – obwohl ich selbst gar nichts gemacht habe.

Schließlich trennen mich nur noch ein paar Schritte von Nick, der umringt von Kane, Kaldirim und einigen anderen dasteht und lachend Smalltalk hält. Als er mich sieht, legt er Kane eine Hand auf die Schulter – viel zu vertraut –, sagt etwas, das ich nicht verstehe, und schält sich dann aus der Gruppe. In meinem Kopf öffnet sich der Vorhang für die Eröffnungsszene eines Stücks, von dem ich nicht weiß, welche Rolle ich darin überhaupt spiele. *Die glückliche Schwester*, souffliere ich mir selbst und lasse das Lächeln noch breiter werden.

»Nick.« Ohne ihm die Chance zu geben, hinter meine Maske zu sehen, ziehe ich ihn in eine Umarmung. So fest, dass ich glaube, seinen Herzschlag spüren zu können, seine Muskeln, die sich unter meiner Berührung ... *entspannen*. Vielleicht hat er Graysons Hand auf meiner doch nicht gesehen.

Sag was, Mae, fordere ich mich selbst auf. Es gibt Tausende Dinge, die ich sagen könnte, aber jeder einzelne Satz wäre gelogen. Ich bin nicht stolz, nicht glücklich, sehe keine glorreiche Zukunft, keinen Erfolg, keine Hoffnung auf ein besseres Leben, weil er bald ein Vielfaches verdienen wird. Deshalb entscheide ich mich für das Einzige, was keine Lüge ist.

»Paps und Dad werden unendlich stolz auf dich sein«, wispere ich nah an seinem Ohr, meine Stimme gebrochen wie von Tränen. Dabei halte ich sie eisern hinter meiner Maske zurück.

»Danke, Mae.« Jetzt spannen sich seine Muskeln doch an. »Ich hoffe, du weißt, wie lieb ich dich habe«, raunt er leise wie ein Windhauch. »Und dass all das hier nichts daran ändern wird.«

Das Brennen hinter meinen Augen wird stärker. Am liebsten würde ich diesen Moment einfrieren, um auf ewig so zu verharren und niemals das Danach erleben zu müssen. Weil ich weiß, dass im Danach so viele Schatten lauern, von denen niemand wirklich sagen kann, welche Herausforderungen sich noch in ihnen verstecken. Wie schmal der Grat wirklich sein wird, auf dem wir balancieren müssen, um nicht abzustürzen.

»Ich will dich nicht verlieren, okay?« Die Worte rutschen mir einfach so raus, zwischen den Zeilen all meine Ängste, von denen ich hoffe, dass Nick sie ausnahmsweise nicht komplett durchschaut.

»Niemals.« Er zieht sich ein Stück zurück, um mir einen Kuss aufs Haar zu drücken. »Ganz egal, was passiert, ich werde immer auf dich aufpassen.«

Kleine Splitter stechen in mein Herz, treiben weiter in

meine Lungen, um bei jedem Atemzug zu schmerzen. Ich nicke nur, bevor ich Nick noch einmal an mich drücke. Presse die Lippen zusammen, damit nicht noch mehr Wörter herausschlüpfen können. Nur in Gedanken frage ich zurück: *Aber was, wenn du erfährst, wer ich wirklich bin? Und wie sie mit Menschen wie mir verfahren? Wirst du dann noch an meiner Seite bleiben, oder wirst du selbst derjenige sein, der mich in den Abgrund stößt?*

Für die Vereidigung eines neuen Parlamentsmitglieds ist die Bezeugung durch mindestens zwei Personen notwendig. Eine der bezeugenden Personen muss den Eid bereits selbst abgelegt haben, die andere ist frei wählbar.

Das gute Gesetz, Art. 45, Absatz 3

KAPITEL 30

Im Waschraum ist es heute ungewohnt ruhig. Nicht alle haben zu den pinken Tabletten gegriffen, die zum Champagner gereicht wurden, und beklagen sich jetzt stöhnend über Kopfschmerzen. Andere gähnen, als hätten sie genauso lange wachgelegen wie ich, und dann gibt es die Ausnahmen, die ausnahmslos allen auf die Nerven gehen. Allen voran Lace, die sich lautstark damit brüstet, gestern ein äußerst anregendes Gespräch mit *Nicholas* geführt zu haben. Als sie erwähnt, dass er keine Freundin habe, sondern sich voll und ganz auf das Programm verlässt, zucke ich kaum merklich zusammen. *Und was ist mit Kira?* Ich bin sicher, dass Lace etwas falsch verstanden hat – oder Nick hat mir noch mehr verschwiegen.

»Mae, Süße? Du klammerst dich jetzt schon seit zwei Minuten an der Mascara fest.« Therese schubst mich sacht mit der Hüfte an. »Willst du sie auch benutzen, oder reicht dir heute Concealer?«

»Sorry.« Ich blinzle die giftigen Gedanken weg. »Nein, benutzen klingt gut. Gib mir noch eine Minute.«

Es überrascht mich jedes Mal, was für einen Unterschied ein bisschen Wimperntusche macht. Mein Blick wirkt hellwach, dabei habe ich kaum geschlafen. Mein Gesicht brennt immer noch vom gestrigen Dauergrinsen, und mein Geist ist erschöpft von der ganzen Heuchelei. Immerhin hat mich Nick auch nach unserer rührseligen Umarmung nicht auf Graysons und meine verschränkten Hände angesprochen. Oder das fehlende Armband an meinem Handgelenk.

»Maeander?«

Mein Puls schießt nach oben. Zum Glück war ich gerade fertig, sonst hätte ich mir garantiert ein Auge ausgestochen. Keine Ahnung, wo Liv so plötzlich herkommt, aber jetzt steht sie direkt hinter mir – und sorgt dafür, dass alle Gespräche um uns herum ersterben.

»Guten Morgen, Liv.«

Sie trägt wieder einen ihrer Hosenanzüge, wobei der heutige einen asymmetrischen Schnitt hat. »Es tut mir leid, dass ich so früh stören muss, aber würdest du kurz mitkommen? Vorausgesetzt, du bist schon so weit?«

Liv hat mich noch nie vor dem Frühstück abgeholt. Was, wenn ich doch aufgeflogen bin? »Klar. Ich muss nur noch kurz meine Haare machen«, erwidere ich mit gespielter Gelassenheit.

»Die paar Minuten sollten wir haben.« Livs Blick gleitet an mir vorbei zu der schaulustigen Menge. »Und falls hier nicht noch jemand Maeander heißt, kümmert ihr euch besser um eure eigenen Angelegenheiten. Wir haben heute einen straffen Zeitplan.«

Ansage beendet. Während sich die anderen murrend den Waschbecken zuwenden, binde ich mir die Haare zu einem Dutt. »Wir sehen uns nachher?«, frage ich an Therese gewandt.

»Klar.« Es fällt ihr sichtlich schwer, ihre Neugier zu zügeln.

Ich deute ein ratloses Schulterzucken an, bevor ich Liv folge. Der Schlafsaal ist weitestgehend leer, und auch auf dem Flur wartet keiner, um mich festzunehmen. Ich sollte erleichtert sein, aber stattdessen analysiere ich noch mal jedes Händeschütteln von gestern, jedes kurze Gespräch, jede Geste – jeden Blick in Graysons Richtung. *Thorn bedeutet Tod.* Die Erinnerung jagt noch mehr Splitter in mein Herz.

Sobald wir außer Hörweite sind, wirft Liv einen Blick auf ihr HoloPad. »Ich nehme an, du wurdest genauso wenig über diesen Termin informiert wie ich?«

»Termin?«, wiederhole ich überrascht.

Liv nickt und gibt mir das HoloPad, ohne ihre Schritte zu verlangsamen. »Mit Julverne Monroe, und wir sind schon drei Minuten zu spät – was ich hätte verhindern können, wenn man mich nicht erst vor einer halben Stunde darüber informiert hätte.«

Ich versuche, den Anschluss nicht zu verlieren, während ich die Zeilen überfliege. In der Nachricht kündigt eine Assistenz einen gewissen Julverne Monroe an, PR-Beratender des Parlaments und verantwortlich für den *reibungslosen Ab-*

lauf der anstehenden Vereidigung. Aus diesem Grund werden sowohl Nicholas Elking als auch seine Schwester gebeten, um sieben Uhr fünfzehn zu einem ersten Kennenlernen zu erscheinen. Ein anderer Termin war aufgrund der Kurzfristigkeit und des vollen Kalenders von Monroe bedauerlicherweise nicht mehr möglich. Warum bin ich sicher, dass man als PR-Beratender des Parlaments schon länger von dieser Vereidigung weiß?

»Okay?« Ich gebe Liv das HoloPad zurück. »Weißt du, was er von mir will?«

»Nein. Nur das, was in diesem Schreiben steht. Und dass ich dieses Treffen unter allen Umständen ermöglichen sollte.« Liv klingt nicht sonderlich begeistert. Inzwischen weiß ich, wie sehr sie ihre strukturierten Tagesabläufe liebt – und das hier dürfte das absolute Gegenteil davon sein. »Monroe weiß Bescheid, dass ihr um spätestens neun Uhr durch sein müsst.« Mit diesen Worten bleibt sie vor einem Raum stehen, der sich abseits der gewohnten Gänge befindet. »Wenn ich dir noch einen Tipp geben dürfte, Maeander: Lass dich zu nichts überreden, was sich nicht richtig anfühlt. Am Ende ist es Monroes Job, dafür zu sorgen, dass bei dieser Vereidigung die künftigen *Parlamentsmitglieder* im Vordergrund stehen.«

Ich kann sie nicht mehr fragen, was genau sie damit meint, denn in diesem Moment gleitet die Tür auf.

Der Raum dahinter wirkt viel weniger steril als der Rest des Camps. Die Wände wurden in einem hellen Beige gestrichen, Landschaftsbilder sorgen für eine einladende Atmosphäre, und der gedeckte Frühstückstisch tut sein Übriges.

Wie es aussieht, gibt es heute eine Mahlzeit weniger, bei der mich Graysons Nähe weiter zerreißen kann.

»Ah, da ist sie ja.« Ein Mann Anfang vierzig steht auf. Helle Haut, Kinnbart, adretter Anzug – verschlagener Blick. »Julverne Monroe, Leitender der PR-Abteilung sowie persönlicher Beratender der Aufsehenden Sotaro, Nolan und Elking. Aber nennen Sie mich einfach Julverne.«

Mein Bruder hat seinen eigenen PR-Beratenden. Es klingt völlig absurd und erklärt immer noch nicht, warum ich hier bin.

»Maeander«, stelle ich mich vor, während ich seine Hand ergreife. *Autsch.* Julverne drückt so kräftig zu, dass ich mir ein Zischen verkneifen muss.

»Was für ein bezaubernder Name.« Er lenkt mich geschickt Richtung Tisch, bevor er mich loslässt. »Ich nehme an, dahinter steckt eine Geschichte?«

»Ja, allerdings ist sie nicht besonders spannend«, erwidere ich, während ich mich neben Nick setze. Als sich unsere Blicke kreuzen, weiß ich, dass er diese ganze Sache genauso absurd findet wie ich. Aber man hätte ihn nie ins Parlament berufen, wenn er es nicht gut zu verstecken wüsste.

»Bedauerlich. Die Presse liebt gute Geschichten.« Immerhin spielt Julverne mit offenen Karten. »Also, da ich versprechen musste, Sie beide pünktlich zum ersten Testblock gehen zu lassen, sollten wir direkt anfangen.« Er legt ein HoloPad auf den Tisch und greift zur Kaffeekanne. »Wer will?«

Sowohl Nick als auch ich nicken. Nur die Brötchen lassen wir unangetastet liegen.

»Die Vereidigung ist ein Staatsakt, dessen Zeremoniell bereits durch Ernest Sestiby festgelegt und niedergeschrieben wurde«, erklärt Julverne. »Es ist von elementarer Wichtigkeit, die genauen Abläufe zu kennen, zu verinnerlichen und sich am Tag selbst genaustens daran zu halten. Meine Assistenz ist bereits dabei, einen gesonderten Termin zu organisieren, um den Ablauf zu studieren. Was gar nicht so leicht ist, da Ada und Blaise einen ähnlich vollen Kalender haben wie ich, aber ich schweife ab, Verzeihung. Heute wollen wir deshalb vorrangig zwei Themen besprechen: den Umgang mit der anwesenden Presse sowie die Aufgaben der Bezeugenden. Aber bevor wir damit anfangen: Nicholas, ich nehme an, Ihr gestern geäußerter Wunsch bezüglich Ihrer Bezeugenden hat sich nicht geändert? Sie wissen, dass sich die meisten für Würdetragende entscheiden, bekannte Persönlichkeiten oder …«

»Nein, an meiner Entscheidung hat sich nichts geändert«, unterbricht Nick ihn knapp. »Es gibt keinen Menschen, dem ich mehr vertraue als meiner Schwester.«

Schöne Scheiße. Falls Nick nicht Vain meint, bleibt nur eine Schwester, die für dieses Spektakel alt genug ist. »Du willst mich als deine *Bezeugende*?« Hoffentlich interpretieren die beiden meinen Gesichtsausdruck als freudige Überraschung und nicht als das Entsetzen, das es wirklich ist.

»Natürlich.« Nicks Mundwinkel zucken zu einem Lächeln. »Wie gesagt, es gibt niemanden, dem ich so sehr vertraue wie dir, Mae. Also, wirst du am Sonntag an meiner Seite stehen und meinen Eid bezeugen?«

Es ergibt absolut keinen Sinn. Mein Bruder, der mich mein

ganzes Leben vor gefährlichen Situationen beschützt hat, der nicht wollte, dass ich mit Kane rede, und der mich sogar gebeten hat, das Praktikum im Zentralarchiv zu vergessen, will, dass ich mit ihm auf eine Bühne steige? Nachdem er gestern noch gesagt hat, er würde auf mich aufpassen?

»Wow!« Ich stoße ein Lachen aus, das eine Spur zu schief klingt. »Wenn du wirklich glaubst, dass ich die Richtige dafür bin, wird es mir eine Ehre sein.«

»Danke, Mae.« Und einen winzigen Moment glaube ich, wieder die alte Sorge in seinem Blick zu erkennen. »Das bedeutet mir sehr viel.«

Ich schlucke die aufsteigende Galle hinunter und bemühe mich um ein Lächeln. *Es gibt niemanden, dem ich so sehr vertraue wie dir, Mae.* Oh, wenn er nur wüsste ... Die Splitter treiben immer tiefer in mein Herz, während ich meinen Ärmel im Schatten der Tischplatte weiter nach unten ziehen. Ich muss Caras Armband irgendwie reparieren – dringend.

»Sehr schön, ich bin mir sicher, die Presse wird diese kleine Familiengeschichte lieben«, wirft Julverne ein. »Apropos Presse. In erster Linie soll es zwar um den Eid gehen, allerdings müssen wir uns nichts vormachen: Die Presse brennt darauf, die künftigen Parlamentsmitglieder kennenzulernen. Insbesondere Sie, Nicholas, und das liegt nicht allein an Ihrer doch eher ungewöhnlichen Herkunft. Die Vereidigung ist das erste große Event seit Beginn des Partner Evaluation Programs, bei dem die Presse die Chance haben wird, selbst mit Teilnehmenden zu sprechen. Wir werden im Vorfeld zwar darauf hinweisen, dass Fragen rund um das Programm strikt verboten sind, aber das wird einige

Journalists nicht davon abhalten, es mit eleganten Formulierungen zu versuchen. Sie sollten also beide mit Fragen bezüglich Ihrer Beziehungen rechnen, und damit kommen wir schon …«

»Nein«, fällt Nick ihm ins Wort. »Keine Presse für Mae. Sie wird mit mir auf die Bühne gehen, ihre Unterschrift setzen und dann wieder Platz nehmen. Ohne Interviews. Ohne Pressetermine.«

Julverne lässt sein Lächeln durch nichts trüben. »Ich verstehe, wenn man die Liebsten aus der Presse raushalten möchte, doch ich fürchte, das wird nicht ohne Weiteres möglich sein.«

»Ich dachte, es wäre Ihr Job, genau das möglich zu machen?« Das ist der Nick, der mich entgegen allen Wahrscheinlichkeiten doch an ein Happy End für unser Märchen glauben lässt.

Unwillkürlich zähle ich die Sekunden. Ich bin bei sechs, als Julverne einlenkt: »Ist es auch. Also keine Presse für Maeander.« Entweder hält er nur besonders lange durch, oder er ist ein Liar – angesichts seines Jobs glaube ich, die Antwort zu kennen. »Notiert. Ich werde dafür sorgen, dass man sie während der Vereidigung nicht mit Fragen behelligt, allerdings kann ich der Presse nicht verbieten, über das zu schreiben, was sie sieht. Und damit komme ich zum entscheidenden Punkt, den ich vorhin bereits anschneiden wollte: ihre Begleitung. Die Tradition sieht es vor, in Begleitung auftreten, allerdings sind wir zu dem Schluss gekommen, dass es in Ihrem Fall ein falsches Signal senden würde. Als Teilnehmende des wohl wichtigsten Partnerschaftsprogramms unserer Zeit erwarten die Menschen da draußen zwei strahlende Singles, ungebunden und ohne belastende Vergangenheit. Jeder Elternteil da draußen soll das Gefühl haben, dass seine Kinder die Chance haben, das Programm mit jemandem wie Ihnen zu verlassen.«

Er lässt es so klingen, als hätte eben *nicht* jeder diese Chance, und ich frage mich unwillkürlich, ob der Algorithmus nur Teil einer weiteren Marketingstrategie ist. Würde mich jedenfalls nicht überraschen.

»Es ist nur insofern bedauerlich, dass gewisse Begleitungen dazu beigetragen hätten, über gewisse *Makel* hinwegzutäuschen«, fährt Julverne fort. »Aber ich meine, wofür gibt es Make-up und hübsche Kleider, richtig?« Er taxiert mich auf eine Weise, die in mir den Wunsch weckt, seine perfekte Nase zu brechen.

»Richtig«, säusle ich. Ohne Sedatium fühlt sich die Wut heißer an – doch gleichzeitig fällt es mir leichter, sie zu kontrollieren. Vielleicht, weil ich jetzt weiß, dass nicht ich diejenige bin, die kaputt ist. »Sie sind der Profi, also vertraue ich Ihnen.«

Ich spüre Nicks argwöhnischen Seitenblick und schenke ihm ein Lächeln, um ihm zu versichern, dass alles in Ordnung ist.

»Wunderbar. Dann lassen Sie uns jetzt über Ihren Auftritt sprechen und welche Fehler es auf jeden Fall zu vermeiden gilt, wenn Sie keine negativen Schlagzeilen kreieren wollen.«

KAPITEL 31

Wir sind pünktlich fertig. Nachdem Julverne uns eröffnet hat, dass Irony James persönlich die Moderation übernehmen wird, hat er zehn Jahre Benimmkurse in etwa neunzig Minuten gepresst, gefolgt von zehn Minuten Ablaufplanung. Außerdem soll es noch eine Generalprobe mit allen Beteiligten geben – wobei sich die Terminfindung laut ihm natürlich *äußerst schwierig* gestaltet.

Abgesehen davon, dass ich mir nur einen Bruchteil seiner Worte merken konnte, würde ich am liebsten zurück ins Bett kriechen, mir die Decke über den Kopf ziehen und nie wieder über die richtige Haltung nachdenken müssen, über Hierarchien bei der Begrüßung oder *unangemessene* Blicke. Oder darüber, dass Julverne wohl wenig Hoffnung hat, mich innerhalb einer Woche fit für den Olymp des Centers zu machen. Ich habe sogar vorgeschlagen, einfach hierzubleiben und meinen Job als Bezeugende an jemand Geeigneteren abzutreten, aber auch das kam nicht infrage. Anscheinend würde ich der Presse mit meinem Fernbleiben nur Raum für ungewollte Spekulationen geben. Was auch immer das heißen soll, denn selbst Journalists können nur über das schreiben, was sie mit Sicherheit wissen.

Ich bin froh, als Liv auftaucht, um Julverne den Weg nach draußen zu zeigen. Ein letztes Händeschütteln, ein letztes Lächeln, und ich bin zum ersten Mal seit Wochen allein mit meinem Bruder – und natürlich AISS, die mit sanftem Säuseln angeboten hat, ein Transkript dieses Meetings auf unsere SmartPads zu schicken. Weil ich mir nichts Schöneres vorstellen kann, als alles noch mal durchzugehen.

Nick hält mir den Brotkorb hin. »Bitte, Mae. Paps wäre enttäuscht, wenn ich zulassen würde, dass du den Tag ohne Frühstück beginnst«, sagt er.

Ein ehrliches Lächeln huscht mir übers Gesicht. »Wäre er«, bestätige ich und nehme eins der Croissants. »Dasselbe gilt aber auch für dich, künftiger Leitender der Taskforce.«

Er schürzt die Lippen. »Ich weiß.« Trotzdem stellt er den Korb einfach zur Seite. »Es tut mir leid, Mae. Dass ich vorher nichts gesagt habe. Aber die Regeln des Parlaments sind ... unumstößlich.« In seinen Augen glänzt eine Art Widerwille, der mit einem Blinzeln der üblichen Härte weicht. »Es war noch nie leicht, Aufsehender zu sein, wenn man Menschen liebt, die nicht dieselbe Sicherheitsstufe haben wie man selbst«, erklärt er. »Und ich würde dir gern versprechen, dass sich das bald ändert, aber das kann ich nicht. Sobald ich das Parlament betrete, unterliegt jedes meiner Gespräche der Geheimhaltung, es wird Meetings geben, von denen niemand weiß, damit niemand nachfragen kann, und Einsätze, zu denen selbst der Presse Fragen verboten sind.«

Wie der Einsatz, bei dem du drei deiner Verbündeten verloren hast, erwidere ich in Gedanken. Es ist das erste Mal, dass Nick über die Schattenseiten seiner Karriere spricht, und obwohl er jede Verletzlichkeit aus seiner Stimme verbannt, weiß ich, dass es ihn nicht kaltlässt.

»Okay.« Ich kämpfe gegen die Splitter in meinem Herz an. »Dann versprich mir nur, dass du auf dich aufpasst.« *Und das Richtige tun wirst, falls du je von Anthony und den anderen erfährst.*

Einen Moment sehen wir einander an, bis sein Blick weich wird. »Ich werde mein Bestes geben. Versprochen.«

Das reicht mir nicht, aber alle weiteren Worte würden mich verraten. Also halte ich ihm den Brotkorb hin und versuche, meine Heiserkeit mit einem neckenden Tonfall zu überspielen. »Und wenn du ins Center ziehst, wirst du Paps versprechen müssen, nie ohne Frühstück aus dem Haus zu gehen. Hier.«

Schmunzelnd nimmt er sich ein Brötchen. »Da ich gedenke, meine Versprechen zu halten, werde ich ihn leider enttäuschen müssen«, sagt er. »Denn ich kann nicht garantieren, dass ich niemals meinen Wecker überhöre und dann unter Zeitdruck meine Uniform überwerfe, mich von meinen Liebsten verabschiede und weg bin, ohne auch nur an Frühstück gedacht zu haben.«

»Du hast noch nie verschlafen«, erwidere ich zweifelnd.

»Weil ich eine reizende Schwester habe, die immer dafür sorgt, dass ich pünktlich aus dem Bett falle.«

»Apropos Schwester. Hat sich Vain eigentlich mal gemeldet?«

»Klar. Die Ankündigung zur neuen Taskforce war genau zehn Minuten draußen, als ich eine Nachricht von ihr hatte. Mit der Bitte, Keith und ihr für die Vereidigung möglichst gute Plätze zu reservieren.«

»Wie vorhersehbar. Und was ist mit ...?« Ich unterbreche mich, da ich merke, wie schwer es mir fällt, es auszusprechen.

»Den Eltern von Dad?«, fügt Nick hinzu, der meinen Blick sofort versteht. »Keine Sorge. Selbst wenn sie sich melden sollten, werde ich ihnen sagen, dass für sie kein Platz vorgesehen ist.«

Gut, dass Julverne nicht mehr hier ist. Etwas sagt mir, dass das Fernbleiben der eigenen Großeltern *Raum für Spekulationen* geben könnte. Ich nicke vor mich hin. Es sollte mich erleichtern, dass sie nicht kommen werden, aber es bringt nur die Erinnerung zurück, dass unsere Ringe immer eine Rolle spielen werden. Sonst wäre Dad nie von seinen eigenen Eltern aus Ring Eins verstoßen worden, nur weil er eine etwas ältere Fünf geheiratet hat.

Ich rühre in meinem Kaffee, obwohl ich ihn schwarz trinke. »Was ist eigentlich mit Kira? Wirst du sie trotzdem einladen? Ich meine, nicht als Begleitung, aber ... als Freundin?« Julverne hat erwähnt, dass Nick eine Art Gästeliste für die Vereidigung einreichen darf. Einzig bei dem Frühstück, das vor dem offiziellen Akt in der Ernest Residenz stattfinden soll, hat er kein Mitspracherecht.

Nick weicht meinem Blick aus. Unwillkürlich zähle ich die Sekunden. Es sind ganze fünf, bis er mich wieder ansieht. »Ganz ehrlich? Ich weiß es nicht.« *Splitter.* »Ganz

Sestiby wird bei dieser Vereidigung zusehen, weshalb ich die Entscheidung nicht meinem Herzen überlassen darf.«

»Aber du liebst Kira immer noch, richtig?«

Ein Lächeln huscht über Nicks Gesicht, gezeichnet von einer Bitterkeit, die es nicht besser macht. »Natürlich. Aber wie gesagt: Es gibt Entscheidungen, bei denen Liebe keine Rolle spielen darf. Und wo wir schon dabei sind: Ich hoffe, du bist nicht zu enttäuscht, dass du nicht mit Aiden auftreten kannst?«

»Was?!« Ich muss aufpassen, mich nicht an den Krümeln des Croissants zu verschlucken. »Er hat mich verlassen, Nick. Freiwillig. Also nein, ich bin nicht enttäuscht, dass ich nicht neben meinem Ex in die Kameras grinsen muss. Ich meine, wie zur Hölle kommst du darauf?«

Etwas in Nicks Gesicht verändert sich, und in diesem Moment weiß ich, woher Kane Aidens Namen kennt. Nicht aus irgendwelchen Akten, sondern von meinem Bruder. Die Vorstellung, dass die beiden darüber gesprochen haben, lässt meinen Magen rebellieren.

»Weil ich gesehen habe, was seine Entscheidung mit dir gemacht hat«, erwidert Nick. »Und weil ich weiß, dass er es nur getan hat, um Ann vor der Aussiedlung nach Sieben zu beschützen. Aiden und ich haben geschrieben, Mae. Er hat nie aufgehört, dich zu lieben.«

Hat er gerade wirklich …? *Nein, nein, nein.* Ich lache freudlos auf. »Keine Ahnung, was dir dein *Kumpel* erzählt hat, aber man lässt niemanden fallen, wenn keine starken Gefühle im Spiel sind.« *Sonst hätte ich Grayson nie den Rücken gekehrt – für dich,* füge ich innerlich hinzu.

»Das habe ich auch gar nicht behauptet. Ich meine nur, dass Aiden sich ... unter anderen Umständen sicher anders entschieden hätte.«

Die Worte bohren sich in die Wunden, die nie ganz verheilen werden. Ich denke an Aidens Blick, an das Zerbrochene darin, daran, wie schwer es ihm gefallen ist, mir zu sagen, dass er Ann heiraten wird. Aber ganz egal, was er dabei empfunden hat oder immer noch zu empfinden glaubt: Es war seine freie Entscheidung. Und er war bereit, mich aufzugeben.

»Maeander, Nicholas, es tut mir leid, Sie unterbrechen zu müssen«, meldet sich AISS über uns. »Allerdings beginnt in Kürze der heutige Testblock.«

Ich schlucke gegen alle Splitter an. »Wir sollten los.«

»Sollten wir«, bestätigt Nick. »Aber vorher muss ich mich noch entschuldigen. Ich hätte nicht davon ausgehen dürfen, dass du ... genauso empfindest.«

»Angenommen«, erwidere ich, weil mir für alles weitere die Worte fehlen. Nick und Aiden haben immer noch Kontakt. *Klar, die beiden sind seit über dreizehn Jahren befreundet, also was hast du erwartet?*

Die Tage fliegen an mir vorbei wie ein Citygleiter, der ungebremst auf einen Abgrund zurast. Ich lasse jeden Test geduldig über mich ergehen, nicke und lächle, zähle die Sekunden und lasse nie mehr als vier vergehen. Nick und ich sprechen nicht mehr über Aiden oder die Vereidigung. Stattdessen gibt es belanglosen Smalltalk oder Anekdoten, die wir uns zusammen mit Jamar, Loyd und Therese erzählen, manchmal setzt sich Lucinda zu uns, manchmal ist unsere Gruppe kleiner. Aber ich bin nie wirklich *allein*. Und das heißt, ich habe keine Chance, mit Jamar über den Widerstand zu sprechen, über Trish und über Anthony, ich habe immer noch keine Ahnung, wer Logan, Walker und Feleeca sind und ob es konkrete Pläne gibt, die gestohlenen Aufnahmen aus der Überwachungszentrale zu veröffentlichen. Oder wie der Widerstand allgemein gedenkt, diese ganze Scheiße zu beenden. Inzwischen bereue ich es, nicht fünf Minuten länger auf dem Parlamentsplatz geblieben zu sein, allein mit Jamar und Grayson.

Grayson.

Es ist, als hätte sich die Welt gegen uns verschworen – oder sie hat endlich kapiert, dass es besser ist, wenn wir uns voneinander fernhalten. Beim Essen setzt AISS uns jedes Mal weit auseinander, bei den Tests sorgt sie für neue Konstellationen, und in unserer Freizeit werden wir voll und ganz von unseren Leuten eingenommen. Andererseits habe ich keine Ahnung, was ich überhaupt zu ihm sagen würde. Selbst die aufrichtigste Entschuldigung würde nichts daran ändern, dass *wir* niemals sein können. Ganz egal, ob es mich jedes Mal innerlich zerreißt, sobald sein Blick meinen streift. So wie jetzt.

Wir sitzen in getrennten Ecken im Sofaraum, zwischen uns die ganze Welt, und trotzdem gelingt es ihm mit einem einzigen Blinzeln, meinen Körper mit Hitze zu überziehen. Einer zehrenden, schmerzenden Hitze, die mich am liebsten aufspringen und zu ihm laufen lässt. Um ihm die Arme um den Hals zu legen, ihn an mich zu ziehen, zu flüstern, wie leid es mir tut, und seine Lippen ein weiteres Mal …

»Warum habe ich das Gefühl, dass Mae gerade nur die Hälfte mitbekommen hat?« Neckend stößt Jamar gegen meine Schulter.

»Wahrscheinlich, weil sie ihren Spielzug zum fünften Mal verpasst hat«, erwidert Therese, die mit Loyd gegenübersitzt. »Du bist dran, Süße, mal wieder.«

Blinzelnd wende ich mich von Grayson ab, der viel zu dicht bei Amara sitzt, auf der anderen Seite eine weitere Frau. Eine aus der Gruppe der Arschloch-Aufsehenden.

»Sorry. Ich gucke nur ständig auf die Uhr.« Die zufällig genau über Grayson in der Wand aufleuchtet.

»AISS wird uns Bescheid geben, wenn wir losmüssen«, sagt Nick, der am Kopfende des Tisches sitzt und nur noch eine Karte in der Hand hält. »Also …?«

»Okay, Sekunde.« Ich lenke die Aufmerksamkeit zurück auf mein Blatt. Es ist eins der simpelsten Spiele, Farbe auf Farbe, Zahl auf Zahl, und trotzdem bin ich dabei, haushoch zu verlieren. Ich zücke die Karte, bei der die Person neben mir zwei ziehen muss, und werfe sie ab. »Sorry, Jamar.«

»Die Entschuldigung gebe ich direkt an deinen Bruder weiter.« Grinsend legt Jamar eine Verlängerungskarte hin. »Weißt du, Kumpel, ich kann echt nicht zulassen, dass du schon wieder gewinnst.«

»Wow.« Nick greift zum Nachziehstapel. »Dir ist schon klar, dass ich mir das merken werde?«

»Absolut. Und dir ist hoffentlich klar, dass das nur die erste Revanche für dein kleines Manöver gestern …«

»Haltet mal eben alle die Klappe!«, unterbricht Therese uns. »AISS, stell den VisionScreen lauter.«

Wir drehen uns zu dem Screen herum, auf dem letztens noch das Dart-Match festgehalten wurde. Jetzt flackert irgendeine Show darüber.

»... stammen wie gewohnt aus sicheren Quellen«, sagt der Moderierende. Er kommt mir vage bekannt vor. Es ist eine der Shows, die Vain früher verschlungen hat, über Stars und Sternchen und News, die keine Sau wirklich interessieren. »Was sagst du dazu, Cynthia?«

»Na ja, ich weiß gar nicht, wo ich anfangen soll.« Sein Gast strahlt euphorisch in die Kamera. »Wir haben ja bereits geahnt, dass es bei der Vereidigung die ein oder andere Überraschung geben wird, aber damit hätte wirklich keiner gerechnet. Schauen wir uns die Bezeugenden doch am besten einmal näher an. Angefangen mit Abgeordneter Kaldirim, die als künftige Vorgesetzte und Mitglied des Parlaments für alle drei unterschreiben wird. Sieht sie nicht wie immer fabelhaft aus?«

In der linken Ecke werden vier Fotos eingeblendet. Erst Kaldirim, daneben die Bezeugenden von Ada und Blaise und ... Nick. Ich muss aufpassen, mich nicht an mir selbst zu verschlucken. Ist das deren verfluchter Ernst?!

»Holy Shit, da ist ja Pierre!«, ruft Therese dazwischen. »Du erinnerst dich, Mae? Pierre Skyler? Der schnuckelige Privatlehrer, von dem ich mal erzählt habe?«

Ich höre ihr kaum zu, starre immer noch auf das letzte Foto. Es ist ein Schnappschuss von Nicks Verlobungsfeier, von dessen Existenz ich bis gerade nicht einmal wusste. Ich lehne an unserer Couch, in meiner Hand ein Glas Sekt, auf meinen Lippen ein Lächeln. Es muss entstanden sein, kurz bevor Aiden kam, um mich fallen zu lassen. Abgesehen davon, dass es ein absolut privater Moment ist, sehe ich aus, als hätte ich jede Angleichung gehabt, die das Center zu bieten hat. Meine Sommersprossen sind verschwunden, meine Lippen wurden getönt, die Wimpern verlängert. Trotz der leichten Unschärfe sieht es erschreckend echt aus – und hat mit der Realität ungefähr so viel zu tun wie Kane mit der Wahrheit. Es fällt mir schwer, nicht laut zu lachen.

»Hallo?« Therese wedelt mit ihren Handkarten vor meinem Gesicht herum. »Kannst du nur mal ganz kurz zuhören?«

Blinzelnd wende ich mich von dem VisionScreen ab. »Was?«

»Pierre Skyler«, wiederholt sie. »Der mit dem süßen Humor? Klavierlehrer, guter Freund und wie es aussieht Bezeugender von Blaise Nolan?«

Irgendwo inmitten meiner chaotischen Gedanken klingelt etwas. Ich schaue mir den Typ genauer an. Pierre hat strahlend blaue Augen – auf keinen Fall natürlich –, markante Augenbrauen, hellbraune Haut, kurze schwarze Locken. Mit den scharfen Wangenknochen hat er etwas von einem Adeligen, was nicht verwunderlich ist, da er dem Namen nach aus der Skyler-Dynastie stammt. Und hat Therese nicht erzählt, er würde aufgrund seiner Familie am Anfang recht steif wirken? Langsam kommt die Erinnerung an unser Gespräch auf dem Begrüßungsbankett zurück.

»Du meinst den Pierre mit ... den engen Chinos, richtig?«

»Bingo! Er ist Frankies Neffe, und du wirst ihn *lieben*. Als ich dreizehn war, war ich super in ihn verschossen, aber wir wissen beide, dass es mit uns niemals funktionieren würde, also …« Sie unterbricht sich, als sie Loyds zweifelnden Seitenblick bemerkt und schürzt die Lippen. »Ich wollte damit nur sagen, dass er echt nett ist. Mae kann sich bei der Generalprobe also ruhig an ihn halten, sollte Nick woanders gebraucht werden.«

Ich weiß, dass sie es gut meint, aber ich komme nicht darüber hinweg, dass sie mich zu einer frisch polierten Center gemacht haben. »Danke, Therese«, murmle ich, ohne den Blick vom Screen zu lösen. So viel zum Thema *Diskretion*. Ob sie das Foto wohl von meinen Eltern haben?

»Also, mein Lieber«, Cynthia schlägt die Beine übereinander, »wenn wir die Abgeordnete ausblenden, was fällt dir an unserem hübschen Trio als Erstes auf?«

»Sie sind alle drei erstaunlich jung.«

»Jung und Single und Teil des Partner Evaluation Programs. Richtig.« Cynthias Augen leuchten, als wäre es die Sensation des Jahrtausends. »Ich meine, wir könnten hier von einem Zufall sprechen, aber machen wir uns nichts vor. Es ist eher, als wollte man uns daran erinnern, wie viele spannende Hochzeiten uns in den nächsten Monaten bevorstehen! Fangen wir direkt mit Chloe Caparelli an. Wir alle kennen und lieben die Erbende von Caparelli Cosmetics für ihren einzigartigen Modegeschmack, aber kannst du dir vorstellen, welches Bild sie im Brautkleid abgeben wird? An der Stelle habe ich direkt drei Modelle mitgebracht …«

»AISS? VisionScreen aus und Musik an«, unterbricht Loyd. »Und Channel Five für die nächste Stunde sperren. Auf allen Screens in Camp Eins.« Dann zieht er eine Karte, um das Spiel fortzusetzen.

Dankbar schaue ich ihn an. Mit diesen zwei Sätzen hat er gerade mehr Sympathiepunkte gewonnen als in den ganzen letzten Wochen. Keine Ahnung, was Cynthia und dieser Moderierende über mich zu sagen haben, aber ich will es gar nicht erst herausfinden.

Dieses Mal konzentriere ich mich ganz auf meine Karten. Wir schaffen genau zwei Runden, bis AISS die Musik übertönt: »Nicholas und Maeander? Ihr Wagen steht bereit.«

Sofort schießt mein Puls nach oben. *Es ist nur die Generalprobe*, ermahne ich mich, aber es hilft nichts. Wir sind sicher nicht die Einzigen, die dieses lächerliche Foto gesehen haben. Vielleicht fällt ja jemand in Ohnmacht, wenn mein wahres Ich den Saal betritt.

»Bitte folgen Sie der Beschilderung in die Ladezone.«

Nick und ich legen unsere Karten ab und stehen auf. Die meisten Blicke folgen uns, wobei es nur einen gibt, der mich interessiert. Ich sollte Grayson ignorieren, aber ich kann nicht. Im Türrahmen bleibe ich stehen und lasse mich ein letztes Mal in den Abgrund ziehen. In den ganzen Schmerz, in die Sehnsucht, die verbotenen Wünsche.

»Hast du was vergessen?« Nick dreht sich zu mir um.

Sofort reiße ich mich los. »Nein. Ich denke, ich habe alles.« Abgesehen von meinem Herzen, das für immer verloren ist. Verloren zwischen frostblauen Dornen.

Präsidierende Fallon erscheint natürlich nicht zur Generalprobe. Genau so wenig wie ihr Mann Richard, der sie beim Einzug begleiten wird. Laut Julverne sind die beiden heute Abend *verhindert* – wieder dieses Wort, das in meinen Ohren wie blanker Hohn klingt. Spätestens bei der Vereidigung werden sie eine bessere Ausrede brauchen.

Ich habe keine Ahnung, wie oft wir durch das Parlament laufen müssen, wie lange wir auf dieser Bühne stehen oder wie oft ich bei alledem an Anthony denken muss. An sein entstelltes Gesicht, die Schläge gegen seinen Kopf, an den geschundenen Körper, an die Tatsache, dass er vermutlich längst ... tot ist.

Es ist weit nach Mitternacht, als wir entlassen werden. Man bringt uns durch dieselbe Tür raus, durch die wir am Abend reingeholt wurden – eine Art Hintereingang, um die Presse zu meiden. Nach dem ersten Leak scheint Julverne genauestens darauf bedacht zu sein, dass nicht noch mehr ungewollte Bilder an die Öffentlichkeit gelangen. Was wieder einmal das Gegenteil von gelebter Transparenz ist.

»Mae?« Nick greift auf der Rückbank des Citygleiters nach meiner Hand. »Danke, dass du das alles mitmachst.«

Ich erwidere seinen Druck und hoffe, dass er das Zittern in meinen Fingerspitzen nicht bemerkt. »Natürlich. Du bist mein großer Bruder. Ich würde alles für dich tun.«

»Was mir sehr viel bedeutet.« Einen unendlich langen Moment sieht er mich einfach nur an. Sein Adamsapfel bewegt sich in einem schweren Schlucken auf und ab, seine Kiefermuskulatur wirkt angespannt. Alles an ihm schreit nach unausgesprochenen Worten, nur sein Mund bleibt versiegelt.

»Nick?« Ich schiebe meine Finger zwischen seine. »Willst du mir noch etwas sagen?« Wie gewohnt fange ich an, die Sekunden zu zählen. Es sind ganze sechs, als der Wagen anhält und Nick den Kopf schüttelt.

»Nein. Ich bin einfach nur froh, dich zu haben.« Ein feines Lächeln, und ich weiß nicht mehr, ob ich hier die einzige Liar bin. Dann lässt er mich los und steigt aus.

KAPITEL 32

Ich blinzle. Mein Spiegelbild hat nur wenig Ähnlichkeit mit Maeander Elking. Blutroter Lippenstift, präziser Lidstrich – keine einzige Sommersprosse. Obwohl ich aussehe, als hätte ich eine Angleichung gehabt, hat mir Thereses Make-up besser gefallen. Ich wünschte, sie wäre hier. Dann könnte ich mich auf ihr unentwegtes Geplapper konzentrieren und wäre nicht allein mit meinen Gedanken, die hin und her springen: von meinem Kuss mit Grayson zu unserem anhaltenden Schweigen zu Anthonys Tod zu Kanes charmantem Lächeln zu Nicks und meinem Moment im Citygleiter. Er ist der letzte Mensch, dem ich zutrauen würde, seine Dosis zu manipulieren, aber was, wenn ich mich täusche? Wenn er längst Teil von Kanes falschem Spiel ist, wenn er es tut, um Geheimnisse zu bewahren, die für einen Skandal sorgen würden? *Wie zum Beispiel das Foltern von Liar.*

»Maeander Elking!«

Ich zucke zusammen.

»Wenn Sie nicht damit aufhören, ruinieren Sie den gesamten Look, bevor Sie dieses Zimmer verlassen haben.«

Mit strenger Miene lässt die Make-up-Artist von meinen Haaren ab, um zum fünften Mal zum Lippenstift zu greifen. Ich habe gar nicht mitbekommen, dass ich schon wieder an meiner Lippe geknabbert habe. »Mund auf.«

Mein Körper sieht es als Aufforderung, zu gähnen. Ich versuche, es mir zu verkneifen, was in einer schiefen Grimasse endet. »Entschuldigung«, sage ich unter den tadelnden Blicken der Artist. Ich wette, sie hat deutlich mehr geschlafen als ich.

Die letzten Tage sind genauso unaufhaltsam gerast wie die davor. Es war immer dasselbe Spiel. Nicken, lächeln, Freizeit mit meinen Freunden, getrennt von Grayson essen, getrennt von Grayson zu den Tests gehen, mir viel zu viele Gedanken machen. Viel zu wenig schlafen. Heute Morgen hat AISS mich um fünf geweckt und direkt zu Jenkins geschickt, damit sie mir den VitaTrack für heute aus dem Oberarm zieht. Danach hat mir AISS eine halbe Stunde gegeben, um unter die Dusche zu springen. Ich habe fünf Minuten länger gebraucht. Entsprechend hat Nick bereits im Citygleiter auf mich gewartet. Wir sind direkt zur Ernest Residenz gefahren, einem der historisch erhaltenen Nebengebäude des Parlaments.

Als wir ausgestiegen sind, haben unzählige Aufsehende mit starrer Miene den Weg flankiert, um jegliche fremden Blicke von uns fernzuhalten. Ich habe noch nie so viele Aufsehende auf einmal gesehen. Am liebsten hätte ich nach Nicks Hand gegriffen, aber ich weiß, wie das ausgesehen hätte. Also habe ich die eiskalten Hände ineinander gehakt und wieder gelächelt. In der zweiten Etage wurden wir schließlich getrennt. Ich konnte gerade noch sehen, wie Julverne Nick in das Zimmer am anderen Ende des Gangs geführt hat, bevor die Make-up-Artist über mich hereingebrochen ist wie ein Unwetter voller Lippenstift und Foundation und künstlichen Wimpern.

Jetzt ist es acht Uhr fünf, und ich versuche, mich daran zu erinnern, wie Maeander Elking ausgesehen hat. Vor diesem ganzen Albtraum. Bevor Aiden den Mantel der Vertrautheit zerrissen hat. Bevor sie Therese kennengelernt hat, bevor sie sich eine Spritze in den Hals hat jagen lassen, bevor sie Grayson geküsst hat – bevor sie zur Schwester eines der bekanntesten Männer Sestibys wurde. Wie schnell kann sich ein Mensch in so wenigen Wochen verändern?

»Müssen Sie sich übergeben?«, fragt die Artist, während sie den roten Strich aus meinem Gesicht entfernt.

»Nein.«

»Gut. Wir sollten trotzdem etwas gegen diese Blässe tun. Noch mehr Kontur, etwas Rouge, Highlights nur auf den Wangen und dem Amorbogen.«

Ihre Worte fliegen wie ein Windhauch über mich hinweg. Normalerweise würde ich mich bemühen, ein Gespräch mit der Frau zu führen oder mir wenigstens den Namen zu merken, aber meine Gedanken haben mich fest im Griff. Ab zwölf Uhr wird ganz Sestiby live dabei zusehen, wie eine Fünf in die Regierung aufgenommen wird. Ich suche vergeblich nach dem Stolz der alten Mae. Nach irgendetwas, das sich besser anfühlt als dieses dumpfe Ziehen in meinem Magen. *Ein Aufsehender im Investigationssektor und eine Liar.*

»Fertig.« Sichtlich stolz rückt die Artist von mir ab und

lässt mich das fremde Spiegelbild begutachten. Keine Ahnung, was sie die letzten zehn Minuten gemacht hat. Die Frau, die mir aus dem Spiegel entgegenblickt, sieht genauso aus wie vorhin. Nur ihre Augen glänzen, als würden sich Tränen darin sammeln. Schnell blinzle ich sie weg.

»Nun, den lassen wir lieber hier.« Sie legt den Lippenstift neben mein SmartPad. »Passen Sie gut auf Ihr Make-up auf und unterlassen Sie dieses Knabbern. Wir sehen uns im Parlament.«

Ich vergesse auch meine letzten Manieren und bleibe sitzen, während sie ihre Sachen packt und das Zimmer verlässt. Als die Tür ins Schloss fällt, wird das Brennen hinter meinen Augen stärker. Ich will nicht schon wieder weinen. Stattdessen atme ich. Vier Sekunden durch die Nase ein, sieben Sekunden Luft anhalten, achten Sekunden durch den Mund aus. Das Brennen ebbt nur langsam ab. Ich fange von vorne an. Als ich gerade den Atem anhalte, klopft es an der Tür. *Scheiße.* Ich habe kurz vergessen, dass ich noch im Bademantel hier sitze und nicht annähernd bereit für ein Frühstück mit den Abgeordneten bin.

»Sekunde!«, krächze ich, während ich ein Tuch aus einer Schachtel ziehe. Ein Papiertuch. Ich ignoriere die Verschwendung und tupfe die Außenwinkel meiner Augen ab, auf denen dieser verräterische Glanz liegt. Als es zum zweiten Mal klopft, sehe ich wieder makellos aus.

Ein tiefer Atemzug, ein maskenhaftes Lächeln. Ich stopfe die Tücher in den Papierkorb unter dem Tisch und öffne die Tür. »Kommen Sie …«

»Maelein!« Ich werde in eine solch enge Umarmung gezogen, dass mir die Luft wegbleibt. »Wir haben dich so vermisst!«

»Und wir wollten dir das hier persönlich bringen.« Dad steht hinter Paps im Flur und hält ein Kleid in die Höhe.

»Ach, mein Maelein.« Paps lässt von mir ab, um mich an den Schultern festzuhalten und von oben bis unten zu mustern. »Sieh dich nur an, wie wunderschön du bist.«

»P… Paps?« Die Tränen schießen zurück in meine Augen. »Und Dad?« Mit einem heiseren Lachen schließe ich Paps in die Arme und vergrabe den Kopf an seiner Schulter. Dieses Mal kann ich mein Schluchzen nicht zurückhalten, eine Mischung aus Verzweiflung und Freude, die niemand verurteilen kann. Nicht einmal AISS, die uns auf den SmartPads meiner Eltern sicher zuhört.

Paps scheint es egal zu sein, dass ich seinen Anzug vollheule. Er streicht mir über den Rücken, während er den anderen Arm fest genug um mich geschlungen hält, damit die Splitter in meinem Herzen notdürftig zusammengepresst werden. Erst nach einer gefühlten Ewigkeit lasse ich ihn los, um Dad zu begrüßen. Es ist eine kurze, aber ebenso liebevolle Umarmung.

»Was macht ihr hier?« Schniefend wische ich mir über die Nase. Ich habe damit gerechnet, sie bei der Vereidigung zu sehen, begleitet von Tausenden Blicken und Kameras. Hier sind wir unter uns. Hier muss ich keine Maske tragen.

»Man hat uns mit den anderen Familien zum Frühstück eingeladen.«

»Ach, Arthur.« Paps verdreht die Augen, bevor er mich am Ellenbogen ins Zimmer zieht. »Dein Dad lässt es immer so klingen, als hätten wir eine einfache, digitale Einladungskarte bekommen.«

Dad lächelt flüchtig. »Aber nur, weil ich weiß, dass du es am liebsten selbst erzählst.«

Er sieht gut aus, vielleicht etwas erschöpft, aber das bringt sein Job im Center-MedPlex mit sich. Das schwarze Haar hat er auf einen Zentimeter stutzen lassen, der Bart wirkt dichter als sonst. Er trägt den gleichen Anzug wie Paps. Heller Stoff, der beiden steht. Nur ihre Hemden unterscheiden sich voneinander. Dads Kragen bildet mit seinem strahlenden Weiß einen harmonischen Kontrast zu seiner Haut, Paps' Sommersprossen verschwinden unter seegrünem Stoff. Und hat er etwa *Haargel* drin? Jedenfalls liegen die sonst so zerzausten Kupferlocken viel zu glatt an seinem Kopf.

»Stimmt.« Paps' Lächeln wird zu einem Grinsen. »Es war Seidenpapier mit Goldprägung. Aber das ist noch nicht das Beste!« Er zieht die Pause in die Länge, bis er nicht mehr widerstehen kann. »Julverne Monroe hat sie uns persönlich übergeben. Er hat sich letzten Dienstag zum Abendessen angekündigt, um die Eltern des künftigen Leitenden kennenzulernen und uns für heute zu briefen. Kannst du dir das vorstellen, Maelein? Der Star-Beratende des Parlaments bei uns zu Hause? Arthur war so lieb, an der Ausgabe einen Braten zu bestellen, sündhaft teuer, aber genau richtig für einen solchen Anlass. Julverne meinte, er habe noch nie etwas Besseres gegessen, und er hat sich mehr als einmal lobend über euch geäußert. ›Dass sich Geschwister so nahestehen, sieht man selten‹ – seine Worte, nicht meine. ›Absolut perfekt für die Kameras.‹«

Das klingt nach Julverne, und gleichzeitig bestätigt es den Verdacht, dass er ein Liar ist. Jemand wie er wird schon deutlich besser gegessen haben, ohne Paps' Kochkünste abwerten zu wollen.

»Oh, und du wirst nie erraten, wo Cara gerade ist!«, erzählt Paps weiter. »Vain ist früher gekommen, um deiner Schwester ein neues Kleid zu kaufen. Frag mich nicht, wie lange sie und Keith dafür gespart haben, aber ist das nicht unglaublich? Deine kleine Schwester wird wie eine Eins aussehen, und das war noch nicht alles. Arthur?« Paps winkt Dad näher, um ihm das Kleid aus der Hand zu nehmen. »Das hier hat Vain nur für dich besorgt. Sieht es nicht aus wie ein wahr gewordener Traum? Und der Stoff, das musst du fühlen. So weich und anschmiegsam und ...«

»Oliver«, Dad streicht Paps über den Arm, »lass unsere Tochter doch erst mal zu Atem kommen.« Er lächelt, während Paps' Gesicht vor Aufregung gerötet ist. Schön, dass es wenigstens eine Sache gibt, die Sedatium nicht unterdrückt.

»Du hast recht. Entschuldige, Maelein.« Paps legt das Kleid auf den Tisch, um seine Hand nach meinem Gesicht auszustrecken. »Bitte vergiss meine ganzen Fragen und beantworte mir nur eine: Wie geht es dir?«

»Blendend.« Ich war noch nie so dankbar für das Gegenmittel. »Julverne Monroe hat meine Eltern kennengelernt, meine Schwester hat mir ein sauteures Kleid besorgt, und mein Bruder wird heute für das Parlament vereidigt. Es geht mir blendend.« Ein Liar war in unserem Haus. Vain schleimt sich mal wieder ein. Ein Aufsehender im Investigationssektor und ... ich. Kein Wunder, dass der Fluchtinstinkt in jeder

Faser meines Körpers vibriert, während ich mein Lächeln für den großen Auftritt probe. *Nicks* großen Auftritt. So viel zu: Hier brauche ich keine Maske.

»Mein Vaterherz war noch nie so stolz.« Paps streichelt mir mit dem Daumen über die Wange, wie früher vor dem Einschlafen. Wie früher, als die Welt noch in Ordnung war. »Ich würde liebend gern länger bleiben, aber dein Dad und ich werden nebenan in der Maske erwartet. Julvernes Zeitplan ist wirklich eng getaktet. Denkst du, du schaffst das mit dem Kleid allein?«

Mit fahrigem Blick sehe ich zu Vains Geschenk, um das ich nicht gebeten hatte. Smaragdgrün, knielang, hauteng geschnitten, kurze Ärmel. Ich könnte behaupten, ich bräuchte Paps' Hilfe, nur um ihn noch länger in meiner Nähe zu haben. Aber das Kleid hat einen simplen Reißverschluss. »Sicher.« *Lächeln.* »Danke, dass ihr es vorbeigebracht habt. Es ist perfekt.«

»Immer gern.« Paps streichelt mir ein letztes Mal über die Wange, ehe er Platz für Dad macht. Dieser beugt sich vor und drückt mich.

»Du solltest dein Make-up richten«, flüstert er mir zu. So leise, als wollte er nicht, dass AISS es mitbekommt. »Ich habe dich lieb, Mae.« Einen viel zu langen Moment sieht er mir in die Augen. Genauso wie bei unserem Abschied vor drei Wochen. *Vertrau auf dein Herz. Auf deinen Verstand. Auf deinen Instinkt. Dann wirst du wissen, was das Richtige ist.* Ich wünschte, es wäre so leicht.

»Ich dich auch, Dad.«

Das Kleid sitzt wie angegossen. Wahrscheinlich hat sich Vain meine Maße von AISS geben lassen. Der Stoff schmiegt sich um meine Konturen, die mit etwas Einbildung fester, muskulöser geworden sind. Eine Mischung aus dem üppigen Essen und täglichem Training. Ich verdrehe den Arm, um auch das letzte Stück des Reißverschlusses zu schließen. Hinten geht es bis hoch in meinen Nacken, der V-Ausschnitt betont meine Brüste, die nur so gut aussehen, weil ein Push-up-BH in das Kleid eingenäht wurde. Andere hätten sicher noch eine Kette ins Dekolleté baumeln lassen, ihre Finger mit etlichen Ringen bestückt oder lange Ohrringe zwischen den Locken aufblitzen lassen, die aus der kunstvollen Hochsteckfrisur fallen. Ich trage nur ein Armband. Caras Armband. Ich hatte zwar kein Garn, um es richtig zu reparieren, aber Therese hat mir geholfen, die ausgefransten Enden miteinander zu verknoten. Objektiv betrachtet ist es der einzige Schandfleck an einer glatt polierten Fake-Eins. In meinen Augen ist es das einzig Echte an mir. Sogar meinen aufgeblähten Bauch hat die formende Unterwäsche einfach weggedrückt, und dann sind da noch diese furchtbaren Schuhe. Zu eng, zu hoch, zu unbequem. Aber laut Julverne sind sie nötig, damit ich an der Seite meines großen Bruders nicht völlig verloren wirke. Irgendwie bezweifle ich, dass ein Paar Pumps den Unterschied macht.

Ich probe mein Lächeln wieder und wieder. Ein Mundwinkel nach oben, dann der zweite, strahlender Blick, stolzer Blick, keine Tränen, höchstens vor Rührung. Vielleicht hätte ich doch Talent fürs Schauspiel.

Es klopft wieder an der Tür. Ich straffe die Schultern und öffne.

Julverne mustert mich mit einem einzigen Blick von oben bis unten. »Nein.«

»Nein?«, wiederhole ich irritiert.

»In dem Kleid werde ich Sie ganz bestimmt nicht nach unten gehen lassen.« Julverne schiebt sich an mir vorbei in das Zimmer. Er hat eine Kleiderhülle dabei, die bereits teurer aussieht als alle Klamotten, die ich je getragen habe. »So sehr ich freundliche Gesten unter Geschwistern auch begrüße, ich wäre meinen Job los, wenn ich die Bezeugende eines Parlamentsmitglieds im Kleid einer Vorjahreskollektion auftreten ließe. Deluxe, nicht Premium. Ein Fauxpas, der wohl nur einer gebürtigen Fünf passieren kann. Doch zum Glück haben Sie mich.«

Alles, was ich von seinen Worten verstehe, ist: Dieses Kleid ist nicht angemessen. Und auch wenn Vain aus Fünf stammt, bin ich sicher, dass sie es wusste. Abgesehen davon, dass sie die Etikette der gehobenen Ringe kennt, hat sie sich schon früher jedes digitale Modemagazin heruntergeladen, jede Fashionshow verfolgt und sich sogar Schnittmuster ihrer Idole heruntergeladen. Ich kann nicht einmal behaupten, dass es mich überrascht. Seit sie eine Zwei ist, tut sie alles dafür, um herauszustechen.

»Maeander, jetzt stehen Sie da nicht herum, sondern kommen Sie schon.« Julverne hat die Hülle an den Schrank gehängt und präsentiert mir einen salbeifarbenen, bodenlangen Traum aus fließender Seide. Das absolute Gegenteil von dem hautengen Cocktailkleid.

Falls Vain eine emotionale Überreaktion provozieren wollte, muss ich sie enttäuschen. Es tut weh, aber nach den letzten Wochen ist es nicht mehr als ein schlechter Witz.

»Das Kleid«, von M. E.

KAPITEL 33

Sie sind alle gekommen. Die Abgeordneten mit ihren besseren Hälften, Adas und Blaises Familien, die sicher kein Make-over brauchten, und: Präsidierende Fallon.

Ich sollte erleichtert sein, sie zu sehen, denn das heißt, dass sich Trish in einer Sache geirrt hat. Aber etwas an dem Auftreten der Präsidierenden gefällt mir nicht. Diese Fallon ist mindestens zehn Kilo leichter als die Frau, die ich vom VisionScreen kenne, das Gesicht wirkt hager, genauso wie die Schultern, die in einem übergroßen silbernen Seidenanzug stecken. Ihr Lächeln lässt die Wangenknochen unter der hellen Haut nur stärker hervortreten, und dann sind da die Augen. Vielleicht bilde ich es mir ein, oder es liegt schlichtweg daran, dass die Realität nie mit dem VisionScreen vergleichbar ist, aber ihr Blick wirkt leer. Als wäre das Lächeln auf ihren geschminkten Lippen genauso unecht wie meins. *Aber sie lebt*, versuche ich mich zu trösten. Leider bringt es nichts. Denn die Anwesenheit der Präsidierenden ändert nichts daran, dass dieser Saal voller Lügen und falscher Spiele ist.

Kane hat seinen Ehemann Samson mitgebracht, der auf

den ersten Blick gar nicht zu dem vor Charisma strotzenden Abgeordneten passt und sich trotzdem perfekt in die feine Gesellschaft einfügt. Kaldirim steht mit einem Glas Orangensaft neben der gedeckten Festtafel und unterhält sich mit zwei anderen Frauen. Die eine sieht aus wie Abgeordnete Bachmann, Leitende des Sektors für Umwelt, und das daneben könnte ihre Frau Beatrice sein. Beide haben etwas an sich, was mich an Gloria erinnert. Vielleicht ist es der abwertende Blick, mit dem sie mich vom Scheitel bis zu den Fußspitzen taxieren, bevor sie sich wieder ihrem Gespräch zuwenden.

Ich suche nach einem Gesicht, das ich nicht nur aus Regierungskunde oder den Nachrichten kenne. Abgesehen von den Leuten, die ich bei der Generalprobe getroffen habe, sieht es schlecht aus. Paps und Dad sitzen sicher noch in der Maske, Vain spinnt noch ein paar Intrigen, und Cara wird wohl kaum allein hier auftauchen.

Kaum habe ich den Gedanken beendet, löst sich jemand aus der Menge. Es ist Pierre, der Bezeugende von Blaise und Freund von Therese. Bei der Generalprobe haben wir kaum ein Wort miteinander wechseln können, jetzt steuert er geradewegs auf mich zu. Mit seinem hellen Anzug, dem grünen Einstecktuch und der unfassbar aufrechten Haltung, sieht er wirklich aus, als wäre er dem Gemälde eines Adeligen entsprungen. Einem sehr steifen Gemälde.

»Maeander, richtig? Ich hatte letztes Mal leider keine Chance, mich angemessen vorzustellen.« Er hält mir seine Hand hin, während er die andere in den Rücken gelegt hat. »Pierre, der Freund von Therese.«

»Richtig. Aber die meisten nennen mich Mae.« Als meine Finger seine berühren, beugt er sich vor, um mir einen Handkuss zu geben. Ich zucke reflexartig zurück. »Okay, das war …«

»… zu viel?«

»Ein bisschen. Oder sind Handküsse wieder modern, und Julverne hat nur vergessen, es mir beim Briefing zu sagen?«

»Modern würde ich es nicht nennen, nein, aber Therese hat mir aufgetragen, mich wie ein Gentleman zu verhalten. Und ich dachte, das wäre ein guter Anfang.«

»Natürlich hat sie das.« Meine Mundwinkel heben sich. Allein die Tatsache, dass Therese für ihn bürgt, hält mich davon ab, auf der Stelle zu fliehen. »Was hat sie sonst noch gesagt?«

»Dass ich dafür sorgen soll, dass du dich wohlfühlst«, erwidert er und bietet mir seinen Arm an. »Du warst noch nie hier, oder?«

»Nein. Aber es ist atemberaubend.«

Der Saal sieht aus wie die Kulisse eines historischen Dramas. Die Wände sind in zartem Gelb gehalten, werden nur unterbrochen von etlichen Spiegeln und Säulen aus weißem Stuck, der sich in der Decke fortsetzt. In der Mitte hängt ein Kronleuchter mit Tausenden schillernden Glastropfen und künstlichen Kerzen. Wer auch immer die Festtafel aufgebaut hat, hat darauf geachtet, sie genau mittig darunter auszurichten.

»Darf ich ein Glas Champagner oder etwas Alkoholfreies anbieten?« Eine Servicekraft in klassisch schwarz-weißer Uniform hält uns von der Seite ein Tablett hin.

»Gern, danke.« Ich entscheide mich wie Kaldirim für Orangensaft, während Pierre zum Champagner greift. Dann führt er mich tiefer in den Saal.

Anders als im Camp gibt es hier keine elektronischen Namensschilder, sondern echte Karten aus golden umrandetem Papier. Wahrscheinlich hatten die Einladungskarten ein ähnliches Design. Ich komme immer noch nicht darüber hinweg, dass Julverne behauptet hat, Paps' Braten wäre das Beste, was er je gegessen hat. Und dass Paps es einfach geglaubt hat.

»Möchtest du, dass ich dich jemandem vorstelle?« Pierre ist mit mir am Rand stehen geblieben. »Meine Familie unterhält gute Kontakte zu den meisten Sektoren.«

Ich sehe mich kurz um, als würde ich über das Angebot nachdenken. Dabei habe ich heute nur einen Job: mich von allen fernzuhalten, die mir gefährlich werden könnten. Also von ... allen außer Pierre. »Danke, aber ich möchte erst auf meine Familie warten.«

»Natürlich.« Pierre entlässt mich aus seinem Arm und hält mir sein Glas zum Anstoßen hin. »Dann erst einmal auf einen Tag voller interessanter Begegnungen und neuer Freundschaften.«

»Auf neue Freundschaften«, wiederhole ich und lasse mein Glas eine Spur zu kräftig gegen seins klirren.

Anstatt es zu kommentieren, ertränkt er sein Schmunzeln im Champagner, und ich muss mir eingestehen, dass ich neidisch bin. Darauf, dass er so etwas trinken kann, ohne Angst vor einer Überprüfung haben zu müssen, dass er genau weiß, wie man dieses Glas hält und dass er trotz dieser steifen Haltung echt attraktiv aussieht. Nicht so attraktiv wie Grayson, aber ich verstehe, warum Therese mal in ihn verknallt war.

Ich nippe an meinem Saft, als Kane sich aus der Gruppe löst und lächelnd auf uns zukommt. Schöne Scheiße. Am liebsten würde ich mich hinter Pierre verstecken, allerdings bezweifle ich, dass es viel bringen würde.

»Maeander und Pierre, was für eine Freude, Sie beide hier zusammen zu sehen.« Er begrüßt uns mit einem kurzen, kräftigen Händedruck. »Wissen Sie, Maeander, Sie überraschen mich immer wieder. Nach unserem letzten Treffen hatte ich mit einer anderen Begleitung gerechnet.« Sein Blick ist messerscharf. Als wollte er die Splitter bewusst tiefer in mein Herz treiben.

»Pierre und ich sind nicht *zusammen* hier«, erkläre ich. »Im Gegenteil. Julverne hielt es für sinnvoll, dass alle Teilnehmenden des Programms ohne Begleitung auftreten.«

»Natürlich.« Kane mustert Pierre flüchtig. »Dann heißt das, Sie sind immer noch mit diesem anderen Jungen zusammen? Wie hieß er noch gleich?«

Meine Finger klammern sich fester um das Glas. »Grayson Thorn, aber nein. Um genau zu sein, haben Sie mich bei unserem letzten Gespräch zum Nachdenken angeregt. Denn wie Sie sagten, entscheidet am Ende allein der Algorithmus. Also bin ich wohl besser damit beraten, mich noch nicht so eng zu binden.« Das war die mit Abstand widerlichste Lüge, die ich bislang erzählt habe.

Kane betrachtet mich einen Moment nachdenklich, als wäre er ein wandelnder Spürhund für Liar. Dann kehrt sein

Lächeln zurück. »Ich bin ehrlich beeindruckt von so viel rationalem Denken. Hoffentlich weiß Edgar Moore Ihre Kompetenzen ausreichend zu schätzen.«

Und schon wieder eine Anspielung auf die Stelle im Zentralarchiv. Ich spüre Pierres fragenden Seitenblick, allerdings will ich nicht weiter darüber reden.

Hinter uns wird Applaus laut.

»Sieht aus, als müssten wir unser Gespräch später fortsetzen. Sie entschuldigen mich.« Kane nickt uns zu, ehe er sich in einer Bewegung von uns abwendet und in den Applaus mit einstimmt.

Jetzt wird es ernst. Ein letzter Schluck Orangensaft, ein abgestelltes Glas, Stolze-Schwester-Lächeln. Meine Handflächen donnern monoton ineinander, während die Ehrengäste des heutigen Tages den Saal betreten. Die Aufstellung ist dieselbe, die wir vor wenigen Tagen geprobt haben. Erst kommen Ada und ihr Mann, ein absolutes Traumpaar mit dunklen Haaren und einem hellen, warmen Hautton. Gleich dahinter treten Blaise und seine Frau auf. Blaise sieht noch geleckter aus als Loyd, blonde Haare, gebräunte Haut und unfassbar blaue Augen. Es ist dieselbe Farbe wie bei seiner Frau, nur dass der Kontrast zu ihrer dunkelbraunen Haut schärfer ist. Sie hat ein klassisches Millionen-Credit-Lächeln, das ich stundenlang anstarren könnte. Wäre da nicht die letzte Person. Nick. Wie besprochen tritt er allein auf. Ohne Kira, die ihn sicher perfekt ergänzt hätte.

»Die Stars des Tages!«, verkündet Kane über den Applaus hinweg, als wäre er der künftige Vorgesetzte und nicht Kaldirim.

Kurz darauf ergreift Nick Kanes ausgestreckte Hand und lässt sich in ein Gespräch verwickeln. Mir fällt wieder auf, wie vertraut die beiden miteinander wirken. Viel zu vertraut für einen Liar und jemanden aus dem Investigationssektor. Und wenn Nick wirklich über alles Bescheid weiß? Wenn er selbst …?

Tief durchatmen, Mae, ermahne ich mich innerlich. Obwohl Julvernes Kleid federleicht auf meiner Haut sitzt, fühlt es sich auf einmal an, als würde es mir die Luft zum Atmen nehmen. Wo bleiben nur Paps und Dad? Ich sehe mich suchend um, als sich jemand aus der Menge löst und auf mich zurennt. Keine Sekunde später wirft sich Cara in meine Arme.

»Mae!« Ihr Kreischen ist schriller als Thereses, ihre Umarmung fester. »Ich hab dich *SO* vermisst!«

Vermissen ist gar kein Ausdruck. Kann jemand in knapp einem Monat einfach so erwachsen werden? Oder liegt es an dem ganzen Make-up? Am liebsten würde ich Thereses Abschminköl nehmen und Caras Sommersprossen zurückholen, zusammen mit dem frechen Grinsen und ihrem aufgeregten Gerede über Loyd.

»Ich dich auch«, murmle ich und schlinge die Arme fester um sie. Ihr Gesicht wird sicher Puderflecken auf meinem Kleid hinterlassen, aber scheißegal.

»Stimmt es, dass es sich nicht gehört, jemanden so fest zu drücken?«, nuschelt Cara, ohne mich loszulassen.

Ich habe von den Spielregeln in den oberen Ringen gerade so viel Ahnung, wie Julverne mir eingetrichtert hat. »Kann sein. Von wem hast du das?«

»Vain.« Mit spürbarem Widerwillen lässt Cara mich los. Ihr neues Kleid ist aus pastellblauer Seide, passend zum Dresscode in diesem Saal. Klar. Mit ihren gerade mal elf Jahren ist Cara noch keine Konkurrenz für Vains *großen Auftritt*.

Bevor ich noch etwas sagen kann, schiebt sich Pierre zwischen uns. »Nur eine Sekunde«, raunt er und zupft das Einstecktuch aus seiner Brusttasche. »Seide ist leider nicht so saugfähig wie Baumwolle, doch es sollte reichen. Darf ich?« Er nickt kaum merklich zu meinem Gesicht.

Ich blinzle und spüre die Träne, die sich still und heimlich gelöst haben muss. Unwillkürlich versteife ich mich. »Ja, bitte.«

Pierre schirmt mich mit dem Rücken vor allen Blicken ab, während er das Tuch an meine Wange hebt. »Es kommt viel zu selten vor, dass man hier solche Gefühle sieht.« Er ist mit jedem Wort leiser geworden. »Besser?«

»Ja.« Ich zwinge mich zu lächeln. Entweder hält er die Träne für ungefährlich, oder er zeigt mich später bei AISS an. Aber dank Thustra könnte ich es dann immer noch als Zeichen der Freude verkaufen. »Danke, Pierre. Das ist übrigens meine Schwester Caraway, kurz Cara. Cara, Pierre Skyler.«

Cara starrt meine neue Bekanntschaft an, als wäre es Loyd Jones persönlich. »Du warst letzte Woche im VisionScreen!«, platzt es aus ihr raus. »Top Two gegen Sestibys reichsten Erbenden, oder?«

Seit dem Camp habe ich nichts mehr von Paps' und Caras Lieblingsshow mitbekommen, abgesehen von der kurzen Sequenz in diesem Überwachungsraum. Dass Pierre als Mitglied der Skylers reich sein muss, war klar, aber *so* reich?

Falls es ihm unangenehm sein sollte, lässt er sich nichts anmerken. »Richtig. Ich muss gestehen, wir haben uns besser geschlagen, als ich befürchtet hatte.« Ein verhaltenes Lachen. »Chloe hat uns, wenn ich das so sagen darf, den Hintern gerettet, als es um die chemische Verbindung von Ethylalkohol ging.«

Natürlich war Chloe auch dabei. Die Erbende des Kosmetikimperiums steht gerade hinten bei Kaldirim. Sie ist nicht einfach nur schön, sie sieht aus, wie ich mir eine Fae in Büchern vorstelle. Eine hochgewachsene, zerbrechlich zarte Gestalt mit feenhaftem Gesicht, das Haar ist kinnlang, fliederfarben und voluminös. Das Kleid aus farblich passender Seide.

»Paps meinte, ihr wärt alle richtig gut gewesen.« Cara strahlt Pierre an, und mir wird klar, dass das hier noch besser sein muss als ein Treffen mit Loyd. »Darfst du verraten, wie lange ihr euch vorbereitet habt? Oder welche Frage am schwersten war? Oder mit wem du dich am besten verstanden hast?«

Dieses Mal klingt Pierres Lachen echter. »Ja, darf ich. Allerdings fürchte ich, wir müssen dieses Gespräch später fortsetzen, denn es sieht aus, als würde es gleich losgehen.« Er steckt das Tuch zurück in seine Brusttasche und erleichtert eine Servicekraft um drei Gläser. Kaum hat er Cara und mich mit Saft versorgt, ertönt ein Klirren.

Präsidierende Fallon steht am Kopfende der Festtafel und legt einen kleinen Löffel beiseite. »Geschätztes Kollegium, Ehrengäste des heutigen Tages, liebe Angehörige.« Sie lächelt in die Menge. »Es ist genau zwölf Jahre her, seit wir zuletzt ein neues Mitglied für das Parlament vereidigt haben. Umso mehr erfüllt es mich mit Freude, diesen ganz besonderen Tag heute in solch trauter Runde einläuten zu können.«

Unwillkürlich sehe ich zu Kane. Er steht immer noch bei Nick und den anderen.

»Da ich sicher nicht die Einzige bin, die Hunger hat, spare ich mir meine lange Rede für den offiziellen Teil und mache es an dieser Stelle kurz: Auf Blaise Nolan, Ada Sotaro und Nicholas Elking!« Sie hebt ihr Glas.

Gemeinsam prosten wir den drei künftigen Leitenden zu.

»Bitte nehmen Sie Platz und genießen Sie das wohl beste Frühstück, das wir im Center zu bieten haben.« Mit einer einladenden Geste bringt Fallon Bewegung in die Menge.

Pierre lässt seine Hand federleicht über meinem Rücken schweben und bedeutet mir, vorzugehen. In diesem Moment sehe ich Vain und Keith. Sie wissen genau, wie man sich in gehobenen Kreisen bewegt. Keiths Haltung ist ähnlich steif wie Pierres, Vains Mundwinkel zeichnen bei jedem Wort ein hoheitsvolles Lächeln, als wäre sie einer anderen Epoche entsprungen. Fehlt nur das üppige Ballkleid. Stattdessen trägt sie einen Traum aus hellgelber Seide. Der Farbton schmeichelt ihrer gebräunten Haut und findet sich in dem Kamm wieder, mit dem ihre dunklen Locken zurückgesteckt wurden. Sie ist durch und durch eine Zwei.

Bevor sich unsere Blicke kreuzen können, wende ich mich ab und laufe weiter. Unsere Plätze sind schnell gefunden. Zum Glück sitze ich ganze vier Stühle von Vain entfernt. Vielleicht habe ich ja Glück und überstehe diesen Tag, ohne ein einziges Wort mit ihr wechseln zu müssen.

KAPITEL 34

Mein Glück verlässt mich kurz nach dem Essen. Julverne bittet uns noch um etwas Geduld, während im Hintergrund die letzten Vorbereitungen laufen. Binnen Sekunden haben sich kleine Gruppen gebildet. Paps und Dad reden mit Abgeordneter O'Hara, Nick steht bei seinem künftigen Kollegium, Cara hat sich beim Essen mit der Tochter von Ada angefreundet, und Pierre wurde von Beatrice Bachmann angesprochen, einer *guten Freundin der Familie.* Ich habe mich geschickt aus der Affäre gezogen – und wurde keine Sekunde später von Vain entdeckt, die jetzt zusammen mit Keith auf mich zusteuert.

»Maeander.« Vain kennt wohl nur noch diese eine Sorte von Lächeln. »Du bist ja richtig erwachsen geworden.«

Und du ein richtiges Miststück. Ich muss mich zusammenreißen, damit ich es nicht laut ausspreche. Ein Wangenkuss links, einer rechts. Keiths Begrüßung fällt noch knapper aus. Und dann stehen wir da. Ein unsympathischer Snob und zwei Schwestern, die früher nur einen Blick brauchten, um zu wissen, was die andere denkt.

Ich sollte etwas sagen. Ein kurzes Dankeschön für das Kleid, das ich nicht trage, ein paar höfliche Floskeln, aber alles, was mir einfällt, hat den Beigeschmack von Heuchelei. Ob AISS wohl eine Rangliste über die unangenehmsten Schweigemomente im Center führt? Falls ja, haben wir gute Chancen, es nach ganz oben zu schaffen.

»Und, Maeander?« Wow, Keith lässt sich also doch dazu herab, mit einer Fünf zu reden. »Wie ich sehe, bist du nicht allein hier?« Er reckt unauffällig den Kopf nach Pierre, der gerade in unsere Richtung sieht. Kein Wort über das Kleid.

Als sich Pierres und mein Blick kreuzen, verzieht er entschuldigend das Gesicht. Vielleicht wäre ein Gespräch mit ihm und Beatrice doch die bessere Wahl gewesen.

Ich wende mich wieder Keith zu und zwinge meine Mundwinkel zu einem Lächeln. Lächeln. Lächeln. Es ist verflucht anstrengend. »Nicht ganz«, erwidere ich und muss aufpassen, seine Tonlage nicht nasal zu imitieren. »Um genau zu sein, sind Pierre und ich als Teilnehmende des Programms ohne Begleitung hier. Allerdings verstehen wir uns gut.«

»Pierre *Skyler*«, fügt Vain hinzu, als hätte Keith die Berühmtheit nicht erkannt. »Der Neffe von Frankie.«

»Ich weiß. Aber wenn ihr nicht zusammen hier seid, wie kommt es dann, dass er den halben Morgen an der Seite einer Fünf verbringt? Es ist ja nicht so, als hätte jemand wie Pierre keine interessanteren Kontakte.« Keiths Stimme trieft vor einer Arroganz, die meinen Brechreiz weckt. Keine Ahnung, wie sich Vain in so jemanden verlieben konnte.

»Vielleicht schätzt er einfach meine Gesellschaft«, erwidere ich. »Wir haben nicht nur dieselbe Freundin, sondern einige weitere Gemeinsamkeiten. Insbesondere in Sachen Kreativität, aber ich bezweifle, dass du bei diesem Thema mitreden kannst.« Ich beiße mir auf die Zunge, bevor mir noch mehr Beleidigungen rausrutschen können. Aber Keith wäre nicht Keith, würde er sich Kränkung oder etwas Ähnliches anmerken lassen.

»Nur damit ich das richtig verstehe«, Vain mustert mich mit ungewohntem Interesse, »ihr seid beide in diesem Programm, habt gemeinsame Freundinnen und Interessen. Also heißt das, Pierre Skyler käme als potenzieller Partner für meine kleine Schwester in Frage?« *Schwester.* Es ist Jahre her, seit ich das Wort aus ihrem Mund gehört habe.

Meine Maske droht zu verrutschen. *Chapeau, Julverne.* Seine Mission, allen die Illusion zu verkaufen, ihre Liebsten könnten das Camp mit einer Berühmtheit verlassen, geht offensichtlich auf. »Es wäre möglich, ja.«

»Sind das nicht phantastische Neuigkeiten, Liebling?« Vain schiebt ihren Arm unter Keiths. »Ein Bruder im Parlament, eine Schwester als potenzielles Mitglied der Skyler-Dynastie, es scheint ganz so, als könnten wir uns bald wieder bei Tante Ladania sehen lassen.«

»Phantastisch würde ich es erst nennen, wenn Maeander den Ring hat«, erwidert Keith trocken und tätschelt Vains Hand.

»Da hast du natürlich recht.« Ihr hoheitliches Lächeln wirkt, als wäre es auf ihrem Gesicht eingraviert. »Ich freue mich jedenfalls für dich, kleine Schwester.«

»Liebling.« Keith räuspert sich, bevor ich etwas sagen

kann. »Beatrice Bachmann ist gerade frei geworden. Wolltest du nicht noch mit ihr über diesen Club sprechen?«

»Natürlich. Danke.« Vain späht flüchtig an mir vorbei in die Richtung, in der Pierre eben noch stand. Jetzt ist er weg. »Wir reden später weiter. Es war schön, dich wiederzusehen, Maeander.« Sie nickt mir zu, und nur in diesem einen Moment gewährt sie mir einen Blick hinter ihre Maske. In ihren unnatürlich grünen Augen erkenne ich den Schatten von etwas, das Sedatium betäuben sollte: Schmerz. Schuldgefühle. Widerwille.

Arm in Arm wenden sich die beiden von mir ab, und zum ersten Mal frage ich mich, ob ich mich vielleicht getäuscht habe. Ob Vain unsere Familie wirklich freiwillig verlassen hat oder ob man sie uns nicht vielmehr gestohlen hat. Ich sehe ihr nach, während sie zu Beatrice und einigen anderen Ehefrauen stoßen, beobachte, wie sie einander mit gehauchten Küsschen begrüßen, wie Vain jede ihrer Bewegungen geübt wirken lässt. Was auch immer wirklich in ihr vorgeht, sie blickt nicht zu mir zurück.

Jemand klatscht lautstark in die Hände. Es ist Irony, die im Türrahmen steht und offensichtlich bereit ist, die Moderation zu übernehmen. Alles an ihr unterstreicht die Präsenz, mit der sie locker ganze Hallen einnehmen kann. Das hellorange Seidenkleid betont ihre Kurven, der Afro wirkt heute noch etwas voluminöser, und sie hat die Augen wieder angleichen lassen. Dieses Mal zu einem leuchtenden Orange, ein bisschen gruselig, ein bisschen cool.

»Wir hoffen, das Frühstück hat Ihnen allen geschmeckt.« Im Vergleich zur Generalprobe klingt sie regelrecht ernst.

»In einer Stunde starten wir mit der Liveübertragung aus dem Parlament. Um einen reibungslosen Ablauf zu gewährleisten, bitte ich Sie, mir gleich nach drüben in den Kuppelsaal zu folgen und Ihre Plätze einzunehmen.«

Aus den Augenwinkeln sehe ich, wie sich Keith zu Vain beugt und ihr etwas ins Ohr raunt. Sie nickt kaum merklich, während sich ihre Haltung versteift.

»Das gilt natürlich ausschließlich für die Gäste, die bei der Vereidigung keine Aufgabe übernehmen. Was die anderen betrifft«, ihr Blick huscht quer durch den Saal, »Sie kennen den Ablauf ja bereits. Genießen Sie also noch einen letzten Champagner, bevor es losgeht. Alle anderen: mitkommen.«

Die Mehrheit setzt sich in Bewegung. Gläser werden auf Tabletts gestellt, Mäntel von der Garderobe geholt, sofern welche getragen wurden. Ich bleibe einfach stehen. Keith hat seine Hand an Vains Rücken gelegt, und anders als bei Pierre und mir wirkt diese Berührung nicht federleicht. Eher fordernd, schiebend, als wollte Keith sichergehen, dass sie an der Spitze laufen. Es ist ein Wunder, dass Vain in den mörderisch hohen Schuhen nicht stolpert. Unwillkürlich balle ich die Hände zu Fäusten.

»Entschuldige.« Pierre stößt wieder zu mir. »Beatrice neigt dazu, äußerst lange Geschichten zu erzählen.«

»Schon gut«, sage ich. »Du hast nichts verpasst.«

»Trotzdem würde mir Therese den Kopf abreißen, wenn sie wüsste, wie lange ich dich allein gelassen habe. Im übertragenen Sinne, versteht sich.«

»Würde sie?«, frage ich in dem Versuch, mich davon abzulenken, dass Cara gerade den Saal verlässt. Wenn ich das nächste Mal mit ihr rede, ist Nick vereidigt. *Splitter*.

Pierre nickt. »Definitiv. Sie hat mir sogar gedroht, nie wieder in meinen Musikunterricht zu kommen, sollte ich bei dir einen schlechten Eindruck hinterlassen.«

»Sie ist eben eine wahre Freundin«, necke ich.

»Absolut.« Ein Lächeln huscht über sein Gesicht. »Darf ich dir noch etwas zu trinken holen, einen Saft oder Champagner?«

Ich schüttle den Kopf. »Nein danke.«

Keine Sekunde später kommt Julverne rein. Er hat ein HoloPad dabei, auf dem sicher der Ablauf steht. Als er um unsere Aufmerksamkeit bittet, weiß ich, dass es Zeit für die letzte Besprechung wird. Jetzt gibt es kein Zurück mehr.

Julverne spricht mit allen Beteiligten noch mal die letzten Details durch, ehe es auch für uns losgeht. Kaum haben wir die Ernest Residenz verlassen, werden wir von Blitzlichtgewitter empfangen. Der Weg über den Parlamentsplatz wurde zu beiden Seiten großzügig abgesperrt, dunkelrote Samtbänder spannen sich zwischen goldenen Pollern. Trotzdem kommt er mir schmaler vor als der Dienstbotengang der Moores. Überall versuchen Mitglieder der Presse, ihre Kollegschaft zu übertrumpfen und unsere Aufmerksamkeit zu erregen. Fragen sind an dieser Stelle verboten, Fotos nicht.

Ich versuche, mich an Pierre zu orientieren, der direkt vor mir läuft. An seiner aufrechten Haltung, dem selbstsicheren Gang, den geübten Seitenblicken in die Kameras. Er weiß genau, wie dieses Spiel gespielt wird, und er ist nicht der Einzige. Die Präsidierende und ihr Mann bleiben immer genau im richtigen Moment stehen, Kaldirim lächelt, wenn an den Kameras das Logo der namhaften Sender prangt, Chloe läuft weiter, wenn es Privatpersonen mit ihren Smart- oder HoloPads sind.

Alles in mir schreit danach, die Schuhe wegzukicken und zu rennen. *Geduld ist eine Tugend*, mahne ich mich innerlich, wobei es *Geduld ist die Hölle* besser treffen würde. Wieder ein Lächeln zur Seite, eine unbeholfene Pose, die Julverne sicher rügen würde, weitergehen. Als wir endlich die Treppen zum Parlament erreichen, muss ich mich zurückhalten, nicht doch noch zu rennen. Quälend langsam steige ich die Stufen nach oben, immer in angemessenem Abstand zu Pierre, damit keiner auf die Idee kommt, wir könnten *gemeinsam* hier sein.

Geschafft. Die gläsernen Fronten des Parlaments können zwar nichts gegen die Blicke ausrichten, aber sie halten das Stimmengewirr fern. Ich habe genau zwei Sekunden zum Durchatmen, bevor es von einer Hölle in die nächste geht.

Julverne erwartet uns bereits am Ende des Flurs und treibt uns weiter voran. Die nächsten Kameras gibt es erst wieder unten, allerdings bin ich mir sicher, dass die Presse den SkyWalk keine Minute aus den Augen lässt. Als ich den gläsernen Rundgang betrete, wandert mein Blick wie von selbst nach unten. Dort, wo vor wenigen Tagen leere Stühle standen, wimmelt es jetzt von Menschen in schicker Garderobe. Lange Kleider, Kostüme, Jacketts und ... weiße Campkleidung. Viel zu viel weiße Kleidung.

Unwillkürlich klammere ich mich am Geländer fest, um

nicht zu stolpern. Sie sind alle da. Die Erste, die mir auffällt, ist Therese mit ihren kirschroten Haaren. Neben ihr erkenne ich Loyd und Jamar, eine Reihe weiter vorne Ashan, Firn, Lace, Amara … und *Grayson*. Unser ganzes Camp sitzt da unten, um live jeden unserer Schritte zu verfolgen.

»Alles in Ordnung?«

Ich zucke zusammen, als ich merke, dass sich Pierre hat zurückfallen lassen. Und dass ich gerade den gesamten Verkehr aufhalte. »Ich weiß es nicht«, erwidere ich. »Das da unten sind unsere Mitbewohnenden.«

»Therese ist hier?«

»Sieht ganz so aus, ja.«

»Ah, Sie haben Ironys kleine Überraschung also schon bemerkt.« Julverne taucht wie aus dem Nichts neben uns auf. »Da sich Nick bei seiner Gästeliste wirklich bescheiden gezeigt hat, dachten wir, es wäre eine schöne Geste, wenn all Ihre Freundinnen und Freunde dieses große Ereignis mit Ihnen feiern könnten. Und wieder lächeln.« Er zieht die Mundwinkel demonstrativ nach oben. »Sehr schön. Ab jetzt wirklich volle Konzentration.« Ein letzter mahnender Blick, dann schiebt er sich an uns vorbei nach vorne.

Ich löse die Hand vom Geländer und schaue noch einmal zu Grayson, der wie alle anderen geradeaus starrt. Immer in Richtung Irony, die dem Publikum von der Bühne aus letzte Anweisungen gibt. Jeden Moment geht die Liveschalte los.

Als wir den sichtgeschützten Nebengang erreichen, von dem aus die Treppe nach unten führt, nehme ich aus den Augenwinkeln eine Bewegung wahr. Es ist nur ein flüchtiger Schatten in einem der abzweigenden Seitengänge, der sofort wieder verschwunden ist. Warum habe ich trotzdem das Gefühl, beobachtet zu werden? *Vielleicht, weil gleich etliche Kameras auf dich gerichtet sein werden*, beantworte ich mir die Frage selbst.

»Also gut.« Julverne steht ganz vorne und mustert uns stirnrunzelnd. »Nicholas, Ihr Einstecktuch ist verrutscht, und Ada, Sie sollten noch einmal die rechte Schulter richten. Blaise, die Strähne vorne will schon wieder nicht so wie wir.« Er winkt einen Make-up-Artist herbei, der im Schatten eines Seitengangs auf seinen Auftritt gewartet haben muss. »Deliah, Sie sehen wie immer ganz bezaubernd aus, und Richard, die Fliege könnte noch ein Stück gerader sitzen.«

Nachdem Julverne auch die allerletzten Korrekturen vorgenommen hat, werden die Präsidierende, Kaldirim und ihre drei künftigen Leitenden mit Mikrophonen ausgestattet. Es sind nicht mehr als transparente Plättchen, die am Haaransatz neben dem Ohr befestigt werden. »Gut. Jetzt warten Sie hier, bis Irony uns das Zeichen gibt.«

Kurz darauf hören wir den Einspieler des CenterTalks. Die Melodie ist noch nicht verklungen, als tosender Applaus aufbrandet, gefolgt von Ironys Profistimme.

»Hallo, Sestiby!«, begrüßt sie schwungvoll die Zuschauenden. Es folgt die besprochene Anmoderation, kurz, knackig und immer mit einem Fokus auf diesem für Sestiby historischen Tag. Sie spricht von einer »beispiellosen Erweiterung« des Investigationssektors, von der ersten zeitgleichen Vereidigung mehrerer Menschen seit Gründung des Parlaments und einem absoluten Novum: der ersten Fünf, die den Eid in diesen Hallen ablegen wird.

Schließlich gibt Irony das Zeichen, und mein Magen überschlägt sich vor Nervosität, als wir den Schutz der Wände verlassen. Obwohl die anderen die Stars des Tages sind, habe ich das Gefühl, jeder einzelne Blick da unten würde auf mir ruhen.

Stufe für Stufe. Es kostet mich alle Kraft, nicht auf meine Füße zu starren, sondern den Kopf aufrecht zu halten. *Blick nach vorne, leichtes Lächeln*, erinnere ich mich an die Generalprobe. Als ich die letzte Stufe unfallfrei hinter mich gebracht habe, stoße ich innerlich einen Freudenschrei aus. Äußerlich ist es nur ein winziges Zucken meiner Mundwinkel – das in dem Moment jäh erstirbt, in dem wir den Kuppelsaal betreten.

Unsere Mitbewohnenden sind nicht die einzigen vertrauten Gesichter in der Menge. Neben meiner Familie sitzen die Caivanos, Carmen, Sandro, Ruben – keine Mariella. Dafür hat Ruben seine Ehefrau mitgemacht, die, der von Farben schlecht wird. Mehr kann ich in der halben Sekunde nicht erkennen, in der mein Blick über die Reihen fliegt, denn gleich neben ihm entdecke ich Aiden und seine Eltern. Während Aiden wie alle Teilnehmenden den weißen Camp-Anzug trägt, hat Petra ihr bestes Kleid angezogen, das Dunkelblaue mit dem kleinen Seitenschlitz, das sie sich vor ein paar Jahren zur Goldhochzeit von Aidens Großeltern gegönnt hat. Als sie mich sieht, hebt sie die Hand auf Brusthöhe und winkt mir mit einem Grinsen zu, das gleichbedeutend ist mit: der beste Tag meines Lebens.

Ich wünschte, ich könnte dasselbe behaupten, aber Aiden zu sehen, macht alles nur schlimmer. Natürlich steht ihm die weiße Funktionskleidung, und natürlich hat er immer noch diesen Blick drauf, der mein Herz früher einmal zum Taumeln gebracht hat. Die Caivanos? Okay. Aber was zur Hölle hat sich Nick dabei gedacht, Aiden auf seine Gästeliste schreiben zu lassen?! Oder ist das noch so eine nette Überraschung von Julverne?

Jetzt wäre der perfekte Zeitpunkt für einen sich auftuenden Erdboden. Leider erhört mal wieder niemand meine Gebete.

Ich lächle und will am liebsten schreien. Unter tosendem Applaus folge ich Pierre zu unseren Plätzen. Zweite Reihe, im selben Block wie meine Familie und Aiden. Ich spüre seine Blicke im Nacken. Und ich nehme mir fest vor, sie nicht einmal zu erwidern. Denn ich weiß nicht, was passiert, wenn sich das Gefühl von Vertrautheit unter die Scherben mischt.

KAPITEL 35

Irony hat ein genauso einnehmendes Wesen wie im VisionScreen. Nachdem sie uns begrüßt hat, bittet sie Präsidierende Fallon zu sich auf die Bühne. Der Applaus schwillt ein weiteres Mal an. Ich weiß, ich sollte mich auf die Bühne konzentrieren, aber ich kann nicht. Immer wieder zieht es meinen Blick zu der Reihe, in der Grayson sitzt. Ich sehe gerade genug von ihm, um zu erkennen, dass er abgelenkt ist. Nicht von mir – sondern von Jamar. Nicks bester Freund hat die Augenbraue gehoben, während Grayson kaum merklich nickt. Dann wendet Grayson seine Aufmerksamkeit wieder nach vorne. Warum habe ich das Gefühl, dass es bei diesem wortlosen Gespräch um die Präsidierende ging? *Weil keiner von uns damit gerechnet hat, dass sie heute hier auftaucht.* Ich warte darauf, dass Grayson meinen Blick erwidert, aber er tut es nicht.

Splitter.

»Was für ein großartiger Empfang!«, sagt Irony, und der Applaus wird wie auf Knopfdruck eingestellt. Sicher wurden die Anwesenden vorher genauso gebrieft wie wir – was auch erklären würde, warum alle mit aufrechter Haltung auf ihren Stühlen sitzen, die Hände sittsam im Schoß gefaltet.

»Präsidierende Fallon, wie fühlt es sich an, heute die erste Vereidigung seit zwölf Jahren feiern zu können?«, will Irony wissen.

»In erster Linie bin ich stolz, dass wir solch geeignete Aufsehende wie Ada Sotaro, Blaise Nolan und Nicholas Elking gefunden haben.« Ein Blickwechsel zwischen der Präsidierenden und den drei Stargästen. »Sie müssen wissen, dass es kein leichtes Auswahlverfahren war. Alle Bewerbenden mussten sich über sechs Runden hinweg in verschiedenen Testsituationen beweisen, über hervorragende Noten verfügen und zwei Unbedenklichkeitsprüfungen durch AISS absolvieren.« Die Präsidierende wiederholt in etwa das, was Kaldirim und Kane damals erzählt haben.

Nach ihr wird Kaldirim auf die Bühne gebeten, um Sestiby einen kurzen Einblick in die Arbeiten des Investigationssektors zu geben. Zahlen, Daten, Fakten, die nur beweisen sollen, dass Liar in dieser Welt keine Chance haben. Während Kaldirim über die gestiegenen Erfolgsquoten im laufenden Jahr spricht, kann ich nicht anders, als wieder zu Grayson zu sehen. Sein ganzer Gesichtsausdruck spiegelt Härte wider, seine Augen sind so kalt, dass ich sofort weiß, woran er denkt. Wenn er könnte, würde er Kaldirim wahrscheinlich dasselbe antun, was man Anthony angetan hat. Ganz egal, ob sie sich selbst die Hände schmutzig gemacht hat oder nicht. Am Ende ist sie die Abgeordnete des Investigationssektors, sie ist diejenige, die schärfere Gesetze vorschlägt, diejenige, die mit Sicherheit weiß, was jenseits dieser gläsernen Wände vor sich geht.

Pierre stößt mich sacht mit der Schulter an, und ich sehe ertappt wieder nach vorne. Gerade rechtzeitig, denn Kaldirim nimmt ihren Platz am Rand der Bühne ein.

Gleich geht es los.

Irony bittet zunächst die drei künftigen Parlamentsmitglieder nach oben. Mein eigener Bruder neben Ada und Blaise. Damit die ganze Farce noch ein bisschen länger dauert, stellt Fallon die drei persönlich vor. Die Rede über Nick klingt wie die Rede über einen Fremden. Langsam sollte ich mich daran gewöhnt haben, aber es tut trotzdem weh. Ich halte mich wieder an Caras Armband fest. Es grenzt an ein Wunder, dass mich niemand gezwungen hat, es abzunehmen. Andererseits ist es sicher eine *hübsche Geschichte für die Presse.*

»Unser Einsatz«, wispert Pierre von der Seite.

Sofort lasse ich das Armband los und bemühe mich um eine aufrechte Haltung. Im Mittelgang bleibe ich stehen und warte, bis sich Pierre und Chloe ebenfalls aus der Reihe befreit haben. Wie so oft geprobt gehen wir gemeinsam zur Bühne. An der Treppe reicht uns Pierre jeweils eine Hand, um uns nach oben zu helfen. Ich vermeide es, in die Menge zu sehen. Mein Blick ist starr auf Irony und die Präsidierende gerichtet, die sich gekonnt die Bälle zuspielen. Die eine erklärt das Prozedere für alle, die in Regierungskunde nicht aufgepasst haben, die andere stellt uns der Reihe nach vor, die eine ruft zum Applaus auf, die andere bringt ihn zum richtigen Zeitpunkt zum Erliegen.

Als es losgeht, richten sich sämtliche Augen zum Eingang. Jemand trägt das Buch herein, in dem Ernest Sestibys erstes Parlament die Gesetze der neuen Gesellschaft festgehalten hat. Es ist riesig und dick, und der Einband ist aus echtem Glas. Darin eingraviert steht der Leitsatz unserer Gesellschaft: *Wahrheit ist Zukunft.*

Irony nimmt das Buch entgegen, um es mit feierlicher Miene an die Präsidierende weiterzureichen. Jetzt müssen die drei künftigen Mitglieder nur noch eine Hand auf den Einband, die andere in üblicher V-Haltung aufs Herz legen und die Worte wiederholen, die sie offiziell zu Mitgliedern der Regierung machen.

Ada ist die Erste. Ihre Worte rauschen über mich hinweg, während mein Blick abschweift. Erst sehe ich zu meiner Familie. Paps sieht aus, als würde sein Herz gleich vor Stolz platzen, genau wie Dad, auch wenn sein Gesichtsausdruck wie gewohnt ernster ist. Vain hat eine Hand an Caras Rücken gelegt, wahrscheinlich, um sie davon abzuhalten, gelangweilt mit den Füßen gegen den vorderen Stuhl zu treten. Obwohl Aiden so nah bei ihnen sitzt, schaffe ich es, ihn zu überspringen. Im anderen Block fange ich erst Thereses breites Grinsen auf, das mein Herz ein wenig wärmt. Zumindest so lange, bis ich ihren Bruder ansehe. Dieses Mal ignoriert Grayson mich nicht. Er erwidert meinen Blick, und falls ich befürchtet habe, auf pure Kälte zu treffen, habe ich mich getäuscht. Da sind so viele unausgesprochene Worte, so viel zerbrochene Zärtlichkeit, so viele Nuancen, die ich in mir selbst wiederfinde. Die stärkste davon ist Sehnsucht, begleitet von der Furcht, ihm nie wieder so nahe sein zu können.

Ich versuche, das Beben in meinen Gliedern zu verbergen, und schaue zurück zu dem gläsernen Gesetzesbuch.

Nick zieht es wirklich durch. »Hiermit gelobe ich, mein Leben in den Dienst Sestibys zu stellen«, beginnt er den Eid, den sie alle auswendig lernen mussten. »Ich bin mir bewusst, dass mich die Aufnahme in das Parlament nicht von den guten Gesetzen entbindet, sondern mich noch enger an sie bindet. Hiermit gelobe ich dem Parlament und insbesondere dem Sektor für Investigation bis an mein Lebensende Treue. Selbst wenn ich mich entscheiden sollte, aus privaten Gründen von meinem Amt zurückzutreten, wird das Parlament bis zu dem Tag meines Todes Anspruch auf meinen Rat sowie meine Fähigkeiten als Aufsehender und Leitender der Taskforce haben. Ich gelobe, meinen Pflichten nach bestem Wissen und Gewissen nachzukommen. Ab heute werde ich die Interessen des Parlaments stets über meine eigenen stellen.«

Das ist kein einfacher Eid. Das ist der Vertrag für eine lebenslange Hölle.

Die Präsidierende zieht das Buch zurück, um es auf den letzten Seiten zu öffnen. Irony legt einen Füller bereit, und dann kommt unser Part. Erst Kaldirim, dann Chloe, Pierre ... Als ich an der Reihe bin, zittert der Füller in meiner Hand, weshalb ich ihn eine Spur zu stark aufs Papier drücke. Ein kleiner Tintenklecks am Anfang meines Namens, der einzige Beweis für das, was in mir wütet. Ich reiche den Stift an die Präsidierende weiter, dann müssen nur noch die drei Vereidigten selbst unterschreiben.

Fertig. Ich kann es kaum erwarten, die Bühne zu verlassen. Chloe und ich flankieren wieder Pierre, der uns die Stufen hinunterhilft.

Etwas oben am SkyWalk erregt meine Aufmerksamkeit. Ein rotes Aufblitzen, so flüchtig, dass ich es mir nur eingebildet haben könnte, und trotzdem ... Erst ein kurzer Händedruck holt mich zurück in den Saal. Ich lasse Pierre los, schenke ihm reflexartig ein Lächeln, ehe wir auf unsere Plätze zurückkehren. Die Präsidierende, Kaldirim und Irony bleiben auf der Bühne zurück.

Ich bin irritiert. Soweit ich weiß, sollte Irony die Schlussmoderation allein führen. Gleich nachdem das gläserne Gesetzbuch abgeholt wurde. Ich warte, aber es kommt keiner. Stattdessen erhebt sich Kane aus der Reihe vor uns. Die Menge fängt wieder an zu applaudieren, während ich fieberhaft darüber nachdenke, welche Rolle er heute spielt. Aber mir fällt keine ein.

»Nun, liebe Zuschauende«, sagt Irony, während Kane mit charmantem Lächeln in die Menge nickt und die Bühne betritt, »falls Sie dachten, wir wären am Ende angekommen, freut es mich, Ihnen sagen zu können, dass wir noch eine kleine Überraschung für Sie haben.« Dann schütteln sie und Kane einander die Hände und tauschen Worte, die von den Mikros nicht übertragen werden. »Präsidierende Fallon, ich nehme an, Sie möchten den Anfang gern selbst machen?«

Die Präsidierende nickt und tritt einen winzigen Schritt vor. »Wie Sie alle wissen, bin ich seit jeher ein großer Familienmensch, denn nichts ist in Sestiby wichtiger als die Familie.« Dieser Blick gilt Nick und mir. »Dank meines Mannes Richard war es möglich, unsere drei Kinder aufzuziehen, ohne meine Pflichten als Präsidierende vernachlässigen zu müssen.« Sie schenkt ihrem Mann, der direkt vor uns sitzt, ein dankbares Lächeln. »Wer selbst Kinder hat, weiß, wie schnell sie groß werden. Ein gefühltes Blinzeln, und sie können krabbeln, noch ein Blinzeln, und sie jagen durch das Haus und malen die Wände an.«

Ansteckendes Gelächter in der Menge. Hinter mir glaube ich Paps zu hören, der sicher an mich und meine Finger mit Tonerde denkt, mit denen ich damals den halben Flur beschmiert habe.

»Ich liebe mein Amt als Präsidierende und werde mich immer an den Eid halten, den Sie soeben in ähnlicher Weise von Ada Sotaro, Blaise Nolan und Nicholas Elking gehört haben. Doch nach reiflicher Überlegung haben Richard und ich entschieden, den nächsten Geburtszyklus noch einmal zu nutzen. Ich werde das Kind selbst austragen, und ich möchte die Zeit zwischen dem symbolischen Blinzeln festhalten. Deshalb werde ich mit Beginn des nächsten Zyklus von meinem Amt zurücktreten.«

Die Stille im Saal ist so vollkommen, dass mein Herz umso lauter gegen meine Rippen zu krachen scheint. Dieses Mal muss ich weder Grayson noch Jamar ansehen, um zu wissen, was sie denken. Die Präsidierende tritt zurück, und es ist sicher kein Zufall, dass Kane dort oben steht.

»Eine absolut nachvollziehbare Entscheidung.« Irony nickt bekräftigend. »Wollen wir nicht alle dabei sein, wenn unsere Kinder groß werden?«

Mehrere im Publikum fühlen sich angesprochen und stimmen in monotonem Gemurmel zu.

»Danke.« Die Präsidierende lächelt. »Sie kennen mich gut genug, um zu wissen, dass ich diese Entscheidung nicht leichtfertig getroffen habe. Das Parlament wurde bereits informiert, und das erste Protokoll ist in Kraft getreten. Entsprechend steht der Nachfolger meines Amtes seit gestern Abend fest, einstimmig verabschiedet durch das Parlament: Abgeordneter Reid Kane.«

Dieser Applaus zerreißt nicht nur mein Herz, er zerreißt Welten. Kane tritt vor, die Hand erhoben, um den Menschen zu winken, die ihn alle für das große Idol halten, für das ich ihn auch einmal gehalten habe. Bevor Grayson die Seifenblase zerstochen hat, die nur so schön schillert, solange man in ihr sitzt.

»Danke, Deliah.« Es ist nicht das erste Mal, dass mich die Kraft von Kanes Stimme umhaut. »Es ist mir eine ausgesprochene Ehre, dieses Amt übernehmen zu dürfen, und ich danke dem gesamten Parlament für sein Vertrauen.«

Er schaut zur vorderen Reihen, in der die restlichen Abgeordneten sitzen. Ob sie es alle wissen? Ob sie dort sitzen und nicken und lächeln und in Wahrheit selbst gegen das höchste Gesetz verstoßen? Immerhin ist jetzt klar, warum man das gläserne Buch noch nicht weggebracht hat. Heute wird eine weitere Person einen Eid ablegen. Ein Liar im wohl wichtigsten Amt unserer Geschichte.

Irony bittet alle Abgeordneten zu sich auf die Bühne. Anscheinend haben sie den Auftritt noch vergangene Nacht geprobt, denn jeder scheint seine Position genau zu kennen. In einem Halbkreis mit Kaldirim stellen sie sich um Irony, die Präsidierende und ihren Nachfolger auf. Als Bezeugenden aus dem Volk hat Kane seinen Ehemann Samson gewählt, der inmitten der starken Persönlichkeiten fast untergeht.

Es kommt mir vor, als säße ich im Theater. Als wäre das irgendein absurdes Stück, dessen Plottwists nur dann unvorhersehbar sind, wenn man nicht gründlich genug nachgedacht hat. Fallon erzählt noch eine nette Anekdote aus ihrer Anfangszeit als Präsidierende, die wieder für Gelächter sorgt. Dann legt Kane seine Hand aufs Buch, die andere aufs Herz und leistet den Eid, der in seinem Fall eine ganz andere Tragweite hat. Er spricht von Treue und Wahrheit und dem Handeln im Interesse des Gemeinwohls.

Als ob. Es ist eine Sammlung von hohlen Phrasen, die mit andächtiger Stille honoriert werden. Am Ende nicken Fallon und Kane einander zu, und das Buch wird wieder geöffnet.

»Bitte.« Irony reicht den Füller an die erste Abgeordnete, die aus der Reihe hervortritt. Abgeordnete O'Hara. Vielleicht ist sie auf dieser Bühne die Letzte, die sich wirklich an die guten Gesetze hält. Bleibt die Frage, wie lange noch.

Mit ernster Miene leistet sie ihre Unterschrift und gibt an den Nächsten weiter. Es ist so still, dass ich glaube, das Kratzen der Feder auf dem Papier hören zu können. Als Kaldirim dran ist, schweift ihr Blick nach oben. Ihre Augen weiten sich vor Entsetzen – und keine Sekunde später fallen Schatten in den Kuppelsaal. Gefolgt von einem dumpfen Knallen.

Mein Blick zuckt nach oben – und da sind Menschen. Vier komplett schwarz verhüllte Gestalten, die sich vom SkyWalk abgeseilt haben und jetzt direkt auf der gläsernen Kuppel stehen. Was …? Furcht flackert in mir auf. Ohne die Sicherung zu lösen, greifen die Fremden in ihre Taschen. Sind das ... *Spraydosen*?! Die Fremden ziehen synchron die Deckel ab. Dann schmieren sie fünf Wörter auf das Glas. Blutrot. Spiegelverkehrt. Damit wir es lesen können.

THE. PROGRAM. IS. A. LIE.

Das Programm ist eine Lüge. Ich starre mit rasendem Puls auf die Worte – bis eine Sirene die Stille zerreißt. Binnen eines Blinzelns ist der SkyWalk voll von Aufsehenden. Die erste Sicherung wird durchgeschnitten, der erste Schatten fällt, jemand schreit auf. Laut. Grell. *Panisch.*

Ich schnelle hoch, vergesse alles, was man mir beigebracht hat. *Cara.* Das war Caras Schrei! Ich wirble herum und suche meine Familie. Dann gibt es einen ohrenbetäubenden Knall, und die Welt zersplittert wirklich. In einem einzigen gläsernen Regen.

»The. Program. Is. A. Lie.«, von M. E.

KAPITEL 36

So viele Scherben. So viel ... *Blut.* Ich taste nach meinem Oberarm. Obwohl Pierre mich nach unten gezogen hat, ist eine der Scherben durch meine nackte Haut geglitten. Ein brennender Schnitt von der Schulter nach unten, vielleicht fünf oder sechs Zentimeter lang. Er ist hauchdünn, aber ... Warum ist da so viel *Blut*?

»Bist du verletzt?« Pierre starrt mich mit großen Augen an. Scherben glitzern in seinem Haar, kleine Schnitte übersäen seinen Handrücken. Ansonsten wirkt er unversehrt.

Ich muss antworten. Aber wie antwortet man, wenn man nicht weiß, woher dieses ganze Blut kommt?! Wir knien immer noch vor unseren Stühlen, der Welt den Rücken zugewandt. Und wenn ich mich umdrehe? Oder aufstehe?

»Mae?« Pierre streckt die Hand nach meinem Kinn aus, um meinen Kopf zu sich zu ziehen. »Bist du verletzt?« Er muss laut reden, um die anhaltenden Sirenen zu übertönen.

Meine Kehle gleicht einer Wüste. Ich habe keine Ahnung, was in den letzten Minuten passiert ist, ich weiß nur, dass die Kuppel zersprungen ist. Direkt über unseren Köpfen.

Ich nicke. »Ja, aber geht schon.« Mehr kann ich nicht sagen. Ich weiß, dass die Verletzung harmlos ist, aber ich verstehe nicht, warum so viel Blut an meiner Hand klebt.

Mein Instinkt sagt, dass wir einfach hier unten bleiben sollten. Warten, bis die Aufsehenden die Lage unter Kontrolle gebracht haben. Bis Irony wieder die Bühne betritt und uns mit gewohntem Enthusiasmus darüber informiert, dass alles in bester Ordnung ist. Aber ich kann mich nicht einfach hier verstecken. Nicht, solange ich nicht weiß, ob Cara verletzt wurde. Oder Paps. Dad. Therese. Grayson. Es gibt zu viele Namen, die bei jedem Herzschlag durch meinen Kopf pulsieren, zu viele Menschen, um die ich mir Sorgen mache. Petra. Ihr Mann Kilian. Aiden. Sandro und Carmen. Jamar.

Ich schiebe Pierres Hand zur Seite und kämpfe mich auf die Beine. Die Welt schwankt. Ich taumle einen halben Schritt nach hinten – und stoße gegen etwas. Einen Körper. Direkt neben mir liegt ein Mensch auf dem Gang, reglos, in seinem Hals steckt eine so große Scherbe, dass mir die Galle hochkommt. Ich presse eine Hand auf meinen Mund. Jetzt weiß ich, woher das ganze Blut kommt. Ich kenne diesen Mann nicht, aber es fühlt sich falsch an, einfach über ihn hinwegzusteigen. Was, wenn man ihn noch retten kann? Die Behandelnden sind bestimmt längst auf dem Weg, aber bis dahin muss jemand diese Blutung stoppen. Ich gehe in die Hocke, achte darauf, mich nicht in die Splitter zu knien. Ziehe ich die Scherbe raus oder …?

Ein erneuter Knall lässt meine Gedanken ersterben. Im nächsten Moment reißt mir eine Druckwelle den Boden unter den Füßen weg. Ich spüre, wie ich auf dem Fremden lande, meine Lider flattern. Schwärze raubt mir die Sicht. Ich blinzle dagegen an, komme zu mir.

Keine Ahnung, ob ich nur eine Sekunde weg war oder Minuten. Aber die Sirene hat aufgehört zu jaulen – die Stille ist trotzdem nicht zurückgekehrt. Überall um mich herum sind Schritte, Aufsehende blaffen Befehle, irgendwo weint jemand. *Cara*. Ich muss zu ihr. Ohne nachzudenken, rapple ich mich auf. Mein Kopf bestraft mich sofort mit einem heftigen Stechen, das mir kurz die Sicht vernebelt. Ich sehe Bilder, die an einen anderen Ort gehören. *Marmor, Kies, Aiden, Grayson*. Ich blinzle. Zweimal, dreimal, dann verflüchtigt sich die Projektion.

Ich drehe mich um die eigene Achse. Scherben knirschen unter meinen Absätzen. *Wo ist Cara?* Der Saal gleicht einem Schlachtfeld – nein, es *ist* ein Schlachtfeld. Überall sind Menschen, manche liegen reglos auf ihren Stühlen, andere am Boden und manche ... stehen einfach herum, als hätten sie von alledem gar nichts mitbekommen. Als wäre das hier ein ganz normales Fest.

»Mae!« Jemand greift nach meiner Hand und zieht mich zu sich herum. »Mae, hör mir gut zu!«

Ich starre in das Gesicht von Nick. Gerade ist mir scheißegal, was uns trennt, denn er ist hier. Und er ist unverletzt. Mein Anker. Meine Sicherheit.

»Mae, ich brauche dich. *Cara* braucht dich.«

Der Name unserer kleinen Schwester hallt wie ein Mantra durch meinen Kopf. Es hilft mir, alles andere auszublenden. »Okay. Was kann ich tun?«

»Du musst unsere Familie hier rausbringen. Hinten links

gibt es noch einen Ausgang. Code 5281. Wenn ihr auf dem Flur seid, biegt scharf links ab und immer geradeaus. Dann kommt ihr zurück in die Ernest Residenz. Das ist der schnellste Weg nach draußen.« Er klingt, als hätte er alles genau geplant. Ruhig, durchdacht. »Code 5281, Mae. Bitte merk dir das.«

»Was ist hier los, Nick?«, wispere ich.

»Vertraust du mir?«, erwidert er nur.

Das ist keine richtige Antwort. Ich zähle die Sekunden – seine und meine. Es passiert nichts. Die Erkenntnis tut viel mehr weh als jede Wunde, und trotzdem hebe ich die Mundwinkel zu einem Lächeln. »Natürlich.« *Nicht*, füge ich in Gedanken hinzu. *Nicht mehr.*

»Dann stell keine weiteren Fragen, sondern verschwinde und hol unsere …«

Mitten im Satz ertönen Schüsse. Grausam reale Schüsse.

Ich schaue Richtung Treppe, auf der einige Aufsehende mit erhobenen Waffen nach unten drängen – ihnen gegenüber stehen noch mehr dieser schwarz verhüllten Menschen. Ebenfalls bewaffnet. Und keine der beiden Seiten scheint sich davor zu scheuen, ihre Pistolen zu verwenden.

»Verfluchte Scheiße, Mae, jetzt hau endlich ab!« Nick schreit mich an. Mein Bruder, der Aufsehende aus dem Investigationssektor, schreit. *Weil er kein Sedatium mehr nimmt. Weil er auf Kanes Seite ist.*

Den Bruchteil einer Sekunde starre ich ihn an, aber dann übernimmt meine Vernunft. Ich muss Cara retten. Und zwar jetzt. Ohne weitere Worte raffe ich den Rock und renne los. Da es unmöglich ist, in diesem Chaos jemanden zu finden, laufe ich zur Bühne. Zwei Stufen reichen, um mir einen groben Überblick zu verschaffen. Es sind so viele Menschen! Manche scheinen aus ihrer Trance erwacht zu sein und drängen Richtung Ausgang, darunter Pierre und Therese. Ein winziger Hauch Erleichterung. Die beiden laufen in einer Reihe mit Chloe, Loyd, Lucinda und Ashan, die Hände ineinander verschränkt, um sich nicht zu verlieren. Hoffentlich weiß Pierre noch, wie er zum Hinterausgang kommt. Denn die Treppe ist keine Option. Sie müssen es schaffen, an etwas anderes darf ich gar nicht denken.

Ein paar Leute tun noch immer so, als wäre nichts passiert. Darunter Beatrice, die mit ein paar Vertrauten spricht. Ich habe die Wirkung von Sedatium noch nie so deutlich gesehen wie heute. Die Gesten wirken etwas hektischer als sonst, die Lippen bewegen sich unruhiger, und trotzdem machen sie keine Anstalten, dem Splittersaal zu entkommen. Ob sie die Schüsse nicht gehört haben? Oder die verdammte Explosion?! Vielleicht gehören sie auch zu denen, die Resistenzen gegen Sedatium bilden. Die komplett sediert wurden.

Ich reiße den Blick von ihnen los und sehe mich um. Endlich entdecke ich Paps, der Cara fest an sich gepresst hat, neben ihnen Vain und die Caivanos. Von den anderen ist keine Spur zu sehen. Dad, Grayson, Jamar ...

Konzentration, Mae.

Ausgang hinten links. Ich schaue über die bekannten Gesichter hinweg zu der Stelle, an der eben noch die Glaswand war. Die Überreste stechen wie Zacken aus dem Boden hervor, aber dahinter erkenne ich tatsächlich eine Tür. Ich laufe los. Dank der Schuhe bin ich nicht halb so schnell, wie ich möchte, aber sie sind der einzige Schutz vor den Scherben. Ich muss über einen reglosen Körper hinwegsteigen, er ist schwarz maskiert von oben bis unten. Daneben liegt eine rote Spraydose. Nichts, womit ich mich gerade befassen kann.

»Mae!« Aiden taucht plötzlich vor mir auf und zieht mich ungefragt in eine Umarmung.

Als mir der Duft seines Aftershaves in die Nase strömt, muss ich erkennen, dass es immer noch ein Stück unseres alten Mantels gibt, ein Stück Vertrautheit, das sich um mein wundes Herz schmiegen will.

»Es geht dir gut«, wispert er an meinem Ohr.

Ich kämpfe gegen das Bedürfnis an, mich einfach fallen zu lassen. Es zu genießen oder so zu tun, als wäre nichts zwischen uns gewesen. »Aiden.« Krächzend befreie ich mich aus seiner Umarmung, bevor sie die Illusion von etwas erwecken kann, das er selbst zerstört hat. »Wir müssen unsere Familien hier rausbringen. Es gibt einen zweiten Ausgang ...«

»Hinten links, ich weiß.«

Anscheinend hat Nick schon mit ihm gesprochen. Ich nicke nur, und wir kämpfen uns durch die von Sedatium beruhigte Menge vor zu unseren Familien. Bis auf Nick sind sie vollständig. Vain und Keith stehen bei Aidens Eltern und den Caivanos, Cara kauert mit angezogenen Beinen auf einem Stuhl, und Dad redet auf Paps ein. Auf den ersten Blick wirken sie alle unversehrt, abgesehen von kleinen Schnittwunden. Ich will vor Glück aufheulen.

Als Dad mich sieht, steht ihm die Erleichterung ins Gesicht geschrieben. »Mae, bitte sag deinem Paps, dass wir gehen müssen.«

»Maelein, bitte erinnere deinen Dad daran, dass wir im Parlament sind. Hier kann uns nichts passieren«, erwidert Paps, als hätte er die letzten Minuten verschlafen. Leider haben wir keine Zeit, ihn zu wecken.

»Tut mir leid, Paps.« Ich strecke den Arm nach Cara aus, die bei meiner Berührung zusammenzuckt. Sie sieht mich an, und ihr Blick ist wie ein Schlag in die Magengrube. Cara hat Angst. So sehr, dass ihr ganzer Körper zittert. Wenn sie jemand so sieht ... »Dad hat recht«, unterbreche ich den bitteren Gedanken, »wir müssen gehen. Und zwar sofort.«

Eine Sekunde starrt Paps mich an, als würde er mich nicht wiedererkennen. Noch mehr Schüsse. Dieses Mal so nah, dass man sie nicht mehr ignorieren kann. Nicht einmal Paps. »Komm her, Cara-Schätzchen.« Er greift nach ihrer zitternden Hand und versucht, sie auf die Beine zu ziehen.

»Ich mach schon«, sagt Aiden und hebt Cara mit Leichtigkeit auf den Arm.

Ich will nicht, dass es sich wie ein Déjà-vu anfühlt, aber ich kann es nicht verhindern. Es gab eine Zeit, in der wir Cara öfter zusammen ins Bett gebracht haben. Und genau wie damals vergräbt sie auch jetzt das Gesicht an seiner Schulter. Ob sie die alte Vertrautheit auch spürt?

»Wohin jetzt?«, fragt Dad.

»Mir nach.« Aiden übernimmt die Führung. Bis zum Rand der Kuppel ist es nicht weit. Die gläsernen Überreste sind zu hoch, um einfach darüber hinwegzusteigen. Dad und Petra machen kurzen Prozess. Mit beherzten Tritten bringen sie die aufragenden Zacken zum Einsturz, so dass Aiden Cara einfach über die Schwelle tragen kann. *Code 5281.* Ich wiederhole ihn in Gedanken wieder und wieder, während wir auf die Tür zusteuern.

Noch ein Schuss. Instinktiv sehe ich über die Schulter. Ist das …?! »Grayson«, hauche ich tonlos und komme ins Stolpern.

Obwohl er mir den Rücken zugewandt hat, weiß ich, dass er derjenige ist, der in sich zusammensackt. Bevor er am Boden aufschlagen kann, ist Jamar bei ihm. Ungelenk fängt er Grayson auf, so dass sie gemeinsam in die Knie gehen. Warum stehen sie nicht wieder auf?! Sie müssen doch hier raus! Und warum bewegt Grayson sich nicht mehr?

»Mae, was ist los?«, höre ich jemanden fragen. Ist das Dad? Die Worte klingen fern, gedämpft.

Weitere Schüsse, noch mehr Schüsse, so viele Schüsse. Aufsehende und Maskierte drängen in den Saal, wobei ich keine Ahnung mehr habe, wer überlegen ist. Ob die verhüllten Gestalten Trishs Leute sind? *Bullshit.* Jamar und Grayson hätten mich gewarnt, wenn sie davon gewusst hätten. Und dann würde er nicht … da liegen.

Jemand schluchzt auf. Cara. Ich wirble zu ihr herum und weiß, dass ich gleich das Unklügste tun werde, was ich je getan habe.

»Aiden?«, rufe ich heiser. »Code 5281. Wenn ihr auf dem Flur seid, biegt scharf links ab und immer geradeaus. Der Weg bringt euch in die Ernest Residenz. So kommt ihr am schnellsten nach draußen«, wiederhole ich Nicks Worte. »Code 5281.«

Dad schnaubt. »Glaubst du wirklich, wir würden dich hier einfach zurücklassen?!« So klingt er nur, wenn er keine Widerrede zulässt.

Ein hilfloses Lachen quält sich durch meine Kehle. »Bitte, Dad. Nur dieses eine Mal.« Immer wieder flieht mein Blick nach hinten. Zu Grayson, der einfach nicht aufstehen will, zu Jamar, der es nicht allein schaffen wird. Und wo zur Hölle steckt Nick?!

»Daddy, du hast Maeander doch gehört.« Es ist ausgerechnet Vain, die sich zwischen uns schiebt. »Wir sollten gehen.« Der Einfluss von Sedatium ist ihr so deutlich anzusehen, dass ich schlucken muss.

Als Dad nachgibt, sehe ich, dass etwas in ihm zerbricht. Mit hängenden Schultern drückt er mich an sich. »Pass auf dich auf.« Ein Kuss aufs Haar, und er dreht sich um.

Aiden steht reglos vor dem Ausgang und sieht mich an. Es gab eine Zeit, in der ich seine Sorge ernst genommen hätte, aber das hier ist ein anderes Leben. Ich schüttle den Kopf und forme dabei mit den Lippen noch einmal den Code. *5281, und jetzt geh.* Ich weiß nicht, ob Aiden mich versteht, aber ich kann nicht länger warten.

Mit einem tiefen Atemzug wirble ich auf dem Absatz herum und eile zurück. Sie müssen alle hier raus. Grayson, Jamar, mein Bruder. Inmitten der Menge glaube ich, Nick zu sehen, direkt an der Seite einer fremden Frau. Weiße Haare, Narbe im Gesicht. Ein Gast? Unwahrscheinlich. Im nächsten Moment sind die beiden verschwunden, und ich bin bei Jamar.

»Was ist passiert?«, frage ich. Beim Anblick von Grayson

überrollt mich der Schmerz wie eine Welle. *So viel Blut.* Wie eine finstere Rose breitet es sich auf seiner weißen Kleidung aus, direkt auf Höhe seines Bauchs. Tränen schießen mir in die Augen.

»Angeschossen«, erwidert Jamar knapp. »Wir müssen die Blutung stoppen, bis die Behandelnden eintreffen.«

Ich nicke. Mein Blick verschleiert, während ich Jamar helfe, Grayson auf den Boden zu betten. So behutsam wie es eben möglich ist, wenn einen alles verletzen kann. Jamar öffnet Graysons Jacke, und ich suche mir eine Scherbe vom Boden, damit ich den Rock in Fetzen schneiden kann. Ich habe keine Ahnung, ob es etwas bringt, aber das ist alles, was ich habe.

»Wird er …?« Ich traue mich nicht, die Frage zu beenden.

Er darf nicht … Er kann nicht … Ich reiche Jamar den zerschnittenen Stoff. *Seide ist leider nicht so saugfähig.* Es ist völlig absurd, dass mir Pierres Satz genau jetzt einfällt, aber er ist einfach in meinem Kopf. Als hätte Jamar dasselbe gedacht, zieht er seine Jacke aus und gibt sie mir. Mit zitternden Fingern ramme ich die Scherbe in den Stoff, reiße, schneide, zerre. *Er kann nicht … Er darf nicht …*

Ein Knall lässt mich hochschnellen. Er ist nicht halb so laut wie die beiden ersten, lässt die Welt nicht beben, aber er klingt gefährlich. Und er kommt genau aus der Richtung, in der ich meine Familie gerade zurückgelassen habe. Aber plötzlich sind da nur noch dichter Rauch und umherfliegendes Glas und Menschen mit Atemmasken, mit Gewehren und schweren Schritten. Menschen, die genau aus diesem Gang kommen. Menschen, die eindeutig zu den Maskierten gehören. Ich schwanke. Meine Familie hätte in Sicherheit sein sollen. *5281*. Der schnellste Weg nach draußen.

Schüsse.

Dunkelrot.

Ich falle. Scherben bohren sich in meine Knie, Dunkelheit in mein Herz. Und als sich der Rauch endlich lichtet, weiß ich, dass ich nie wieder frei atmen werde.

ENDE VON BAND EINS

DANKSAGUNG

Wenn ihr diese Zeilen lest, ist es über zwölf Jahre her, seit ich meine erste Version von »Honesty – Was die Wahrheit verbirgt« beendet habe. 2014 folgte eine zweite Version, 2017 die dritte, 2021 die vierte – aus der am Ende dieses Buch geworden ist. Oder mit anderen Worten: »Honesty« hat mich durch etliche Lebensphasen begleitet, wir sind zusammen gewachsen, gescheitert, haben uns aufgerappelt und nie die Verbindung zueinander verloren. Entsprechend ist dieser Abschluss für mich besonders emotional und die Liste mit Menschen, denen ich danken möchte, unendlich lang. Deshalb seht es mir nach, wenn ich hier nicht alle namentlich aufzähle, sondern so beginne: Ein unbeschreiblich großes Dankeschön an alle, die während dieser Jahre an meiner Seite waren, die »Honesty« in der ein oder anderen Version testgelesen haben, die mit mir davon geträumt haben, es einmal gebunden in den Händen zu halten, und die heute mit mir feiern. Ihr tragt mich auch durch die schwersten Zeiten, und ohne euch wäre ich diesen Weg vielleicht nie bis zum Ende gegangen.

Mein nächster Dank gilt dem ganzen Team des FISCHER Kinder- und Jugendbuchverlags, die meinen Büchern ein noch besseres Zuhause geben, als ich mir je erträumt hätte. Vielen Dank, dass ihr den Mut hattet, »Honesty« damals einzukaufen, dass ihr meine Wünsche hört und mich immer wieder mit euren eigenen kreativen (Marketing-)Ideen begeistert! Ich bin so froh, bei euch zu sein, und freue mich auf alles, was da noch kommt.

Liebe Antje Keil, vielleicht haben wir dieses Mal nicht das gesamte Lektorat zusammen gemacht, aber ich bin trotzdem sehr dankbar für deine Expertise und dass du dich immer so für mich ins Zeug legst. Ich hätte mir bei FISCHER keine bessere Ansprechpartnerin wünschen können.

An dieser Stelle auch vielen Dank an meine Außenlektorin Tamara Reisinger, die dank ihrer akribischen Fragen bereits weiß, mit welchem Schlaflied man AISS ausgeschaltet bekommt. (Aber vergesst es, sie wird sicher nicht spoilern!)

Rike, ich habe keine Ahnung, wo ich heute ohne dich wäre, aber sicher nicht an diesem Punkt. Du bist und bleibst für mich die beste Agentin, die ich mir wünschen könnte. Vielen Dank, dass du so an mich und meine Projekte glaubst!

Was wäre eine Danksagung ohne eine Erwähnung meiner Herzenskollegin und besten (Schreib-)Freundin Katharina Seck? Ich bin unbeschreiblich dankbar für all unsere Gespräche, das Brainstorming, für mentale Unterstützung – und dass du Rebekka Frank in mein Leben gebracht hast. Dank euch beiden darf ich meinen Horizont immer wieder erweitern, wachsen und lernen. Kurzum: Ich liebe unsere kleine Gruppe sowohl für ihre fachliche Expertise als auch den emotionalen Halt.

Haben wir schon über das brillante Cover geredet? Nein? Dann wird es dringend Zeit. Emily Bähr, du warst meine Heldin ohne Cape, aber dafür mit einer Idee, die mich von der ersten Skizze an begeistert hat. Ganz vielen Dank, dass »Honesty« durch dich in solch schönem Gewand erstrahlen darf.

Wenn wir bei der Gestaltung des Buchs sind, darf mein Herzensmensch und meine Schwester Charlotte »Charly« Kopka nicht fehlen. Als ich erfahren habe, dass sie die Illustrationen und die Karte für dieses Buch zeichnen darf, habe ich erst mal den halben Tag vor Freude geweint. Wie toll ist es bitte, dass wir unsere Künste in diesem Werk verbinden durften? Vielen, vielen Dank, dass du Maes Zeichnungen dein Talent geliehen hast.

Ein paar von euch wissen vielleicht, dass ich das Schreiben bereits 2022 zu meinem Hauptberuf machen durfte. Deshalb geht an dieser Stelle ein ganz herzliches Dankeschön an meine treuen Patrons, die mir dabei helfen, diesen Traum weiter zu leben. Insbesondere an Silvia Petri und Christiane Bahr, die schon so lange dabei sind.

Meine Co-Working-Crew ist und bleibt für mich an jedem Arbeitstag die erste Anlaufstelle. Ohne euch und unsere Sprints wäre ich an so mancher Deadline sicher verzweifelt. Vielen Dank für eure Motivation, euren fachlichen Input zu Covern, Klappentexten und den Zusammenhalt!

Lieber Buchhandel, liebe Lesende. Es ist weder gelogen noch übertrieben, wenn ich sage, dass ohne euch gar nichts gehen würde. Deshalb meinen allergrößten Dank dafür, dass ihr »Honesty« (ein)gekauft habt, danke für eure lieben Nachrichten, für euer Feedback, vielen Dank dafür, dass Maes Geschichte nach so vielen Jahren Arbeit nicht ungelesen bleibt.

In diesem Buch geht es um eine dystopische Zukunftsvision, folglich enthält es Themen, die triggern können. Diese sind: toxische Beziehungen, Folter, Gewalt, Blut, Tod sowie Verlust. Wir haben uns größte Mühe gegeben, alle potenziell belastenden Themen aufzuführen. Da Lesende jedoch genauso individuell sind wie unsere Geschichten, können wir leider nicht gewährleisten, dass diese Aufzählung vollständig ist, und bitten dafür um Verständnis.

SESTIBY

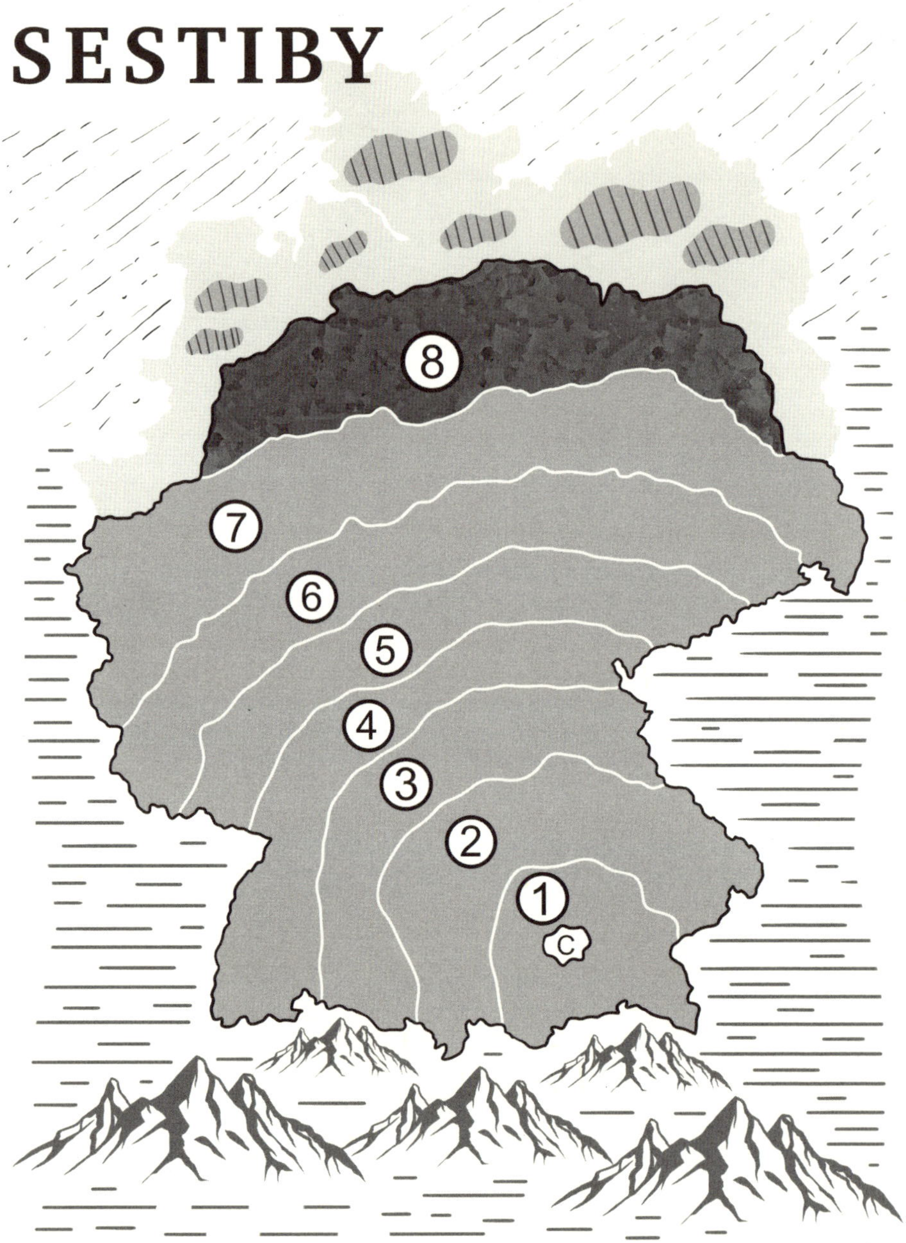